Jessica Ann Redmerski est née à Little Rock en 1975. Elle vit en Arkansas avec ses trois enfants. Elle a développé au fil des ans une prédilection pour tout ce qui incite les gens à repousser leurs limites, et assume parfaitement le fait d'être une inconditionnelle de la série *The Walking Dead*. Les aventures d'Andrew et Camryn – *Loin de tout* et *Près de toi*, à paraître prochainement chez Milady – ont d'abord été autopubliées sur Internet. Après avoir rencontré un succès phénoménal, Grand Central Publishing a acquis les droits de la série. *Loin de tout* s'est imposé en tête des meilleures ventes du *New York Times*, du *Wall Street Journal* et de *USA Today*.

Ce livre est également disponible
au format numérique

J. A. Redmerski

LOIN DE TOUT

Traduit de l'anglais (États-Unis) par Benjamin Kuntzer

Milady

Milady est un label des éditions Bragelonne

Titre original : *The Edge of Never*

ISBN : 978-2-8112-1105-9

Bragelonne – Milady
60-62, rue d'Hauteville – 75010 Paris

E-mail : info@milady.fr
Site Internet : www.milady.fr

Pour les amoureux, les rêveurs,
et ceux qui n'ont encore jamais été l'un ou l'autre.

1

Camryn

Natalie se tortille la même mèche de cheveux depuis dix bonnes minutes, ce qui commence à me rendre dingue. Je secoue la tête et positionne stratégiquement mon café glacé afin de pouvoir placer mes lèvres sur la paille sans effort. Natalie est assise en face de moi, les coudes plantés sur la petite table ronde, le menton rêveusement enfoui dans le creux de sa main.

—Il est trop beau, déclare-t-elle en reluquant le type qui vient de se mettre dans la file. Sérieux, Cam, regarde-le !

Je lève les yeux au ciel avant d'avaler une nouvelle gorgée.

—Nat, réponds-je en relâchant ma paille, tu as un copain. Combien de fois est-ce qu'il faudra que je te le répète ?

Elle rétorque d'un ricanement moqueur.

—Tu te prends pour ma mère ou quoi ?

Elle ne parvient toutefois pas à me toiser trop longtemps, l'attention comme aimantée par l'apollon qui commande un café et des scones au comptoir.

—Et puis Damon s'en fout que je mate – tant que je lui fais sa fête chaque soir, il n'y voit aucun inconvénient.

Je m'étouffe à moitié, virant à l'écarlate.

—Tu vois ! s'exclame-t-elle avec un grand sourire. J'ai réussi à te faire marrer. (Elle plonge la main dans son petit sac mauve.) Il faut que je le note. (Elle sort son téléphone et ouvre son pense-bête électronique.) Samedi 15 juin. (Elle fait courir son doigt sur l'écran.) 13 h 54 – Camryn Bennett a ri à l'une de mes blagues de cul.

Elle range alors son portable et me gratifie de cet air pensif qu'elle arbore toujours quand elle s'apprête à jouer la psy.

— Jette simplement un coup d'œil, insiste-t-elle le plus sérieusement du monde.

De guerre lasse, je pivote légèrement le menton de façon à pouvoir loucher rapidement sur le gars en question. Il s'éloigne de la caisse et se dirige vers l'extrémité du comptoir, où il récupère sa boisson. Grand. Pommettes saillantes. Des prunelles de mannequin d'un vert envoûtant et des cheveux châtains ébouriffés.

— Oui, admets-je en me retournant vers Natalie. Il est canon, et alors ?

Elle ne peut s'empêcher de l'observer franchir la double porte coulissante et disparaître dans la rue avant de me répondre.

— Putain, j'y crois pas ! réplique-t-elle, les yeux ronds d'incrédulité.

— C'est juste un mec, Nat. (Je repose mes lèvres sur la paille.) Tu devrais te faire tatouer « obsédée » sur le front. On dirait que tu vas te mettre à baver.

— Tu me fais marcher, hein ? (Cette fois, elle semble vraiment sous le choc.) Camryn, tu as un vrai problème. Tu le sais, pas vrai ? (Elle s'adosse à sa chaise.) Tu devrais augmenter ta dose de cachets. Sérieux.

— J'ai arrêté de les prendre en avril.

— Quoi ? *Pourquoi ?*

— Parce que c'est ridicule, expliqué-je d'un ton neutre. Je ne suis pas suicidaire, je ne vois pas à quoi ils servent.

Elle secoue la tête et croise les bras sur la table.

— Tu penses qu'ils ne les prescrivent qu'aux suicidaires ? Tu te trompes. (Elle me désigne rapidement du doigt avant de le remettre dans le pli de son coude.) C'est une question de déséquilibre chimique, un truc dans le genre.

Je lui décoche un petit sourire narquois.

—Ah ouais ? Et depuis quand tu t'y connais en troubles mentaux au point de savoir quel traitement est le mieux adapté aux centaines de diagnostics différents ?

Je hausse très légèrement les sourcils, histoire de bien lui faire comprendre que j'ai parfaitement conscience qu'elle ne sait pas de quoi elle parle.

Comme elle fait la grimace au lieu de me répondre, j'ajoute :

—Je guérirai quand je guérirai, les pilules ne peuvent rien pour moi.

Mon argumentation a commencé gentiment, mais, malgré moi, une amertume certaine en a entaché les derniers mots. Ça se produit tout le temps.

Natalie soupire et la moindre trace de sourire disparaît de son visage.

—Je suis désolée, dis-je, prise de remords. Écoute, je sais que tu as raison. Je ne peux pas nier que j'ai un certain nombre de problèmes émotionnels et qu'il m'arrive d'être une vraie connasse…

—Ça *t'arrive* ? marmonne-t-elle à mi-voix.

Toutefois, elle sourit de nouveau, signe qu'elle m'a déjà pardonné.

Ça aussi, ça se produit tout le temps.

Je lui adresse une petite moue navrée.

—Je voudrais juste trouver mes réponses toute seule, tu comprends ?

—*Quelles* réponses ? (Cette conversation l'agace.) Cam, reprend-elle en inclinant la tête pour se donner l'air pensif. Ça m'embête d'avoir à te l'apprendre, mais la vie n'est pas rose. Il faut savoir encaisser les coups. Putain, tourne la page en faisant des choses qui te rendent heureuse.

Finalement, elle n'est peut-être pas si mauvaise psy que ça.

—Je sais que tu as raison, mais…

Elle hausse un sourcil impatient.

— Quoi ? Allez, vide ton sac.

Je contemple brièvement le mur afin d'y réfléchir. Il m'arrive régulièrement de penser à la vie et d'en envisager tous les aspects. Je me demande ce que je fous ici. Même maintenant. Dans ce café, avec cette fille que je connais depuis des siècles. Hier, je considérais les raisons qui me poussaient à me lever chaque jour à la même heure que la veille et à répéter chacun des gestes de ma routine quotidienne. Qu'est-ce qui nous oblige à faire quoi que ce soit alors que, au fond de nous, on n'aspire qu'à se débarrasser de toutes ces contraintes ?

Je m'arrache à la contemplation de la cloison pour dévisager ma meilleure amie, qui, je le sais, ne comprendra pas ce que je m'apprête à lui dire. Cependant, il faut que ça sorte.

— Tu n'as jamais pensé à faire le tour du monde le sac au dos ?

— Euh, pas vraiment, répond-elle d'une voix blanche. Ça ne me tente carrément pas.

— Alors réfléchis-y une seconde. (Je me penche en avant pour capter son attention.) Juste toi et un sac à dos avec le strict nécessaire. Pas de factures. Pas de réveil chaque matin pour aller faire un boulot que tu détestes. Juste toi et l'immensité du monde. Tu ne sais pas de quoi l'avenir sera fait, qui tu vas rencontrer, ce que tu vas manger, ni où tu vas dormir.

Je me rends alors compte que je suis tellement prise dans ma rêverie qu'il se peut que j'aie à mon tour l'air obsédé.

— Tu commences à me faire flipper, réplique Natalie en me scrutant avec incertitude. (Elle hausse un sourcil interrogateur avant de poursuivre.) Et puis, ça implique de marcher sans arrêt, de risquer en permanence de se faire violer, assassiner et abandonner au bord d'une route. Sans parler de toute cette marche…

À l'évidence, elle me soupçonne de devenir maboule.

— Pourquoi on parle de ça, d'ailleurs ? me demande-t-elle en sirotant sa boisson. On te croirait en pleine crise de la quarantaine, alors que tu n'as que vingt ans. Et tu n'as jamais dû payer une facture de ta vie, complète-t-elle en me pointant du doigt pour souligner son propos.

Elle avale une nouvelle gorgée, suivie d'un bruit de succion insupportable quand elle arrive au fond de son gobelet.

— Peut-être, réponds-je pensivement, mais ça m'arrivera quand on habitera ensemble.

— Exact, confirme-t-elle en tapotant le rebord de sa tasse. On partagera tout à cinquante-cinquante. Attends une seconde : tu n'es pas en train de me laisser tomber, si ?

Elle semble tout à coup en proie à la panique.

— Non, je n'ai pas changé d'avis. La semaine prochaine, je quitte ma mère pour m'installer chez une traînée.

— Salope ! s'exclame-t-elle dans un éclat de rire.

Je souris à moitié, puis me remets à ruminer. Elle n'a pas compris de quoi je voulais parler, mais je n'en attendais pas tant. Même avant la mort de Ian, je ne pensais pas comme tout le monde. Au lieu de fantasmer sur de nouvelles positions sexuelles, ainsi que Natalie le fait tout le temps avec Damon, son petit ami depuis cinq ans, je rêve de choses qui comptent. Du moins dans mon monde. Je me demande si l'air est le même à l'étranger, quelle est l'odeur de l'océan ou pourquoi le bruit de la pluie me coupe le souffle. *Tu es vraiment une cérébrale.* C'est ce que Damon me répète sans arrêt.

— Putain, reprend Natalie. Tu es vraiment une rabat-joie de première.

Elle secoue la tête, la paille entre les dents.

— Allez, dit-elle en se levant soudain. Assez philosophé. Les petits endroits pittoresques comme celui-ci n'améliorent en rien ton humeur : ce soir, je t'emmène à *L'Underground.*

— Quoi ? Non, pas question que je mette les pieds là-bas.

— Oh que si ! s'exclame-t-elle en lançant son gobelet vide dans la poubelle à un bon mètre de là avant de m'attraper par le poignet. Cette fois, tu vas m'accompagner, parce que tu es censée être ma meilleure amie et que je ne supporterai pas un nouveau refus de ta part.

Sur son visage légèrement hâlé, son sourire pincé s'étend désormais jusqu'aux oreilles.

Je sais qu'elle ne plaisante pas. Elle ne plaisante jamais quand elle a ce regard où se mêlent excitation et détermination. Autant y aller une fois, qu'on n'en parle plus, sans quoi elle ne me lâchera jamais à ce sujet. Un mal nécessaire quand on est accablée d'une meilleure amie tyrannique.

Je me lève à mon tour et remonte la bandoulière de mon sac sur mon épaule.

— Il n'est que 14 heures, dis-je.

Je vide mon *latte* glacé d'une traite et balance à mon tour mon gobelet.

— Oui, mais on doit d'abord te trouver une nouvelle tenue.

— Euh… non, déclaré-je fermement alors que nous sortons dans la brise estivale. Je fais déjà ma B.A. en t'accompagnant à *L'Underground*, pas question que je me coltine le shopping en plus. J'ai déjà des tonnes de fringues.

Natalie glisse son bras sous le mien tandis que nous descendons le trottoir et son enfilade d'horodateurs. Elle me sourit et m'observe malicieusement.

— D'accord. Dans ce cas, on va choisir dans *ma* garde-robe.

— Qu'est-ce qui ne te plaît pas dans la mienne ?

Elle fait la moue et rentre le menton, semblant me reprocher silencieusement d'avoir osé poser une question aussi ridicule.

— On parle de *L'Underground*, réplique-t-elle comme si cela justifiait tout.

Certes, elle marque un point. Natalie et moi sommes effectivement les meilleures amies du monde, mais entre nous c'est moins « qui se ressemble s'assemble » que « les opposés s'attirent ».

Elle est plutôt du genre rebelle et craque complètement pour Jared Leto depuis *Fight Club*. Quant à moi, je suis une fille renfermée qui ne porte des vêtements sombres que pour les funérailles. Je ne dis pas que Natalie s'habille tout en noir tendance gothique, mais elle aimerait mieux mourir que de choisir des vêtements dans ma penderie, qu'elle juge complètement banale. Je m'inscris en faux. J'ai très bon goût, et les garçons – quand je me souciais encore de les voir reluquer mon cul dans mon jean préféré – ne m'ont jamais reproché mes tenues.

Cela dit, *L'Underground* est fait pour des gens comme elle, je vais donc devoir accepter de m'attifer en Natalie pour un soir afin de ne pas trop sortir du lot. Je ne suis pas une suiveuse. Je ne l'ai jamais été. Mais je préfère de loin me transformer en quelqu'un d'autre pour quelques heures plutôt que me taper la honte en me faisant remarquer.

La chambre de Natalie est loin d'être d'une propreté maladive. Encore un truc qui nous différencie radicalement. Je suspends mes vêtements par couleur, elle les laisse traîner dans le panier au pied de son lit pendant des semaines avant de les remettre à laver pour les défroisser. Je prends le temps de dépoussiérer tous les jours, alors que je n'ai pas l'impression qu'elle ait déjà fait le ménage chez elle, en dehors peut-être du coup de chiffon épisodique qu'elle passe sur le clavier encrassé de son ordinateur portable.

— Ça t'ira parfaitement, déclare-t-elle en tendant devant moi un chemisier blanc ajusté à manches trois quarts, orné de la mention « Scars of Broadway ». Il est super moulant, et tu as les nichons pour.

Elle le plaque contre ma poitrine afin de se faire une idée plus précise.

Je la toise avec un grognement, loin de partager son enthousiasme.

Elle lève les yeux au ciel, et ses épaules s'affaissent légèrement.

— D'accord, capitule-t-elle en jetant le haut sur le lit.

Elle glisse la main dans son placard et en extrait un autre, qu'elle brandit avec un large sourire. Encore une de ses tactiques de manipulation : elle espère que ça me passera l'envie de réduire ses efforts à néant.

— Et si tu me proposais autre chose qu'un truc à l'effigie d'un quelconque groupe de rock ? suggéré-je.

— C'est *Brandon Boyd* ! s'offusque-t-elle, les yeux écarquillés. Comment peux-tu ne pas aimer Brandon Boyd ?

— Si, ça passe, admets-je. C'est juste que je ne tiens pas à ce que mes seins lui servent de porte-drapeau.

— Moi, j'aimerais bien l'avoir sur les seins, rétorque-t-elle en admirant le décolleté en V qui me rappelle beaucoup le premier top qu'elle m'a montré.

— Eh bien, tu n'as qu'à le mettre.

Elle me contemple en hochant la tête, comme si l'idée ne l'avait pas encore effleurée.

— C'est ce que je vais faire.

Elle retire son haut et le jette dans le panier à linge dissimulé dans le placard, puis elle enfile le visage de Brandon Boyd sur son opulente poitrine.

— Ça te va bien, affirmé-je en la regardant s'admirer dans la glace sous divers angles.

— Ouais, carrément !

— Je me demande comment Jared Leto va le prendre, plaisanté-je.

Natalie éclate de rire et balance en arrière sa longue crinière brune avant de saisir sa brosse à cheveux.

— Il sera toujours mon petit chouchou.

— Et Damon ? Tu sais, ton petit copain *pas* imaginaire ?

— Arrête ! rétorque-t-elle en s'adressant à mon reflet. Si tu continues à me vanner à son sujet…

Elle s'immobilise en plein lissage de mèche et pivote le buste avant de reprendre :

— Tu en pinces pour lui ou quoi ?

Je tressaille de surprise et sens mes sourcils se froncer sévèrement.

— M'enfin, Nat ! Tu déconnes ?

Elle se met à rire et recommence à se coiffer.

— Ce soir, on va te trouver quelqu'un. C'est un mec qu'il te faut. Ça résoudra tous tes problèmes.

Mon silence lui fait tout de suite comprendre qu'elle est allée trop loin. Je déteste quand elle fait ça. Pourquoi tout le monde devrait-il absolument être casé ? C'est juste une illusion débile, une façon franchement réductrice d'envisager la vie.

Elle repose sa brosse sur la coiffeuse et se retourne. Toute trace d'humour a déserté son visage. Elle pousse un profond soupir.

— Pardon, je n'aurais pas dû dire ça... Écoute, je te jure que je ne jouerai pas les entremetteuses, d'accord ?

Elle lève les deux mains en signe de bonne foi.

— Je te crois, capitulé-je.

Bien sûr, je sais qu'une promesse ne suffit jamais à l'arrêter totalement. Elle ne tentera peut-être pas directement de me jeter dans les bras d'un autre, mais elle battra de ses longs cils devant Damon, qui saura immédiatement ce qu'elle attend de lui.

Cependant, je n'ai pas besoin de leur aide. Je ne veux rencontrer *personne.*

— Oh ! s'exclame Natalie, la tête dans le placard. J'ai trouvé le top idéal !

Elle me montre un morceau de tissu lâche, aux épaules dénudées. Le mot « Démone » est inscrit en travers.

— Je l'ai trouvé chez Hot Topic, précise-t-elle en le décrochant du portant.

Pour éviter que cette séance d'essayage ne s'éternise, je retire ma chemise.

— Soutif noir, commente-t-elle. Bon choix.

J'enfile le haut qu'elle me tend et m'observe dans le miroir.

— Alors ? Dis-le, m'encourage-t-elle, radieuse. Tu l'adores, pas vrai ?

Je lui réponds d'un léger sourire et fais volte-face pour lui montrer que le bas de l'étoffe atteint à peine le haut de mes hanches.

Je remarque alors le mot « Ange » sur le dos.

— Bon, d'accord, déclaré-je. Oui, il me plaît. Mais pas assez pour venir piller ton placard, l'avertis-je en brandissant vers elle un index menaçant. Alors ne te réjouis pas trop vite. Je suis très contente de mes chemisiers, merci beaucoup.

Elle sourit en me faisant claquer le soutien-gorge sur l'épaule.

— Je n'ai jamais dit que tes fringues étaient moches, Cam. Tu es même carrément canon, poulette. Je te sauterais bien dessus, si je n'étais pas avec Damon.

J'en reste bouche bée.

— Tu es une grande malade, Nat !

— Je sais, réplique-t-elle alors que je me retourne face au miroir. Mais c'est la vérité, poursuit-elle avec un rictus diabolique. Je te l'ai déjà dit, et je ne rigole pas.

Je me contente de secouer la tête, tout en ramassant sa brosse à cheveux. Natalie est sortie avec une fille, au cours d'une brève rupture avec Damon. Suite à quoi elle a affirmé qu'elle aimait « beaucoup trop la bite » (fin de citation) pour passer sa vie avec une nana. Natalie n'est pas une *vraie* salope – elle risque de vous arracher les yeux si vous l'appelez comme ça ; disons plutôt que c'est la petite amie nympho dont rêve tout homme.

— Maintenant, laisse-moi m'occuper de ton maquillage, déclare-t-elle en me guidant vers son vanity.

— Non !

Elle serre les poings sur sa taille de guêpe et me toise, incrédule, comme si j'étais sa fille et que je venais de lui répondre.

— Tu tiens vraiment à ce que je te fasse mal ? me demande-t-elle, fumasse.

Je capitule et me laisse tomber sur sa chaise.

— Comme tu voudras, dis-je en dressant le menton pour lui laisser libre accès à mon visage, qui vient de devenir sa feuille blanche. Évite juste de me faire des yeux de raton laveur, OK ?

Elle me saisit vigoureusement le menton.

— À présent, silence, rétorque-t-elle en se fendant à peine d'un sourire, tentant d'arborer un air on ne peut plus sérieux. Oune arrtiste, poursuit-elle avec un accent théâtral et une arabesque de la main, a bessoin dé calme pourrr œuvrrer ! Où fous crroyez-fous ? Dans oune institout dé beauté dé Détrroit ?

Quand elle en termine avec moi, je lui ressemble comme deux gouttes d'eau. Sauf que je n'ai pas ses obus ni sa crinière soyeuse. Mes cheveux sont du blond que bien des filles se ruinent pour obtenir en salon, et ils me tombent au milieu du dos. Je dois reconnaître que j'ai été vernie de ce côté-là. C'est Natalie qui m'a conseillé de les laisser pousser, je me suis donc exécutée. Ce n'est pas comme si j'avais eu le choix. Elle s'est montrée particulièrement intimidante…

Si elle ne m'a pas gratifiée d'une tête de raton laveur, elle n'y est toutefois pas allée de main morte sur le fard à paupières.

— Yeux sombres et cheveux clairs, a-t-elle déclaré en m'appliquant une épaisse couche de mascara noir. C'est irrésistible.

Et apparemment mes petites sandales ouvertes ne faisaient pas non plus l'affaire, car elle m'a forcée à les troquer contre ses bottes pointues à talon, qui remontent douillettement au-dessus de mon jean skinny.

— La parfaite allumeuse, me félicite-t-elle en m'observant de pied en cap.

— Et tu me le revaudras, répliqué-je.

— Hein ? *Moi*, je te le revaudrai ? s'écrie-t-elle en inclinant la tête de côté. Non, chérie, je ne crois pas. Tu me remercieras avant la fin de la soirée tellement tu vas t'éclater, et tu vas bientôt me supplier de t'emmener là-bas plus souvent.

Je ricane de façon provocatrice en croisant les bras et en levant une hanche.

— J'en doute. Mais je veux bien t'accorder le bénéfice du doute, car j'ai la ferme intention de m'amuser.

— Parfait! déclare-t-elle en enfilant ses bottes. Maintenant, foutons le camp : Damon nous attend.

2

Camryn

Nous arrivons à *L'Underground* juste à la nuit tombée, non sans avoir effectué plusieurs arrêts à diverses adresses. Chaque fois, Damon garait sa camionnette au moteur gonflé dans l'allée, disparaissait à l'intérieur pendant trois ou quatre minutes et remontait sans mot dire. Du moins sans nous expliquer ce qu'il était allé faire ni à qui il avait parlé – le genre d'informations qui auraient pu rendre ces visites normales. Cependant, il n'y a pas grand-chose de normal chez Damon. Je le connais depuis presque aussi longtemps que je connais Natalie, sans avoir jamais réussi à accepter ses habitudes liées à la drogue. Il fait pousser quantité de cannabis dans son sous-sol, mais il ne consomme pas. En réalité, en dehors de ses plus proches amis, personne ne suspecterait un canon comme Damon Winters de cultiver de l'herbe, parce que la plupart des producteurs ressemblent à de petites racailles aux coiffures improbables hésitant entre les décennies 1970 et 1990. Damon n'a rien en commun avec eux – merde, avec sa trombine, il pourrait être le petit frère d'Alex Pettyfer. Et, à l'entendre, la *weed*, ce n'est pas son truc. Non, sa drogue de prédilection est la cocaïne, et il ne cultive que pour vendre et se fournir en poudre.

Natalie assure qu'il ne fait de mal à personne. Elle sait qu'il ne fume pas, et prétend que si les gens veulent se détendre avec un joint, elle se fiche que Damon les aide à assouvir leur vice.

En revanche, elle refuse de croire que Damon ait plus souvent le nez plongé dans la coco que dans quelque partie de son anatomie.

— Bon, tu t'amuses, OK ?

Dès que je suis descendue, Natalie claque ma portière d'un coup de cul et me dévisage d'un air désespéré.

— Laisse-toi aller, et essaie au moins de t'éclater.

Je lève les yeux au ciel.

— Nat, je ne vais quand même pas me forcer à détester ça. Je tiens à passer une bonne soirée.

Damon contourne la camionnette pour venir nous rejoindre et nous saisit toutes les deux par la taille.

— J'adore me balader avec deux chaudasses aux bras.

Natalie lui décoche une bourrade doublée d'un sourire affecté.

— Arrête, bébé, tu vas me rendre jalouse...

Elle lui jette déjà un regard malicieux.

Damon laisse glisser sa main pour lui pétrir la fesse. Elle pousse un gémissement écœurant et se hisse sur la pointe des pieds pour l'embrasser. J'ai envie de leur dire de se trouver un hôtel, mais autant prêcher dans le désert.

Bien qu'on ne la trouve pas dans l'annuaire, *L'Underground* est la boîte la plus branchée en dehors de celles qui se situent en centre-ville en Caroline du Nord. Seuls des gens comme nous en connaissent l'existence. Un type nommé Rob a loué un vieil entrepôt déserté il y a deux ans de cela et a claqué environ un million de dollars sur la fortune personnelle de son père plein aux as pour le transformer en une sorte de repaire secret. La réputation de ce lieu n'est plus à faire : ici, les dieux vivants de la scène rock peuvent vivre un rêve éveillé au milieu de fans et de groupies hystériques. Cela n'a toutefois rien d'un squat malfamé. De l'extérieur, on dirait vraiment une bâtisse abandonnée au cœur d'une ville plus ou moins fantôme ; l'intérieur, en revanche, est digne d'une boîte hard rock haut de gamme avec sa lumière stroboscopique colorée, ses serveuses aguicheuses et une scène suffisamment vaste pour accueillir deux groupes en même temps.

Afin que *L'Underground* demeure secret, ses clients doivent se garer plus loin en ville et y arriver à pied, car il n'y a rien de plus louche qu'une file de bagnoles alignées devant un entrepôt désaffecté. Nous avons donc laissé le van derrière un McDo et nous préparons à une balade de dix minutes à travers ce bled sinistre.

Natalie quitte le flanc droit de Damon pour venir se glisser entre nous, dans le simple but de me torturer encore un peu.

— Bon, commence-t-elle comme si elle s'apprêtait à dresser une liste de recommandations. Si quelqu'un te pose la question, tu es célibataire, d'accord ? dit-elle en accompagnant sa mise en garde d'un geste dédaigneux de la main. Je ne veux pas t'entendre débiter les mêmes bobards qu'à ce type qui te draguait à l'Office Depot.

— Qu'est-ce qui s'est passé à l'Office Depot ? ricane Damon.

— Si tu l'avais vue ! Le mec était *à ses pieds*, raconte mon amie comme si je n'étais pas là. Je veux dire, elle n'avait qu'à battre des cils pour se faire payer une bagnole. Et tu sais ce qu'elle lui a répondu ?

Je lève les yeux au ciel et m'arrache à son étreinte.

— Nat, t'es vraiment débile. Ça ne s'est pas passé comme ça.

— Mais oui, ma chérie, intervient Damon. S'il bosse à l'Office Depot, il n'a certainement pas les moyens de lui acheter une voiture.

Natalie lui assène un coup de poing joueur à l'épaule.

— Je n'ai pas dit qu'il bossait là-bas ! Bref, ce gars aurait pu être un mélange de… d'Adam Levine et de… (Elle agite les doigts au-dessus de sa tête, le temps de trouver un autre exemple.)... Jensen Ackles, et mademoiselle *Bégueule* lui réplique qu'elle est lesbienne quand il lui demande son numéro.

Son exagération manifeste commence à m'agacer.

— Oh, Nat, arrête ! Il ne ressemblait ni à l'un ni à l'autre. Ce n'était pas un laideron, un point c'est tout.

Elle balaie mon argument d'un revers de la main et reprend son histoire.

— Bref. Tout ça pour dire qu'elle n'hésite pas à mentir pour les faire fuir. Je ne doute pas une seconde qu'elle serait prête à prétendre qu'elle est pleine de verrues génitales et abrite une colonie de morpions.

Damon éclate de rire.

Je m'arrête sur le trottoir sombre, croise les bras et me mâchouille la lèvre inférieure d'énervement.

Quand elle se rend compte que je n'avance plus à leur côté, Natalie fait demi-tour et revient vers moi en courant.

— C'est bon ! C'est bon ! Écoute, je te demande juste de ne pas te fermer toutes les portes, rien de plus. Je voudrais simplement que si un mec pas complètement difforme t'invite à boire un verre, tu ne le repousses pas sur-le-champ. Il n'y a rien de mal à faire connaissance. Je n'exige pas non plus que tu rentres avec lui.

Je la déteste déjà. Elle avait promis !

Damon enroule ses bras autour de sa taille et vient enfouir son nez dans son cou. Elle se tortille de délice.

— Laisse-la faire ce qu'elle veut, ma chérie. Arrête de la harceler.

— Merci, Damon, dis-je avec un brusque hochement de tête.

Il m'adresse un clin d'œil.

Natalie fait la moue.

— Tu as raison, dit-elle en levant les mains en signe d'apaisement. Je ne dirai plus rien. Juré.

Ouais, j'ai déjà entendu ça quelque part...

— Bien, dis-je en reprenant ma marche.

Ses bottes me martyrisent déjà les pieds.

Le colosse à l'entrée de l'entrepôt nous toise sans décroiser les bras.

Puis il tend la main.

Natalie prend un air offensé.

— Quoi ? Rob fait payer, maintenant ?

Damon sort son portefeuille de sa poche arrière et entreprend de compter ses billets.

— Vingt balles par tête, grogne l'ogre.

— Vingt ? Vous rigolez ou quoi ? s'emporte Natalie.

Damon la pousse gentiment de côté et dépose trois billets de vingt dans la main du physio, qui s'écarte alors pour nous laisser passer. J'entre la première, et Damon encourage Natalie à me suivre en lui posant la paume dans le bas du dos.

Elle adresse un sourire méprisant au videur en passant devant lui.

— Je suis sûre qu'il va tout se mettre à gauche, râle-t-elle. Je vais en toucher deux mots à Rob.

— Viens, lui intime Damon.

Nous franchissons la porte et pénétrons dans un long couloir monotone à peine éclairé d'un néon fatigué, qui nous mène jusqu'à un ascenseur industriel.

Le métal cahote bruyamment tandis que la porte de la cage se referme, et nous descendons sans discrétion vers le sous-sol. Il n'y a qu'un étage, mais l'ascenseur cliquette tant que je crains qu'il ne se brise d'une seconde à l'autre et ne nous précipite à notre perte. De violentes percussions et des cris d'étudiants éméchés, sans doute canalisés par les nombreux conduits qui parcourent l'endroit, s'intensifient à mesure que nous nous enfonçons dans les tréfonds de *L'Underground*. La cabine s'immobilise dans un soubresaut et un autre colosse nous en libère.

Natalie me pousse impatiemment.

— Dépêche-toi ! lance-t-elle joyeusement. Je crois que c'est Four Collision.

Sa voix couvre la musique tandis que nous nous frayons un passage jusqu'à la salle principale.

Nat prend Damon par la main, puis tente de saisir la mienne, mais je sais ce qu'elle a en tête et je refuse de me mêler à cette masse de corps sautillants et transpirants affublée de ces foutues bottes.

— Oh, *allez* ! m'encourage-t-elle d'un ton presque suppliant.

Elle m'agrippe sans prévenir pour m'attirer vers elle avant de s'exclamer :

— Ne fais pas l'enfant ! Si quelqu'un te fait tomber, je me charge personnellement de lui casser la gueule, d'accord ?

Damon m'adresse un sourire en coin.

— OK ! m'écrié-je avant de les suivre.

Natalie manque de me déboîter les doigts à force de tirer dessus.

Nous rejoignons la piste et, après s'être comportée en meilleure amie en se frottant contre moi pour ne pas m'exclure, elle m'oublie bientôt pour se consacrer tout entière à Damon. Leur parade amoureuse manque cruellement de pudeur, pourtant nul ne semble s'en offusquer. Si je le remarque, c'est sans doute parce que je suis la seule dans cette salle à ne pas en faire autant avec mon rencard du soir. J'en profite pour m'éclipser et me diriger vers le bar.

— Qu'est-ce que je te sers ? s'enquiert le grand blond au comptoir, tandis que je me hisse avec peine sur un tabouret libre.

— Un Cuba libre.

Il le prépare devant moi.

— De l'alcool fort, hein ? raille-t-il en emplissant mon verre de glace. Tu me montres ta carte d'identité ?

Il sourit, s'attirant une moue.

— Ouais, dès que tu m'auras montré ta licence.

Il sourit derechef et me tend mon cocktail.

— Je ne bois pas beaucoup, en général, précisé-je en aspirant une gorgée.

— Pas beaucoup ?

— Ouais, disons que ce soir j'ai besoin d'un petit coup de fouet.

Je repose mon verre et parcours du doigt la tranche de citron qui en orne le bord.

— Pourquoi ça ? demande-t-il en nettoyant le comptoir.

— Que ce soit clair, répliqué-je en levant le doigt. Avant que tu te fasses des idées, je tiens à préciser que je ne suis pas venue vider mon sac : ce n'est pas une consultation barman-cliente.

Natalie est la seule psy que je puisse supporter.

Il éclate de rire et jette sa feuille d'essuie-tout quelque part derrière lui.

— Tant mieux, parce que je ne suis pas du genre à donner des conseils.

Je sirote une nouvelle gorgée, me penchant cette fois sur ma paille plutôt que de la porter à mes lèvres ; mes cheveux cascadent autour de mon visage. Je me redresse et fais glisser une mèche derrière mon oreille. Je déteste vraiment les avoir détachés ; c'est beaucoup d'ennuis pour pas grand-chose.

— Eh bien, si tu veux tout savoir, reprends-je en le regardant, j'ai été traînée ici par mon incorrigible meilleure amie, qui se serait sans doute débrouillée pour prendre une photo honteuse de moi pendant mon sommeil afin de me faire chanter si je n'avais pas cédé.

— Ah, je vois, répond-il en croisant les mains sur le comptoir. J'ai eu un pote dans le même genre. Six mois après que ma fiancée m'a largué, il m'a emmené de force dans une boîte aux environs de Baltimore. Je n'aspirais pourtant qu'à rester cloîtré à la maison, mais il s'est avéré que cette sortie était exactement ce dont j'avais besoin.

Génial, voilà qu'il pense déjà me connaître, ou du moins « avoir vécu ça ». Alors qu'il ignore tout de ma situation. À la rigueur, il a peut-être rencontré des difficultés avec une ex – qui n'en a pas eu ? –, mais pour le reste… Le divorce de mes parents, l'arrestation de Cole, mon frère aîné, le décès de l'amour de ma vie… Je ne vais sûrement pas lui déballer tout ça. La seconde où vous vous ouvrez à quelqu'un fait de vous une pleurnicheuse, et c'est tout juste s'il ne faut pas sortir les violons. La vérité est que nous avons tous nos problèmes ; nous traversons tous des passes difficiles, et la douleur que je ressens est négligeable comparée à celle de bien d'autres personnes. Je n'ai vraiment aucun droit de me plaindre.

— Je croyais que tu n'étais pas du genre à donner des conseils ? dis-je en souriant.

Il s'écarte du bar et réplique :

— En effet. Mais remercie-moi si tu tires quoi que ce soit de mon histoire !

J'affecte un léger sourire et fais semblant de boire une nouvelle gorgée. Je n'ai pas vraiment besoin d'un coup de fouet, et je n'ai aucune envie de me soûler, d'autant moins que j'ai le sentiment que c'est encore moi qui vais devoir nous ramener à la maison.

Afin de détourner la conversation, je pose un coude sur le bar, plante mon menton sur mon poing et reprends :

— Alors, qu'est-ce qui s'est passé, ce soir-là ?

Un léger sourire se dessine sur le côté gauche de sa bouche, et il secoue sa jolie tête blonde.

— J'ai couché pour la première fois depuis la rupture, et je me suis enfin souvenu de ce qu'on ressent quand on n'est plus attaché à quelqu'un.

Je ne m'attendais pas à ce genre de réponse. La plupart des gars auraient menti sur leur peur de vivre une vraie relation, surtout lorsqu'ils me draguaient. Celui-là m'est sympathique. Juste sympathique : pas question que je lui fasse sa fête, comme dirait Natalie.

— Je vois, dis-je en m'efforçant de conserver un sourire raisonnable. Au moins, tu es honnête.

— Pas vraiment le choix, réplique-t-il en saisissant un verre pour se préparer son propre Cuba libre. Je me suis rendu compte que la plupart des filles avaient aussi peur de s'engager que les mecs, aujourd'hui. Si on est honnête d'entrée de jeu, on a plus de chances de sortir indemne d'une relation éphémère.

J'acquiesce, tout en tripotant ma paille. Hors de question que je le lui avoue, mais je suis complètement d'accord avec lui et je trouve ça plutôt rafraîchissant. Je n'y ai jamais vraiment réfléchi, mais autant je ne veux pas entendre parler d'une relation stable, autant j'ai mes besoins et je n'ai rien contre un coup d'un soir.

Mais pas avec lui. Ni avec qui que ce soit ici. J'assume, je ne suis peut-être pas assez courageuse pour coucher avec un type que je ne connais pas. Et l'alcool commence déjà à me monter à la tête. À dire vrai, je n'ai encore jamais fait ce genre de truc et, même si l'idée est plutôt excitante, elle me fiche une sacrée trouille. Jusqu'à aujourd'hui, je n'ai connu que deux garçons : Ian Walsh, mon premier amour, qui m'a pris ma virginité avant de mourir trois mois plus tard dans un accident de voiture, et Christian Deering, qui était censé me remettre le pied à l'étrier mais m'a honteusement trompée avec une salope de rouquine.

Heureusement que je n'avais pas prononcé cette courte phrase assassine qui commence par « je » et finit par « t'aime », car je savais, en mon for intérieur, qu'il n'en pensait rien quand il me l'avait dite.

Ou alors il était sincère, et c'était précisément pour cela qu'il avait fini par aller voir ailleurs au bout de cinq mois : parce que je ne lui avais jamais répondu.

Je constate que le barman me sourit, attendant patiemment une réplique de ma part. Il a vraiment bon fond ; à moins qu'il ne cherche seulement à avoir l'air sympa. Force est de reconnaître qu'il est plutôt mignon ; il doit avoir dans les vingt-cinq ans, et ses yeux marron clair ont tendance à sourire avant sa bouche. Et j'ai déjà remarqué ses biceps et son torse harmonieux sous ce tee-shirt moulant. En plus, il est bronzé : il a clairement passé l'essentiel de sa vie au bord de l'océan.

Je cesse de le dévisager dès que je me surprends à l'imaginer en maillot.

— Blake, se présente-t-il alors. Le frère de Rob.

Rob ? Ah, oui, le proprio de L'Underground.

Je lui serre doucement la main.

— Camryn.

J'entends la voix de Natalie avant même de voir celle-ci. Elle se fraie un passage parmi les clients agglutinés autour de la piste de danse et se faufile jusqu'à moi. Elle avise Blake immédiatement, et ses prunelles se mettent à pétiller à l'unisson avec son sourire éclatant. Damon, qui lui tient toujours la main, se contente de me regarder d'un air neutre. Cela me fait une drôle d'impression, que je repousse dès que Natalie plaque son épaule contre la mienne.

— Qu'est-ce que tu fais là ? me demande-t-elle d'un ton accusateur.

Son regard navigue plusieurs fois entre Blake et moi, avant qu'elle m'accorde son attention pleine et entière, un sourire jusqu'aux oreilles.

— Je bois un verre. Tu es venue t'en chercher un ou me chaperonner ?

— Les deux ! s'exclame-t-elle en lâchant la main de Damon pour pianoter sur le comptoir du bout des doigts. N'importe quoi avec de la vodka, commande-t-elle joyeusement à Blake.

Celui-ci hoche la tête avant de se tourner vers Damon.

— Un Cuba libre.

Natalie s'approche si près de mon oreille que je sens son souffle chaud quand elle me chuchote :

— Putain, Cam ! Tu sais qui c'est ?

Je constate que Blake sourit légèrement, l'ayant entendue. Me sentant rougir d'embarras, je murmure en retour :

— Ouais, il s'appelle Blake.

— C'est le frère de Rob ! siffle-t-elle.

J'adresse un regard en biais à Damon, espérant qu'il saisira l'allusion et l'entraînera à l'écart, mais il fait comme s'il ne comprenait pas. Où est passé mon Damon, mon allié de toujours quand il s'agit d'affronter Natalie ?

Oh, oh, il doit encore être furax contre elle. Il ne se comporte comme ça que quand elle a ouvert sa grande bouche ou fait quelque chose qui ne lui a pas plu. Et nous ne sommes ici que depuis une demi-heure. Elle n'a pas dû avoir le temps de faire beaucoup de bêtises. D'un autre côté, on parle de Natalie, et si quelqu'un est capable de foutre en rogne son copain en moins d'une heure et sans même s'en rendre compte, c'est bien elle.

Je glisse à bas du tabouret et l'empoigne par le bras pour l'éloigner du comptoir. Damon, comprenant sans doute ma manœuvre, reste en retrait auprès de Blake.

Le volume de la musique augmente tandis que le groupe achève un morceau et enchaîne sans temps mort.

— Qu'est-ce que tu as fait ? m'enquiers-je en la forçant à me regarder.

— Comment ça, qu'est-ce que j'ai fait ?

Elle se trémousse en rythme, comme si je n'étais pas là.

— Nat, je ne rigole pas.

Elle s'immobilise enfin pour me dévisager sans comprendre.

— Pour énerver Damon ? expliqué-je. Il était de bonne humeur en arrivant.

Elle jette un coup d'œil à l'intéressé, qui sirote tranquillement sa boisson au comptoir, puis m'observe d'un air confus.

— Je n'ai rien fait… je crois.

Elle fait mine de se concentrer, réfléchissant à ses derniers faits et gestes.

Puis elle pose les mains sur ses hanches.

— Qu'est-ce qui te fait croire qu'il est énervé ?

— Ça se voit dans son regard. Et je déteste quand vous vous engueulez, surtout quand je suis coincée avec vous pour la soirée et que je dois vous écouter ressasser un vieux dossier.

Natalie arbore alors un sourire retors.

— Eh bien, j'ai l'impression que tu es un peu parano, et que tu essaies de faire diversion pour que je ne pose pas de questions sur Blake et toi.

Elle affiche à présent cet air mutin que je déteste. Je lève les yeux au ciel.

— Il n'y a pas de « Blake et moi ». On discute, c'est tout.

— C'est un bon début. Maintenant, tu dois lui sourire, précise-t-elle en illustrant son propos par un sourire jusqu'aux oreilles. Ce que tu faisais carrément quand je vous ai rejoints, fait-elle remarquer, les bras croisés, dressant une hanche provocante. Je parie qu'il n'a même pas eu à t'arracher les mots de la bouche. La preuve, tu connais déjà son nom.

— Pour quelqu'un qui veut me voir m'amuser et rencontrer quelqu'un, tu ne sais vraiment pas la fermer quand les choses évoluent dans ton sens.

Natalie se laisse de nouveau entraîner par la musique, lève légèrement les mains au-dessus de sa tête et se met à onduler, plus séduisante que jamais. Je reste raide comme un piquet.

— Il ne va rien se passer, affirmé-je fermement. Tu as gagné, je parle à quelqu'un d'autre chose que de mes MST, alors je t'en prie, n'en fais pas tout un sketch.

Elle pousse un soupir interminable et s'arrête de danser le temps de dire :

— Tu as raison. Je te laisse avec lui, mais s'il te fait monter chez Rob, je veux connaître tous les détails.

Elle me plante un doigt dans les côtes, l'œil mi-clos et les lèvres pincées.

— D’accord, acquiescé-je pour me débarrasser d’elle. Mais ne retiens pas ton souffle trop longtemps, car il ne va *rien* se passer.

3

Camryn

Une heure et deux Cuba libre plus tard, Blake m'a fait monter « chez Rob ». La tête me tourne à peine, je marche et je vois parfaitement, je sais donc pertinemment que je ne suis pas ivre. Cependant, je suis un tout petit peu trop gaie à mon goût. Quand Blake m'a suggéré d'aller « dans un endroit un peu plus calme », des dizaines de signaux d'alarme ont retenti dans mon esprit : *Ne pars pas après quelques verres avec un type que tu ne connais pas. Non, Cam. Tu n'es pas idiote, ne laisse donc pas l'alcool d'abêtir.*

Ma conscience me hurle silencieusement ces recommandations. Je commence même par les écouter, jusqu'à ce que le sourire contagieux de Blake et sa manière de me mettre parfaitement à l'aise étouffent complètement les sirènes.

— C'est donc ça qu'on appelle « Chez Rob » ? m'étonné-je en profitant du panorama urbain offert par le toit de l'entrepôt.

Les bâtiments de la ville rayonnent de lumières bleues, blanches et vertes. Les rues semblent nimbées d'une brume orangée diffusée par les centaines de lampadaires.

— Tu t'attendais à quoi ? demande-t-il en me prenant la main. (Je réprime un frisson mais laisse ses doigts se fermer sur les miens.) À un baisodrome de luxe avec des miroirs au plafond ?

Attends une seconde… Oui, c'est exactement ça – dans l'idée au moins. Mais, dans ce cas, pourquoi suis-je montée ici avec lui ?

OK, *là*, je me mets un peu à paniquer.

Finalement, je suis peut-être un peu soûle, sans quoi je n'aurais pas pris une décision aussi stupide. Je flippe tellement que je dessoûle sur-le-champ. Je ne me serais jamais crue capable de pénétrer dans quelque « baisodrome » que ce soit, même bourrée. Est-ce vraiment l'alcool qui me rend idiote, ou fait-il simplement ressortir une facette de ma personnalité dont je préfère nier l'existence ?

Je jette un coup d'œil à la porte en ferraille ménagée dans le mur de brique, et j'aperçois un peu de lumière par l'embrasure. Il l'a laissée ouverte, c'est plutôt bon signe.

Il me mène à une table de pique-nique en bois, où je m'assieds nerveusement à côté de lui. Le vent me caresse les cheveux, entraînant quelques mèches jusqu'à ma bouche. Je les en écarte du doigt.

— Heureusement que c'est moi, déclare-t-il en observant la ville, les mains autour des genoux.

Il a les pieds posés sur le banc. Je m'installe en tailleur et croise les mains dans mon giron. Je lui adresse un regard interrogateur.

Il me sourit.

— Heureusement que c'est moi qui t'ai fait monter ici, précise-t-il. Une jolie fille comme toi, avec tous ces mecs en bas… (Il se tourne vers moi, et ses yeux marron semblent presque luminescents dans les ténèbres.) N'importe qui d'autre aurait peut-être fait de toi la victime de viol de ton propre téléfilm de l'après-midi.

Je décuve dès lors parfaitement. Comme ça, en deux secondes, comme si je n'avais pas bu une goutte d'alcool. Mon dos se raidit de son propre chef tandis que je prends une longue inspiration inquiète.

Bordel, qu'est-ce que j'avais en tête ?

— Détends-toi, dit-il, un sourire aux lèvres, en levant haut les mains. Je ne ferai jamais rien à une fille si elle n'en a pas envie. Ni même à une fille qui, après quelques verres, *pense* en avoir envie.

J'ai l'impression d'avoir échappé de peu à une balle mortelle.

Je me décontracte légèrement, de nouveau en mesure de respirer. Bien sûr, il pourrait être en train de me bourrer le crâne pour me rassurer, mais mon instinct me pousse à le croire inoffensif. Je suis soudain plus tranquille, bien que toujours sur mes gardes. S'il voulait abuser de moi, il ne m'aurait sans doute pas alertée sur la question.

Je laisse échapper un petit rire en repensant à une chose qu'il m'a dite.

— Qu'est-ce qu'il y a de si drôle ?

— Ta référence aux téléfilms de l'après-midi, répliqué-je avec un petit sourire gêné. Tu regardes ce genre de trucs ?

Il détourne la tête, partageant mon embarras.

— Nan, c'est juste une comparaison classique.

— Vraiment ? le taquiné-je. Je ne sais pas, tu es le premier gars que j'entends prononcer les mots « téléfilm de l'après-midi » dans une vraie phrase.

Il rougit ostensiblement, et je n'arrive pas à croire que ça me fasse autant plaisir.

— Tu ne le répéteras à personne, hein ?

Il m'adresse sa moue boudeuse la plus convaincante.

Je lui souris derechef puis contemple les lumières de la ville, espérant mettre un terme à tous les espoirs qui auraient pu naître en lui au cours de notre bref échange. Peu importe qu'il soit beau, charmant ou sexy : il ne m'intéresse pas du tout. Je ne suis pas prête à autre chose qu'à me livrer à une conversation amicale et innocente, sans sous-entendu sexuel et surtout sans fil à la patte. C'est tellement difficile, avec les garçons : ils ont toujours l'impression qu'un simple sourire signifie infiniment plus.

— Alors dis-moi, reprend-il. Qu'est-ce que tu fais ici, toute seule ?

— Oh non..., réponds-je en secouant la tête et le doigt. Ne nous engageons pas sur ce terrain-là.

Il pivote face à moi, posant une jambe sur la table.

— Allez, donne-moi un peu de grain à moudre. C'est une simple conversation. J'ai sincèrement envie de savoir. Ce n'est pas une tactique.

— Une tactique ?

— Ouais, genre je fais semblant de m'intéresser à tes problèmes pour pouvoir te déshabiller – si c'était vraiment ce que je voulais, je te le dirais directement.

— Oh, donc tu n'en as pas envie ?

Je le regarde d'un air entendu.

Légèrement pris de court, mais pas découragé pour autant, il finit par répliquer :

— À terme, si. Il faudrait être débile pour ne pas vouloir coucher avec toi. Mais si je t'avais fait monter ici dans ce seul et unique but, je t'aurais prévenue avant.

J'apprécie son honnêteté et ne l'en respecte que davantage. Néanmoins, mon sourire s'est légèrement figé quand il m'a dit « dans ce seul et unique but ». Que peut-il attendre d'autre ? Un rencard menant à une véritable relation ? Euh... merci, mais non merci.

— Écoute, lui dis-je en m'écartant légèrement de lui pour qu'il comprenne bien le message. Pour ta gouverne, je ne cherche ni l'un ni l'autre.

— Ni l'un ni l'autre de quoi ?

Il comprend tout seul dans la seconde qui suit, et secoue la tête en souriant avant de préciser :

— Oh non, ne t'inquiète pas. On est sur la même longueur d'onde, là. C'est sans doute difficile à croire, mais je t'ai vraiment fait monter ici uniquement pour discuter.

Quelque chose me dit que si j'avais voulu d'un plan cul, d'une relation sérieuse, ou de l'un puis de l'autre, il me l'aurait accordé ; cependant, il semble faire machine arrière sans avoir l'air de se sentir repoussé.

— Pour répondre à ta question, finis-je par reprendre, je suis célibataire parce que j'ai vécu plusieurs expériences difficiles. Et non, je ne suis pas venue ici pour trouver un nouveau prétendant.

Blake hoche la tête. Quand il se détourne, la brise vient soulever sa petite mèche.

— Ouais, ça, j'ai bien compris. De toute façon, le début craint toujours. Le processus d'apprentissage est un vrai cauchemar, déclare-t-il en se retournant vers moi avant d'étayer sa thèse. Quand on est resté avec quelqu'un assez longtemps pour s'y habituer, on aboutit à une sorte de zone de confort. Une fois qu'on y est, même lorsque tout ce qu'on y vit est une horreur sans nom, c'est impossible de s'en extirper. Autant tenter de convaincre un gros mollasson de sortir de son canapé pour aller faire du sport.

Se rendant sans doute compte qu'il est allé un peu vite un peu loin, Blake détend l'atmosphère en ajoutant :

— Avec Jen, il m'a fallu trois mois avant d'oser aller chier quand elle était chez moi.

J'éclate de rire et, quand je me sens le courage de le regarder, je le vois qui sourit.

Je commence à croire qu'il n'a pas vraiment tourné la page avec son ex. J'essaie donc de lui porter secours en déviant la conversation sur moi, avant qu'il n'en prenne conscience et n'ait de nouveau l'impression que son monde s'écroule.

— Mon copain est mort, lâché-je pour le préserver. Accident de voiture.

Le visage de Blake s'assombrit quand il me contemple, rongé de remords.

— Je suis désolé, je ne voulais pas…

Je lève la main pour l'interrompre.

— Non, ce n'est pas grave. Tu n'y es pour rien.

Il m'adresse un léger hochement de chef en guise d'encouragement, et je poursuis :

— C'était une semaine avant la remise des diplômes.

Il me pose la main sur le genou, mais je sais que c'est uniquement pour me réconforter.

Je commence à lui raconter toute l'histoire quand j'entends un grand bruit sourd, et découvre Blake gisant par terre. Tout s'est passé si vite que je n'ai pas vu Damon approcher, ni même franchir la porte métallique à plusieurs mètres de là.

— Damon ! hurlé-je tandis qu'il le cloue au sol pour l'empêcher de se relever et lui assène une volée de coups de poing. DAMON, ARRÊTE !

Une autre grêle de coups s'abat sur Blake avant que je recouvre mes esprits et me précipite à sa rescousse. Je saute sur le dos de Damon, l'attrapant par les poignets, mais il est si déterminé à le tabasser que j'ai l'impression de chevaucher un taureau mécanique. Je suis vite désarçonnée et j'atterris le cul sur le ciment.

Blake finit par se relever après un ultime crochet.

— Putain, c'est quoi ton problème, mec ? demande-t-il en se redressant, tout chancelant.

Il se masse la mâchoire d'une main, comme pour la remettre en place. Il saigne des deux narines, et sa lèvre supérieure est éclatée et enflée. Son sang paraît noir dans la pénombre.

— Tu sais *exactement* ce que c'est ! rugit Damon avant de se ruer de nouveau sur lui.

Je fais mon possible pour le retenir, le contournant pour venir plaquer mes mains sur son torse musclé.

— Arrête, Damon ! On discutait ! Putain, qu'est-ce qui te prend ?

Je crie si fort que j'ai l'impression d'avoir déjà la voix cassée.

Tout en repoussant Damon, je me retourne vers Blake.

— Je suis vraiment désolée, je… je…

— T'en fais pas, réplique-t-il sèchement. Je me casse.

Il tourne les talons et disparaît par la porte métallique. Un grand *bang!* retentit quand il la claque derrière lui. Je fais volte-face pour affronter Damon. Hors de moi, je le bouscule de toutes mes forces.

— Espèce de gros *connard*! Je n'arrive pas à y croire.

Je lui braille littéralement dessus, à quelques centimètres du visage.

Damon pince les lèvres, le souffle toujours court suite à la rixe. Ses yeux noirs écarquillés luisent d'un éclat féroce. Une part de moi se méfie de lui, mais l'autre, celle qui le connaît depuis douze ans, réprime ces doutes.

— Qu'est-ce qui te prend de partir avec un mec que tu viens de rencontrer? Je te pensais plus maligne que ça, Cam, même un peu bourrée!

Je m'écarte de lui et croise les bras avec colère.

— Tu me prends pour une conne? On *discutait*! (Je m'énerve tellement que mes cheveux tombent en cascade autour de mes yeux.) Je sais quand même faire la différence entre un connard et un type sympa. Et là, j'ai affaire à un authentique connard!

Je parierais qu'il grince des dents derrière ses lèvres serrées.

— Traite-moi de tous les noms si ça te chante, j'essayais juste de te protéger.

Son ton est étonnamment calme.

— De *quoi*? hurlé-je en retour. D'un mauvais sujet de conversation? Ou d'un gars qui voulait seulement parler?

Un sourire narquois assombrit son visage.

— Comme si les mecs se contentaient de parler, affirme-t-il avec expertise. Tu crois vraiment qu'on fait grimper une belle fille comme toi sur le toit d'un foutu entrepôt pour le seul plaisir de discuter? Encore dix minutes et il aurait posé ton petit cul sur cette table pour te sauter. Personne ne peut t'entendre crier ici, Cam.

Je ravale la boule qui s'est formée dans ma gorge, mais une autre la remplace immédiatement. Damon a peut-être raison. J'étais peut-être si aveuglée par la personnalité sincère et secrètement fragile de Blake que je n'ai pas vu clair dans son jeu. J'ai bien sûr déjà envisagé mille fois pareille situation, et j'en ai vu des exemples à la télé… Blake a peut-être une technique différente. Non, je n'y crois pas. Il m'aurait sans doute prise sur cette table si je le lui avais demandé, mais je suis certaine qu'il ne l'aurait pas fait sans mon accord.

Je tourne le dos à Damon, refusant de lui laisser voir sur mon visage que, l'espace d'une seconde, il a failli me convaincre. Je suis tellement furieuse de la manière dont il est intervenu… D'un autre côté, je ne peux pas lui en vouloir de veiller sur moi. Une réaction de mâle dominateur complètement primitive, mais partant d'une bonne intention.

— Cam, regarde-moi, s'il te plaît.

Je résiste quelques secondes avant de lui faire face, sans décroiser les bras.

Son expression s'est adoucie.

— Je suis désolé, j'ai… (Il pousse un soupir et détourne la tête, comme s'il n'osait m'avouer la suite.) Camryn, je ne supporte pas de t'imaginer avec un autre mec.

J'ai l'impression d'avoir reçu un direct à l'estomac. Je laisse même échapper un léger glapissement, les yeux ronds de stupeur.

Je louche nerveusement vers la porte en ferraille.

— Où est Natalie ?

Nous ne pouvons pas aborder ce sujet sur le toit. Qu'est-ce qu'il vient de me dire ? Non, il s'est mal exprimé. J'ai dû mal comprendre. D'autant que ma tête bourdonne de nouveau ; je n'ai pas les idées claires.

Il vient me saisir par les coudes. Je ressens soudain le besoin impérieux de m'éloigner de lui, mais je suis figée sur place, incapable de bouger autre chose que les yeux.

— Je suis sincère, souffle-t-il dans un murmure désespéré. Je suis fou de toi depuis le collège.

Un nouveau coup de poing au sternum.

Je recouvre enfin l'usage de mes jambes.

Je secoue longuement la tête, tentant d'y comprendre quelque chose.

— Non. Non. Tu es ivre, Damon ? Ou défoncé ? Tu débloques, en tout cas, dis-je en décroisant les bras. On doit aller rejoindre Natalie. Je ne lui dirai rien de cette conversation, parce que tu auras tout oublié demain matin, mais il faut vraiment qu'on y aille. Maintenant.

Je me dirige vers la porte refermée, mais Damon me force à me retourner d'une main puissante sur le biceps. Je hoquette de surprise, et mon doute de tout à l'heure refait surface, malgré toutes ces années à lui faire confiance. Son regard est encore plus féroce que précédemment, malgré une sorte de douceur latente.

— Je ne suis pas bourré, et je n'ai rien sniffé depuis la semaine dernière.

Le simple fait qu'il prenne de la coke m'a toujours empêchée de me sentir attirée par lui, mais il n'en demeure pas moins l'un de mes amis les plus proches. C'est justement cette amitié de longue date qui me permet de comprendre qu'il dit la vérité.

Pour la première fois, je regrette qu'il ne soit *pas* défoncé, ce qui pourrait nous permettre d'oblitérer le souvenir de cette conversation.

J'observe ses doigts refermés sur mon bras, me rendant soudain compte de la pression qu'il y exerce. Cela me terrifie.

— Damon, lâche-moi, s'il te plaît.

Au lieu de s'exécuter, il serre de plus belle, et je tente de me dégager d'une secousse. Il me tire brutalement vers lui et, sans me laisser le temps de réagir, il plaque sa bouche contre la mienne, m'immobilisant la tête d'une main sur la nuque. Il essaie d'immiscer sa langue entre mes dents, mais je parvins à me reculer juste assez pour lui assener un coup de tête. Cela le surprend – moi aussi –, et il me libère instinctivement.

— Cam ! Attends ! l'entends-je crier alors que je cours vers la porte.

Ses pas rapides résonnent bruyamment sur les marches métalliques, mais je parviens à le semer en atteignant l'ascenseur la première. Je claque violemment la grille et redescends au rez-de-chaussée. Le gorille qui nous a accueillis à notre arrivée est toujours là, et je le bouscule légèrement en me ruant hors de la boîte.

— Eh, doucement, beauté ! m'apostrophe-t-il alors que je m'éloigne de l'entrepôt à grandes enjambées.

Dès que j'atteins la station Shell, j'appelle un taxi pour qu'il vienne me chercher.

4

Camryn

Le lendemain matin, je suis réveillée par mon portable. Je l'entends vibrer sur la table de chevet. NATALIE s'affiche en caractères gras sur l'écran, tandis qu'une grimace d'elle, yeux ronds, sourire jusqu'aux oreilles, me contemple. Cette image achève de me réveiller et je me redresse avec raideur, le téléphone à la main, le laissant vibrer dans ma paume pendant quelques secondes supplémentaires avant de trouver le courage de répondre.

— Où t'étais passée ? me hurle-t-elle à l'oreille. Putain, Cam, tu as disparu, j'ai complètement flippé, et Damon s'est volatilisé à son tour, et puis il est revenu, et j'ai vu Blake partir avec la gueule en sang. C'est à ce moment-là que j'ai compris à quoi tu faisais allusion en parlant de la mauvaise humeur de Damon… (Elle reprend enfin son souffle.) Après ça, je n'ai pas arrêté de lui demander ce que j'avais pu dire ou faire, ou si c'était à cause du resto la semaine dernière, mais il ne m'a pas répondu et a décrété que c'était l'heure de rentrer, et alors j'ai…

— Natalie, l'interromps-je, croulant sous le flot de ses paroles. Calme-toi, d'accord ?

Je rejette la couverture et sors du lit en calant l'appareil entre mon épaule et mon oreille. Je sais que je dois me résoudre à lui parler de ce qu'a fait Damon. Je n'ai pas le choix. Non seulement elle ne me le pardonnerait pas en le découvrant plus tard, mais je ne me le pardonnerais pas non plus. Si les rôles étaient inversés, je lui en voudrais de ne rien m'avoir dit.

Mais pas au téléphone. Ce genre de discussion ne peut avoir lieu autrement qu'en face à face.

— Tu peux me retrouver pour un café dans une heure ?

Silence.

— Euh… ouais, si tu veux. Tu es sûre que tout va bien ? J'étais si inquiète. J'ai cru que tu avais été kidnappée, un truc du genre.

— Natalie, oui, tout… (*tout va mal!*) Oui, tout va bien, d'accord ? Retrouve-moi dans une heure. Et, s'il te plaît, viens toute seule.

— Damon s'est écroulé chez lui, réplique-t-elle. (Je devine le sourire dans sa voix.) J'en reviens pas, hier soir, il m'a fait des trucs que je n'aurais jamais imaginés.

Je me contente de hausser les épaules. Ses mots me font l'effet d'insanités claironnées à l'autre bout du fil, mais je dois faire comme si de rien n'était.

— Enfin, je n'ai vraiment pas eu la tête à ça tant que je n'ai pas su où tu étais. Comme tu ne répondais pas au téléphone, j'ai appelé ta mère vers, genre… 3 heures, et elle m'a dit que tu dormais comme un bébé. J'étais encore inquiète à cause de ton départ et…

— Dans une heure, tranché-je avant qu'elle ne s'embarque dans une nouvelle digression.

Dès que nous raccrochons, je m'empresse de vérifier les appels en absence. Il y en a six de Natalie, neuf autres de Damon. Les seuls messages sur mon répondeur sont de Nat. J'imagine que Damon ne voulait pas laisser de preuves à charge.

Même si je n'en avais nullement besoin. Natalie et moi sommes devenues meilleures amies quand cette connasse m'a volé ma Barbie Princesse Velours lors d'une soirée pyjama.

Quand elle arrive, j'ai déjà vidé la moitié de mon *latte* et ne tiens plus en place. Elle se laisse choir sur la chaise restée vacante. J'aurais préféré qu'elle ne sourie pas tant : ça rend les choses encore plus difficiles.

— Tu as une sale tête, Cam.

— Je sais.

Elle cligne des paupières, éberluée.

— Quoi ? Pas du « merci » sarcastique ni du roulement d'yeux habituel ?

Je t'en prie, arrête de sourire, Nat. S'il te plaît, pour une fois, prends au sérieux ma tête de trois pieds de long et adopte une attitude grave.

Bien entendu, elle n'en fait rien.

— Bon, je vais aller droit au but, d'accord ?

Ça y est, son sourire commence à s'effacer.

Je m'éclaircis la voix et prends une profonde inspiration. C'est dingue, je n'arrive pas à y croire ! S'il s'agissait d'un mec lambda avec lequel elle était sortie lors d'un break avec Damon, cela serait infiniment moins compliqué. Seulement il est question de *Damon*, le mec qu'elle fréquente depuis cinq ans, celui contre lequel elle revient se blottir après chaque rupture ou dispute. Le seul dont elle ait vraiment été amoureuse.

— Cam, qu'est-ce qui se passe ?

Elle mesure l'importance de ce que je m'apprête à lui révéler, et je lis dans son regard qu'elle se demande déjà si elle a réellement envie de l'apprendre. Je crois qu'elle sait que cela a un rapport avec Damon.

Sous le coup de l'appréhension, elle déglutit.

— Hier soir, je suis montée sur le toit avec Blake…

L'inquiétude qui déforme ses traits se mue instantanément en bonheur. Comme si elle se raccrochait à la moindre possibilité de repousser l'inévitable en trouvant un sujet de plaisanterie.

Je ne lui laisse toutefois pas le loisir de faire le moindre commentaire.

— Écoute-moi, d'accord ?

J'ai cnfin capté toute son attention. L'esprit taquin qui l'anime habituellement l'a cette fois désertée.

Je reprends le fil de mon histoire :

— Damon a cru qu'il m'avait attirée là-haut pour abuser de moi. Il est arrivé en furie et lui a sauté dessus ; il l'a littéralement tabassé. Blake est reparti, légitimement furieux, et je suis restée avec Damon. Toute seule.

Le regard de Natalie trahit déjà ses craintes. Comme si elle anticipait la suite du récit et me haïssait déjà.

— Damon m'a fait du rentre-dedans, Nat. (Elle plisse les paupières.) Il m'a embrassée et m'a avoué qu'il rêvait de le faire depuis le collège. (Je devine à sa respiration saccadée que son cœur s'est emballé.) Je tenais à te le dire, car…

— T'es qu'une putain de menteuse.

J'ai l'impression de recevoir un nouveau coup de poing dans le ventre. Celui-ci me coupe le souffle instantanément.

Natalie se relève brutalement, remonte la lanière de son sac sur son épaule et me jette un regard aussi sombre que les cheveux qui l'encadrent.

Je suis toujours paralysée par sa dernière phrase.

— Tu lui cours après depuis que je sors avec lui, siffle-t-elle. Tu crois que je ne t'ai pas vue le reluquer durant toutes ces années ? (Elle pince les lèvres.) Putain, Camryn, tu prends toujours sa défense quand je fais semblant de m'intéresser à d'autres mecs. (Elle agite les mains devant elle et imite ma voix en adoptant un timbre exagérément nasillard.) Tu as un copain, Nat… N'oublie pas Damon, Nat… Tu devrais penser à Damon…

Elle abat violemment les deux paumes sur le plateau de la table, qui bascule dangereusement avant de se stabiliser.

Je n'essaie même pas de rattraper mon verre, qui par chance ne se renverse pas.

— Ne t'approche plus de moi ni de Damon, s'exclame-t-elle en pointant vers moi un index menaçant. Ou je te jure que je te démolis le portrait.

Elle ressort par les grandes baies vitrées en faisant tinter la clochette.

Lorsque je recouvre enfin mes esprits, je constate que trois autres clients me dévisagent depuis leur table. Même la barmaid détourne hâtivement la tête quand je pose les yeux sur elle. Je me perds alors dans la contemplation de la table, laissant danser le grain du bois devant mon regard trouble. J'enfouis la tête entre mes mains et reste ainsi pendant une éternité.

Par deux fois, j'éprouve le besoin de l'appeler, avant de me forcer à reposer mon téléphone.

Comment est-ce arrivé ? Des années d'une amitié sans faille – putain, j'ai même nettoyé son vomi ! –, et voilà qu'elle me traite comme de la merde. *Elle souffre, c'est tout*, tempéré-je intérieurement. *Elle est en phase de déni, je dois lui laisser le temps d'accepter la vérité. Elle finira par revenir, elle larguera ce connard, me présentera ses excuses et me traînera à* L'Underground *pour y faire de nouvelles rencontres.* Au fond de moi, je n'y crois pas vraiment ; plus exactement, la partie de moi la plus blessée, la moins rationnelle, ne parvient pas à rivaliser avec celle qui voit rouge.

Un client passe à côté de moi, un homme imposant d'un certain âge au costume tout froissé ; il me jette un regard en coin avant de sortir. Je suis carrément humiliée. Quand je relève la tête, les mêmes curieux me scrutent encore. J'ai l'impression qu'ils me prennent en pitié. Et je déteste ça.

Je ramasse mon sac, passe la bandoulière en me levant et quitte les lieux avec presque autant d'indignation que Natalie.

Cela fait une semaine et elle ne m'a toujours pas donné de nouvelles. J'ai fini par craquer et l'appeler – plusieurs fois –, mais je suis systématiquement tombée sur son répondeur. La dernière fois, elle avait même changé son message : « Salut, c'est Nat. Si c'est de la part d'un ami – d'un véritable ami –, laissez un message et je vous rappellerai. Dans le cas contraire, laissez tomber. » J'aurais voulu la boxer à travers le combiné, avant de me résoudre à balancer celui-ci à l'autre bout de la pièce. Par chance, j'ai acheté une coque renforcée en même temps que mon téléphone, ce qui m'a évité d'aller claquer quelques centaines de dollars à l'Apple store le plus proche.

J'ai même essayé de joindre Damon. C'est vraiment la dernière personne à qui j'ai envie de parler, mais lui seul détient les clés de mon amitié avec Natalie. C'est regrettable, certes, mais ainsi va la vie. Je ne sais pas ce que je m'imaginais : qu'il se trahirait en lui avouant la vérité de son propre chef ? Bien sûr, on y croit.

J'ai donc cessé d'appeler. J'ai volontairement évité notre café préféré, me contentant du jus de chaussette de l'épicerie la plus proche. J'ai même effectué un détour de trois kilomètres pour me présenter à mon entretien d'embauche chez *Macy's*, tout ça pour ne pas passer devant chez elle.

J'ai décroché le job, un poste d'assistant manager – ma mère m'a recommandée, et elle est très amie avec Mme Phillips, la femme qui m'a recrutée. Cependant, je suis à peu près aussi excitée à l'idée de bosser dans un grand magasin que de boire le café dégueu de ce matin.

Je prends soudain conscience d'une chose, tandis que je suis assise à la table de la cuisine et que j'observe ma mère aux cheveux peroxydés se faufiler jusqu'au frigo : finalement, je ne vais pas quitter le domicile familial pour emménager avec ma meilleure amie. Je vais devoir trouver un appart où vivre toute seule, ou bien rester coincée avec ma mère jusqu'à ce que Natalie reprenne ses esprits. Ce qui pourrait ne jamais se produire. Ou prendre si longtemps que je finirai par perdre patience et l'envoyer paître le moment venu.

Ma tête se met à tourner.

— Ce soir, je sors avec Roger, m'annonce maman, la tête dans le réfrigérateur. (Elle tourne vers moi ses yeux trop maquillés.) Tu l'as déjà rencontré, hein ?

— Oui, oui.

Ou pas. Ou peut-être que si, ou que je le confonds avec un des cinq autres types avec lesquels elle est sortie ce dernier mois. Elle s'est inscrite à l'une de ces étranges séances de *speed-dating*. Et ses relations se font et se défont à une telle vitesse que le terme semble on ne peut mieux choisi.

— Il est gentil. C'est notre troisième rendez-vous.

Je me force à sourire. Je lui souhaite d'être heureuse, même si cela implique qu'elle doive se remarier, ce qui me flanque une peur bleue. J'adore mon père – je ne renie pas mon côté fille à papa –, mais ce qu'il a infligé à ma mère est impardonnable. Cependant, depuis que le divorce a été prononcé il y a quatre mois de cela, ma mère s'est transformée en une semi-étrangère que je ne connais plus. Comme si elle avait rouvert un tiroir fermé depuis trente ans et en avait ressorti une personnalité enfouie depuis qu'elle avait rencontré mon père et nous avait eus, mon frère Cole et moi. Sauf qu'elle ne lui convient plus, malgré tous les efforts qu'elle peut fournir pour se glisser à l'intérieur.

— Il parle déjà de m'emmener en croisière.

Elle rayonne à cette seule pensée.

Je referme mon ordinateur.

— Tu ne crois pas qu'il est un peu prématuré de partir en vacances avec lui ?

Elle fait la moue et balaie mon objection d'un geste de la main.

— Non, ma puce, c'est juste ce qu'il faut. Il est plein aux as, c'est comme s'il m'invitait à dîner.

Je détourne la tête et me force à grignoter le bord du sandwich que je me suis préparé, même si je n'ai pas faim du tout.

Maman volette à travers la cuisine, faisant mine de ranger. D'habitude, elle fait venir une femme de ménage le mercredi, mais, quand elle a un invité, elle estime que donner un coup de torchon sur le comptoir et empester la maison de désodorisant s'apparente à un grand nettoyage de printemps.

— N'oublie pas, pour samedi, déclare-t-elle en remplissant le lave-vaisselle, ce qui est, en soi, une petite surprise.

— Ouais, je sais, maman, dis-je dans un soupir en secouant la tête. Mais je crois que je vais passer mon tour, cette fois.

Elle se redresse alors pour me dévisager.

— Ma puce, tu avais promis ! me supplie-t-elle d'un ton désespéré en pianotant nerveusement sur le plan de travail. Tu sais que je n'aime pas aller toute seule dans cette prison.

— C'est le principe d'une prison, maman. (Je ramasse distraitement quelques miettes de pain, que je dépose dans mon assiette.) Mais ils ne peuvent pas t'atteindre : ils sont tous enfermés, comme Cole. Et ils l'ont bien cherché.

Elle baisse le menton, et la culpabilité me submerge au point d'avoir une boule dans la gorge.

Je pousse un profond soupir.

— Je suis désolée, ce n'est pas ce que je voulais dire.

Ou plutôt, c'est précisément ce que je voulais dire, mais pas à elle, car je sais à quel point ça la rend triste que j'évoque les cinq années de réclusion auxquelles a été condamné mon frère aîné pour avoir tué un homme alors qu'il conduisait ivre. Six mois seulement après l'accident qui a coûté la vie à Ian.

J'ai l'impression de perdre tous mes proches, les uns après les autres…

Je sors de table et vais la rejoindre près du lave-vaisselle, qu'elle s'est remise à remplir.

— Je viendrai avec toi, d'accord ?

Elle se fend d'un sourire voilé de chagrin et opine du chef.

— Merci, ma puce.

Elle me fait de la peine. Cela me brise le cœur que mon père l'ait trompée après vingt-deux ans de mariage.

Même si on l'a tous vu venir.

Dire que mes parents ont tout fait pour nous éloigner l'un de l'autre, Ian et moi, quand, à seize ans, j'avais avoué à ma mère que nous étions amoureux.

Tous les parents partagent cette croyance tordue selon laquelle les moins de vingt ans ne peuvent pas savoir ce qu'est l'amour, comme s'il existait pour cela un âge légal, à l'instar de ce qui se pratique pour l'alcool. Ils estiment que la « croissance émotionnelle » d'un adolescent n'est pas assez avancée pour comprendre l'amour, pour déterminer si celui-ci est « véritable » ou passager.

C'est parfaitement idiot.

La vérité est que les adultes aiment de différentes manières, qui ne sont pas les *uniques* manières. J'ai aimé Ian, la façon dont il me regardait, dont sa présence me nouait l'estomac, dont il me tenait les cheveux quand je vomissais tripes et boyaux après avoir avalé une *enchilada* avariée.

C'est *ça*, l'amour…

J'adore mes parents, mais la dernière fois que ma mère a été malade, bien avant le divorce, mon père s'est contenté de lui apporter du Primpéran, avant de lui demander où elle avait posé la télécommande.

Bref.

J'imagine que mes vieux ont dû foirer quelque part, car, même s'ils ont toujours été très attentionnés, même s'ils ont fait des tas de choses pour moi et, même si je les adore, j'ai néanmoins grandi en redoutant plus que tout de finir comme eux. À savoir malheureuse et feignant de couler des jours heureux avec deux gosses, un chien et un jardinet entouré d'une haie de thuyas.

Alors que je me doutais qu'ils dormaient en se tournant le dos. Je savais aussi que ma mère se demandait souvent à quoi aurait ressemblé sa vie si elle avait laissé une chance à ce garçon qu'elle aimait secrètement au lycée. (Son vieux journal intime n'a pas de secret pour moi. Je l'ai dévoré.) Je sais également que, bien avant de tromper ma mère avec elle, mon père pensait souvent à Rosanne Hartman, sa cavalière du bal de promo (et son premier amour), qui habite encore aujourd'hui sur Wiltshire.

Si quelqu'un se fait une fausse image de l'amour, ou de ce que l'on ressent quand on est vraiment amoureux, c'est bien la majorité des adultes.

Ian et moi n'avons pas couché ensemble le soir où il m'a pris ma virginité : nous avons *fait l'amour*. Je n'avais jamais pensé que j'associerais un jour ces mots-là, car ils m'avaient toujours paru bateau, réservés aux adultes. Je faisais la grimace chaque fois que j'entendais quelqu'un les prononcer, ou quand « Feel Like Makin' Love » retentissait chaque matin sur l'autoradio de mon père, quand il m'emmenait à l'école.

Pourtant, force est de constater que c'est précisément ce que nous avons fait.

Un instant magique, merveilleux et fantastique, qui restera inégalé. À jamais.

J'ai effectivement accompagné ma mère ce samedi-là. Comme d'habitude, je n'ai pas dit grand-chose, et Cole ne m'a jamais répondu. Il ne le fait pas par méchanceté, il craint simplement de m'adresser la parole, car il sait que je suis toujours furieuse, triste et déçue par son comportement. Il ne s'agit pas d'un malheureux écart de conduite pouvant être catégorisé comme un « tragique accident » : Cole était alcoolique avant ses dix-huit ans. C'est un peu le mouton noir de la famille. Un petit con pourri gâté qui a multiplié les séjours en maison de correction et qui rendait mes parents fous d'inquiétude chaque fois qu'il disparaissait pendant des semaines pour faire les pires conneries imaginables. Il n'a toujours pensé qu'à sa petite personne.

J'ai commencé mon travail d'assistant-manager le lundi suivant. Je suis contente de bosser, car je refuse de vivre aux crochets de mon père pour le restant de mes jours ; cependant, je ne me sens pas du tout à ma place ainsi vêtue de mon élégant pantalon de tailleur sombre, de mon chemisier blanc boutonné jusqu'en haut et de mes chaussures à talon. Pas forcément à cause de l'uniforme, mais… je ne suis pas dans mon élément. Je n'arrive pas à l'expliquer autrement. Depuis ce lundi, et tout le reste de la semaine, quand je me réveille, m'habille et me rends au magasin, quelque chose me turlupine. Je ne perçois pas réellement ces paroles, mais c'est comme si une voix me chuchotait en permanence : *Voici ta vie, Camryn Bennett. Ta vie.*

En observant les clients déambuler, je ne vois que le négatif : leur nez dressé, leur allure hautaine, leur portefeuille débordant de billets, leurs achats inutiles.

Depuis lors, chacun de mes actes produit le même effet :

C'est ta vie, Camryn Bennett. Ta vie.

5

Camryn

Tout a changé hier.

Ce tiraillement mental m'a commandé de me lever. Et je me suis exécutée. Il m'a enjoint d'enfiler mes chaussures, de rassembler quelques affaires et de prendre mon sac. Et je me suis exécutée.

Il n'y avait ni logique ni but dans mes agissements ; j'avais simplement la conviction que je devais me détacher de ma routine, sous peine de ne jamais en sortir. Ou de finir comme mes parents.

J'avais toujours jugé que l'on faisait trop de cas de la dépression, qu'il s'agissait d'un mot jeté en l'air sans conséquence (à l'instar du sentiment tabou en cinq lettres que je n'éprouverai jamais plus pour un garçon). Quand j'étais au lycée, bon nombre de mes camarades prétendaient être déprimées ou racontaient que leur mère les emmenait voir un psy, qui leur prescrivait ces fameuses pilules que tout le monde voulait essayer. Pour moi, la dépression se résumait en trois mots : tristesse, tristesse et tristesse. Je voyais ces pubs débiles dans lesquelles des personnages de dessins animés traînaient les pieds sous un nuage noir déversant une pluie permanente sur leur tête, et je me disais que les gens en faisaient vraiment des tonnes sur ce mal supposé. J'ai beaucoup de compassion pour les autres. Ça a toujours été le cas. Je n'ai jamais aimé voir souffrir personne ; pourtant, je dois bien reconnaître que, chaque fois que quelqu'un me jouait la carte de la dépression, je levais les yeux au ciel et retournais vaquer à mes occupations.

J'ignorais encore que la dépression était une maladie sérieuse.

Les filles à l'école ne savaient pas ce que c'était que d'être déprimé.

Ça ne se réduit pas à une simple question de tristesse. En vérité, ça n'a presque rien à voir. La dépression est l'une des formes les plus crues de la douleur, et je ferais tout pour être capable de ressentir de nouveau une émotion. N'importe laquelle. Une douleur normale vous fait souffrir, mais une douleur si puissante qu'elle vous empêche d'éprouver quoi que ce soit d'autre ? Vous avez l'impression de perdre la tête.

Cela me gêne énormément de me rendre compte que mes dernières larmes remontent au jour où j'ai appris la mort de Ian. J'avais alors pleuré dans les bras de Damon. *Damon*, quoi !

Depuis, plus rien, en un peu plus d'un an.

Je n'ai plus pu. Ni quand mes parents ont divorcé, ni quand Cole a été condamné, ni quand Damon m'a montré son vrai visage, ni quand Natalie m'a poignardée dans le dos. Je ne peux m'empêcher de penser que je vais finir par m'effondrer et par pleurer toutes les larmes de mon corps, la tête enfouie dans l'oreiller. Je devrais chialer à en crever.

Pourtant, cela n'arrive pas, et je ne ressens toujours rien.

Juste ce besoin de tout envoyer valser. Cette démangeaison, bien que vague et irritante, me force à lui obéir. Je ne sais pas pourquoi, je ne pourrais pas l'expliquer, mais c'est le cas, et je ne peux pas m'en empêcher.

Je passe une bonne partie de la nuit à la gare routière, attendant que cette petite voix me dicte la marche à suivre.

— Je peux vous aider ? me demande la guichetière d'un ton neutre.

J'y réfléchis un instant, puis réponds :

— Je vais voir ma sœur en Idaho. Elle vient d'accoucher.

Elle me regarde bizarrement et, je dois bien l'admettre, mon excuse ne sonne pas très juste. Je n'ai pas de sœur, je n'ai jamais mis les pieds en Idaho, pourtant c'est le premier mensonge qui me soit passé par la tête. Cependant, la bonne dame mange une pomme de terre au four, posée sur le comptoir dans un bol graisseux couvert d'une feuille d'aluminium inondée de crème aigre. Comme c'est un classique de là-bas, c'est naturellement l'Idaho qui m'est venu à l'esprit. De toute façon, peu m'importe la destination, tant que je m'en vais.

Une fois sur place, j'achèterai un autre billet pour ailleurs. Pourquoi pas la Californie ? Ou Washington ? Ou alors j'obliquerai vers le sud pour découvrir le Texas. Je me suis toujours figuré cet État comme un immense désert de poussière jalonné de motels et de chapeaux de cow-boy. En plus, les locaux ont la réputation d'être des durs à cuir. Peut-être qu'ils me fouleront aux pieds sous leurs bottes à éperons ?

Je ne le sentirai pas. Je ne sens plus rien, au cas où vous l'auriez oublié.

Ça, c'était hier, quand j'ai décidé de claquer la porte, de tout laisser tomber. J'ai toujours rêvé de le faire, de prendre le large, mais je n'avais jamais imaginé que cela se produirait ainsi. Ian et moi avions prévu l'avenir d'une façon peu conventionnelle. Nous refusions de devenir prévisibles, les bons petits soldats d'une société qui se lève chaque jour à la même heure pour répéter la journée de la veille. Nous voulions arpenter le monde le sac au dos – c'est d'ailleurs pour ça que je l'ai suggéré à Natalie l'autre jour, au café. Peut-être que, dans un coin de ma tête, j'espérais qu'elle partagerait cette envie et qu'elle m'accompagnerait ; malheureusement, comme d'habitude, rien ne s'est passé comme prévu.

— Je peux m'asseoir ici ? me demande une dame d'un certain âge, debout dans l'allée centrale du car, un sac à main vert anis plaqué contre la poitrine.

— Bien sûr, allez-y, réponds-je avec un sourire faiblard.

Je n'ai vraiment pas envie de sourire, mais je ne voudrais pas lui donner la moindre raison de me prendre pour une jeune âme en peine nécessitant les conseils avisés d'une femme d'expérience.

Elle s'installe à côté de moi après avoir placé son bagage au-dessus de nous. Elle est un peu rondelette, mais dynamique. Et elle sent bon.

— Vous êtes bien jeune. Où est-ce que vous allez ?

— En Idaho.

— Vraiment ? (Son sourire fait ressortir la multitude de rides qui lui entourent la bouche.) Alors vous avez sans doute de la famille là-bas, car ce n'est pas vraiment une destination touristique.

— Ouais. Ma sœur.

Elle retrousse légèrement la lèvre, tout en hochant la tête le temps de jauger ma réponse. Puis elle se met à farfouiller dans son sac.

Je me tourne vers la grande vitre en Plexiglas, observant les passagers monter et descendre des autres bus. Il est midi, et je suis à Memphis. J'ai dormi presque toute la nuit – ou plutôt j'ai essayé de dormir malgré les cahots de la route ou les contractures qui m'élançaient le cou et le dos à force de rester ramassée dans mon siège. Je ne suis encore jamais venue à Memphis, mais force est de constater que la seule vue de la gare routière suffit à me rendre nerveuse. J'ai déjà aperçu nombre de silhouettes louches.

— Pour ma part, je vais dans le Montana, reprend ma voisine en déposant une pilule blanche sur sa langue. Généralement, je prends plutôt le train, mais j'ai décidé de changer d'itinéraire. De découvrir d'autres horizons.

— Vous devez voyager souvent, supposé-je en lui jetant un coup d'œil.

— Pas tant que ça. Seulement une fois par an pour rendre visite à ma chère mère. Elle a quatre-vingt-dix-huit ans.

— Waouh.

— Oui, elle est têtue comme une bourrique. Elle a déjà eu cinq cancers, et elle est toujours en vie. Elle l'a emporté chaque fois.

Je lui adresse un sourire chaleureux.

— Si cela ne vous dérange pas, poursuit-elle en se rencognant dans son siège, j'ai besoin d'une longue sieste. Je n'ai quasiment pas dormi à bord du dernier bus : le chauffeur n'arrêtait pas de zigzaguer sur la route. Faites attention, quand vous voyagez là-dedans, me prévient-elle en désignant l'avant du véhicule. On fait des tas de rencontres bizarres, et les conducteurs manquent souvent de sommeil. Il faut les surveiller en permanence, les empêcher de s'endormir en leur parlant, sans quoi on a vite fait de basculer par-dessus la rambarde de sécurité et de finir en un tas de ferraille après plusieurs tonneaux.

Pourquoi s'est-elle sentie obligée de dire ça ? Je ravale le souvenir de l'accident de Ian, qu'elle vient de décrire avec une précision glaçante, et me contente d'un hochement de tête.

Elle ferme les yeux, puis les rouvre quasi instantanément pour me regarder une dernière fois.

— Cela dit, ce sont surtout les gens qu'il faut surveiller. On ne sait jamais sur qui on va tomber ni ce que le destin nous réserve.

— Je serai vigilante, affirmé-je. Merci.

Le Tennessee défile derrière ma vitre à une vitesse vertigineuse. La nuit tombe, et je finis par m'assoupir à mon tour. Je ne rêve pas ; je n'ai d'ailleurs plus rêvé depuis la mort de Ian, mais c'est sans doute mieux ainsi. Rêver pourrait provoquer des émotions, et j'en ai fini avec les émotions. Je commence à prendre l'habitude de ne me soucier de rien. Mis à part quelques ombres suspectes dans les gares routières, plus rien ne m'effraie. Quand on se fiche de tout, la peur devient notre esclave, bordel.

Je ne jurais pas autant, avant.

La vieille dame descend du car à St Louis, et j'effectue le reste du trajet jusqu'au Kansas avec deux sièges pour moi toute seule. Je finis donc quasiment à l'horizontale, plutôt qu'assise, la joue collée au carreau.

Tout se ressemble. Entre chez moi et le Missouri, les seules différences proviennent des plaques minéralogiques et des panneaux accueillant les touristes dans le nouvel État. En dehors de ça, les routes et les arbres sont les mêmes. Il y a toujours une voiture en panne sur le bas-côté. Toujours un auto-stoppeur et un type en débardeur se dirigeant, un jerrican à la main, vers la prochaine sortie d'autoroute, où les stations-service et les fast-foods se côtoient. Et toujours, *toujours*, une chaussure seule sur quelque bretelle. J'ignore ce qu'elles font sur la chaussée. On n'aperçoit jamais de pantalon ou de chemise, rarement un chapeau ou des lunettes de soleil. Des chaussures seules, oui. D'où ça vient ?

L'intérieur d'un bus est comme un autre univers.

Chacun sait en montant qu'il va s'y retrouver coincé un certain temps. Un temps certain, même. Les cars sont souvent bondés. Les passagers sont si proches les uns des autres qu'on pourrait presque identifier le parfum, le déodorant, la lessive et l'adoucissant de ses compagnons d'infortune. Malheureusement, on repère également ceux qui ne portent ni parfum ni déodorant, et qui ne se sont sans doute pas changés depuis plusieurs jours.

Jusqu'à présent, le trajet ne m'incommode pas tant que ça. Sauf quand quelqu'un s'installe à côté de moi.

Je profite de ma correspondance de deux heures pour déambuler dans la gare du Kansas, en quête d'une place assise à l'écart des autres voyageurs. Toutes les gares routières dégagent la même odeur – des relents d'essence qui me donnent la nausée. Je gigote sur mon siège en plastique, tentant vainement de trouver une position confortable. J'avise deux cabines téléphoniques, et considère brièvement leur usage désormais obsolète. Je cherche instinctivement mon portable dans ma sacoche, m'assurant qu'il s'y trouve toujours.

Les deux heures semblent durer une éternité, et lorsque mon bus suivant entre enfin en gare, je suis parmi les premiers à me mettre en file devant la porte. Au moins, les fauteuils y sont rembourrés…

Le conducteur, vêtu de bleu marine et gris sombre de la tête aux pieds, déchire le morceau de ticket qui lui revient et me tend l'autre partie. Je fourre soigneusement mon titre de transport dans mon sac et monte à bord, parcourant des yeux les rangées de sièges pour dégoter *la* place idéale. Je m'assieds côté fenêtre, et me sens tout de suite mieux sur le molleton de mon fauteuil. Je pousse un soupir, serre ma besace contre mon ventre et croise les bras dessus. Au bout d'une dizaine de minutes, le chauffeur semble satisfait du nombre de passagers. Nous ne sommes cette fois qu'une poignée et, par chance, il n'y a ni gamins braillards ni couple sans gêne se donnant volontiers en spectacle. Je n'ai rien contre les gens qui s'embrassent en public – Ian et moi le faisions tout le temps –, tant que ça ne vire pas au porno.

Le conducteur ferme les portes, puis tire sur un levier qui les rouvre dans un grincement. Un type monte, un sac de paquetage noir sur l'épaule. Il est grand, ses cheveux châtains sont coupés court mais avec style. Il porte une marinière près du corps, et son sourire en coin trahit une profonde gentillesse – à moins qu'il ne s'agisse d'une certaine suffisance.

— Merci, lance-t-il au chauffeur d'un ton décontracté.

Bien qu'il y ait une multitude de sièges vacants, je préfère poser mon sac à côté de moi, au cas où il décide justement que c'est cette place-là et non une autre qu'il lui faut. Je sais que c'est peu probable, mais je préfère parer à toute éventualité. Les portes couinent de nouveau en se refermant, tandis que le retardataire remonte l'allée centrale dans ma direction. Je me plonge dans la lecture du magazine que j'ai récupéré durant ma correspondance, et m'intéresse à un article consacré à Brad et Angelina.

Je laisse échapper un léger soupir de soulagement quand il jette son dévolu sur les deux sièges libres derrière moi.

Enfin un bus à moitié vide dans lequel je vais pouvoir dormir. Je n'aspire à rien d'autre. Plus je reste éveillée, plus je ressasse des choses que je préférerais oublier. Je ne sais ni ce que je fais ni où je vais, mais je sais que je veux le faire vite et y arriver rapidement.

Je contemple le paysage pendant une bonne heure avant de m'assoupir enfin.

Peu après le coucher du soleil, une musique étouffée crachant dans des écouteurs finit par me réveiller.

Dans un premier temps, je reste assise bien droite, espérant qu'il remarquera à ma tête dépassant du siège que je ne dors plus, et que cela le convaincra de baisser le volume.

Que nenni !

Je m'étire, puis masse mon cou endolori par des heures d'immobilité. Je me tourne alors vers lui. Il est manifestement en train de dormir. Comment peut-on dormir avec un tel vacarme dans les oreilles ? Le bus est plongé dans les ténèbres, en dehors de quelques faibles liseuses éclairant livres et magazines, et des loupiottes vertes et bleues illuminant le tableau de bord. Mon voisin de derrière repose dans l'obscurité, bien qu'un rai de lune baigne subtilement son profil.

Je le contemple un instant avant de me dresser sur les genoux pour lui tapoter la jambe par-dessus mon dossier.

Il ne bouge pas. Je tape un peu plus fort. Il remue légèrement et entrouvre les paupières, me regardant par en dessous tandis que je suis penchée sur lui.

Il se redresse et retire ses écouteurs, rendant la musique légèrement plus audible.

— Ça t'embête de baisser un peu ?

— Quoi, tu l'entendais ?

Je hausse un sourcil surpris et réponds :

— Euh, ouais... C'est quand même fort.

Il hausse les épaules et presse du pouce un bouton de son MP3 pour baisser le volume.

— Merci, dis-je en me réinstallant.

Je ne me remets cette fois pas en position fœtale, préférant plaquer ma tête contre la vitre. Je croise les bras et ferme les yeux.

— Eh !

Je les rouvre en grand, sans bouger la tête.

— Tu t'es déjà rendormie ?

Je manque de me faire un torticolis en me retournant et sa tête m'apparaît.

— Je viens juste de fermer les yeux, comment veux-tu que je dorme ?

— J'en sais rien, chuchote-t-il. Mon grand-père s'endormait en deux secondes après avoir fermé les yeux.

— Il était narcoleptique ?

Il marque une courte pause.

— Pas à ma connaissance.

Waouh, c'est très bizarre...

— Qu'est-ce que tu veux ? lui demandé-je à mi-voix.

— Rien, répond-il en souriant. Juste savoir si tu t'étais déjà rendormie.

— Pourquoi ?

— Pour pouvoir remonter le son.

Je réfléchis un instant, décroise les bras et m'écarte suffisamment du dossier pour pouvoir pivoter et lui faire face.

— Tu attends que je me rendorme pour pouvoir remonter le son et me réveiller de nouveau, c'est ça ?

J'ai du mal à comprendre.

Il me décoche son sourire en coin.

— Tu as dormi trois heures avant que ça te réveille, constate-t-il. Je suppose donc que ce n'était pas à cause de la musique, mais d'autre chose.

Je fronce sévèrement les sourcils.

— Euh… non, ma main à couper que c'était ta musique.

— OK, capitule-t-il avant de disparaître à sa place.

J'attends quelques secondes avant de refermer les paupières, juste au cas où il recommencerait son petit manège, mais, comme il n'en fait rien, je me remets bien vite à dériver vers mon monde sans rêves.

6

Camryn

Le soleil qui se déverse par les vitres du bus me réveille le lendemain. Je me redresse pour avoir une meilleure vue, me demandant si le décor a enfin changé. Toujours pas. Je remarque alors la musique qui braille derrière moi. Je hisse la tête au-dessus du dossier, m'attendant à découvrir mon voisin profondément endormi, alors qu'il me scrute d'un air signifiant « je te l'avais bien dit ».

Je lève les yeux au ciel et me laisse retomber dans le bon sens, posant mon sac sur mes genoux pour farfouiller à l'intérieur. Je commence à regretter de ne rien avoir apporté pour me changer les idées. Un livre. Des mots croisés. N'importe quoi. Je pousse un profond soupir et me mets à me tourner les pouces, au sens propre du terme. Je me demande dans quel coin des États-Unis nous avons échoué ; je finis par me dire que nous sommes toujours au Kansas, car toutes les voitures qui nous dépassent ont une plaque de l'État.

Quand je me lasse de regarder par la fenêtre, je me concentre sur la musique étouffée.

Pas possible… Ce n'est quand même pas… ?

L'importun écoute « Feel Like Makin' Love ». Je reconnais d'abord le morceau à cause de son célèbre solo de guitare, même si ce n'est pas le genre habituel de Bad Company. Je ne déteste pas le rock rétro, mais je préfère largement les trucs récents, genre Muse, Pink ou The Civil Wars.

Les écouteurs qui pendillent par-dessus le siège presque jusqu'à venir reposer sur mon épaule me flanquent une trouille bleue. Je sursaute et les balaie du revers de la main, croyant tout d'abord qu'un insecte vient de se poser sur moi.

— Putain, tu fais quoi ? m'exclamé-je en levant la tête vers l'autre type, de nouveau penché sur moi.

— Tu avais l'air de t'ennuyer. Tu peux me les emprunter si tu veux. Ce n'est peut-être pas ton genre de musique, mais je suis sûr que tu finiras par t'y faire.

Je le contemple avec une grimace atroce. Il plaisante ou quoi ?

— Merci, mais non merci, répliqué-je en me réinstallant.

— Pourquoi pas ?

— Primo : ces machins sont restés fourrés dans tes oreilles pendant plusieurs heures, c'est dégueulasse.

— Et ?

— Comment ça, « et » ? (J'ai l'impression que la colère déforme de plus en plus mon visage.) Ça ne te suffit pas ?

Il m'adresse de nouveau son sourire de travers qui, à la lumière du jour, révèle deux minuscules fossettes au coin de ses lèvres.

— Tu as dit « primo », explique-t-il en récupérant ses écouteurs. Je m'attendais à un « secundo ».

— Waouh ! dis-je, sidérée. Tu es incroyable.

— Merci.

Cette fois, il sourit pour de bon, révélant une rangée de dents blanches et bien alignées.

Ce n'était pas censé être un compliment, et quelque chose me dit qu'il le sait aussi bien que moi.

Je me remets à farfouiller dans mon sac, sachant que je n'y trouverai rien d'autre que des vêtements. Au moins, cela permet de couper court à la conversation avec ce cinglé.

Il se laisse choir sur le siège voisin du mien pour libérer le passage à un voyageur qui se dirige vers les toilettes.

Je me fige, une main dans ma besace, incapable de bouger. J'ai beau le regarder droit dans les yeux, je dois laisser la surprise se dissiper avant de choisir le genre de sermon que je veux lui servir.

Il plonge la main dans son propre sac, en extrait un sachet de lingettes antibactériennes. Il en extirpe une, la déplie et entreprend de nettoyer méticuleusement chacun de ses écouteurs.

— Tiens, ils sont comme neufs, déclare-t-il en me les tendant.

Comprenant qu'il essaie simplement d'être gentil, je baisse un peu la garde et réponds :

— Sans façon. Mais merci quand même.

Je me surprends moi-même d'avoir si vite passé l'éponge sur le côté « je m'installe à côté de toi sans prendre la peine de te demander ton avis ».

— Bon, ce n'est sans doute pas plus mal, commente-t-il en rangeant son lecteur MP3. Je n'écoute pas Justin Bieber ou l'autre tarée avec ses robes en viande, tu aurais sans doute été déçue.

OK, je me remets sur la défensive. *Si tu me cherches, tu vas me trouver.*

Je lui montre les dents et croise les bras.

— Premièrement : je n'écoute pas Justin Bieber. Et deuxièmement : Lady Gaga n'est pas si mal. Ça fait un peu trop longtemps qu'elle joue la carte de la provoc, je te l'accorde, mais elle fait des trucs bien.

— Tu sais pertinemment que c'est de la musique de merde, réplique-t-il en secouant la tête.

Je cligne des yeux à deux reprises ; éberluée, je ne sais pas quoi répondre.

Il pose son sac par terre et s'assied confortablement, posant le pied sur le dossier de devant. Vu la longueur de ses jambes, je doute qu'il soit très à l'aise dans cette position. Il porte des chaussures hautes renforcées. Sans doute des Dr Martens. Fait chier. Ian avait exactement les mêmes. Je détourne la tête, préférant ne pas poursuivre cette conversation étrange avec ce personnage étrange.

La vieille dame du Tennessee avait raison.

Il me dévisage, la tempe contre le tissu élimé du fauteuil.

— Les classiques du rock, il n'y a que ça de vrai, affirme-t-il d'un ton neutre avant de regarder droit devant. Led Zep, les Stones, Journey, Foreigner… (Il bascule de nouveau vers moi pour m'observer.) Ça te parle ?

Je soupire d'un air désabusé et lève une fois de plus les yeux au ciel.

— Je ne suis pas non plus débile, répliqué-je.

Je change de discours en me rendant compte que je ne connais pas beaucoup d'autres groupes. Je ne voudrais pas passer pour une inculte après avoir fait savoir avec une telle éloquence que je n'en étais pas une.

— J'aime bien… Bad Company.

Il arbore un petit sourire en coin.

— Cite-moi une de leurs chansons et je ne t'embête plus.

Je ne fais plus la fière. J'essaie de me souvenir d'un titre autre que celui qu'il écoutait. Hors de question que je le regarde dans les yeux et que je lui dise « I Feel Like Makin' Love[1] ».

Il m'observe patiemment, sans se départir de son sourire.

— « Ready For Love[2] », déclaré-je enfin, faute de mieux.

— Alors comme ça tu te sens prête pour l'amour ? s'enquiert-il.

— Hein ?

Il affiche un sourire jusqu'aux oreilles.

— Non, rien, répond-il en tournant la tête.

---

1. « J'ai envie de faire l'amour » (*N.d.T.*)
2. « Ouverte à l'amour » (*N.d.T.*)

Le rouge me monte aux joues. J'ignore pourquoi, et je ne veux pas le savoir.

— Euh, excuse-moi, mais je me servais des deux sièges.

Il me sourit derechef, cette fois sans malice.

— Bien sûr, fait-il en se levant. Si tu veux m'emprunter mon MP3, tu sais où me trouver.

Je lui réponds d'un pâle sourire, soulagée qu'il ait accepté de retourner à sa place sans discuter.

— Merci, lui dis-je, reconnaissante.

Juste avant de se rasseoir, il se penche vers moi et demande :

— Tu vas où, au fait ?

— Dans l'Idaho.

Ses yeux verts s'illuminent alors.

— Je vais dans le Wyoming. J'ai comme l'impression qu'on va partager un certain nombre de bus.

Puis son visage souriant disparaît derrière la banquette.

Il est beau, je ne peux pas prétendre le contraire. Ses cheveux courts en bataille, ses bras musclés et ses pommettes saillantes, ses fossettes et son sourire en coin qui me force à le regarder malgré moi… Non pas qu'il me fasse craquer ou quoi que ce soit : ce n'est qu'un passager lambda, à bord d'un car en route pour nulle part. Ce n'est carrément pas le genre de plan qui m'attire. Et même dans le cas contraire, même si je le connaissais depuis six mois, ça n'irait pas plus loin. Plus maintenant. Plus jamais.

L'interminable traversée du Kansas nécessite plus de temps que prévu. C'est la première fois que je prends conscience de la superficie des différents États. Quand on regarde une carte, on ne voit qu'un morceau de papier avec des frontières tracées de façon apparemment aléatoire. Même le Texas apparaît relativement petit sous cet angle ; en outre, le fait de privilégier les voyages en avion renforce cette impression que l'État voisin est situé à moins d'une heure. Pourtant, une heure et demie plus tard, j'ai le dos et les fesses de plus en plus endoloris. Je change de position sans arrêt, espérant retrouver le moelleux du siège, mais ne parvenant qu'à engourdir d'autres parties de mon anatomie.

Si je commence à regretter cette escapade, c'est uniquement parce que je trouve que ça craint, de voyager en car.

Le micro grésille un instant avant que retentisse la voix du conducteur :

—Nous allons faire une pause dans cinq minutes. Vous aurez un quart d'heure pour vous acheter de quoi manger avant de reprendre la route. Un quart d'heure. Si vous n'êtes pas de retour passé ce délai, je repartirai sans vous.

Fin de la communication.

L'annonce provoque une certaine agitation, le temps que tout le monde retrouve son portefeuille – la moindre occasion de se dégourdir les jambes ne manque jamais de réveiller les passagers après plusieurs heures de trajet.

Nous nous garons dans un vaste parking jalonné de semi-remorques. Il permet d'accéder à une épicerie, une station de lavage et un fast-food. Des passagers encombrent l'allée avant même l'arrêt du véhicule. J'en fais partie. J'ai tellement mal au dos.

Nous descendons du bus en file indienne, et à peine ai-je posé le pied sur le bitume que déjà je savoure la douceur de la brise qui me caresse le visage. Peu m'importe qu'on soit en plein trou du cul du monde, ou que les pompes à essence soient tellement anachroniques que les toilettes risquent de faire peur : je suis simplement ravie de ne plus être pliée en deux dans ce car. Je sautille (telle une gazelle blessée et disgracieuse) à travers le parking pour rejoindre le restaurant. Je me rends d'abord aux toilettes, puis me joins à la longue file d'attente devant le comptoir. Je contemple le menu, hésitant entre une grande frite et un milk-shake à la vanille – je n'ai jamais été amatrice de malbouffe. J'opte finalement pour un milk-shake. En sortant de la boutique, je remarque le mec du bus, assis dans l'herbe entre deux places de parking. Il mange un hamburger, les genoux repliés devant lui. Je le dépasse sans le regarder, ce qui ne l'empêche pas de me harceler de nouveau.

— Tu as encore huit minutes avant de retourner dans cette boîte à sardines. Tu tiens vraiment à les gâcher là-dedans ?

Je m'arrête près d'un arbre qu'un morceau d'étoffe rose relie à un tuteur.

— C'est rien, huit minutes, répliqué-je. Ça ne va pas changer grand-chose.

Il croque à belles dents dans son sandwich, mastique un instant et avale.

— Imagine-toi enterrée vivante, réplique-t-il avant de boire une gorgée de soda. Tu ne mettrais pas longtemps à étouffer. Si on t'avait retrouvée huit minutes plus tôt, ou même une minute, tu serais encore en vie.

— C'est bon, j'ai pigé.

— Je n'ai pas la gale, reprend-il entre deux bouchées.

Je dois admettre que je me suis comportée comme une conne. D'une certaine manière, il l'a bien mérité, mais comme il n'est pas désagréable, je ne vois aucune raison de rester sur la défensive jusqu'au bout. Autant éviter dans la mesure du possible de me faire des ennemis sur la route.

— Si tu le dis.

Je finis par m'asseoir dans l'herbe, en face de lui.

— Alors, pourquoi l'Idaho ?

Il semble plus intéressé par son hamburger et par ce qui l'entoure que par moi.

— Je vais rendre visite à ma sœur. Elle vient d'accoucher.

Il opine du chef et avale une nouvelle bouchée.

— Et toi, pourquoi le Wyoming ? demandé-je, surtout pour éviter de parler de moi.

— Pour voir mon père. Il est en phase terminale. Une tumeur au cerveau inopérable.

Il mastique encore. Il ne semble pas trop affecté par ce qu'il vient de me révéler.

— Oh…

— T'inquiète, répond-il en levant furtivement les yeux vers moi. On doit tous y passer un jour. Mon vieux ne se bile pas pour ça, et nous a dit de ne pas nous en faire non plus. (Il sourit en me détaillant plus longuement.) En fait, il nous a même dit que si on se mettait à pleurnicher, il nous déshériterait.

J'aspire une gorgée de milk-shake, histoire d'éviter d'avoir à lui répondre. Je ne suis pas certaine d'en être capable.

Il boit à son tour.

— Comment tu t'appelles ? me demande-t-il en reposant son gobelet.

J'hésite à lui donner mon vrai nom.

— Cam, réponds-je simplement.

— C'est le diminutif de quoi ?

Je ne m'attendais pas à cette question. J'hésite un instant, scrutant son visage.

— Camryn, avoué-je.

Vu l'écheveau de mensonges que je suis en train de tisser, autant rester honnête sur mon prénom, je risquerai moins de perdre le fil. De toute façon, c'est une information sans importance.

— Moi, c'est Andrew. Andrew Parrish.

Je hoche la tête avec un sourire timide, m'abstenant de lui révéler que mon nom est Bennett. Il devra se contenter du prénom.

Tandis qu'il termine son sandwich et engloutit quelques frites, je l'examine discrètement, remarquant le bas d'un tatouage émergeant sous les deux manches de son tee-shirt. Je lui donne vingt-cinq ans, grand maximum.

— Tu as quel âge ?

La question semble trop personnelle. J'espère qu'il ne va pas s'imaginer des choses.

— Vingt-cinq, répond-il, confirmant mon intuition. Et toi ?

— Vingt.

Il me considère avec circonspection, hésite un instant, puis pince légèrement les lèvres.

— Eh bien, je suis ravi de faire ta connaissance, Camryn dite Cam, vingt ans, en route pour l'Idaho afin de rendre visite à sa sœur qui vient d'accoucher.

Mes lèvres forment un sourire, mais mon visage reste de marbre. Il va me falloir du temps avant de lui sourire pour de vrai. Les sourires sincères transmettent parfois un message erroné. Ainsi, je reste polie et courtoise, sans prendre le risque de finir égorgée dans un coffre de voiture.

— Alors comme ça, tu viens du Wyoming ? l'interrogé-je en aspirant une nouvelle petite gorgée.

Il acquiesce.

— Ouais, j'y suis né, mais mes parents ont divorcé quand j'avais six ans et on a déménagé au Texas.

Le Texas. Quelle coïncidence ! Me voilà peut-être rattrapée par mes préjugés sur leur réputation et leurs bottes de cow-boy. D'un autre côté, il n'a pas l'air de venir du Texas ; il ne ressemble en rien au stéréotype du Texan moyen, en tout cas.

— Et j'y retournerai après avoir rendu visite à mon père. Et toi ?

Bon, mentir ou ne pas mentir ? Oh, et puis merde. Ce n'est pas comme s'il s'agissait d'un détective privé envoyé par mon père pour retrouver ma trace. Je ne risque pas de finir égorgée dans son coffre tant que j'évite de lui donner mon nom de famille et une adresse ou un téléphone qui pourraient le mener chez moi au cas où je déciderais de rentrer. Rester proche de la vérité sera sans doute plus facile que d'inventer un nouveau mensonge à chaque question qu'il me posera. D'autant que je n'arriverai jamais à me les rappeler tous. Après tout, le voyage en bus va encore se poursuivre un certain temps, et nous allons faire un bon bout de chemin ensemble.

— De Caroline du Nord.

Il m'observe longuement.

— Eh bien, on ne dirait pas.

Hein ? Ça, c'était vraiment bizarre.

— Et à quoi est censée ressembler une fille de Caroline du Nord ?

— Tu prends tout au pied de la lettre, ricane-t-il.

— Avoue que ça peut être mal interprété.

— Non, s'esclaffe-t-il. J'ai juste tendance à dire ce que je pense, ce qui n'est pas toujours apprécié. C'est comme si tu demandes à n'importe quel type si ce jean te fait un gros cul, il te répondra toujours non. Si tu me demandes, je te dirai la vérité – les gens sont souvent déboussolés quand on ne respecte pas les conventions.

— Vraiment ?

Je n'ai pas l'impression de comprendre davantage sa personnalité qu'avant de connaître son nom. Je continue à le considérer comme une sorte de cinglé, et cela m'intrigue.

— Vraiment, répète-t-il d'un ton neutre.

J'attends qu'il développe, en vain.

— Tu es très bizarre, déclaré-je.

— Alors ? Tu ne vas pas demander ?

— Demander quoi ?

Il éclate de rire.

— Si ce jean te fait un gros cul.

Je sens mon visage se chiffonner.

— Je préférerais ne pas… euh…

Et puis merde, à la fin. S'il veut jouer, je ne vais pas non plus lui laisser remporter toutes les mains. Je lui adresse un sourire suffisant et déclare :

— Je *sais* que ce jean ne me fait pas un gros cul, je n'ai donc pas franchement besoin de ton avis.

Un sourire diabolique vient ourler ses lèvres. Il avale une nouvelle gorgée de soda, se lève et me tend la main.

— Les huit minutes sont écoulées.

Sans doute encore troublée par cette étonnante conversation, je le laisse m'aider à me relever.

— Tu vois, déclare-t-il en me lâchant la main et en m'observant de pied en cap. On a appris des tas de choses l'un sur l'autre durant ces huit minutes, Camryn.

J'avance à son rythme, tout en gardant mes distances. Je ne sais pas encore si ses reparties et son air assuré m'irritent, ou si je trouve cela plus rafraîchissant que je ne veux l'admettre.

Chacun reprend sa place dans le bus. J'ai laissé sur mon siège le magazine glané dans la dernière gare, en espérant que personne ne viendrait me le réclamer. Andrew se réinstalle derrière moi. Je suis soulagée de constater que notre conversation ne lui est pas apparue comme une invitation à s'asseoir à côté de moi.

Plusieurs heures s'écoulent sans que nous échangions le moindre mot. Je pense beaucoup à Natalie et Ian.

— Bonne nuit, Camryn, me dit Andrew depuis la banquette de derrière. Peut-être que, demain, tu me diras qui est Nat.

Je me redresse d'un bond et me penche par-dessus mon dossier.

— Qu'est-ce que tu racontes ?

— Eh, doucement, répond-il en relevant la tête de son sac, dont il se sert comme oreiller. Tu parles en dormant, explique-t-il en riant doucement. Je t'ai entendue pester contre une certaine Nat cette nuit – une question de Biosilk, un truc dans le genre.

Je le vois hausser les épaules, alors qu'il est allongé sur les deux sièges, les bras croisés sur la poitrine.

Génial. Je parle en dormant. Parfait. Je me demande pourquoi ma mère ne me l'a jamais dit.

Je réfléchis brièvement à ce dont j'ai bien pu rêver. Surtout, je me rends compte que cela signifie que je fais des rêves, même si je ne m'en souviens jamais.

— Bonne nuit, Andrew, dis-je avant de retourner chercher une position confortable.

Andrew semblait plutôt à son aise, je me résous donc à l'imiter. J'ai plusieurs fois envisagé de me coucher en travers, mais je trouvais impoli de faire déborder mes pieds dans l'allée. Finalement, je suppose que cela ne dérangera personne, je place donc sous ma tête mon sac rempli de vêtements et m'étale sur les deux sièges. C'est déjà mieux. Je regrette de ne pas l'avoir fait plus tôt.

La voix du chauffeur nous annonçant que nous arriverons à Garden City dans une dizaine de minutes me réveille le lendemain matin.

— Veillez à ne rien oublier dans le car, précise-t-il au micro, et ne laissez pas vos déchets sur les sièges. Merci d'avoir traversé le grand État du Kansas ; j'espère vous retrouver très bientôt.

Son discours monotone semble être appris par cœur, mais j'imagine que je m'exprimerais sans doute de la même manière si je devais répéter le même speech à des inconnus tous les jours de la semaine.

Je m'assieds pour la fin du voyage, fouillant dans mon sac en quête de mon ticket de transport. Je le retrouve tout froissé entre un jean et mon tee-shirt Schtroumpfette vintage, et le lisse pour regarder quel est mon prochain trajet. Apparemment, Denver se trouve à six heures et demie de route, avec deux escales entretemps. Bon sang, pourquoi a-t-il fallu que je choisisse l'Idaho ? Franchement. Parmi toutes les destinations possibles, j'ai choisi la mienne en fonction d'une patate au four. Je fais tout ce trajet sans même savoir à quoi m'attendre sur place. Sauf à reprendre le bus. Pff, autant dégainer ma carte bleue et m'acheter un billet d'avion pour rentrer à la maison. Non, il est trop tôt. J'ignore pourquoi, mais je sais que je ne peux pas encore faire demi-tour.

Pas encore.

Étonnée par le silence d'Andrew, je me surprends à essayer de l'observer par l'interstice entre les deux sièges, sans parvenir à le voir.

— Tu es réveillé ? demandé-je en relevant le menton, dans l'espoir qu'il m'entende.

Comme il ne répond pas, je jette un coup d'œil par-dessus le dossier. Évidemment, il a ses écouteurs dans les oreilles. Curieusement, cette fois je n'entends pas la musique.

Andrew m'aperçoit et me sourit, levant la main en agitant légèrement l'index, comme pour dire bonjour. Je secoue le doigt à mon tour, puis désigne l'avant du bus pour lui faire comprendre qu'il vient d'y avoir une annonce. Il retire ses écouteurs et m'adresse un regard interrogateur, attendant que j'explicite mon geste.

7

Andrew

Quelques jours plus tôt…

J'ai reçu un appel de mon frère du Wyoming aujourd'hui. Il paraît que notre vieux n'en a plus pour longtemps. Voilà déjà six mois qu'il fait des séjours réguliers à l'hôpital.

— Si tu veux le voir, m'a dit Aidan au téléphone, tu ferais mieux de te dépêcher.

J'ai bien reçu le message. Vraiment. Pourtant, tout ce que je comprends, c'est que mon père est sur le point de clamser. *Ne vous avisez pas de pleurnicher sur mon sort*, nous a-t-il déclaré l'année dernière, à mes frères et à moi, quand on lui a diagnostiqué une forme rare de cancer du cerveau. *Je vous déshériterais sur-le-champ.*

Je l'ai détesté pour ça, haïssant le fait que si je pleurais le seul homme pour lequel j'aurais tout donné, il me considérerait comme une lavette. Peu m'importe son testament. Quoi qu'il me lègue, je le laisserai dormir. Ou je le donnerai à maman.

Papa nous a toujours élevés à la dure. Il nous en a fait voir de toutes les couleurs, à mes frangins et moi, mais j'aime à croire qu'on a bien tourné (ce qui était sans doute le but de la manœuvre). Aidan, l'aîné, est le propriétaire d'un bar-restaurant très en vogue à Chicago. Il a épousé une pédiatre. Asher, le benjamin, est à la fac et devrait faire carrière chez Google.

Moi ? Cela me gêne de reconnaître que j'ai cachetonné en tant que mannequin pour plusieurs agences de renom, mais uniquement parce que j'ai traversé une période difficile l'année dernière. Juste après avoir appris pour mon père. Comme je n'avais pas le droit de pleurer, je me suis défoulé sur ma Chevrolet Camaro de 1969. Je l'ai défoncée à coups de batte de base-ball. Papa et moi l'avions complètement retapée ensemble. C'était notre « projet père-fils », entamé juste avant ma remise de diplôme. Puisqu'il devait quitter ce monde, la bagnole aussi.

Donc ouais, mannequin.

Pourtant, je n'ai jamais cherché à exercer ce genre de job. Je m'en fous, de tout ça. Je me trouvais juste dans le bar d'Aidan quand deux chasseurs de têtes m'ont repéré, alors que j'étais à moitié bourré. Apparemment, ils s'en foutaient pas mal, parce qu'ils m'ont donné leur carte, m'ont proposé une grosse somme d'argent pour me pointer dans une agence new-yorkaise, et, après m'être lamenté pendant trois semaines sur le sort que j'avais infligé à la pauvre Camaro, je me suis dit : « Pourquoi pas ? » À lui seul, le chèque qu'ils me promettaient juste pour faire le déplacement contribuerait largement à retaper la carrosserie. Alors j'y suis allé. Et même si le blé que je me suis fait en quelques pubs a suffi à réparer la voiture, j'ai refusé le contrat de cinquante mille dollars que me proposait Elite parce que me balader en slip pour gagner ma croûte, c'est pas trop mon truc. Merde, je me sentais déjà humilié d'avoir accepté quelques séances photo. J'ai donc agi comme n'importe quel mangeur de viande et buveur de bière l'aurait fait : j'ai essayé de me rendre plus viril et moins chochotte en me faisant tatouer, puis j'ai accepté un boulot de mécanicien.

Ce n'est pas tout à fait le genre d'avenir que mon vieux aurait souhaité pour moi, mais, contrairement à mes frères, j'ai appris il y a bien longtemps qu'il s'agissait de *mon* avenir et de *ma* vie, et que je ne pouvais pas laisser quelqu'un d'autre diriger mon existence. J'ai laissé tomber la fac après m'être rendu compte que j'apprenais des choses dont je me foutais royalement.

Qu'ont donc tous les gens à se comporter comme des moutons ?

Je ne suis pas comme eux. Je ne désire qu'une seule chose. Pas l'argent, ni la célébrité, ni une bite photoshopée placardée dans tout Time Square, ni même un diplôme universitaire qui pourrait me servir plus tard ou pas. Je ne sais pas précisément de quoi il s'agit, mais je le ressens au plus profond de moi-même. C'est là, tapi quelque part en moi. Je le saurai en le découvrant.

— En car ? m'a répété Aidan, incrédule.

— Ouais, je vais venir en car. J'ai besoin de réfléchir.

— Andrew, papa ne tiendra peut-être pas jusque-là…, a-t-il argué d'une voix tremblante. Sérieux, frangin.

— J'arriverai quand j'arriverai.

Et j'ai raccroché.

D'une certaine façon, j'espérais qu'il meure avant mon arrivée. Parce que je sais que je craquerai complètement s'il casse sa pipe devant moi. On parle de mon père, de l'homme qui m'a élevé et que je porte en si haute estime. Et il m'ordonne de ne pas pleurer. En bon fils que je suis, je lui ai toujours obéi, et je sais que je ravalerai mes larmes, parce que c'est ce qu'il désire. Cependant, je sais aussi que, en le faisant, je créerai une autre force, infiniment plus destructrice.

Je ne veux pas finir comme ma bagnole.

Un simple sac marin rempli de quelques vêtements, d'une brosse à dents, d'un téléphone portable et d'un MP3 chargé avec mes classiques de rock préférés – encore un truc que mon père m'a légué : « Ces trucs que les gamins écoutent aujourd'hui, c'est de la musique de merde, fiston, répétait-il au moins une fois l'an. Écoute Led Zep à fond, mon garçon ! » Même si je dois bien reconnaître que je ne suis pas complètement passé à côté des groupes récents, en dépit des recommandations paternelles. J'ai mon foutu libre arbitre, vous vous rappelez ? Cela dit, j'ai grandi en écoutant les incontournables, et j'en suis très fier.

— Maman, je n'ai pas besoin de ça.

Elle est en train de me remplir un sac d'une dizaine de paquets de lingettes à mains. Elle a toujours été germaphobe.

J'ai vécu entre le Texas et le Wyoming à partir de l'âge de six ans. En définitive, je me suis rendu compte que le Texas me convenait mieux, grâce au golfe et à la chaleur. J'habite mon propre appartement à Galveston depuis quatre ans, mais, hier soir, ma mère a insisté pour que je reste chez elle. Elle sait ce que je ressens pour mon père et a conscience que je peux exploser quand je souffre ou que je suis en colère. J'ai passé une nuit en prison l'année dernière pour avoir tabassé Darren Ebbs, qui avait cogné sa petite amie sous mes yeux. Et quand j'ai dû faire piquer mon meilleur ami, mon chien Maximus, parce qu'il souffrait d'insuffisance cardiaque congestive, je me suis ruiné les mains en me défoulant sur l'arbre derrière chez moi.

Je ne suis pas d'un naturel violent, sauf avec les connards, et moi-même à l'occasion.

— Ces cars sont dégoûtants, m'explique-t-elle en glissant ses lingettes dans mes affaires. Une fois, j'en ai pris un avant de rencontrer ton père et j'ai été malade pendant une semaine.

Je ne discute pas, ça ne servirait à rien.

— Je ne comprends toujours pas pourquoi tu refuses de prendre l'avion. Tu y serais en un rien de temps.

— Maman, dis-je en l'embrassant sur la joue, c'est juste un besoin – comme si c'était écrit, ou un truc dans le genre.

Je ne crois pas vraiment à la deuxième partie de cette phrase, mais je sais que cela peut signifier quelque chose à ses yeux, même si elle n'est pas dupe. J'ouvre le placard de la cuisine pour lester mon sac de quelques biscuits à la cannelle.

— Peut-être que mon avion s'écraserait.

— Ce n'est pas drôle, Andrew.

Elle me toise d'un air sévère. Je lui souris et la rassure d'une étreinte.

— Ça va aller. Et j'arriverai avant que papa…

Ma voix déraille.

Maman me sert contre elle, plus fort que je ne viens de le faire.

Quand j'arrive au Kansas, je commence à me demander si je n'aurais pas dû l'écouter. Je pensais que je pourrais mettre le voyage à profit pour réfléchir, me vider la tête et comprendre ce que je faisais et ce que je ferai après le décès de mon père. Car les choses seront différentes. La vie prend toujours une autre tournure quand on perd un être aimé. Et, quoi qu'il advienne, on ne peut pas s'y préparer.

Une seule chose est certaine : on se demande systématiquement qui sera le prochain.

Je sais que je ne regarderai plus jamais ma mère comme avant…

Finalement, ce voyage en bus est plus une torture qu'un trip contemplatif. J'aurais dû me douter que passer tout ce temps seul à broyer du noir ne me ferait pas de bien. J'ai déjà décrété que ma vie était un beau gâchis, et voilà que je me pose toutes sortes de questions existentielles : pourquoi suis-je né ? Quel est le sens de la vie ? Qu'est-ce que je fous ? Je n'ai bien sûr pas eu la moindre révélation en regardant le décor défiler par la fenêtre, et je n'ai pas connu cet instant fugace durant lequel tout s'éclaire, comme dans un film. La seule musique qui me résonne aux oreilles est « Would ? » d'Alice in Chains, et on ne peut pas dire que ce soit une chanson très positive.

Le chauffeur est en train de fermer les portes du car quand il me remarque. Il rouvre pour me laisser monter.

Par chance, je devrais enfin pouvoir dormir : les places libres ne manquent pas.

Je m'approche du fond, où je repère deux sièges vacants, juste derrière cette jolie blonde qui doit être mineure. Je suis toujours vigilant à ce sujet, surtout depuis que j'ai failli me faire une fille rencontrée au *Wendy's*. Elle prétendait avoir dix-neuf ans, mais j'ai découvert plus tard qu'elle en avait seize et que son vieux était en route pour la piscine où nous nous trouvions, et qu'il venait avec la ferme intention de me démolir le portrait.

« On ne fait plus la différence entre douze et vingt ans, fiston, m'a dit un jour mon paternel. Ça doit venir d'un truc que le gouvernement met dans l'eau… En tout cas, fais bien gaffe quand tu voudras tirer ton coup. »

Tandis que je me rapproche de la fille du bus, je remarque qu'elle pose son sac sur le siège côté couloir pour éviter que je ne m'installe à côté d'elle.

C'est marrant. Enfin, ouais, elle est mignonne et tout, mais il doit y avoir au moins une dizaine d'autres places libres, je ne vais pas me priver d'une banquette entière pour m'étaler un peu si je veux enfin pouvoir roupiller un peu.

Les choses ne se déroulent pas comme prévu. Quelques heures plus tard, il fait déjà nuit, mais je ne dors toujours pas. Je regarde par la fenêtre, la musique à fond dans mon casque. La fille de devant pionce depuis une bonne heure, et je commence à en avoir marre de l'entendre ruminer dans son sommeil. Même si je ne comprends pas grand-chose à ce qu'elle marmonne, je n'ai vraiment pas envie de savoir. Ça me donne l'impression d'espionner ses pensées. Je préfère largement écouter ma playlist.

Je finis par m'assoupir, mais me réveille en sentant quelque chose me taper la jambe. Waouh, elle reste belle, malgré les cheveux plaqués sur un côté de son visage et le reste plongé dans les ténèbres. Mineure, Andrew. Je n'ai pas besoin de me seriner qu'elle doit l'être pour m'empêcher de commettre une erreur : non, je m'en souviens, car je ne tiens pas à être déçu en découvrant que j'avais raison.

Après un bref échange au sujet de ma musique qui l'aurait réveillée, j'accepte de baisser le son et elle se réinstalle dans son siège.

Quand je me penche par-dessus le dossier pour la regarder, je me demande quelle mouche m'a piqué. Cela dit, j'ai toujours aimé les défis, et son mépris durant notre conversation qui n'a pas dû durer plus de quarante-cinq secondes a suffi à froisser mon ego.

Je déteste l'arrogance.

Et je n'ai jamais manqué de relever le gant.

Le matin suivant, je lui propose de lui prêter mon lecteur MP3, mais, apparemment, elle a aussi peur des germes que ma mère.

Un homme d'une quarantaine d'années est assis de l'autre côté du car, trois rangées devant elle. Dès que je suis monté, j'ai vu comme il la matait. Elle ne se doutait de rien, et ça me dégoûte de penser que, si ça se trouve, il la reluquait depuis un bon moment. Et Dieu sait ce qu'il se faisait, ainsi assis dans le noir.

Depuis, je l'ai à l'œil. Il semble tellement sous le charme que je doute qu'il m'ait remarqué.

Il n'arrête pas d'observer tour à tour la fille, l'allée centrale et le petit cagibi qui fait office de toilettes. J'entends presque les rouages s'activer dans sa tête.

Je me demande quand il va se jeter à l'eau.

Pile à cet instant, il se lève.

Je me glisse hors de mon siège pour m'installer à côté d'elle. J'agis comme si de rien n'était. Je la sens qui me scrute, se demande ce qui ne tourne pas rond chez moi.

L'autre passe dans le couloir, mais je ne le suis pas des yeux, car il aurait compris mon petit manège. Pour l'heure, il suppose sans doute que je tente moi-même ma chance avec cette fille ; il va donc passer son tour et réessayer plus tard.

C'est là que je lui péterai le nez.

Je sors de mon sac les lingettes que ma mère m'a forcé à emporter. J'en arrache une au sachet et nettoie mes écouteurs avant de les lui tendre.

— Tiens, ils sont comme neufs.

J'attends qu'elle me les prenne des mains, sachant très bien qu'elle n'en fera rien.

— Vraiment, ça va. Mais merci.

— Bon, ce n'est sans doute pas plus mal, répliqué-je en rangeant mon lecteur MP3. Je n'écoute pas Justin Bieber ou l'autre tarée avec ses robes en viande, tu aurais sans doute été déçue.

À en juger par son air irrité, je viens de la mettre en rogne. Cela me fait doucement rigoler, mais je tourne la tête afin qu'elle ne me voie pas sourire en coin.

— Premièrement : je n'écoute pas Justin Bieber.

Dieu merci.

— Et deuxièmement : Lady Gaga n'est pas si mal. Ça fait un peu trop longtemps qu'elle joue la carte de la provoc, je te l'accorde, mais elle fait des trucs bien.

— Tu sais pertinemment que c'est de la musique de merde, rétorqué-je en secouant la tête.

Voilà que je me mets à parler comme mon père.

Je repose mon sac par terre, appuie un pied sur le dossier de devant. Je me demande pourquoi elle ne m'a pas encore demandé de partir. Quelque part, cela m'inquiète : aurait-elle été « trop gentille » pour dire à l'autre pervers de dégager s'il était venu s'asseoir avant moi ? Il n'y a aucune chance qu'un type comme lui plaise à une fille comme elle, mais parfois elles laissent leur gène compatissant dicter leurs agissements. Et quelques secondes suffisent.

Je l'observe de nouveau, collant ma tête contre le tissu de mon fauteuil.

— Les classiques du rock, il n'y a que ça de vrai. Led Zep, les Stones, Journey, Foreigner… Ça te parle ?

Elle lève les yeux au ciel.

— Je ne suis pas non plus débile.

Son ton hautain me fait sourire.

— J'aime bien… Bad Company, déclare-t-elle.

— Cite-moi une de leurs chansons et je ne t'embête plus.

Je la sens tendue, à sa manière de mordiller sa lèvre inférieure ; elle n'en a sans doute pas conscience, pas plus que de parler dans son sommeil ou de se faire mater par des mecs mal intentionnés.

J'attends patiemment, incapable de me départir de mon sourire, tant je me délecte de la voir se tortiller, tenter de se remémorer les innombrables trajets en voiture avec ses parents à écouter ce groupe ; elle cherche au fin fond de sa mémoire une réminiscence lui permettant de se tirer de ce mauvais pas.

— « Ready For Love », finit-elle par déclarer.

Je suis impressionné.

— Tu l'es ? la taquiné-je.

C'est alors que quelque chose me frappe. Je ne sais pas précisément de quoi il s'agit, mais je le sens me faire signe quelque part, comme quand on se sait observé sans pourtant voir personne alentour.

— Hein ? s'étonne-t-elle, aussi surprise de ma question que je le suis de ma propre réaction.

Je recommence à sourire.

— Non, rien, dis-je en tournant la tête.

Le pervers ressort discrètement des toilettes et remonte le couloir pour retourner s'asseoir. Il est sans doute furieux de me voir installé à la place qu'il convoite. Je suis soulagé qu'elle attende qu'il soit repassé pour me demander à récupérer les deux sièges.

Je retourne derrière, puis penche de nouveau la tête de son côté pour lui demander :

— Tu vas où, au fait ?

Elle me parle de l'Idaho, mais ça sonne bizarrement. Je ne sais pas pourquoi, mais j'ai l'impression qu'elle me ment – ce qui n'est pas plus mal, vu que je suis un parfait inconnu. À moins qu'elle ne me cache quelque chose.

Je lâche provisoirement l'affaire après lui avoir indiqué ma destination, puis je m'allonge sur ma banquette.

L'homme vient de la lorgner une fois de plus. Je me retiens de lui casser la gueule.

Plusieurs heures plus tard, le car s'arrête sur un parking, et le chauffeur nous accorde quinze minutes pour nous dérouiller les jambes et casser la croûte. Je vois la fille se précipiter aux toilettes, et je me retrouve en tête de file pour acheter à manger. Je ressors avec ma commande et vais m'installer sur un coin d'herbe. Le pervers passe juste devant moi et remonte illico dans le car.

Je parviens à la convaincre de s'asseoir avec moi. Elle hésite dans un premier temps, mais mon charme semble opérer. Ma mère m'a toujours appelé son « charmant cadet ». Elle n'avait peut-être pas tort.

Nous évoquons brièvement les raisons qui nous poussent vers nos destinations respectives. J'essaie toujours de la percer à jour, de comprendre ce qui me paraît louche, tout en m'efforçant de ne pas ressentir d'attirance, sachant qu'elle est mineure, même si elle prétendra sans doute le contraire.

Pourtant, elle a l'air plus jeune que moi, mais pas de beaucoup.

Putain ! Je ne devrais même pas me poser toutes ces questions : mon père est en train de mourir, et moi je suis assis dans l'herbe avec elle. Je ne devrais penser à rien d'autre qu'à mon paternel, et à ce que je pourrais lui dire si j'arrivais dans le Wyoming à temps.

— Comment tu t'appelles ? m'enquiers-je en reposant mon gobelet dans l'herbe, tâchant de repousser mes idées noires.

Elle marque une courte pause, hésitant sans doute à me donner un faux nom.

— Cam, répond-elle enfin.

— C'est le diminutif de quoi ?

— Camryn.

— Moi, c'est Andrew. Andrew Parrish.

Elle semble un peu timide.

— Tu as quel âge ?

Sa question me prend complètement de court. Peut-être qu'elle n'est pas mineure, après tout, sans quoi elle aurait probablement essayé à tout prix d'éviter le sujet.

Je me mets à espérer. Ouais, j'aimerais vraiment qu'elle soit…

— Vingt-cinq, déclaré-je. Et toi ?

J'ai soudain le souffle court.

— Vingt.

Je réfléchis un instant à sa réponse, pinçant les lèvres. Je n'arrive pas à déterminer si elle ment. Peut-être que, quand le voyage nous aura rapprochés, j'arriverai mieux à la cerner.

— Eh bien, je suis ravi de faire ta connaissance, Camryn dite Cam, vingt ans, en route pour l'Idaho afin de rendre visite à sa sœur qui vient d'accoucher.

Je lui souris. Nous discutons de tout et de rien pendant un certain temps – huit minutes, pour être exact –, et je la taquine encore un peu parce que sa grande bouche prétentieuse le mérite bien.

En fait, je crois qu'elle aime bien que je l'embête. Je me rends compte que l'attirance que je ressens pour elle est sans doute réciproque. Bien qu'encore faible, je la perçois. Et ça ne peut pas venir de mon look – en plus, je dois avoir une haleine de poney, et je ne me suis pas douché depuis un moment –, car, contrairement à la plupart des filles qui craquent pour moi, elle m'a déjà envoyé paître. Elle ne veut pas que je m'assoie à côté d'elle dans le bus. Elle n'a pas hésité à me demander de baisser le son de mon MP3, le tout avec un petit air excédé. Elle s'est énervée quand je l'ai soupçonnée d'être fan de Bieber (ça me fout en rogne de savoir qui est ce type – saloperie de société de consommation), et j'ai le sentiment qu'elle ne rechignerait pas à me balancer un coup de genou dans les couilles si je la touchais d'une manière déplacée. Ce que je ne ferai pas. Oh, que non ! Mais quand même, ce serait bien son genre.

Bordel, cette fille me plaît bien.

Nous remontons à bord et je regagne ma place, laissant mes jambes déborder dans le couloir. J'aperçois alors ses tennis blanches tandis qu'elle en fait autant, et je suis content d'apprendre qu'elle me trouve suffisamment intéressant pour me piquer mes idées. Je jette un coup d'œil sur elle une vingtaine de minutes plus tard et, ainsi que je le soupçonnais, elle dort déjà profondément.

Je remonte le son de mon MP3 et finis par sombrer à mon tour. Le lendemain matin, je me réveille bien avant elle.

Elle passe la tête par-dessus le dossier, et je lui souris en agitant un doigt pour lui dire bonjour.

Elle est encore plus belle en plein jour.

8

Camryn

— Plus que dix minutes et on descend de ce tas de ferraille, fais-je remarquer avec soulagement.

Andrew sourit et se redresse sur son siège, s'apprêtant à ranger son lecteur MP3.

Je ne sais pas trop ce qui m'a poussé à le lui dire.

— Tu as mieux dormi ? demande-t-il en faisant coulisser la fermeture à glissière de son sac.

— Ouais, carrément, réponds-je en me massant le cou comme par réflexe, alors que je ne ressens plus la moindre douleur. Merci de m'avoir donné l'idée.

— De rien, répond-il avec un large sourire. Denver ?

Je suppose qu'il parle de mon prochain arrêt.

— Ouais, encore quasiment sept heures.

Andrew secoue la tête, presque aussi mécontent que moi de ce programme.

Dix minutes plus tard, le bus s'arrête à la gare de Garden City. Il y a trois fois plus de monde qu'à l'escale précédente, ce qui m'inquiète un peu. Je déambule à travers le terminal et me rue sur le premier siège vacant, car les places sont chères. Andrew arrive dans la zone marchande et s'achète une boisson énergisante et un paquet de chips.

Il s'assied à côté de moi et ouvre sa canette.

— *Quoi ?* s'étonne-t-il en se tournant vers moi.

Je ne m'étais pas rendu compte que je l'avais observé boire avec une moue dégoûtée.

— Rien, réponds-je en détournant la tête. Je trouve ça dégueu, c'est tout.

Je l'entends ricaner dans sa barbe, puis je perçois le froissement du paquet de chips.

— J'ai l'impression qu'il y a pas mal de trucs que tu classes dans la catégorie « dégueu ».

Je le dévisage de nouveau, posant mon sac sur mes genoux.

— C'était quand, la dernière fois que tu as mangé un repas qui ne risquait pas de te provoquer une crise cardiaque ?

Il pioche une chips, qu'il avale aussitôt.

— Je mange ce que je veux. Tu ne serais pas une de ces bêcheuses végétariennes qui se plaignent sans arrêt que la malbouffe est responsable de toute l'obésité du pays ?

— Non, affirmé-je, mais je pense que ces bêcheuses végétariennes n'ont pas complètement tort.

Il grignote une nouvelle poignée de chips qu'il fait couler avec une gorgée de soda, avant de me décocher un large sourire.

— Ce n'est pas la malbouffe qui cause l'obésité, reprend-il sans cesser de mâchouiller. Ce sont les gens eux-mêmes. Les fast-foods s'engraissent sur la stupidité des Américains qui choisissent d'y manger.

— Tu te considères donc comme un stupide Américain ? raillé-je.

Il hausse les épaules.

— Disons que oui, quand j'ai le choix entre un distributeur de bouffe et une franchise de burgers.

Je lève les yeux au ciel.

— Oh, genre tu mangerais autre chose si tu le pouvais. Laisse-moi rigoler !

Mes reparties commencent à s'améliorer.

Il éclate de rire.

— Oh, que oui ! J'aime mieux un steak à cinquante dollars qu'un hamburger rassis, et je préfère largement une bonne bière à une boisson énergisante.

Je secoue la tête, néanmoins incapable de réprimer un sourire.

— Et toi, qu'est-ce que tu manges en temps normal ? m'interroge-t-il. Des salades et du tofu ?

— Beurk ! m'exclamé-je avec une grimace. Hors de question que je bouffe du tofu, et les salades sont juste bonnes à perdre du poids. (Je marque une pause et lui souris de plus belle.) Tu veux vraiment savoir ?

— Eh bien, oui, crache le morceau !

Il me contemple telle une bête curieuse méritant d'être examinée.

— J'aime bien les spaghettis à la bolognaise et les sushis.

— Quoi, tout mélangé ?

Cette fois, c'est lui qui a l'air répugné.

— Mais non, ce serait trop horrible.

Il sourit, visiblement soulagé.

— Je ne suis pas très viande, mais je suppose que je mangerais bien un steak si tu me l'offrais.

— Oh, tu me demandes donc de t'inviter à dîner ?

J'écarquille les yeux et reste bouche bée.

— Non ! m'exclamé-je en me sentant rougir. Je disais juste que…

Andrew rit et boit une nouvelle gorgée.

— Je sais, je sais, me rassure-t-il. Ne t'en fais pas, je n'avais pas l'intention de t'inviter.

Toujours bouche bée, j'ouvre des yeux ronds comme des soucoupes et je vire carrément à l'écarlate.

Il s'esclaffe de plus belle.

— Punaise, reprend-il avec humour, tu es un peu dure de la comprenette, pas vrai ?

Je fronce les sourcils.

Il m'imite, sans vraiment cesser de sourire.

— Tu sais quoi ? dit-il en recouvrant son sérieux. Si on a la chance de tomber sur un restaurant à viande capable de nous préparer un repas le temps de notre escale, alors je t'en paierai un et te laisserai décider si le fait de partager un steak à bord d'un car peut être considéré comme un rencard.

— Eh bien, je peux d'ores et déjà t'annoncer que non.

Il arbore un sourire en coin.

— Très bien, je m'en remettrai.

Je crois avoir réussi à clore le sujet quand il revient à la charge.

— Mais alors, tu appellerais ça comment ?

— Je ne sais pas, un truc entre copains. Genre deux amis qui partagent un repas.

— Oh, répond-il, les yeux pétillants. Donc on est amis ?

Il me prend complètement au dépourvu. Il est doué. J'y réfléchis un instant, pinçant les lèvres pour me donner un air d'intense contemplation.

— Bien sûr. Disons qu'on est copains jusque dans le Wyoming.

Il me tend la main. Je la serre à contrecœur. Sa poigne est douce mais ferme, son sourire avenant et sincère.

— Je signe pour copains jusque dans le Wyoming, répond-il avant de me lâcher la main.

Je ne sais pas trop ce qui vient de se produire, mais je n'ai pas l'impression d'avoir fait quelque chose que je risque de regretter plus tard. Je présume qu'il n'y a rien de grave à avoir un « copain » de voyage. Je m'imagine une centaine de compagnons de route différents ; j'aurais pu tomber plus mal. Andrew m'apparaît relativement inoffensif, et il est plutôt intéressant. Au moins, ce n'est pas une vieille me racontant comment était la vie quand elle avait mon âge, ni un quinquagénaire dépressif qui se croit aussi séduisant qu'à dix-sept ans et qui s'imagine que je vais le percevoir tel qu'il était à l'époque. Non, Andrew est pile le genre de personne que je pouvais souhaiter rencontrer. Certes, ç'aurait été infiniment mieux qu'il soit une fille, mais au moins il a presque mon âge et il est loin d'être moche. Le moins qu'on puisse dire, c'est qu'Andrew Parrish ne peut pas être catégorisé parmi les laiderons.

En fait, il serait même plutôt à ranger du côté des canons, et je crois que c'est la seule chose qui me gêne dans cette situation.

On sait parfaitement que, quoi qu'il advienne, quelles que soient les épreuves que l'on traverse, les deuils que l'on subit ou la haine que l'on ressent à l'égard du monde entier, on reste humains. Et même s'il est parfaitement déplacé de se sentir attiré par telle ou telle personne, on ne peut pas s'en empêcher dès lors que l'on rencontre quelqu'un de séduisant. C'est la nature qui veut ça.

Franchir le pas, c'est autre chose, et c'est là que je fixe la limite.

J'ai décidé qu'il ne se passerait rien entre nous.

Mais ouais, ça me dérange qu'il soit aussi mignon, parce que je vais devoir m'efforcer encore plus fort de ne rien dire ou faire qui puisse lui donner de faux espoirs. Les beaux garçons ont conscience de leur physique avantageux. Même ceux qui ne la ramènent pas. Et il est aussi dans leur nature de supposer qu'un sourire innocent ou une conversation qui se poursuit plus de trois minutes sans silence encombrant sont des signes d'attirance.

Cette « amitié » risque donc de me coûter cher. J'ai envie d'être gentille, mais pas *trop* gentille. J'ai envie de sourire quand il le faut, tout en veillant à bien doser la teneur de ce sourire. J'ai envie de rire quand je le trouve drôle, sans pour autant qu'il s'imagine que je craque pour lui.

Ouais, ça va clairement me demander du boulot. Finalement, peut-être qu'une vieille dame n'aurait pas été plus mal…

Andrew et moi patientons près d'une heure avant l'arrivée du car suivant. Comme prévu, nous n'aurons visiblement pas la chance cette fois de bénéficier de deux sièges chacun. Vu la file d'attente, nous ne sommes même pas sûrs de tous pouvoir monter. Grave dilemme. Merde. Andrew et moi sommes toujours amis provisoires, mais je me vois mal lui proposer de s'installer à côté de moi. Cela fait justement partie de ces détails qui pourraient lui donner de faux espoirs. À mesure que les premières personnes commencent à monter, j'en viens à souhaiter qu'il s'assoie de lui-même sur le fauteuil voisin du mien. Plutôt lui qu'un parfait inconnu.

Je me dirige vers le milieu du véhicule, où j'avise une banquette libre. Je me glisse jusqu'à la fenêtre. Il s'installe côté couloir, et j'en suis secrètement soulagée.

— Comme tu es une fille, déclare-t-il en posant son sac entre ses jambes, je te laisse la fenêtre.

Il sourit.

Une fois le car plein, la température ambiante semble déjà avoir gagné quelques degrés à cause du nombre important de passagers. J'entends les portes se fermer, et nous nous mettons en branle.

La route n'est plus aussi longue et pénible, maintenant que j'ai quelqu'un à qui parler. En moins d'une heure de conversation, j'apprends tout de ses groupes préférés, et lui découvre pourquoi je préfère Pink à Boston ou Foreigner, qui, selon moi, font exactement la même musique. Nous en débattons pendant vingt bonnes minutes – il est vraiment têtu, mais, comme il en dit autant de moi, je suppose que les torts doivent être partagés. Je lui explique qui est « Nat », même si je lui épargne les détails sordides de notre relation.

À la nuit tombée, je me rends compte que nous n'avons pas subi un seul silence gênant depuis que nous sommes montés à bord.

— Combien de temps tu comptes rester dans l'Idaho ?

— Quelques jours.

— Et après, tu rentres en bus ?

Bizarrement, l'humeur d'Andrew semble s'être brusquement assombrie.

— Ouais, dis-je sans entrer trop dans les détails, ne les connaissant pas moi-même.

Je l'entends soupirer.

— Écoute, reprend-il en se tournant vers moi, comblant ainsi une bonne partie de l'espace qui nous sépare. Ce ne sont pas mes oignons, mais tu ne devrais pas voyager toute seule.

Je le dévisage, surprise.

— Eh bien, je n'ai pas vraiment le choix.

— Pourquoi ? Je n'essaie pas de te draguer ni rien, mais une jeune femme aussi attirante que toi ne devrait pas traîner seule dans les pires gares routières d'Amérique, ce n'est pas prudent.

Je me fends d'un sourire que j'ai du mal à camoufler.

Je l'étudie avec circonspection.

— Tu n'essaies pas de me draguer, pourtant tu affirmes que je suis terriblement attirante, et c'est tout juste si tu ne me sers pas un speech genre : « Qu'est-ce qu'une fille comme toi vient faire dans un endroit pareil ? »

Il s'offusque légèrement.

— Je suis sérieux, Camryn. (Mon sourire joueur s'évapore.) Tu pourrais faire de mauvaises rencontres.

Afin de dissiper le malaise qui s'est soudainement installé, je réponds dans un sourire :

— Ne t'en fais pas pour moi, je sais que je peux hurler très fort en cas d'agression.

Il secoue la tête et prend une profonde inspiration, capitulant malgré tout.

— Parle-moi de ton père, l'encouragé-je.

Il détourne la tête et adopte un air grave. Je n'ai pas remis le sujet sur la table par accident. Bizarrement, j'ai l'étrange impression qu'il me cache quelque chose. Quand il m'a parlé du Kansas et de son papa qui allait y mourir, il ne paraissait pas particulièrement affecté. Cependant, s'il effectue tout ce trajet – et en car, par-dessus le marché –, c'est qu'il doit vraiment tenir à lui. Je suis désolée, mais on est toujours affecté par la perte d'un être cher.

Même si c'est déplacé de ma part de penser ça, alors que je ne sais plus pleurer.

— C'est un homme bien, dit Andrew, les yeux rivés droit devant lui.

J'ai l'impression qu'il est en train de le visualiser, qu'il ne voit rien d'autre que ses propres souvenirs.

Il se tourne vers moi. Son sourire ne semble pas dissimuler quelque douleur, plutôt émaner d'une agréable réminiscence.

— Au lieu de m'emmener à un match de base-ball, il m'a emmené à un combat de boxe.

— Oh ? Raconte !

Il pivote la tête, le regard de nouveau dans le vague, mais sa gaieté retrouvée ne l'abandonne pas.

— Papa voulait faire de nous des battants. Pas des boxeurs, même si cela ne lui aurait sans doute pas déplu, mais des battants en général, dans la vie de tous les jours.

Je hoche la tête pour l'encourager à poursuivre.

— J'avais huit ans. J'étais au premier rang, fasciné par ces deux types qui se tapaient dessus, et j'entendais mon père me crier par-dessus le brouhaha de la foule : « Ils n'ont peur de rien, fiston. Et tous leurs gestes sont calculés. Ils donnent un coup, qui porte ou ne porte pas, et chaque fois ils apprennent de leur succès ou de leur échec. »

Le sourire d'Andrew s'estompe, et il reprend un air neutre.

— Il disait qu'un vrai battant ne pleurait jamais, ne se laissait jamais abattre, quelle que soit la violence de l'attaque. Sauf quand il recevait le dernier coup, inévitable ; mais, même alors, qu'il partait comme un homme.

Je ne souris plus non plus. Je ne sais pas exactement à quoi il pense à cet instant, mais nous partageons la même humeur maussade. Je veux lui demander si tout va bien, car ça n'est à l'évidence pas le cas. Cela me semble cependant déplacé, car je ne le connais pas assez bien pour partager des émotions si profondes.

Je reste muette.

— Tu dois me prendre pour un gros con, reprend-il alors.

Je cligne des paupières, surprise.

— Non, assuré-je. Pourquoi tu dis ça ?

Il fait immédiatement machine arrière, s'amuse du sérieux de sa question en faisant rejaillir ce sourire dévastateur.

— Je vais le voir avant qu'il passe l'arme à gauche… (Son choix de mots me choque un peu.) Parce que c'est ce qui se fait, pas vrai ? C'est une sorte de tradition, comme de dire « À tes souhaits » quand quelqu'un éternue, ou demander à un collègue s'il a passé un bon week-end alors qu'on s'en cogne complètement.

Merde, d'où ça vient, tout ça ?

— Il faut vivre l'instant présent, poursuit-il. (Je suis stupéfaite.) Tu ne crois pas ?

Il tord le cou pour m'observer de nouveau.

Il me faut quelques secondes pour reprendre mes esprits, mais même alors je ne sais que répondre.

— Vivre l'instant présent, répété-je tout en réfléchissant à ma propre théorie sur *aimer* dans l'instant présent. Tu as sans doute raison.

Je me demande toutefois ce qu'il entend par là exactement.

Je me redresse dans mon fauteuil et lève légèrement la tête pour l'observer de plus près. J'éprouve soudain le profond désir de savoir précisément ce qu'il pense. De tout savoir de lui.

— Qu'est-ce que tu veux dire par « vivre l'instant présent » ?

Je remarque le léger tressautement de son sourcil. Son expression évolue, il est vraisemblablement étonné par le sérieux de ma question ou la sincérité de mon intérêt. Peut-être les deux.

Il se redresse à son tour.

— S'appesantir sur le passé ou planifier l'avenir, c'est des conneries. Ressasser empêche d'avancer, passer trop de temps à faire des projets finit par faire reculer, et au final on fait du surplace toute sa vie, explique-t-il en soutenant mon regard. Vivre l'instant présent, énonce-t-il telle une grande vérité, profiter des bonnes choses, ne pas se laisser submerger par les mauvais souvenirs... Tout cela permet de progresser bien plus vite le long d'un fleuve bien plus tranquille.

Le silence nous enveloppe tandis que nous réfléchissons chacun à ses dernières paroles. Je me demande s'il pense la même chose que moi. Plus précisément, et même si je rechigne à l'admettre, je me demande pourquoi tant de ses pensées me donnent l'impression de me regarder dans un miroir.

Le bus glisse pesamment sur l'autoroute. Après toutes ces heures de trajet, je parviens néanmoins à oublier combien l'autocar est moins confortable que la voiture. Et quand on considère les aspects positifs d'un voyage en car, il est facile de faire abstraction des côtés négatifs. Je suis assise à côté d'un garçon aux magnifiques yeux verts et au visage parfait. J'aime sa façon de penser. Rien de tel qu'un horrible et lent périple quand on se trouve en si bonne compagnie.

Je ne devrais pas être ici...

9

Andrew

Je n'arrive pas à croire qu'elle me lance sur mon père. Ça ne me fâche pas ni rien, mais je suis surpris qu'elle semble réellement s'y intéresser – et même qu'elle s'en souvienne. Elle n'a pas posé de questions sur mon boulot afin d'estimer mon salaire ni gloussé, rougi ou eu l'air stupide en me demandant de toucher mes tatouages, et il ne s'agissait pas d'une excuse pour me tripoter. C'est vraiment à vous dégoûter. Enfin quoi, c'est plutôt excitant quand on ne cherche qu'à tirer son coup – ça simplifie les choses –, mais, bizarrement, je suis plus qu'heureux que Camryn n'en ait rien fait.

Bon Dieu, c'est *qui*, cette fille ?

Et pourquoi est-ce que je pense à ce genre de trucs ?

Elle s'endort avant moi, la tempe contre la vitre. Je réprime la tentation de l'observer, remarquant seulement combien elle paraît douce et innocente, ce qui me rend plus primitif, plus protecteur.

Le pervers a cessé de la mater quand il nous a vus assis côte à côte à la gare. À ses yeux de prédateur, elle doit sans doute courir sur mon territoire, m'« appartenir ». Au moins, il devrait lui foutre la paix tant que je resterai avec elle. La vérité, cependant, est que nous ne voyagerons ensemble que jusqu'au Wyoming, et ça me fait carrément flipper. J'espère qu'il changera de bus avant que nos chemins se séparent. Encore deux arrêts entre ici et Denver ; avec un peu de chance, il descendra là-bas. Dans le cas contraire, je le surveillerai jusqu'au Wyoming.

En tout cas, il n'atteindra pas l'Idaho. Je vais régler son compte à ce fils de pute avant ça.

Je scrute l'intérieur du car plongé dans la pénombre. Le mec dort, la tête appuyée contre le siège côté couloir. Une femme est installée à la fenêtre, mais elle est sans doute bien trop vieille pour l'intéresser. Il les aime jeunes, peut-être même *très* jeunes. Ça me débecte de penser à ce qu'il a pu déjà infliger à une gamine.

Malgré les bruits habituels du véhicule, le sifflement du vent sur la carrosserie, le roulement des pneus sur l'asphalte, le vrombissement continu du moteur qui propulse ces tonnes de métal sur l'autoroute, le silence est tangible. Presque paisible. Aussi paisible que peut l'être un voyage en car.

J'introduis les écouteurs dans mes oreilles et allume mon MP3, lançant la lecture aléatoire. Sur quoi ça va tomber ? Sur quoi ça va tomber ? J'ai toujours trouvé que la première chanson donnait le ton. J'en ai plus de trois cents en stock. Trois cents ambiances différentes. J'ai toutefois l'impression que la programmation ne s'effectue pas tout à fait au hasard, car le premier morceau est presque toujours « Dust in the Wind » de Kansas, « Going to California » de Led Zep, ou un titre des Eagles.

J'attends quelques secondes sans regarder l'écran, comme s'il s'agissait d'un blind-test et que je ne voulais pas tricher. Ah, bon choix. « Dream On » d'Aerosmith. Je repose la tête contre mon siège et ferme les paupières, me surprenant à baisser le volume malgré moi. Pour ne pas réveiller Camryn.

Je rouvre les paupières et me tourne vers elle ; elle serre son sac si fort qu'elle doit pouvoir s'assurer de sa présence, même en phase de sommeil profond. Je me demande ce qu'il contient, si quelque détail pourrait m'en apprendre plus à son sujet. Si un objet en particulier serait susceptible de m'apprendre *qui* elle est.

Peu importe. Je ne la connaîtrai plus après le Wyoming, et elle oubliera probablement mon nom illico. Je sais que c'est mieux ainsi. Je traîne un fardeau trop lourd et, même en tant qu'amie, elle ne tient sûrement pas à m'aider à le porter. Je ne le souhaite à personne.

Le débit grave et mélodieux de Steven Tyler me plonge dans une semi-torpeur. Sauf quand il part dans ses hurlements suraigus ; là, j'attends qu'il donne tout ce qu'il a, puis je me laisse bercer pendant le reste du morceau.

— Allez, sérieux, entends-je dire.

Quelque chose fait pression sur mon épaule. J'ouvre les yeux, et découvre Camryn qui me repousse de ses deux bras frêles. Sa petite mine matinale est amusante à voir, d'autant que, elle a beau rassembler toutes ses forces, mon corps est trop lourd pour qu'elle parvienne à le faire bouger complètement.

— Désolé, m'excusé-je, encore à moitié endormi.

Je me redresse, désorienté, le cou raide comme du bois. Je n'avais vraiment pas l'intention de m'assoupir contre son bras, mais je ne suis pas aussi mortifié qu'elle prétend l'être. Du moins, je suis à peu près sûr qu'elle fait semblant. Elle fait de gros efforts pour ne pas sourire.

Je vais l'aider.

Je me marre.

— Tu trouves ça drôle ? s'emporte-t-elle, la bouche entrouverte et les sourcils froncés sur son mignon petit front.

— Eh bien, en fait, oui. (Je souris jusqu'aux oreilles, et elle finit par craquer en souriant à son tour.) Mais je suis désolé. Franchement.

Je le pense vraiment.

Elle me lance un regard en biais de son œil mi-clos, tentant de jauger ma sincérité. Ça aussi, c'est plutôt mignon.

J'étire longuement les bras au-dessus de ma tête et bâille à m'en décrocher la mâchoire.

— Dégueu ! s'exclame-t-elle. (Cela ne me surprend plus.) Tu pues autant de la gueule que du cul.

J'éclate de rire et réplique :

— Et comment tu connais l'odeur de mon cul ?

Ma remarque lui rabat le caquet. Je m'esclaffe de nouveau et farfouille dans mon sac après y avoir rangé mon lecteur MP3. J'ouvre mon tube de dentifrice et m'en dépose une goutte sur le bout de la langue. J'essaie de le répartir sur mes joues et mon palais, puis finis par avaler. Évidemment, Camryn me regarde faire avec un air révolté. C'était le but de la manœuvre.

Tous les autres passagers semblent s'être tirés de leur torpeur avant moi. Je suis étonné d'avoir dormi si longtemps sans m'être réveillé au moins trois fois pour changer de position, ce qui ne manque jamais de m'arracher au sommeil.

Ma montre indique 9 h 02.

— On est où, d'ailleurs ? demandé-je en regardant par la grande fenêtre à côté de Camryn, en quête du moindre panneau indicateur.

— À environ quatre heures de Denver. Le chauffeur vient d'annoncer un nouvel arrêt pipi dans dix minutes.

— Génial, réponds-je en étendant une jambe dans le couloir. Il faut vraiment que je me dérouille un peu, je suis tout raide.

Je la vois sourire, mais détourner la tête. Tout raide. OK, elle a donc l'esprit mal tourné. Cela me fait rire.

L'escale suivante n'est guère différente des précédentes, avec une enfilade de stations essence de part et d'autre de la route et deux fast-foods. Je n'arrive pas à croire qu'elle soit parvenue à me faire hésiter à entrer comme je l'aurais fait en temps normal. En revanche, je ne sais pas si c'est pour lui prouver que je peux manger mieux que ça si j'en ai l'opportunité, ou parce que je sais qu'elle va me brailler dessus.

Attendez une seconde. Qui porte la culotte, là ?

Elle, il n'y a pas photo. Bordel de merde.

Nous descendons du bus en file indienne. Camryn est devant moi ; elle s'arrête devant le capot, croise les bras et pivote dans ma direction, les lèvres pincées.

— Bon, puisque tu es si maligne, lancé-je sur un ton de cour de récré assumé, montre-moi où manger quelque chose de sain – qui n'ait pas un goût de chiottes – dans un de ces restos.

Elle esquisse un sourire.

— Tope là.

Elle relève le défi.

Je la suis à l'intérieur de la grande épicerie. Elle se dirige droit vers les frigos. À l'instar de la blondasse dans ce jeu télé (je ne sais pas comment elle s'appelle parce que je ne regarde pas les jeux télé, mais tout le monde connaît cette blondasse), Camryn me désigne les portes d'un geste théâtral, comme pour me révéler un monde de jus de fruits et d'eaux minérales dont j'ignorais jusqu'alors l'existence.

— Commençons notre visite par un assortiment de jus, comme vous pouvez le constater, déclare-t-elle d'une voix d'animatrice. Chacun de ceux-ci est meilleur que n'importe quel soda. Faites votre choix.

— Je déteste les jus de fruits.

— Ne fais pas l'enfant. Il y en a un plein rayon, tu vas sûrement en trouver un à ton goût.

Elle recule de deux pas pour me laisser observer la vitrine.

— Il y a aussi de l'eau, précise-t-elle, mais je vois moins quelqu'un de ta classe en boire.

— Non, c'est immonde.

En réalité, je n'ai aucun problème avec l'eau en bouteille, mais j'aime bien ce petit jeu.

Elle tente de réprimer un sourire.

Je fais la moue et contemple tour à tour son visage et les frigos.

Je pousse un profond soupir et m'approche d'un pas, passant en revue les innombrables goûts et les différentes marques, me demandant pourquoi on trouve tant de fraise ou de kiwi, voire de fraise *et* de kiwi. Les deux me répugnent autant l'un que l'autre.

Je finis par jeter mon dévolu sur du pur jus d'orange. Elle fait la grimace.

— Quoi, encore ? m'impatienté-je en maintenant la porte ouverte.

— Le jus d'orange n'est pas terrible pendant les repas.

Je souffle et la toise sans ciller.

— Donc je choisis un truc, et ça ne va toujours pas ?

Je meurs d'envie d'éclater de rire, mais j'aimerais bien la faire culpabiliser un peu.

J'y parviens.

Elle fronce les sourcils.

— Eh bien, c'est que... Disons que c'est plutôt comme un shoot de vitamine C, rien de plus. Ça va te donner encore plus soif.

Elle semble craindre de m'avoir blessé, et cela m'affecte d'une façon étrange. Je m'autorise un sourire pour la rassurer.

Elle m'adresse un immense sourire moqueur en retour.

Bon sang, elle est vraiment douée...

10

Camryn

Denver passe en coup de vent, et nous nous rapprochons du Wyoming, dernière étape du voyage d'Andrew. Je ne peux pas dire que cela me laisse indifférente. Il avait raison d'affirmer qu'il est dangereux de voyager seule. Je me demande juste pourquoi cela ne m'a pas sauté aux yeux *avant* de le rencontrer. Peut-être tout simplement que je me sens en sécurité avec lui parce qu'il a l'air de savoir se défendre sans trop de mal. Merde, j'aurais sans doute mieux fait de ne jamais lui adresser la parole, et encore moins de le laisser s'asseoir à côté de moi, car je me suis plus ou moins habituée à sa présence. Une fois dans le Wyoming, quand nos chemins se sépareront, je regarderai le paysage défiler par la fenêtre sans savoir où j'échouerai.

—Alors, tu as une petite amie ? demandé-je pour relancer la conversation et afin d'oublier que je vais bientôt me retrouver de nouveau seule.

Ses fossettes resurgissent.

—En quoi ça t'intéresse ?

Je lève les yeux au ciel.

—Rêve pas, c'est juste une question. Si tu ne veux…

—Non, répond-il. Célibataire, et heureux de l'être.

Il me contemple en souriant, et il me faut quelques secondes pour savoir ce qu'il attend.

Je me montre du doigt, regrettant de n'avoir pas abordé un sujet moins personnel.

— Moi ? Non, plus maintenant.

Un peu plus en confiance, j'ajoute :

— Célibataire également, et j'entends bien le rester. Pour… toujours.

J'aurais dû en rester à « célibataire également », plutôt que de m'aventurer en terrain miné, dévoilant mon jeu.

Bien entendu, Andrew saisit la balle au bond. J'ai l'impression que c'est le genre de mec à ne jamais laisser passer un dérapage. Il s'en délecte.

— Je m'en souviendrai, réplique-t-il avec humour.

Par chance, il n'insiste pas.

Il repose sa tête sur le fauteuil et tapote distraitement ses pouces et ses auriculaires sur son jean. J'observe du coin de l'œil ses bras hâlés, espérant découvrir enfin l'intégralité de ses tatouages. Malheureusement, ils sont une fois de plus dissimulés par les manches de son tee-shirt. J'ai aperçu un peu plus clairement celui de droite, quand il s'est penché pour relacer ses godillots. Il me semble avoir reconnu une sorte d'arbre. Pour l'heure, c'est le gauche que j'ai sous les yeux. Je ne sais pas exactement ce qu'il représente, mais ça a des plumes. Apparemment, ils n'ont pas de couleur.

— Curieuse ?

Sa voix me fait sursauter. Je ne pensais pas qu'il m'avait surprise à l'épier.

— Un peu.

Carrément, même.

Andrew se redresse et relève sa manche gauche, dévoilant un phénix à la longue queue en éventail, qui se termine quelques centimètres en dessous de sa manche. Le reste du corps est squelettique, lui conférant une allure plus « humaine ».

— Il est très chouette.

— Merci. Je l'ai depuis environ un an, précise-t-il en rabaissant sa manche. L'autre (il pivote pour retrousser l'autre manche, même si je remarque d'abord le contour de ses abdos sous son tee-shirt), c'est un arbre noueux à la *Sleepy Hollow* – j'adore les arbres tordus –, et si tu regardes de plus près (j'approche les yeux de l'endroit qu'il me désigne), tu distingues ma Chevrolet Camaro de 1969. En fait, c'est plutôt celle de mon père, mais comme il est en train de mourir, elle me reviendra.

Il se remet dans le sens de la route.

Je remarque une nouvelle fois la pointe de douleur qu'il a déjà tenté de dissimuler quand nous avons évoqué son père, plus tôt dans le voyage. Il souffre bien plus qu'il ne veut l'admettre, et cela me fait mal au cœur. J'ai du mal à m'imaginer à bord d'un car Greyhound pour aller dire adieu à mes parents sur leur lit de mort. J'examine discrètement sa mine déconfite ; j'ai très envie de le réconforter, mais ne m'en sens pas capable. En outre, je ne pense pas que ce soit mon rôle ; en tout cas, ce n'est pas à moi de faire le premier pas.

— J'en ai trois autres, reprend-il en se retournant vers moi sans décoller la tête du fauteuil. Un à la cheville. Un petit ici. (Il me montre l'étoile noire à l'intérieur de son poignet droit ; je suis surprise de ne pas l'avoir repérée plus tôt.) Un autre, plus gros, sur le flanc gauche.

— Il est grand comment ? Qu'est-ce qu'il représente ?

Il me sourit chaleureusement, et ses yeux verts se mettent à pétiller.

— Il est assez balèze. (Il fait mine de soulever son tee-shirt, puis se ravise.) C'est juste une femme. Pas de quoi faire un strip-tease dans un bus.

— Une femme que tu connais ?

Je jette des coups d'œil répétés à son côté gauche, espérant qu'il changera d'avis. Il n'en fait rien.

Il secoue la tête.

— Nan, pas du tout. C'est Eurydice.

Il fait un vague geste de la main, comme pour éviter de se perdre en explications.

On dirait un nom antique, peut-être grec. Ça me rappelle vaguement quelque chose, sans que j'arrive à mettre le doigt dessus.

J'opine du chef.

— Ça t'a fait mal ?

Il sourit.

— Un peu. En fait, il s'étend surtout sur les côtes, alors ouais, j'ai souffert !

— Tu as pleuré ? le taquiné-je.

Il rit doucement.

— Non, mais j'aurais peut-être craqué si j'avais décidé de le faire un poil plus grand. En tout, ça a pris environ seize heures.

Je cligne longuement des paupières, surprise.

— Waouh, tu y es resté seize heures d'affilée ?

Apparemment, cela ne le dérange pas d'en parler, alors je me demande bien pourquoi il refuse de me le montrer. Peut-être que le résultat est assez moche, que le tatoueur a merdé ou que sais-je.

— Non, précise-t-il, on l'a fait sur plusieurs jours. Je te demanderais bien si tu en as aussi, mais quelque chose me dit que non.

Il me sourit d'un air entendu.

— Tu as raison, admets-je en rougissant légèrement. Même si j'y ai pensé. (J'enroule mon pouce et mon majeur autour de mon poignet.) Je voulais faire un truc ici, genre écrire « liberté » ou une phrase en latin. Bref, je ne suis pas trop décidée.

Je pousse un léger soupir gêné. Parler tatouages avec un type qui en connaît plus que je n'en saurai jamais est un peu intimidant.

Quand je repose mon bras sur l'accoudoir, Andrew me saisit le poignet à son tour. Je suis d'abord prise de court, et la légère décharge que je ressens dans tout le corps s'estompe dès lors qu'il se remet à parler avec naturel.

— Je trouve qu'un tatouage au poignet, pour une fille, c'est très gracieux et féminin.

Il fait courir un doigt jusqu'à l'intérieur de mon bras, pour m'indiquer où il le verrait. Je frissonne brièvement.

— Un truc en latin, très discret, juste ici. Ce serait vraiment sympa.

Il repose délicatement ma main.

— Je m'attendais à ce que tu me dises que jamais tu n'en ferais, pouffe-t-il.

Il remonte la jambe pour poser sa cheville sur son genou. Il entrelace les doigts et se laisse glisser sur son siège pour trouver une position plus confortable.

Le jour décline rapidement ; le soleil pointe à peine par-dessus l'horizon, inondant le paysage de teintes orange, roses et pourpres.

— Peut-être que je ne suis pas si prévisible, réponds-je avec un sourire.

— Non, sans doute pas, concède-t-il en me souriant à son tour, avant de se perdre dans ses pensées.

Andrew me réveille le lendemain vers 14 heures, à la station-service de Cheyenne, dans le Wyoming. Je sens son doigt s'enfoncer dans mes côtes.

— On y est, déclare-t-il.

Je finis par ouvrir les yeux et décoller la tête de la vitre.

J'ai la bouche si sèche et pâteuse que je dois avoir une haleine fétide, je veille donc à me détourner pour bâiller.

Les freins du car couinent jusqu'à l'arrêt complet. Comme d'habitude, les passagers se lèvent comme un seul homme et récupèrent leurs bagages à main stockés au-dessus de leur tête. Pour ma part, je reste assise, légèrement paniquée. Je lance un coup d'œil prudent vers Andrew. Je me sens sur le point de faire une mini-crise d'angoisse. Je savais pourtant que cet instant viendrait, qu'Andrew finirait par descendre et me laisser seule, mais je ne m'attendais pas à me sentir comme une fillette apeurée abandonnée loin de chez elle.

Merde! Merde! Merde!

Je n'arrive pas à croire que j'ai fini par me sentir si bien avec lui, la conséquence étant que je ne parviens plus à dominer ma peur.

J'ai la trouille de me retrouver seule.

— Tu viens? demande-t-il en me tendant la main depuis le couloir.

Il me sourit gentiment, m'épargnant quelque remarque sarcastique; après tout, c'est la dernière fois que nous nous voyons. Ce n'est pas comme si nous étions tombés amoureux ou un truc dans le genre, mais il se produit quelque chose d'étrange quand on passe plusieurs jours avec un inconnu dans un bus; on finit par se connaître et par apprécier la compagnie de l'autre. Quand en plus on n'est pas si différents et qu'on partage un lien secret sans réellement lui dévoiler les causes de notre chagrin, la séparation n'en est que plus difficile.

Je ne peux toutefois pas le lui expliquer. C'est trop débile. Je me suis mise toute seule dans cette situation, j'ai bien l'intention de m'en dépêtrer comme une grande. Peu importe où cela me mènera.

Je lui souris en acceptant la main tendue. Il remonte l'allée centrale devant moi, sans jamais me lâcher. Je m'agrippe mentalement à la chaleur de son étreinte, espérant ainsi emmagasiner assez de confiance pour affronter la solitude.

— Eh bien, Camryn…

Il laisse traîner la dernière syllabe, m'encourageant à lui dévoiler mon nom.

— Bennett.

Au temps pour les règles que je me suis imposées.

— Eh bien, Camryn Bennett, ce fut un plaisir de vous rencontrer sur le chemin de nulle part.

Il ajuste la lanière de son sac sur son épaule, puis glisse les mains dans les poches de son jean. Les muscles de ses bras se contractent.

— J'espère que tu trouveras ce que tu recherches.

Je parvins à sourire, consciente qu'il s'agit plutôt d'un simple rictus.

Je remonte la bandoulière de mon sac à main, redresse ma besace, puis reste plantée, les bras ballants.

— Moi aussi, j'ai été contente de faire ta connaissance, Andrew Parrish, réponds-je malgré moi. (J'ai tellement envie qu'il m'accompagne encore un peu.) Tu veux bien me rendre un service ?

J'ai suffisamment piqué sa curiosité pour qu'il incline le menton de côté.

— D'accord. Quel genre de service ? C'est sexuel ?

Ses fossettes se creusent tandis que ses lèvres parfaites s'étirent.

J'émets un ricanement nerveux et baisse honteusement les yeux ; puis ma gêne se dissipe, car ma requête n'a rien d'agréable. J'adopte une expression plus neutre et l'observe avec une compassion sincère.

— Si ton père ne se rétablit pas (il se décompose), autorise-toi à pleurer, d'accord ? L'un des pires sentiments du monde est d'en être incapable. À force de ne pas pleurer, tout paraît infiniment plus sombre.

Il me dévisage longuement sans mot dire avant de hocher la tête. Une vague lueur de reconnaissance apparaît au fond de ses prunelles. Je tends la main pour lui dire au revoir, mais il la serre un tantinet plus longtemps que la normale et finit par m'attirer à lui pour me prendre dans ses bras. Je l'étreins à mon tour, regrettant d'être incapable de lui avouer que je suis terrifiée à l'idée de me retrouver seule.

Ressaisis-toi, Camryn !

Il s'écarte, m'adresse un ultime signe de tête, avec ce sourire auquel je me suis si vite accoutumée. Puis il tourne les talons et sort de la gare. Je reste immobile pendant une éternité, incapable de bouger. Je le regarde monter dans un taxi et ne détourne la tête que quand celui-ci a disparu.

Me revoilà seule. À plus de mille cinq cents kilomètres de la maison. Sans destination, sans but, sans autre ambition que de me découvrir durant ce trajet que je ne me serais jamais imaginé entamer. J'ai peur. Toutefois, je dois poursuivre. Je le dois, car j'ai besoin de ces instants de solitude, loin de tout ce qui m'a poussée à entreprendre ce périple.

Je finis par recouvrer la maîtrise de mon corps, et je m'éloigne de la grande baie vitrée dans l'espoir de me dégoter un siège. J'ai quatre heures de battement avant le prochain car pour l'Idaho, je vais donc devoir tuer le temps.

Je me dirige en premier lieu vers les distributeurs.

Je glisse une pièce dans la fente et commence à presser les touches E et 4 pour réclamer la barre de céréales – ce qui se rapproche le plus d'un aliment sain dans cette machine. Je change finalement d'avis et opte pour D4 ; une grosse barre écœurante de chocolat glisse le long de sa spirale et atterrit dans le compartiment inférieur. M'emparant joyeusement de mon plaisir coupable, je me rends ensuite vers le distributeur de boissons, évitant soigneusement celui proposant jus de fruits et bouteilles d'eau pour m'approcher des sodas, aussi mauvais pour les dents que pour l'estomac.

Andrew serait terriblement fier de moi.

Putain ! Arrête de penser à lui !

Je récupère mon butin et vais m'installer sur un siège en attendant que les minutes passent.

Les quatre heures se transforment en six. Une annonce au micro indique que mon car souffre d'une avarie matérielle.

Un chœur de grognements contrariés s'élève dans toute la gare.

Génial. Super génial. Me voilà coincée dans un bled au milieu de nulle part, et il se pourrait bien que j'aie à passer la nuit ici, recroquevillée en position fœtale sur ce siège en plastique dur qui n'est même pas adapté à la position assise.

Je pourrais tout aussi bien m'acheter un ticket pour ailleurs.

Et voilà ! Le problème est résolu !

Je regrette simplement de ne pas y avoir pensé plus tôt, ce qui m'aurait épargné ces six heures perdues. C'est comme si mon cerveau s'était mis en tête que je ne pouvais pas m'arrêter ailleurs qu'en Idaho, puisque j'avais déjà payé pour le voyage.

Je récupère sac à main et besace sur le siège voisin et me les passe sur les épaules pour traverser la gare. Je croise un wagon de passagers mécontents n'ayant visiblement pas la même latitude que moi, et finis par atteindre les guichets.

— On ferme, madame, m'indique l'employée de l'autre côté.

— Attendez, *s'il vous plaît*! (J'écarte les bras d'un geste exaspéré.) J'ai juste besoin d'un billet pour n'importe où. Je vous en prie, vous me rendriez un immense service !

La vieille femme aux cheveux rêches grimace et semble se mordiller l'intérieur de la joue. Puis elle pousse un soupir et pianote sur son clavier.

— Oh, merci ! m'exclamé-je. Vous êtes géniale ! Merci !

Elle lève les yeux au ciel.

Je pose mon sac sur le comptoir et farfouille rapidement à l'intérieur, en quête de mon petit portefeuille à glissière.

— Vous allez où ? s'enquiert-elle.

Super, encore cette question à un million de dollars. Je lance un regard circulaire, espérant d'autres « signes » que cette patate au four de Caroline du Nord, mais je ne trouve rien d'évident. L'employée commence à perdre patience, ce qui ne me stresse que davantage.

— Mademoiselle ? insiste-t-elle en soufflant lourdement tandis qu'elle consulte l'horloge murale. J'ai pointé il y a un quart d'heure, j'aimerais vraiment rentrer dîner.

— Ouais, vraiment désolée, dis-je en lui tendant ma carte bleue. Le Texas, dis-je d'abord comme un test, avant de me rendre compte que les sonorités me plaisent. C'est ça, n'importe où au Texas, ce serait parfait.

Elle dresse un sourcil roux et interrogateur.

— Vous ne savez pas où vous allez ?

Je hoche furieusement la tête.

— Euh… je voudrais juste prendre le prochain car pour le Texas. (Je lui souris en espérant qu'elle n'insistera pas et ne me demandera pas une pièce d'identité, alertée par mon comportement suspect.) J'attends ici depuis six heures, vous comprenez…

Elle me dévisage longuement, puis s'empare de ma carte bleue et recommence à pianoter.

— Le prochain part dans une heure.

— Super, je le prends ! m'exclamé-je sans lui laisser le temps de me préciser la ville de destination.

Peu m'importe. Et elle est si pressée de rentrer chez elle qu'elle ne semble pas s'en soucier non plus. Si je m'en fiche, elle n'a pas de raison de s'en préoccuper.

Ayant récupéré mon nouveau ticket, je le range près de l'ancien. Le guichet ferme juste derrière moi, à 21 h 05. Je me sens étrangement soulagée. En retournant m'asseoir, je jette un coup d'œil à mon téléphone pour voir si j'ai reçu des textos ou des appels en absence. Ma mère a téléphoné deux fois, laissant deux messages, mais toujours pas de nouvelles de Natalie.

— Ma chérie, où es-tu ? me demande maman quand je la rappelle. J'ai essayé de joindre Natalie pour savoir si tu étais avec elle, mais elle ne répondait pas non plus. Tout va bien ?

— Ouais, Mam, ça va. (Je fais les cent pas devant mon siège, le portable plaqué sur l'oreille droite.) J'ai décidé de rendre visite à ma copine Anna, en Virginie. Je vais rester un petit moment avec elle, mais tout va bien.

— Camryn, et ton nouveau boulot ? (Elle semble d'autant plus déçue que c'est son amie qui m'a donné ma chance en m'embauchant.) Maggie m'a dit que tu y étais allée une semaine, puis que tu n'avais plus donné de nouvelles.

— Je sais, maman. Je suis sincèrement désolée, mais ce n'était pas fait pour moi.

— Eh bien, la moindre des choses aurait été de l'en informer, de faire tes deux semaines de préavis…

Je me sens piteuse d'avoir si mal agi. En temps normal, je n'aurais jamais commis un acte aussi irréfléchi, mais malheureusement les récents événements m'y ont contrainte.

— Tu as raison. À mon retour, j'appellerai directement Mme Phillips pour lui présenter mes excuses.

— Ça ne te ressemble pas, insiste-t-elle. (Je redoute soudain qu'elle ne comprenne les raisons qui m'ont poussée à partir, et je refuse d'en discuter avec elle.) Et partir en Virginie sans même me laisser un mot ? Tu es sûre que tout va bien ?

— Oui, très bien. Ne t'inquiète pas. S'il te plaît. Je te rappelle bientôt, je dois y aller.

Elle finit par céder, même si j'entends à son profond soupir qu'elle n'en a vraiment pas envie.

— D'accord. Fais attention à toi, alors. Je t'aime.

— Je t'aime aussi, maman.

Je vérifie encore une fois mon téléphone, espérant que Natalie ait laissé un message sans que je m'en sois rendu compte. Je remonte plusieurs jours en arrière, même si je sais pertinemment qu'un petit cercle rouge m'indiquerait tout SMS non lu.

Je poursuis mes recherches si longtemps que je finis par tomber sur un message de Ian. Mon cœur se fige dans ma poitrine.

Je laisse planer le pouce au-dessus de son nom, voulant relire notre dernier échange avant l'accident, mais j'en suis incapable.

Je remets furieusement mon portable dans le fond de mon sac.

11

Camryn

À PRÉSENT, JE ME RAPPELLE POURQUOI JE N'AIME PAS LE soda : ça me donne envie de pisser. La seule perspective de me retrouver piégée dans ce car, avec ces toilettes minuscules à l'arrière, suffit à me convaincre de me diriger vers celles de la gare. Je jette ma canette à moitié pleine au passage.

Je dédaigne les trois premières cabines, vraiment répugnantes, et m'enferme dans la quatrième, où je suspends mes sacs sur la patère fixée à la porte bleue. J'étale une bonne épaisseur de papier sur la cuvette pour me préserver des microbes. Je fais rapidement ma petite affaire, puis procède de façon stratégique : je pose un pied sur le siège pour empêcher le détecteur d'activer la chasse, reboutonne mon jean à tâtons, récupère mes affaires au crochet et ouvre le battant, le pied toujours tendu bizarrement derrière moi.

Je bondis alors hors de la cabine avant que la chasse d'eau se déclenche. Tout ça à cause de MythBusters : je suis restée mortifiée pendant des mois après l'émission montrant comment la chasse d'eau vous aspergeait de bactéries en « nettoyant » les toilettes.

L'éclairage au néon est encore plus faible ici que dans le reste de la gare. Un tube clignote au-dessus de ma tête. Dans un coin du mur, deux araignées rôdent au fond de leur toile, au cœur de laquelle sont prisonniers plusieurs insectes morts. L'odeur est insoutenable. Je passe devant un miroir et cherche un endroit sec où poser mes affaires le temps de me laver les mains. Génial, il n'y a pas de serviettes. Je méprise le vieux séchoir accroché à la cloison – ces trucs-là ne servent qu'à étaler l'eau – et entreprends de m'essuyer sur mon jean. Finalement, je me résous à presser le gros bouton argenté de la machine, qui se met en route dans un vrombissement. Je grimace. Je déteste ce bruit.

Alors que je fais mine de me sécher les mains (sachant de toute façon que je terminerai malgré tout sur mon pantalon), une ombre m'attire le regard dans le miroir. Je me retourne à l'instant précis où le séchoir s'arrête, plongeant la pièce dans le plus grand silence.

Un homme est debout dans l'entrée, à m'observer.

Mon cœur s'emballe subitement et ma gorge s'assèche.

— C'est les toilettes pour femmes.

Je jette un coup d'œil à mes sacs. Est-ce que j'ai une arme ? Ouais, en tout cas j'ai emporté un couteau, même s'il ne me servira à rien, enfoui dans le fond de mes affaires.

— Pardon, je croyais que j'étais chez les hommes.

Bien, excuses acceptées, maintenant veuillez foutre le camp d'ici.

L'homme, chaussé de vieilles baskets sales et vêtu d'un jean délavé couvert de taches de peinture, ne bouge pas. C'est mauvais signe. S'il était vraiment entré ici par accident, il serait plus gêné que ça et serait déjà reparti la tête basse.

Alors que je m'apprête à récupérer mes sacs, je remarque qu'il s'approche de moi.

— Je… je ne voulais pas vous faire peur, dit-il.

Je plonge la main dans mon bagage, en quête de mon couteau, sans jamais quitter l'autre des yeux.

— Je vous ai vue dans le bus, explique-t-il en s'approchant. Je m'appelle Robert.

Je me redresse brusquement pour lui faire face.

— Écoutez, vous n'avez rien à faire ici. Ce n'est pas l'endroit idéal pour discuter, je vous suggère donc de foutre le camp. Tout de suite.

Je finis par sentir les contours de mon arme, que j'empoigne fermement, sans la sortir encore. Je presse du bout du doigt le poussoir servant à libérer la lame du manche. J'entends le déclic quand elle se déploie et se verrouille en place.

L'homme s'arrête à deux petits mètres de moi et se met à sourire. Ses cheveux bruns et gras sont lissés en arrière. Ah oui, je me souviens de lui à présent. Il a fait toutes les correspondances avec moi depuis le Tennessee.

Oh, mon Dieu, est-ce qu'il m'a espionnée pendant tout ce temps ?

Mon poing serré brandit le cran d'arrêt. J'essaie de lui montrer que je n'hésiterai pas à m'en servir.

Il se contente de sourire. Ce qui m'angoisse davantage.

Mon cœur me tambourine contre les côtes.

— Bas les pattes, lancé-je entre mes dents serrées. Ou je vous jure que je vous éventre comme un porc.

— Je ne vais pas te faire de mal, reprend-il d'un ton sinistre. Je suis prêt à te payer – très cher – pour que tu me suces. C'est tout ce que je veux. Tu ressortiras d'ici avec cinq cents dollars en poche, et je pourrai enfin penser à autre chose. C'est du gagnant-gagnant.

Je me mets à hurler quand une autre ombre attire mon regard. Andrew vient percuter le pervers, le plaquant contre la glace à cinquante centimètres de là. Le verre éclate en un million de fragments. Je recule d'un bond et crie derechef, m'adossant au séchoir à mains, le redémarrant involontairement. J'ai lâché mon couteau sans m'en rendre compte. Il gît par terre, mais j'ai bien trop peur de me pencher pour le ramasser.

Du sang ruisselle sur ce qui reste du miroir, et Andrew relève le sale type en l'agrippant par le col. Il lui assène un violent coup de poing au visage. J'entends un craquement écœurant, et un geyser écarlate jaillit du nez brisé. Andrew le cogne, encore et encore, jusqu'à ce que la tête de l'autre vacille telle celle d'un ivrogne. Mais Andrew n'en a pas terminé, et il le saisit par les épaules pour lui cogner le dos à deux reprises contre le mur carrelé.

Le type est complètement dans les vapes.

Andrew le lâche enfin, et l'autre s'affale. J'entends sa tête heurter la cloison. Andrew se tient debout au-dessus de lui, menaçant, attendant sans doute de voir s'il va se relever. Il y a quelque chose de sauvage et d'inquiétant dans sa position et dans son expression furieuse, tandis qu'il surveille sa victime.

J'arrive à peine à respirer, mais parviens tout de même à dire :

— Andrew ? Ça va ?

Il pivote brusquement vers moi et aboie :

— *Quoi ?*

Il secoue la tête et ferme les yeux, incrédule. Puis il s'approche.

— Est-ce que *moi*, je vais bien ? C'est quoi, cette question ? (Il me saisit le haut du bras et plonge son regard dans le mien.) Est-ce que *toi*, tu vas bien ?

Il m'observe avec une telle intensité que j'ai envie de me détourner, mais il suit mon mouvement et me secoue pour me forcer à répondre.

— Ouais… ça va, finis-je par dire. Merci.

Il m'attire contre son torse puissant et me prend dans ses bras, manquant de m'étouffer.

— On devrait appeler les flics, dit-il en me libérant.

J'opine du chef et il m'entraîne dans le hall sinistre de la gare.

Le temps que la police arrive, le sale type a disparu.

Andrew et moi supposons qu'il a dû s'éclipser juste après que nous sommes sortis. Il a dû emprunter la porte de derrière pendant qu'Andrew était au téléphone. Nous décrivons le pervers aux agents venus prendre notre déposition. Les flics félicitent Andrew – sans grande conviction – d'être intervenu, mais celui-ci semble avoir hâte que la conversation se termine.

Mon car s'est fait la malle depuis dix minutes, je me retrouve donc une fois de plus coincée ici.

— Je croyais que tu allais dans l'Idaho ? s'étonne Andrew.

Cela m'a échappé. Je lui ai révélé que mon « bus pour le Texas » était parti sans moi.

Je me mordille la lèvre inférieure et croise les jambes. Assis près de l'entrée principale de la gare, nous regardons les passagers aller et venir entre les grandes portes vitrées.

— Eh bien, maintenant, je vais au Texas. (Je sais pourtant qu'il m'a prise la main dans le sac, et j'ai le sentiment que je vais bientôt devoir cracher le morceau.) Je croyais t'avoir vu monter dans un taxi ? dis-je pour changer de sujet.

— Oui, mais ce n'est pas la question, Camryn. Pourquoi as-tu changé de destination ?

Je soupire. Comprenant qu'il ne me laissera pas m'en tirer si facilement, je préfère jeter l'éponge.

— Je n'ai pas vraiment de sœur en Idaho, admets-je. Je me laisse porter par la route. C'est tout.

Je l'entends émettre un petit bruit agacé.

— Il y a forcément autre chose. Tu as fait une fugue ?

Je finis par le regarder.

— Non, je n'ai pas fugué. Je suis majeure et vaccinée.

— Alors quoi ?

Je hausse les épaules.

— J'ai simplement éprouvé le besoin de m'éloigner un moment.

— Donc tu t'es enfuie de chez toi ?

Je souffle longuement et défie soudain son regard vert intense si pénétrant.

— Je ne me suis pas *enfuie*, je suis *partie*.

— Et tu as sauté à bord du premier car venu ?

— Oui.

Je commence à en avoir assez de son interrogatoire.

— Tu vas devoir m'en dire plus, insiste-t-il.

— Écoute, je te suis infiniment reconnaissante pour ce que tu as fait. Sincèrement. Mais ne va pas t'imaginer que le fait de m'avoir secourue te donne le droit de te mêler de mes affaires.

Il prend soudain un air blessé.

Je m'en veux immédiatement ; c'est pourtant la vérité : je n'ai pas de comptes à lui rendre.

Il finit par baisser les bras et par regarder dans le vague, croisant les jambes.

— J'ai vu cette petite merde te mater dès que je suis monté dans le bus au Kansas, avoue-t-il. (Je l'écoute avec attention.) Tu ne t'en es pas rendu compte, mais c'était le cas, et je n'ai pas arrêté de le surveiller depuis. (Il n'a toujours pas reposé les yeux sur moi, mais je ne cesse de l'observer tandis qu'il me raconte.) Je l'ai vu monter dans un taxi et partir avant moi, ça m'a rassuré. Pourtant, j'ai eu un mauvais pressentiment avant d'arriver à l'hôpital. J'ai demandé au chauffeur de me laisser devant un restaurant pour manger un morceau. Je n'ai pas arrêté d'y penser.

— Attends une seconde, l'interromps-je. Tu n'es pas allé jusqu'à l'hôpital ?

Il se tourne vers moi.

— Non, je savais que là-bas… (Il tourne de nouveau la tête.) Je savais que, une fois au chevet de mon père, j'aurais encore l'esprit ailleurs.

Je peux le comprendre et je reste muette.

— Je suis donc allé directement chez lui, j'ai récupéré sa voiture et j'ai conduit un peu pour me changer les idées. Et puis je n'ai plus tenu, et je suis revenu ici. Je me suis garé devant et, comme par hasard, un taxi s'est arrêté et a déposé l'autre pervers.

— Pourquoi tu n'es pas entré au lieu d'attendre dans la voiture ?

Il baisse le front, soudain pensif.

— Je ne voulais pas te faire flipper.

— Pourquoi ça m'aurait fait flipper ? m'étonné-je en souriant.

Andrew me regarde droit dans les yeux, et je constate que son petit air malin est revenu.

Il écarte les mains, paumes vers le haut.

— Euh, tu rencontres un gars bizarre dans le bus, qui revient plusieurs heures plus tard s'asseoir à côté de toi ? rappelle-t-il en fronçant les sourcils. C'est presque aussi flippant que si je t'avais proposé de me sucer pour cinq cents dollars, non ?

J'éclate de rire.

— Non, ça n'a rien à voir !

Il tente en vain de réprimer un sourire.

— Qu'est-ce que tu vas faire, Camryn ?

Il a recouvré son sérieux, et mon sourire s'étiole.

Je secoue la tête.

— Je ne sais pas. Attendre le prochain bus pour le Texas avant de reprendre la route.

— Pourquoi le Texas ?

— Pourquoi pas ?

— Sérieux ?

Je fais claquer mes mains sur mes cuisses.

— Parce que je n'ai aucune envie de rentrer ! m'emporté-je.

Il reste imperturbable.

— Et pourquoi tu n'as pas envie de rentrer ? insiste-t-il avec calme et intensité. Tu ferais mieux de te mettre à table, parce qu'il est hors de question que je te laisse toute seule dans cette gare routière, surtout après ce qui vient de se passer.

Je croise les bras et fixe un point droit devant moi.

— Eh bien, je suppose que tu vas devoir attendre que mon car arrive.

— Non. Je ne te laisserai pas non plus monter dans un bus pour n'importe où. Le Texas, l'Idaho, ou je ne sais quel putain de bled. C'est dangereux, et je vois bien que tu es une fille intelligente, alors voici ce qu'on va faire…

Je cligne des paupières, stupéfaite par cette soudaine crise d'autoritarisme.

Il reprend son sermon :

— Je vais attendre avec toi jusqu'à demain matin. Cela te donne le temps de décider si tu me laisses te payer l'avion pour le retour ou si tu préfères appeler un de tes proches pour qu'on vienne te chercher. Je te laisse le choix.

Je le dévisage comme s'il était cinglé.

Son expression ne laisse pas de place au doute : *Oui, je suis on ne peut plus sérieux.*

— Je ne retourne pas en Caroline du Nord.

Andrew se lève brusquement et se plante devant moi.

— Très bien. Dans ce cas, je t'accompagne.

Je n'en crois pas mes oreilles. Vues d'en dessous, ses pommettes saillantes semblent encore plus prononcées, son regard plus déterminé. J'ai la gorge nouée.

— C'est complètement dingue !

Je tourne en dérision sa proposition, mais je sais qu'il pense chacun de ses mots, et je poursuis donc avec gravité :

— Et ton père ?

Il serre les dents, soudain malheureux.

Il commence à se détourner, quand une idée lui vient.

— Alors, accompagne-moi.

Quoi ? Pas question.

Sa détermination s'est muée en fol espoir. Il se rassied à côté de moi sur le siège en plastique bleu.

— On va rester ici jusqu'au matin, reprend-il, car tu préfères sans doute ne pas suivre un type étrange en pleine nuit. Pas vrai ?

Il m'observe en coin, l'air interrogateur.

— En effet, admets-je.

Pourtant, je suis certaine de pouvoir lui faire confiance : bon sang, sans son intervention, je me faisais violer ! Et rien chez lui ne m'inquiète autant que Damon quand il avait soi-disant fait la même chose. Non, Damon avait une lueur sombre dans les prunelles, sur le toit, cette nuit-là. Les yeux d'Andrew ne trahissent que son inquiétude.

Cependant, je ne l'accompagnerai pas en pareilles circonstances.

— Bonne réponse, déclare-t-il, apparemment soulagé de me découvrir aussi « intelligente » qu'il le présumait. On va attendre le petit matin et, si cela te rassure, on prendra un taxi pour l'hôpital, au lieu de grimper dans ma voiture.

J'acquiesce, ravie qu'il y ait pensé tout seul. Je dois avouer que j'y avais déjà songé. Enfin, j'ai beau lui faire confiance, il semble vouloir s'assurer que je doute de lui, comme s'il me donnait une sorte de leçon silencieuse et tordue.

J'ai honte d'avoir besoin de me faire « enseigner » tout ça...

— Et, depuis l'hôpital, on reprendra un taxi jusqu'ici. Après quoi, on ira où tu veux.

Il me tend la main.

— Marché conclu ?

J'y réfléchis un instant, aussi troublée que fascinée par lui. J'acquiesce, d'abord à contrecœur, puis avec davantage d'assurance.

— Marché conclu, affirmé-je en lui serrant la main.

Honnêtement, je ne suis pas certaine d'être d'accord. Qu'est-ce qui pourrait le pousser à faire ça ? N'a-t-il pas une vie qui l'attend quelque part ? Il n'est sans doute pas aussi désespéré que moi.

C'est dingue ! C'est qui, ce type ?

Nous restons assis plusieurs heures à enchaîner les sujets futiles ; pourtant je chéris chaque instant de nos conversations. Je lui avoue que j'ai fini par m'acheter un soda, et que c'est à cause de ça que j'ai fini dans ces toilettes avec le pervers ; il me contredit dans un éclat de rire, affirmant que j'ai simplement une petite vessie. Nous critiquons ensuite à mi-voix les passagers qui vont et viennent ; ceux qui ont l'air bizarre et ceux qui ont l'air mort, comme s'ils avaient passé une semaine entière à voyager sans parvenir à trouver le sommeil. Et puis nous évoquons de nouveau les classiques du rock, même si nous campons sur nos positions initiales.

Il manque de faire une attaque quand je déclare préférer Pink aux Rolling Stones. Enfin, j'ai vraiment l'impression de l'avoir blessé aux tripes. Il plaque une main sur son cœur et bascule la tête en arrière, complètement dévasté. Très théâtral. Et très drôle. J'essaie de ne pas rire, ce qui n'est pas une mince affaire quand on est confronté à son visage dur et exagérément outré, que fend pourtant un léger rictus.

Et alors que nous quittons les lieux au lever du soleil, je m'immobilise un instant pour l'observer. Une légère brise l'ébouriffe légèrement. Il penche la tête, me sourit et m'invite à monter dans le taxi.

— Tu m'accompagnes toujours, pas vrai ?

J'acquiesce avec joie.

— Bien sûr.

Je lui saisis la main et nous nous glissons sur la banquette.

Je me suis rendu compte en l'examinant que je n'avais plus souri ni ri autant depuis avant la mort de Ian. Même Natalie n'est jamais parvenue à m'égayer de la sorte, alors qu'elle n'a cessé de multiplier les efforts. Elle a sa méthode pour me tirer de ma dépression, mais elle est loin d'être aussi efficace que celle d'Andrew, qui y parvient en bien moins de temps et sans même le vouloir.

12

Andrew

Je sens ma gorge se serrer quand nous pénétrons dans l'hôpital, comme si un mur de ténèbres s'était soudain matérialisé pour m'engloutir. Je m'arrête une seconde dans l'entrée, les bras ballants. Puis Camryn m'effleure le poignet.

Je me tourne vers elle. Son sourire si chaleureux me fait légèrement fondre. Ses cheveux blonds sont maladroitement rassemblés en une tresse qui pend par-dessus son épaule droite. Quelques mèches échappées à son chouchou lui couvrent le visage. Je résiste à l'envie de les en écarter du doigt. Je ne peux pas faire des trucs dans le genre. Il faut que je me débarrasse de cette attirance. Elle est si différente des autres filles que c'en est presque inconcevable. Je n'ai vraiment pas besoin de ça maintenant.

— Ça va aller, me rassure-t-elle.

Elle laisse retomber sa main dès qu'elle capte mon attention. Je la remercie d'un sourire piteux.

Nous empruntons le couloir jusqu'à l'ascenseur, qui nous mène au deuxième étage. À mesure que nous avançons, je lutte contre le besoin de faire demi-tour et de quitter cet endroit. Mon père refuse que je laisse transparaître la moindre émotion, alors même que j'en suis submergé.

Je devrais peut-être sortir me défouler sur un arbre avant de revenir lui rendre visite.

Nous traversons une pièce où des gens patientent en lisant des magazines.

— Je t'attends ici, me dit Camryn.

Je plonge mon regard dans le sien.

— Tu ne veux pas venir avec moi ?

J'aimerais tant qu'elle m'accompagne. J'ignore pourquoi.

Camryn commence à secouer la tête.

— Je... je ne peux pas, déclare-t-elle d'un air gêné. Vraiment, c'est... ce n'est pas approprié.

Je la déleste doucement de sa besace, que je découvre étonnamment légère, pour la mettre sur mon épaule. Camryn ne la quitte pas des yeux, mal à l'aise.

— Si, si, insisté-je. J'ai très envie que tu viennes.

Pourquoi est-ce que je dis ça ?

Elle contemple ses pieds, puis le reste de la pièce, avant de reposer sur moi ses iris bleus.

— Très bien, accepte-t-elle avec un bref hochement de tête.

Je me fends d'un nouveau sourire et la prends instinctivement par la main. Elle ne la retire pas.

Inutile de préciser que sa présence me rassure, et j'ai le sentiment qu'elle est heureuse de me rendre ce service. Elle doit sans doute savoir combien ce genre d'épreuve est difficile à surmonter.

Nous nous dirigeons, main dans la main, vers la chambre de mon père.

Elle me serre brièvement les doigts et m'encourage d'un regard. Alors seulement j'ouvre la porte. Une infirmière dresse le front en nous entendant entrer.

— Je suis le fils de M. Parrish.

Elle opine du chef d'un air solennel et retourne ajuster les machines et tuyaux reliés à mon père. La pièce est typique des espaces stériles et sans âme, avec ses murs d'un blanc éclatant et son carrelage si brillant que les tubes au néon parcourant le plafond s'y reflètent puissamment. Un bip persistant et régulier s'élève du moniteur cardiaque à côté du lit.

Je n'ai toujours pas vu mon paternel. Mon regard s'est attardé sur chaque détail de la chambre, tout en évitant savamment l'homme qui repose sur le lit.

Les doigts de Camryn pressent légèrement les miens.

— Comment va-t-il ? m'enquiers-je, sachant que ma question est stupide.

Il est en train de mourir, voilà comment il va. Seulement je ne trouve rien de mieux à dire.

L'infirmière m'observe d'un regard vide.

— Il sombre régulièrement dans l'inconscience, comme vous le savez sans doute.

En fait, je l'ignorais.

— Il n'y a pas eu d'évolution, ni dans un sens ni dans l'autre.

Elle règle le débit de l'intraveineuse qui disparaît dans sa main rugueuse.

Puis elle fait le tour de la couche et ramasse l'écritoire posée sur la table de chevet pour se la caler sous le bras.

— Quelqu'un d'autre est venu lui rendre visite ? m'informé-je.

Elle acquiesce.

— Des membres de la famille passent régulièrement depuis plusieurs jours. Certains sont partis il y a une heure à peine, mais je suppose qu'ils reviendront.

Elle parle sans doute d'Aidan, mon frère aîné, et de sa femme, Michelle. Et de mon petit frère, Asher.

Elle s'éclipse discrètement.

Camryn se tourne vers moi, raffermissant son étreinte. Ses yeux semblent sourire prudemment.

— Je vais m'asseoir ici et te laisser lui parler, d'accord ?

Je hoche la tête, même si j'ai déjà oublié ce qu'elle vient de me dire. Elle me lâche lentement et s'installe sur la chaise en vinyle près du mur. J'inspire profondément et m'humecte les lèvres.

Il a le visage tout enflé. Des tubes enfoncés dans ses narines lui dispensent de l'oxygène. Je suis surpris qu'il ne se trouve pas sous respirateur artificiel, même si cela me donne un peu d'espoir. Très peu. Je sais que son état ne s'améliorera pas ; c'est un fait établi. Le peu de cheveux qui lui restait a été rasé. Les médecins ont un moment envisagé la chirurgie, mais quand mon père a compris que cela ne le sauverait pas, il s'est évidemment plaint :

— Bordel, non, vous n'allez quand même pas m'ouvrir le crâne ! Vous voulez me faire cracher des milliers de dollars pour que ce toubib à la mords-moi-le-nœud me farfouille dans la caboche ? *Putain*, mon gars (il s'adressait surtout à Aidan), tu as vraiment un grain !

Mes frères et moi étions prêts à tout pour essayer de le sauver ; cependant, il avait signé sans nous prévenir une décharge visant à interdire à quiconque de prendre des décisions à sa place si les choses venaient à empirer.

C'est ma mère qui a alerté l'hosto et envoyé les papiers peu avant l'opération. Ça nous a évidemment fâchés, mais c'est une femme intelligente et aimante, et aucun de nous n'a pu lui en vouloir très longtemps.

Je me rapproche du lit pour l'examiner de plus près. Ma main semble mue par sa propre volonté et, sans que je m'en rende compte, elle s'est glissée à côté de la sienne pour la saisir. Cela me paraît bizarre. Comme si je n'avais pas le droit de faire ça. Si n'importe qui d'autre s'était trouvé sur ce pieu, je n'aurais eu aucun mal à lui prendre la main. Malheureusement, il s'agit de mon père, et j'entends sa voix me seriner :

— Ne prends pas la main d'un autre homme, mon garçon. Qu'est-ce qui déconne, chez toi ?

Soudain, il entrouvre les paupières, et je retire instinctivement les doigts.

— C'est toi, Andrew ?

Je hoche la tête en me penchant vers lui.

— Où est Linda ?

— Qui ça ?

Ses yeux papillotent, comme hésitant à se clore.

— Linda, insiste-t-il. Ma femme, Linda. Où est-elle ?

J'avale douloureusement ma salive et me retourne vers Camryn, qui observe la scène en silence.

— Papa, Linda et toi avez divorcé l'année dernière, tu te rappelles ?

Ses prunelles vert pâle se mettent à briller. Il n'y a pas de larmes, juste un léger voile. Il reste hébété un moment, puis fait claquer ses lèvres et fait courir sa langue sèche autour de sa bouche.

— Tu veux un peu d'eau ?

Je tends la main vers la table à roulettes qui a été écartée du lit. Un pichet rose pâle est posé à côté d'une grosse tasse en plastique fermée par un couvercle traversé d'une paille.

Mon père secoue la tête.

— T'as réparé Miss Nina ? demande-t-il.

Je confirme.

— Ouais, elle est nickel. Je lui ai remis un coup de peinture et changé les jantes.

— C'est bien, c'est bien, dit-il en hochant la tête d'un air satisfait.

La situation me paraît très étrange, et je sais que cela se voit sur mon visage ou à ma position. Je ne sais pas quoi dire, ni si je devrais le forcer à boire, ou simplement m'asseoir en attendant le retour d'Aidan et Asher. J'aimerais mieux leur laisser la place. Je ne suis pas doué pour ce genre de chose.

— Qui c'est, cette beauté ? s'étonne mon père en remarquant Camryn.

Je me demande comment il arrive à la voir d'ici, puis je constate qu'un grand miroir à côté de lui réfléchit cette portion de la pièce. Cam se raidit légèrement, mais son sourire radieux vient illuminer son visage. Elle lève la main et lui adresse un petit signe dans la glace.

Malgré ses traits bouffis, j'aperçois un sourire sur les lèvres de mon père.

— C'est ton Eurydice ? me demande-t-il.

Surpris, j'ouvre des yeux ronds comme des soucoupes. J'espère que Camryn n'a pas saisi l'allusion, mais je ne vois pas comment elle aurait pu passer au travers. Mon père l'invite à nous rejoindre d'un geste faible.

Elle se lève et vient se poster près de moi. Elle a une mine si chaleureuse que j'en suis moi-même étonné. Elle est parfaitement naturelle. Je sais qu'elle est tendue et particulièrement gênée de se trouver dans cette pièce avec cet homme mourant qu'elle ne connaît même pas, pourtant elle ne se défile pas.

— Bonjour, monsieur Parrish. Je m'appelle Camryn Bennett, je suis une amie d'Andrew.

Il me dévisage. Je connais ce regard ; il compare la réponse avec ce qu'il déduit de mon expression, tentant de comprendre ce qu'elle entend par « amie ».

Soudain, il fait quelque chose d'inédit : il tend la main vers moi.

J'en suis tétanisé.

Je ne recouvre mes esprits qu'en voyant Camryn m'encourager à répondre à son geste. Je lui prends alors la main avec nervosité. Au bout d'un long et étrange moment, mon père ferme les paupières et sombre de nouveau dans le sommeil. Je retire lentement ma main en sentant sa prise se relâcher.

La porte s'ouvre alors sur mes frères et Michelle.

Je m'écarte rapidement du lit, entraînant Camryn à ma suite, sans me rendre compte que j'ai entremêlé mes doigts aux siens avant qu'Aidan se mette à les fixer.

— Content que tu aies pu venir, m'accueille-t-il avec une pointe de mépris.

Il m'en veut encore de n'avoir pas pris l'avion pour arriver au plus tôt. Il va pourtant falloir qu'il s'y résolve : chacun sa manière de faire son deuil.

Malgré tout, il m'offre une poignée de main avant de me serrer contre lui et de me taper chaleureusement dans le dos.

— Je vous présente Camryn, dis-je en me tournant vers elle.

Elle leur sourit, déjà réinstallée sur sa chaise près du mur.

— Voici mon frère aîné, Aidan, et sa femme, Michelle. (Je les désigne tour à tour.) Et ça, c'est le nabot, Asher.

— Crétin, réplique celui-ci.

— Je sais, admets-je.

Aidan et Michelle vont chercher deux autres chaises près d'une table et distribuent les sandwichs et les frites qu'ils viennent d'acheter.

— Le vieux n'a toujours pas repris conscience, déclare Aidan en engloutissant quelques patates. Ça me tue de l'admettre, mais je crains qu'il ne se réveille jamais.

Camryn se tourne vers moi. Nous lui avons tous deux parlé quelques instants plus tôt, et je sais qu'elle s'attend à ce que je les en informe.

— Sans doute pas, répliqué-je.

Elle fronce les sourcils sans comprendre.

— Combien de temps tu comptes rester ? s'enquiert Aidan.

— Pas longtemps.

— Bizarrement, ça ne m'étonne pas.

Il croque à pleines dents dans son hamburger.

— Putain, ne me cherche pas, Aidan. Je ne suis pas d'humeur, et ce n'est ni le lieu ni le moment.

— Si tu le dis, réplique-t-il en secouant la tête tout en mastiquant. (Il plonge quelques frites dans la petite flaque de ketchup que Michelle vient de verser entre eux sur une serviette en papier.) Démerde-toi comme tu veux, mais sois là pour l'enterrement.

Son visage ne trahit aucune émotion. Il continue de manger.

Mon corps tout entier se crispe.

— Putain, Aidan, lance Asher dans mon dos. Tu pourrais éviter ce genre de conneries ? Sérieux, frangin, Andrew a raison.

Asher nous a toujours servi de médiateur. Et il a toujours été le plus pondéré. Aidan et moi pensons avec nos poings. Aidan gagnait toujours quand on se bagarrait, mais il ne se doutait pas que chaque raclée me faisait progresser.

Aujourd'hui, nous sommes à peu près aussi forts l'un que l'autre. Nous évitons de nous taper dessus autant que faire se peut, mais je dois bien avouer que je ne me contrôle pas aussi bien que lui. Et il le sait. C'est pour ça qu'il fait machine arrière en se servant de Michelle comme alibi. Il lui essuie un peu de ketchup à la commissure des lèvres. Elle glousse.

Mon regard dérive vers Camryn. Elle essaie sans doute d'attirer mon attention depuis un petit moment et, l'espace d'une seconde, je crois qu'elle m'indique qu'elle est prête à partir. Puis elle secoue la tête, et je comprends qu'elle me demande juste de me calmer.

Je m'exécute immédiatement.

— Alors, carillonne Asher pour détendre l'atmosphère, vous êtes ensemble depuis longtemps ?

Il s'adosse au mur de la télé en croisant les bras.

Nous nous ressemblons beaucoup, lui et moi. Mêmes cheveux châtains, mêmes foutues fossettes. Aidan est l'intrus du lot : sa tignasse est bien plus sombre et, au lieu de fossettes, il a une tache de vin sur la joue gauche.

— Oh, non, on est juste amis, corrigé-je.

Je crois que Camryn a rougi, mais je n'en suis pas sûr.

— Ce doit être une sacrément bonne amie pour t'accompagner jusque dans le Wyoming, commente Aidan.

Par chance, il ne se comporte pas comme un con. S'il décidait de passer sa colère en s'en prenant à elle, je devrais lui péter la gueule.

— Oui, intervient Camryn. (Le son de sa voix me radoucit sur-le-champ.) J'habite vers Galveston ; j'ai pensé qu'il aimerait bien un peu de compagnie, pour ce long voyage en bus.

Je suis surpris qu'elle se souvienne de ma ville.

Aidan hoche gentiment la tête ; ses mâchoires s'activent encore sur son sandwich.

— Elle est canon, frérot, chuchote Asher derrière moi.

Je pivote pour lui faire les gros yeux. Il me sourit, mais consent à se taire.

Notre paternel remue à peine, mais Asher s'approche du bord du lit. Il s'amuse à lui tapoter le nez.

— Réveille-toi. On a acheté des hamburgers.

Aidan tend le sien, comme pour le lui montrer.

— En plus, ils sont bons. Dépêche-toi d'ouvrir les yeux, il n'y en aura bientôt plus.

Papa ne remue pas davantage.

Il nous a bien élevés. Ça ne nous viendrait pas à l'idée de venir à son chevet tout déprimés. À sa mort, Aidan et Asher commanderont sans doute une pizza et se siffleront un pack de bière jusqu'au petit matin.

Je ne participerai pas à la fête.

En fait, plus je reste ici, plus il y a de chances qu'il meure avant mon départ.

Je discute encore un peu avec mes frères et Michelle, puis je vais retrouver Camryn.

— Tu es prête ?

Elle me prend la main et se lève.

— Vous partez déjà ? demande Aidan.

Camryn ne me laisse pas le temps de répondre :

— Il revient bientôt, explique-t-elle avec un sourire. On va juste s'acheter de quoi manger.

Elle cherche à tuer dans l'œuf une éventuelle dispute. Elle se tourne vers moi, et j'accepte de laisser courir. Avant de sortir, j'ajoute :

— Appelez-moi s'il y a du nouveau.

Asher hoche la tête sans mot dire.

— Salut, Andrew, me lance Michelle. Ça m'a fait plaisir de te revoir.

— À moi aussi.

Asher nous raccompagne dans le couloir.

— Tu ne vas pas revenir, pas vrai ?

Camryn nous laisse tous les deux et va m'attendre plus loin.

Je secoue la tête.

— Désolé, Ash, mais je ne peux pas le supporter. J'en suis incapable.

— Je sais, frangin. (Il fait la moue.) Papa s'en foutrait, en plus. Il préférerait te savoir en train de baiser ou de te bourrer la gueule que de te morfondre autour de son lit de mort.

Bizarrement, il dit la vérité.

Il jette un rapide coup d'œil à Camryn avant de reprendre.

— Vous êtes juste amis, sérieux ? me chuchote-t-il avec un sourire retors.

— Eh ouais, alors ta gueule.

Il éclate de rire puis me tapote le bras.

— Je t'appelle si besoin, d'accord ?

J'acquiesce d'un geste. Par « si besoin », il veut dire : « si Papa meurt ».

Asher salue Camryn de loin.

— Ravi de te connaître.

Elle sourit et il retourne dans la chambre.

— Tu devrais rester, Andrew. Je le pense vraiment.

J'accélère le pas, mais elle maintient la cadence. J'enfonce mes mains dans mes poches. Je fais toujours ça quand je suis tendu.

— Tu me prends sans doute pour un salopard d'égoïste, mais tu ne peux pas comprendre.

— Alors explique-moi, dit-elle en m'attrapant le coude sans ralentir le rythme. Je ne pense pas que tu sois égoïste, je crois juste que tu ne sais pas gérer ce genre de douleur.

Elle essaie de capter mon regard, mais je suis incapable de me tourner vers elle. Je n'aspire qu'à quitter ce mausolée en briques rouges.

Une fois dans l'ascenseur, Camryn garde le silence, car deux autres personnes nous accompagnent. Toutefois, dès que les portes métalliques s'ouvrent au rez-de-chaussée, elle reprend.

— Andrew. Arrête-toi. *S'il te plaît!*

J'obéis en entendant sa voix, et elle me force à me retourner. Elle me contemple avec un air si tourmenté que cela me serre le cœur. Sa longue tresse blonde pend toujours devant son épaule droite.

— Parle-moi, dit-elle plus calmement, à présent qu'elle a mon attention. Ça ne coûte rien de parler.

— Donc ça ne te coûte rien de me dire pourquoi tu vas au Texas?

Ma repartie la pique au vif.

13

Camryn

Ses mots me laissent coite pendant cinq bonnes secondes. Je lui lâche le coude.

— Ton cas me semble légèrement plus important que le mien, dans l'immédiat, rétorqué-je.

— Ah bon ? Donc le fait que tu veuilles prendre un car pour n'importe où quitte à te mettre en danger te paraît négligeable ?

Il semble en colère. Il l'est sans doute au moins en partie parce que son père est en train de mourir dans sa chambre d'hôpital et qu'Andrew ne sait pas comment le laisser partir. J'ai de la peine pour lui, car on lui a toujours inculqué de ne rien trahir de ses émotions en pareille situation, sauf à passer pour une femmelette.

Je suis moi aussi incapable d'exprimer quoi que ce soit, non à cause de mon éducation, mais des événements de la vie.

— Ça t'arrive de pleurer ? demandé-je. Pour d'autres raisons ? As-tu déjà pleuré ?

Il se révolte.

— Bien sûr. Tout le monde pleure, même les gros durs comme moi.

— D'accord, alors donne-moi un exemple.

Cela lui vient facilement :

— J'ai pleuré devant un film, une fois.

À son air gêné, je devine qu'il regrette déjà sa réponse.

— Lequel ?

Il fuit mon regard. Je sens notre humeur s'éclaircir, quelle qu'en soit la raison.

— Quelle importance ?

Je me rapproche de lui, un sourire aux lèvres.

— Oh, allez, dis-le-moi. Quoi, tu crois que je vais me moquer de toi et te traiter de mauviette ?

Son masque se fend légèrement, malgré son rougissement.

— *N'oublie jamais*, avoue-t-il d'une voix si faible que je l'entends à peine.

— *N'oublie jamais*, c'est ça ?

— Oui ! J'ai pleuré devant *N'oublie jamais*, ça te va ?

Il me tourne le dos, et je dois me retenir de toutes mes forces pour ne pas rire. Ce n'est pas qu'il ait pleuré devant *N'oublie jamais* que je trouve drôle, mais qu'il ait tant de mal à l'admettre.

Je pouffe. Je n'y peux rien, ça sort malgré moi.

Andrew fait volte-face, les yeux comme des soucoupes, et me foudroie du regard pendant une seconde. Je glapis quand il m'attrape pour me coucher sur son épaule, m'entraînant de force hors de l'hôpital.

Je ris si fort que j'en pleure. Rien à voir avec les larmes que je n'arrive plus à laisser s'écouler depuis la mort de Ian.

— Repose-moi !

Je lui martèle le dos de coups de poings.

— Tu as promis de ne pas rire !

Sa complainte me fait m'esclaffer de plus belle. Je glousse si fort que j'émets des sons dont je ne me pensais même pas capable.

— S'il te plaît, Andrew ! Repose-moi !

Mes doigts s'enfoncent dans sa peau à travers le tissu de son tee-shirt.

Mes pieds finissent par toucher terre. Je lève les yeux vers lui et m'efforce d'arrêter de rire pour lui parler. Je ne peux pas le laisser s'éloigner de son père.

Il me précède :

— Je ne peux pas pleurer près de lui, ni pour lui, je te l'ai déjà expliqué.

Je lui effleure le bras d'un geste apaisant.

— Alors ne pleure pas, mais reste, au moins.

Il me scrute longuement, et je comprends que je ne parviendrai pas à le faire changer d'avis.

— Je ne resterai pas, Camryn. Je sais que tu veux m'aider, mais je ne peux pas céder là-dessus. (J'acquiesce à contrecœur.) Peut-être que, si on prenait la route ensemble, on arriverait à se dire les choses qu'on veut garder pour nous.

Je fonds littéralement à ces paroles.

Je sens comme une palpitation dans la poitrine, juste derrière ma cage thoracique.

Andrew arbore un sourire éclatant. Ses yeux verts d'une forme parfaite composent la pièce maîtresse de son visage magnifique.

Il est vraiment superbe…

— Alors, qu'est-ce que tu décides ? s'enquiert-il, les bras croisés. Tu préfères que je t'achète un billet d'avion pour le retour ou que je t'accompagne sur la route de Nulle Part City, Texas ?

— Tu tiens vraiment à venir avec moi ?

Je n'arrive pas à y croire, pourtant j'espère plus que tout qu'il soit sincère.

Je retiens mon souffle en attendant sa réponse.

Il sourit derechef.

— Oui.

Je me sens toute guimauve, et mon visage se fend d'un sourire tel que je crains un instant de rester figée ainsi.

— J'ai juste une plainte à formuler au sujet de ce voyage, précise-t-il en brandissant le doigt.

— Laquelle ?

— Je déteste ces bus à la con.

Je ne peux réprimer un rire discret, car je suis entièrement de son avis.

— Tu as autre chose à proposer ?

Ses lèvres esquissent un sourire entendu.

— On pourrait prendre la voiture. Je conduirais.

Je n'hésite pas un instant.

— D'accord.

— D'accord ? répète-t-il, incrédule. C'est tout ? Tu acceptes de monter en bagnole avec un type que tu connais à peine, sans craindre qu'il ne te viole quelque part sur le bas-côté d'une autoroute déserte ? Je croyais qu'on avait déjà parlé de tout ça ?

J'incline la tête, croisant les bras à mon tour.

— Et si je t'avais rencontré à la bibliothèque et que j'acceptais de sortir seule avec toi un ou deux jours plus tard, ce serait très différent ? objecté-je en penchant la tête de l'autre côté. Avant de se connaître, on est toujours des étrangers les uns pour les autres. Cela dit, on n'a pas toujours la chance de rencontrer un inconnu qui nous sauve d'un violeur avant de nous présenter son père mourant dans la foulée. Je dirais que tu as passé le test de confiance il y a quelque temps déjà.

Son léger rictus vient ébranler le sérieux de ma tirade, pourtant extrêmement sincère.

— Alors ce road-trip est un rencard, c'est ça ?

— Quoi ? dis-je en éclatant de rire. Non ! C'était juste une analogie !

Je sais qu'il le sait, mais je dois bien dire quelque chose pour tenter de dissimuler le rouge qui m'est monté aux joues.

— Tu m'as très bien comprise.

— Ouais. Mais tu me dois toujours un steak « entre copains ».

Il mime des guillemets en prononçant les mots « entre copains », sans jamais se départir de son sourire.

— Oui, c'est vrai.

— Alors c'est réglé, déclare-t-il en m'entraînant, bras dessus, bras dessous, vers le taxi qui attend près du parking. On récupère la voiture de mon père devant la gare routière, on passe chez lui pour récupérer quelques affaires et on est partis.

Il m'ouvre la portière pour m'inviter à rentrer et se glisse à ma suite.

Le taxi démarre.

— Oh, il faudrait sans doute établir quelques règles de base avant de nous lancer là-dedans.

— Vraiment ? (Je me retourne pour l'étudier avec curiosité.) Quel genre de règles ?

Il sourit.

— Règle numéro un : *ma* voiture, *mon* autoradio. Ça me paraît clair.

Je lève les yeux au ciel.

— En gros, tu m'expliques que je vais rester coincée dans ton tas de ferraille en étant obligée d'écouter du rock rétro ?

— Oh, tu vas finir par t'y faire.

— Je ne m'y suis jamais faite en grandissant, et pourtant mes parents m'en ont abreuvée.

— Règle numéro deux, énonce-t-il en levant deux doigts, coupant court à ma protestation. Tu devras faire tout ce que je te dis.

Je fronce férocement les sourcils.

— Hein ? Tu plaisantes ?

Son sourire s'élargit, devient presque sournois.

— Tu as dit que tu me faisais confiance, alors prouve-le.

— Non, tu dois être plus précis. Vraiment, je suis sérieuse.

Il plaque sa nuque contre l'appuie-tête et croise les mains sur ses longues jambes étendues.

— Je te promets que je ne te demanderai rien de douloureux, de dégradant, de dangereux ou d'inacceptable.

— En clair, tu ne me demanderas pas de te sucer pour cinq cents dollars, ni quoi que ce soit de ce genre ?

Il s'étrangle de rire. Je vois le conducteur s'agiter nerveusement sur son siège. Je le surprends à m'épier dans le rétroviseur intérieur, et il détourne les yeux.

— Non, rien de tel, c'est juré !

Il ricane encore à moitié.

— OK, mais qu'est-ce que tu vas me demander, alors ?

Je me méfie de ce principe. Certes, je lui fais toujours confiance, mais je reste sur mes gardes, comme si je craignais de me réveiller avec une moustache au marqueur.

Il me tapote la cuisse.

— Si ça peut te rassurer, tu pourras toujours m'envoyer balader quand je te demanderai un truc, mais j'espère que tu n'en feras rien, parce que je voudrais vraiment te montrer ce que c'est de vivre.

Waouh, cela me désarçonne complètement. Il est parfaitement sérieux, et me voici de nouveau fascinée.

— Ce que c'est de vivre ?

— Tu poses bien trop de questions.

Il me donne une dernière claque sur la jambe avant de remettre la main dans son giron.

— À ma place, tu en ferais autant.

— Peut-être.

J'entrouvre les lèvres.

— Tu es quelqu'un de très étrange, Andrew Parrish. Mais c'est d'accord, je te fais confiance.

Il arbore une mine plus chaleureuse et presse la tempe sur le siège pour m'observer.

— D'autres règles de base ? demandé-je.

Il réfléchit un instant en se mordillant l'intérieur de la joue.

— Nan. C'est à peu près tout.

À mon tour.

— J'en ai moi aussi quelques-unes.

Il dresse le menton, curieux, mais garde les mains croisées devant lui.

— OK, je t'écoute.

— Premièrement : quelles que soient les circonstances, il ne se passera rien entre nous. J'ai beau être sympa avec toi, accepter de faire le truc le plus dingue de mon existence, je préfère te prévenir que je ne serai pas ta prochaine conquête et que je ne tomberai pas amoureuse de toi. (Il a désormais un sourire jusqu'aux oreilles que je trouve très déconcertant.) Tu as pigé ?

J'essaie de prendre un air sérieux. Je le suis. Et je pense chacun de mes mots. Pourtant, son sourire ridicule me contraint à sourire à mon tour, et je le déteste pour ça.

Il se mâchonne les lèvres, manifestement songeur.

— Reçu cinq sur cinq, promet-il, même si j'ai l'impression qu'il a une idée derrière la tête.

— Bien.

Autant que les choses soient claires.

— Quoi d'autre ? demande-t-il.

L'espace d'un instant, j'ai complètement oublié ma deuxième règle.

— Ah, oui. Deuxièmement : pas de Bad Company.

Il semble complètement mortifié.

— Putain, c'est quoi, cette règle ?

— C'est une règle, un point c'est tout, répliqué-je, narquoise. Ça te pose un problème ? Tu peux écouter tous les groupes que tu veux, et moi je n'ai rien le droit de choisir : tu ne vas pas chipoter pour un amendement de rien du tout.

Je tiens mon pouce et mon index à quelques millimètres l'un de l'autre pour lui montrer la petitesse de cette limitation.

— Eh bien, cette règle ne me plaît pas, grommelle-t-il. Bad Company est un groupe génial. Comment peut-on les détester autant ?

Son air outré est trop craquant.

Je fais la moue.

— Honnêtement ?

Je sais que je risque de le regretter.

— Ouais, honnêtement, insiste-t-il en croisant les bras. Vas-y, accouche.

— Ils parlent trop souvent d'amour, je trouve ça niais.

Andrew éclate de rire une fois de plus, et je crois sincèrement que le chauffeur commence à en avoir sa claque de nous.

— On dirait bien que quelqu'un est amer, chantonne-t-il.

Ouais, je le regrette déjà.

Je détourne la tête, refusant de lui montrer qu'il a vu juste. En tout cas, concernant l'ex qui m'a trompée, Christian. En ce qui le concerne, c'est de l'amertume. Pour Ian, il s'agit d'une douleur insurmontable.

— Bon, on va arranger ça aussi, déclare-t-il nonchalamment.

Je me retourne vers lui.

— Euh, merci, docteur Freud, mais je n'ai pas besoin de votre aide.

Bon sang ! Qui a dit que j'avais un problème avec ça ?

— Ah ?

Il relève le menton, l'air curieux.

— Nan. Et puis ça risquerait d'empiéter sur ma première règle.

Il me contemple en clignant des paupières, puis réplique :

— Oh, parce que tu n'es pas sûre de pouvoir me résister ?

Le voici soudain pris d'un léger ricanement silencieux.

Aïe !

Je tente de prendre une mine vexée. N'étant pas certaine que cela fonctionne, j'opte pour une autre tactique :

— C'est l'inverse qui m'inquiète, rétorqué-je en battant des cils. Tu n'es pas mon genre.

Un partout, la balle au centre. Je suis à peu près sûre de l'avoir vu tressaillir.

— Pourquoi, qu'est-ce qui cloche ? geint-il.

Cependant, cette fois je ne tombe pas dans le panneau. Généralement, les gens ne sourient pas lorsqu'ils sont froissés.

Je pivote de quatre-vingt-dix degrés, plaquant mon dos à la portière pour l'examiner de haut en bas. Je mentirais si je disais que ce que j'ai sous les yeux ne me plaît pas. Je n'ai encore rien vu chez lui qui me déplaise. En réalité, si je ne m'étais pas mis en tête de ne plus coucher, sortir, fréquenter ou tomber amoureuse, Andrew Parrish serait sans conteste le genre de garçon qui m'aurait attirée, et qui aurait fait baver d'envie Natalie.

Elle porterait même des tee-shirts avec son nom inscrit sur la poitrine.

— Il n'y a rien qui « cloche », affirmé-je. C'est juste que j'ai tendance à finir avec des types dociles.

Pour la troisième fois, Andrew éclate de rire.

— « Dociles » ? répète-t-il, incrédule.

Il hoche longuement la tête avant de poursuivre.

— Je t'accorde que je ne suis pas précisément du genre docile, admet-il en levant le doigt comme pour appuyer son propos. En revanche, je trouve intéressant que tu précises que tu « finis » souvent avec des mecs comme ça. Ça veut dire quoi, à ton avis ?

Comment a-t-il fait pour reprendre la main ? Je ne l'ai pas vu venir.

J'attends sa réponse, même si c'est lui qui a posé la question. Il sourit toujours, d'une façon plus douce et pénétrante, plus du tout moqueuse.

Il ne dit rien.

— Je… je n'en sais rien, réponds-je distraitement. Pourquoi est-ce que ça aurait forcément un sens ?

Il secoue légèrement la tête et regarde par le pare-brise tandis que le taxi s'arrête aux abords de la gare. Une Chevrolet Chevelle est le seul véhicule stationnant encore sur place. Son père et lui doivent vraiment apprécier les modèles de collection.

Andrew règle la course.

— Bonne soirée, mec ! lance-t-il tandis que le chauffeur reprend la route.

Le trajet jusqu'au domicile du père d'Andrew s'effectue dans un silence méditatif. Je ne cesse de réfléchir à ce qu'il m'a dit, mais lâche l'affaire lorsque nous garons la voiture dans l'allée d'une maison d'un blanc immaculé.

— Waouh ! m'exclamé-je en descendant de voiture. C'est une sacrée baraque !

Il claque sa portière.

— Ouais, mon père est à la tête d'un cabinet d'archi qui tourne plutôt bien, précise-t-il nonchalamment. Viens, je voudrais partir avant qu'Aidan se pointe.

Je le suis le long du sentier paysagé qui mène à la porte d'entrée de cette bâtisse de trois étages. Tout est si opulent et impeccable que j'imagine mal son père y vivre. Il a l'air d'un homme aux goûts simples, à mille lieues du matérialisme de ma mère.

Maman s'évanouirait devant une telle merveille.

Andrew parcourt les clés de son trousseau et introduit la bonne dans la serrure.

Le pêne se débloque avec un déclic.

— Je ne voudrais pas paraître indiscrète, mais que fait ton père dans une maison aussi grande ?

Le vestibule embaume le pot-pourri à la cannelle.

— C'est la faute de son ex, pas la sienne. (Je gravis à sa suite l'escalier recouvert d'une épaisse moquette blanche.) Elle est gentille – c'est la fameuse Linda, dont il a parlé à l'hôpital –, mais elle n'arrivait plus à le supporter, et je peux la comprendre.

— J'ai cru que tu allais me dire qu'elle l'avait épousé pour son argent.

Il secoue la tête en poursuivant l'ascension.

— Non, pas du tout. C'est juste que mon père n'est pas facile à vivre.

Il range ses clés dans la poche avant droite de son jean.

Je lorgne discrètement son derrière mis en valeur par le pantalon. Je me mords la lèvre inférieure avant de me rabrouer intérieurement.

— Voici ma chambre.

Nous pénétrons dans la première pièce sur notre gauche. Elle est quasiment vide. On dirait davantage un débarras, avec des cartons proprement empilés contre le mur taupe, quelques appareils de musculation et un étrange totem indien disposé dans le coin opposé et partiellement enveloppé de plastique. Andrew se dirige droit vers la penderie murale et presse un interrupteur à l'intérieur. Je reste au milieu de la chambre, les bras croisés, l'observant farfouiller parmi ses vêtements suspendus à peu près comme les miens.

— Je vois que tu as un certain nombre de TOC, toi aussi, constaté-je.

Il se tourne vers moi, l'air interrogateur.

Je désigne les affaires classées par couleurs sur leurs cintres noirs assortis.

— Oh, non, carrément pas ! me corrige-t-il. C'est la femme de ménage de mon père qui le fait. Je me fous complètement que mes fringues soient triées, surtout par couleurs. C'est trop… Attends une minute. (Il se détourne de ses chemises et me jette un regard de biais.) Tu ranges tes affaires comme ça ?

Il désigne sa penderie d'un lent va-et-vient du doigt.

— Ouais, admets-je, penaude. J'aime bien que chaque chose soit à sa place.

Andrew se marre et recommence à passer ses chemises en revue. Sans vraiment les détailler, il en saisit quelques-unes, ainsi qu'un jean propre, et se les met sur le bras.

— Ce n'est pas stressant ? me demande-t-il.

— Quoi ? Ranger proprement ses affaires ?

Il sourit et me fourre sa petite pile de vêtements entre les bras.

Je les contemple d'un air bizarre, puis repose les yeux sur lui.

— Laisse tomber, reprend-il en me désignant l'autre extrémité de la pièce. Tu peux les ranger dans le sac marin près du banc de muscu ?

— Bien sûr, dis-je en m'exécutant.

Je les pose sur la surface matelassée puis décroche ledit sac des haltères.

— Alors ? On commence par aller où ? m'enquiers-je en pliant proprement la première chemise.

Il farfouille encore dans son armoire.

— Non, non, me lance-t-il d'une voix étouffée. Pas de plans, Camryn. On prend la bagnole et on roule. Sans carte ni rien…

Sa tête émerge alors, et il reprend d'un timbre plus clair :

— Qu'est-ce que tu fabriques ?

Je relève la tête, la deuxième chemise déjà à moitié pliée.

— Je range tes affaires.

J'entends un bruit sourd lorsqu'il lâche ses baskets noires avant de se diriger vers moi. Là, il me toise avec un air réprobateur et me prend la chemise des mains.

— Ne t'embête pas, ma belle. Contente-toi de les fourrer à l'intérieur.

Il s'en charge lui-même, comme pour me montrer à quel point c'est simple.

J'ignore ce qui m'occupe le plus l'esprit : sa leçon de désorganisation ou la raison pour laquelle j'ai eu des papillons dans le ventre quand il m'a appelée « ma belle ».

Je hausse les épaules et le laisse s'occuper de ses habits comme bon lui semble.

— Peu importe ce que tu as sur le dos, philosophe-t-il en retournant à son placard. Ce qui compte, c'est où tu vas et ce que tu fais.

Il me lance ses chaussures de sport l'une après l'autre, et je les attrape en vol.

— Mets-les avec, si tu veux bien.

Je respecte les consignes en grimaçant. Par chance, les semelles semblent indiquer que les chaussures sont neuves, sans quoi je me serais sentie obligée de protester.

— Tu sais ce que je trouve sexy, chez une fille ?

L'un de ses bras musclés est tendu au-dessus de sa tête, tandis qu'il tâtonne dans les boîtes en carton alignées sur l'étagère supérieure. J'aperçois l'extrémité du tatouage qui pointe sous le bas du tee-shirt.

— Euh… qu'elles portent des vêtements froissés ?

Je grimace.

— Qu'elles se contentent d'enfiler le premier truc qui leur tombe sous la main, répond-il en descendant une boîte à chaussures. (Il revient vers moi en la brandissant comme un trophée.) Le look « je viens de me lever et je m'en fous complètement » est super sexy.

— J'ai pigé, réponds-je. Tu fais partie de ces mecs qui détestent le maquillage, le parfum et tout ce qui fait qu'une fille est une fille.

Il me tend la boîte, que j'observe avec la même incertitude que ses vêtements.

Il me sourit.

— Non, je ne déteste pas, je trouve juste que plus c'est simple, plus c'est sexy.

— Qu'est-ce que je suis censée faire de ça ?

Je tapote le carton à chaussures du bout du doigt.

— Ouvre.

J'hésite un instant. Il m'encourage d'un signe de tête.

Je soulève le couvercle rouge et découvre un paquet de CD dans leur boîte transparente.

— Mon père a toujours eu la flemme de mettre un lecteur MP3 dans sa voiture, explique-t-il. Et en route on ne capte pas toujours très bien la radio. Parfois même on ne reçoit pas la moindre station décente.

Il me débarrasse du couvercle.

— Voici notre playlist officielle.

Il se fend d'un immense sourire, dévoilant ses dents blanches et bien alignées.

Je ne partage pas son enthousiasme, me contentant d'une moue et d'un faible rictus.

Tout est là, tous les groupes qu'il a mentionnés lors de notre première conversation dans le car, ainsi qu'un certain nombre d'autres dont je n'ai jamais entendu parler. Je suis à peu près sûre que j'ai déjà dû subir quatre-vingt-dix-neuf pour cent de ces chansons avec mes parents. Mais si quelqu'un me demandait d'en donner le titre, ou d'en nommer l'album, ou même l'interprète, j'en serais bien incapable.

— Super ! commenté-je d'un ton sarcastique, tout en le contemplant, sourcils froncés et nez plissé.

Son sourire s'élargit. Je crois qu'il adore me torturer.

14

Andrew

Elle est mignonne quand je la torture. Parce qu'elle adore ça.

Je ne sais pas comment je me suis laissé entraîner là-dedans, mais je sais que même si une petite voix n'arrête pas de me rabâcher de la laisser tranquille, je n'y arrive pas. Je n'en ai aucune envie.

Nous sommes allés trop loin.

Je sais que j'aurais dû laisser tomber à la gare routière, lui acheter un billet de première classe, si cher qu'elle se serait sentie obligée de l'utiliser, puis lui commander un taxi pour l'aéroport.

Je n'aurais jamais dû l'encourager à m'accompagner, car, désormais, je ne pourrai plus la laisser filer. Les jeux sont faits. Je dois lui montrer la voie. En définitive, elle n'en ressortira peut-être pas indemne, mais au moins elle pourra rentrer en Caroline du Nord avec de nouvelles perspectives.

Je lui prends la boîte à chaussures des mains et en referme le couvercle, puis la pose sur mon sac marin encore ouvert. Elle me regarde compléter mon paquetage de chaussettes et boxers propres. Ma trousse de toilette est restée dans la voiture, avec les autres affaires que j'avais dans le car.

Je me balance le sac sur l'épaule et me tourne vers elle.

— Tu es prête ?

— Oui, je pense.

— Comment ça, tu penses ? Soit tu l'es, soit tu ne l'es pas.

Son sourire se lit dans ses magnifiques yeux bleus cristallins.

— Oui, je suis prête.

— Bien. Mais pourquoi tu as hésité ?

Elle secoue doucement la tête pour réaffirmer sa résolution.

— Je n'ai pas eu la moindre hésitation, affirme-t-elle. Simplement, tout ceci est si… bizarre, non ? Dans le sens positif du terme.

Elle semble en proie à une prise de conscience. Elle réfléchit toujours beaucoup.

— Tu as raison, c'est effectivement un peu bizarre. *Vraiment* bizarre, en fait, car ce n'est pas banal de faire un truc pareil. (Je la scrute avec insistance, la forçant à me regarder.) C'est tout l'intérêt.

Son visage s'illumine, comme si mes mots venaient de la convaincre.

Elle hoche la tête et répond sur un ton enjoué :

— Alors qu'est-ce qu'on attend ?

Nous sortons dans le couloir, et je m'arrête devant l'escalier.

— Une seconde.

Je fais volte-face et me dirige droit vers la chambre d'Aidan. Elle est aussi triste que la mienne. J'avise sa guitare acoustique, posée contre le mur du fond. Je l'attrape par le manche et ressors.

— Tu sais jouer ? s'étonne Camryn tandis que j'entame la descente des marches.

— Ouais, un peu.

Camryn

Andrew balance son sac sur la banquette arrière avec le reste de nos affaires. Il est plus soigneux avec la guitare, qu'il dépose doucement. Nous grimpons dans la voiture vintage (noire avec deux bandes blanches au milieu du capot) et claquons nos portières en même temps.

Il se tourne vers moi.

Je me tourne vers lui.

Il met le contact et le moteur prend vie dans un vrombissement.

Je n'arrive pas à croire que je sois en train de faire ça. Je ne suis ni effrayée ni même inquiète ; je n'ai aucune envie de faire machine arrière et de rentrer à la maison. Tout me semble si parfait… Pour la première fois depuis longtemps, j'ai le sentiment que ma vie est de nouveau sur de bons rails, les rails d'une voie très différente menant je ne sais où. Je n'arrive pas à l'expliquer, sauf que… eh bien, comme je le disais : tout me semble parfait.

Andrew met les gaz dès que nous empruntons la bretelle nous menant sur la route 87 en direction du sud.

J'aime bien le regarder conduire, le voir dépasser avec naturel les chauffeurs plus lents. Il n'essaie pas de se la péter en slalomant entre les voitures. Chez lui, j'ai comme l'impression que c'est une seconde nature. Je me surprends à lorgner à l'occasion son bras droit musclé, tandis que sa main serre le volant. Alors que mes yeux s'attardent également sur le reste de son corps, je m'interroge une fois encore sur le tatouage dissimulé sous cette marinière qui lui sied si bien.

Nous bavardons pendant un bon moment ; nous évoquons la guitare d'Aidan, et la réaction de ce dernier quand il découvrira que son frère la lui a empruntée. Andrew n'en a cure.

— Il m'a piqué mes chaussettes, une fois.

— Tes *chaussettes* ? répliqué-je avec une moue dubitative.

Il me regarde d'un air de dire : « Eh, des chaussettes, une guitare, un déodorant... ça revient au même. »

Je me contente d'en rire, même si je persiste à trouver ça ridicule.

Nous entamons ensuite un débat capital sur le mystère des chaussures seules jonchant les bordures d'autoroutes américaines.

— Une fille s'est énervée et a balancé la grolle de son mec par la fenêtre, suggère Andrew.

— Ouais, possible, mais je pense que la plupart d'entre elles appartiennent à des auto-stoppeurs, vu comme elles sont défoncées.

Il m'observe d'un œil interrogateur, attendant manifestement la fin de mon analyse.

— Des auto-stoppeurs ?

— Ben oui : ils marchent beaucoup, j'imagine que leurs semelles doivent s'user rapidement. À force, ils ont mal aux pieds, et quand ils repèrent l'une de ces pompes balancées par la copine furax (je le montre du doigt pour inclure sa théorie dans mon raisonnement), ils l'échangent contre la leur, qui est en piteux état.

— C'est débile, commente Andrew.

Je m'offusque.

— Pas du tout ! m'exclamé-je en le gratifiant d'une bourrade à l'épaule.

Il me sourit en retour.

Nous poursuivons ainsi un bon moment, chacun élaborant une hypothèse plus invraisemblable que la précédente.

Je ne sais plus depuis combien de temps je n'avais pas ri comme ça.

Nous atteignons Denver près de deux heures plus tard. La ville est vraiment magnifique, avec les montagnes en arrière-plan, dont les sommets forment comme des nuages sur l'horizon azuréen. La journée n'est pas encore trop avancée, et le soleil est plus brillant que jamais.

Lorsque nous arrivons près du centre, Andrew lève le pied, ralentissant jusqu'à soixante-cinq kilomètres-heure.

— À toi de me dire quelle direction je prends, lance-t-il alors que nous apercevons une nouvelle bretelle.

Il observe les panneaux, puis se tourne vers moi.

Prise de court, je contemple tour à tour les trois routes qui s'ouvrent à nous, et plus l'échéance se rapproche, plus il ralentit.

Cinquante-cinq kilomètres-heure.

— Alors ? me titille-t-il, les yeux pétillants de malice.

Je suis tellement nerveuse ! J'ai l'impression que l'on me demande quel fil couper pour désamorcer une bombe.

— Je ne sais pas ! m'écrié-je, tout en souriant largement.

Trente kilomètres-heure. Les autres véhicules commencent à nous klaxonner. Un type à bord d'une voiture rouge nous dépasse à toute allure en nous adressant un doigt d'honneur.

Vingt-cinq kilomètres-heure.

Ahhh ! Je n'en peux plus d'hésiter. J'ai comme envie d'éclater d'un rire empêtré dans ma gorge.

Tut ! Tut ! Va te faire foutre ! Dégage, connard !

Les insultes glissent sur Andrew, qui ne cesse de sourire.

— Par là ! me décidé-je enfin en désignant la bretelle est.

Je glousse et me rencogne dans mon siège afin que personne ne puisse me voir tant je suis gênée.

Andrew enclenche son clignotant et se faufile sans encombre jusqu'à la file de gauche, s'immisçant entre deux voitures. Nous traversons juste avant que le feu passe au rouge et, en quelques secondes, nous nous retrouvons sur une autre autoroute, de nouveau pied au plancher. J'ignore où nous allons aboutir, je sais simplement que nous allons vers l'est.

— Ce n'était pas si difficile, si ? me taquine-t-il.

— C'est même plutôt excitant, réponds-je en riant. Tu les as vraiment énervés !

Il balaie ma remarque d'un haussement d'épaules.

— Les gens sont si pressés... On risque toujours de se faire lyncher quand on respecte les limitations de vitesse.

— C'est trop vrai, confirmé-je en regardant la route. Mais je dois bien avouer que je suis comme eux, admets-je en grimaçant.

— Ouais, moi aussi parfois.

Soudain, tout devient très calme, et c'est le premier instant de silence que nous remarquons tous deux. Je me demande s'il pense comme moi, s'il s'interroge sur moi et crève autant d'envie que moi de me poser une question. C'est l'un de ces moments inévitables qui permettent toujours de franchir un cap dans une relation.

Cela n'a rien à voir avec notre voyage en car. Nous pensions alors que notre conversation s'arrêterait avec le trajet et que, puisque nous ne nous reverrions jamais, il ne rimait à rien d'entrer dans le détail de nos vies personnelles.

Depuis, les choses ont bien changé, et le superficiel n'a plus guère d'intérêt.

— Parle-moi de ta meilleure amie Natalie.

Je contemple le paysage pendant de longues secondes. Si je tarde à répondre, c'est que je ne sais pas quelle facette aborder.

— Si toutefois elle est toujours ta meilleure amie, ajoute-t-il en sentant l'animosité qui m'habite.

Je me tourne vers lui.

— Plus maintenant. Disons qu'elle s'est envolée, je ne vois pas d'autre explication.

— Je suis sûr que tu en as une, mais que tu refuses de me l'exposer.

Je prends ma décision.

— Non, j'ai très envie de t'en parler, au contraire.

Il semble satisfait, mais n'en fait pas des tonnes.

— Je la connais depuis l'école primaire, et je ne pensais pas que quoi que ce soit pourrait foutre en l'air notre amitié, mais je me suis carrément plantée là-dessus.

Je secoue la tête, dégoûtée rien que d'y penser.

— Qu'est-ce qui s'est passé ?

— Elle a choisi son petit ami plutôt que moi.

Je pense qu'il s'attendait sans doute à une explication plus détaillée, et je comptais la lui donner, mais ça m'est venu comme ça.

— C'est toi qui lui as demandé de choisir ? s'enquiert-il en dressant légèrement un sourcil.

— Non, pas du tout, dis-je en poussant un profond soupir. Damon – son copain – s'est retrouvé seul un soir avec moi, et il a essayé de m'embrasser en me disant qu'il avait envie de moi. Depuis, Natalie me traite de menteuse et refuse de me revoir.

Andrew hoche lentement la tête, comme pour prouver qu'il a pris la pleine mesure de la situation.

— Elle n'est pas très sûre d'elle, affirme-t-il. Elle est avec lui depuis longtemps, pas vrai ?

— Ouais, ça doit faire cinq ans.

— Tu sais que ta meilleure amie te croit, pas vrai ?

Je le dévisage sans comprendre.

Il hoche la tête avec certitude.

— Je t'assure. Réfléchis : elle te connaît depuis toujours. Tu penses vraiment qu'elle foutrait en l'air une amitié si précieuse si elle ne te croyait pas ?

Cela ne m'éclaire guère.

— Pourtant, c'est ce qu'elle a fait, réponds-je simplement. C'est exactement ce qu'elle a fait.

— Nan, insiste-t-il. Son comportement traduit simplement la violence de sa réaction, Camryn. Elle ne *veut* pas le croire, mais, au fond, elle sait que c'est vrai. Il lui faut juste un peu de temps pour l'admettre. Elle changera d'avis.

— Oui, eh bien, le temps que ça arrive, il sera trop tard.

— C'est possible, admet-il en mettant son clignotant pour changer de voie, mais je ne pense pas que ce soit ton genre.

— D'être rancunière ?

Il confirme.

Nous dépassons un semi-remorque qui se traîne et nous rabattons devant lui.

— Je ne sais pas, dis-je avec franchise. J'ai beaucoup changé.

— Comment tu étais, avant ?

Je n'en suis pas certaine non plus. Il me faut un instant pour trouver un moyen d'éviter de mentionner Ian.

— J'étais marrante et sympa, et je…

Un souvenir me revient, m'arrachant un éclat de rire.

— Chaque hiver, j'allais me jeter toute nue dans un lac à moitié gelé.

Le visage magnifique d'Andrew se fend d'un sourire étrange et volontaire.

— Waouh ! s'exclame-t-il, j'aurais bien aimé voir ça…

Je lui assène un nouveau coup de poing sur l'épaule sans cesser de sourire. Il fait mine de souffrir, mais je n'y crois pas une seule seconde.

— C'était pour une collecte de fonds organisée chaque année par l'hôpital, expliqué-je.

— *Toute nue ?* répète-t-il, manifestement perplexe.

— Enfin, pas complètement, mais en débardeur et en short dans l'eau glaciale, autant être à poil.

— Merde, je vais participer aux collectes de fonds en revenant, dit-il en martelant le volant. Je ne savais pas à côté de quoi je passais. (Son sourire décroît, et il se tourne vers moi.) Et pourquoi tu ne le fais plus ?

Parce que c'est Ian qui m'avait convaincue de me lancer là-dedans, et que je l'accompagnais depuis deux ans.

— J'ai arrêté il y a un an – ça fait partie des trucs qu'on laisse tomber.

J'ai le sentiment qu'il comprend que je lui cache quelque chose ; je m'empresse donc de changer de sujet.

— Et toi ? m'enquiers-je en pivotant vers lui. Raconte-moi un truc dingue que tu as fait.

Andrew pince les lèvres, les yeux rivés sur la route. Nous doublons un nouveau camion avant de nous rabattre. Plus nous nous éloignons de Denver, plus le trafic se fluidifie.

— J'ai voyagé sur le capot d'une voiture, un jour. Même si c'est moins dingue que débile.

— Ouais, c'est assez débile, effectivement.

Il lève la main gauche pour me montrer l'intérieur de son poignet.

— Je suis tombé et je me suis ouvert le poignet. (J'avise la cicatrice de cinq centimètres qui part de la base du pouce et remonte le long du bras.) J'ai fait des roulés-boulés sur la route et je me suis ouvert le crâne. (Il me désigne l'arrière de sa tête.) Neuf points de suture, en plus des seize au poignet. Inutile de dire que je ne recommencerai plus !

— J'espère bien, répliqué-je d'un ton sévère, essayant encore de repérer la marque à travers ses cheveux.

Il change de main sur le volant afin de pouvoir m'attraper par le poignet pour me guider jusqu'à la balafre.

Je me glisse vers lui pour lui simplifier la tâche.

— C'est juste… ici, déclare-t-il en trouvant le bon endroit. Tu le sens ?

Il retire sa main, que je contemple un instant.

Puis je reporte mon attention sur son cuir chevelu, en faisant courir mon index sur la cicatrice. Elle mesure deux centimètres environ. Je la parcours du doigt une nouvelle fois, avant de retirer la main à contrecœur.

— J'imagine que tu dois avoir un paquet de cicatrices, dis-je.

Il sourit.

— Pas tant que ça. J'en ai une dans le dos, qu'Aidan m'a faite en me fouettant avec une chaîne de vélo. (Je grimace en serrant les dents.) Et à douze ans, je promenais Asher sur mon guidon quand j'ai roulé sur une pierre. Le vélo a fait un salto, et on s'est tous les deux écrasés sur le goudron, ajoute-t-il en désignant son visage. Je me suis cassé le nez, mais Asher s'est pété un bras et a eu quatorze points de suture au coude. Maman a cru qu'on avait eu un accident de voiture et qu'on mentait pour se couvrir.

J'observe toujours son nez parfait ; rien n'indique qu'il a été cassé.

— J'ai aussi un L à l'intérieur de la cuisse. Mais je ne risque pas de te le montrer !

Il sourit en reposant les deux mains sur le volant.

Je rougis, car, pendant deux secondes, je l'ai effectivement imaginé baisser son pantalon.

— Tant mieux ! m'esclaffé-je en me retournant vers le tableau de bord pour soulever le bas de mon tee-shirt Schtroumpfette. (Je fais abstraction des papillons qui s'agitent dans mon ventre quand il pose les yeux sur moi.) Au camping, une année. J'ai sauté d'un promontoire et j'ai heurté un rocher… J'ai failli me noyer.

Andrew fronce les sourcils et tend la main, parcourant la légère balafre sur ma hanche. Un frisson me parcourt l'échine, comme si un liquide glacé se répandait dans mes veines.

Je l'ignore également, du mieux que je peux.

Je laisse retomber mon tee-shirt et m'appuie contre le dossier.

— Je suis content que tu ne te sois pas noyée, reprend-il.

Ses yeux et son visage rayonnent.

Je lui souris.

— Ouais, ç'aurait été nul.

— Carrément.

15

Camryn

Je me réveille à la nuit tombée, alors qu'Andrew ralentit à un péage. J'ignore combien de temps j'ai dormi, mais j'ai l'impression d'être bien reposée, bien que roulée en boule sur la banquette, la tête contre la portière. Je devrais m'étirer un peu pour détendre mes muscles noués, mais je me sens bien.

— Où on est ? demandé-je en dissimulant mon bâillement d'une main.

— Au beau milieu de nulle part, à Wellington, au Kansas, répond-il. Tu as dormi longtemps.

Je me rassieds correctement; mes yeux et mon corps se réhabituent lentement à la sensation d'éveil. Andrew bifurque.

— Ouais, j'ai l'impression. Mieux que dans le bus entre la Caroline du Nord et le Wyoming.

Je lorgne les caractères bleus de l'autoradio. 22 h 14. Les haut-parleurs murmurent une chanson à peine audible. Ça me rappelle notre première rencontre dans le bus. Je souris en devinant qu'il a veillé à baisser le volume pour me laisser dormir.

— Et toi ? m'enquiers-je en me tournant vers lui. (Son visage est à moitié plongé dans la pénombre.) Ça me fait bizarre de proposer, parce que c'est la voiture de ton père, mais je peux conduire si tu as besoin.

— Nan, tu n'as pas de quoi te sentir mal à l'aise, ce n'est qu'une voiture. Une précieuse antiquité pour laquelle il te pendrait par le string au ventilateur de plafond s'il savait que tu avais pris le volant. Mais moi, ça ne me dérange pas.

Les ténèbres ne suffisent pas à dissimuler son rictus sournois.

— Euh, je crois que je n'ai plus envie.

— Il est mourant, tu te rappelles ? Qu'est-ce qu'il pourrait te faire ?

— C'est pas marrant, Andrew.

Il en a conscience. J'ai très bien compris à quel jeu il s'adonnait, cherchant sans cesse un prétexte pour l'aider à oublier l'inévitable. Je me demande combien de temps il va tenir. Il finira par être à court de plaisanteries déplacées et ne plus savoir gérer.

— On va s'arrêter au prochain motel, annonce-t-il en empruntant un nouveau croisement. Il faut que je me repose un peu. (Il me jette un coup d'œil.) Chambres séparées, bien sûr.

Je suis soulagée qu'il ait réglé le problème si rapidement. Ça ne me dérange pas de traverser les États-Unis seule avec lui, mais je ne me sens pas capable de partager sa chambre par-dessus le marché.

— Parfait, dis-je en étendant les bras devant moi, doigts croisés. J'ai besoin d'une douche et de me brosser les dents pendant une bonne heure.

— Je ne te le fais pas dire, plaisante-t-il.

— Dis donc, tu n'as pas meilleure haleine que moi !

— Je sais, admet-il en soufflant dans sa main en coupe avant d'inspirer profondément. J'ai l'impression d'avoir bouffé ce ragoût de merde que ma tante prépare à chaque Thanksgiving.

J'éclate de rire.

— Un ragoût de merde, vraiment ? répété-je en tentant de visualiser la chose.

Il s'esclaffe à son tour.

— Franchement, ça pourrait. J'adore ma tante Deana, mais elle n'a aucun talent pour la cuisine.

— On dirait ma mère.

— Ça craint ! compatit-il en louchant vers moi. Tu as été élevée aux nouilles chinoises et plats surgelés ?

Je secoue la tête.

— Non, j'ai vite appris à cuisiner ! Je n'aime que ce qui est sain, tu te rappelles ?

La lumière grise d'un réverbère éclaire son visage souriant.

— Ah oui, c'est vrai, pas de hamburger saignant ni de frites bien grasses pour Mlle Gâteaux de riz.

Je ne peux m'empêcher de grimacer de dégoût à cette évocation.

Quelques minutes plus tard, nous nous garons sur le parking d'un motel à deux étages, le genre d'endroit où les chambres débouchent toutes sur l'extérieur plutôt que sur un couloir. Nous sortons de voiture en nous étirant longuement les jambes – les jambes, les bras, le cou, et presque tout ce qui est étirable en ce qui concerne Andrew –, avant de récupérer nos sacs sur la banquette arrière. Il laisse sa guitare à l'intérieur.

— Verrouille ta portière, me précise-t-il.

Le hall d'entrée sent le sac d'aspirateur poussiéreux et le café.

— Deux chambres simples. Attenantes, si possible, précise Andrew en sortant son portefeuille de sa poche arrière.

Je fais basculer mon sac devant moi et cherche ma carte.

— Je vais payer ma chambre.

— Non, laisse tomber.

— Si, sérieux, laisse-moi payer.

— J'ai dit non, laisse tomber, alors range ton argent.

Je m'exécute à contrecœur.

La femme entre deux âges et aux cheveux blond cendré rassemblés sur le haut du crâne en un chignon approximatif nous toise d'un air impassible. Elle pianote sur son clavier pour s'assurer de la disponibilité des chambres.

— Fumeur ou non fumeur ? s'enquiert-elle en jaugeant Andrew du regard.

Je la surprends à reluquer ses bras musclés tandis qu'il sort sa carte bancaire.

— Non fumeur.

Tap, tap, tap. Clic, clic, clic. Sa main va et vient entre le clavier et la souris.

— J'ai deux chambres mitoyennes. Une fumeur et une non fumeur. Les autres ne sont pas côte à côte.

— On les prend, décide Andrew en lui tendant sa carte.

Elle s'en saisit, observant chacun des mouvements de ses doigts jusqu'à ce que ses yeux replongent derrière le comptoir.

Salope.

Après avoir récupéré nos cartes magnétiques, nous retournons à la voiture pour prendre la guitare.

— J'aurais dû te proposer avant qu'on s'arrête, mais si tu as faim, je peux aller te chercher quelque chose au bout de la rue, me propose-t-il.

— Non, ça va, merci.

— Tu es sûre ?

— Ouais, je n'ai pas faim du tout. Et, dans le pire des cas, j'irai m'acheter un truc au distributeur.

Il introduit sa carte magnétique dans la serrure de la première porte, et une petite lumière verte apparaît. Il pousse le vantail dans la foulée.

— Tu sais qu'il n'y a que du sucre et du gras, dans ces machines ? précise-t-il en se rappelant nos conversations précédentes.

Nous entrons dans la pièce assez sinistre, où un sommier étroit est plaqué contre une tête de lit en bois fixée au mur. Le dessus-de-lit, marron et moche, me fout la trouille. En dehors de ça, la chambre sent le propre et semble relativement confortable ; cependant, je n'ai jamais dormi dans un motel sans avoir au préalable ôté le couvre-lit. Impossible de dire quelles bestioles grouillent dedans ou à quand remonte son dernier lavage.

Andrew inspire profondément, s'imprégnant de l'odeur des lieux.

— C'est la non fumeur, indique-t-il en inspectant alentour. Je te la laisse.

Il pose la guitare contre le mur et se rend dans la petite salle de bains, où il allume et teste le système de ventilation. Puis il va inspecter la fenêtre de l'autre côté du lit et allume la clim – après tout, nous sommes en juillet. Enfin, il rabat l'édredon pour examiner draps et oreillers.

— Qu'est-ce que tu cherches ?

— Je m'assure que c'est propre, répond-il sans me regarder. Je ne voudrais pas que tu pionces dans des draps louches.

Je rougis et me détourne pour éviter qu'il ne s'en avise.

— Il est un peu tôt pour aller au lit, reprend-il en ramassant sa guitare, mais la route m'a épuisé.

— Eh bien, techniquement, tu n'as pas dormi depuis que nous sommes descendus du bus à Cheyenne.

Je laisse tomber sacs à main et à dos au pied du lit.

— C'est vrai. Je suis donc sur le pont depuis dix-huit heures environ, je ne m'en étais même pas rendu compte.

— Un des symptômes de la fatigue.

Il se dirige vers la porte et actionne la poignée argentée. Je reste immobile. À mon grand soulagement, l'instant de gêne ne se prolonge pas.

— Bon, à demain, me lance-t-il depuis l'embrasure. Je suis juste à côté, dans la 110. Si tu as besoin, appelle, frappe à la porte ou cogne sur le mur.

Son visage n'est que tendresse et sincérité.

Je hoche la tête en souriant.

— Eh bien, bonne nuit, dit-il.

— Bonne nuit.

Il s'éclipse et referme derrière lui.

Son image persiste dans mon esprit pendant une seconde, puis je m'efforce de la chasser et farfouille dans mon sac. Après deux jours interminables, j'ai enfin droit à ma première douche. J'en salive d'avance. D'un coup sec, j'extirpe de mon sac une culotte propre, mon short en coton blanc préféré et mon haut de la fac aux petites manches ornées de rayures roses et bleues. Je récupère ensuite brosse à dents, dentifrice et bain de bouche, et trimballe le tout jusqu'à la salle de bains. Je me déshabille, ravie de me débarrasser de mes vêtements crasseux, puis m'observe dans le miroir. Bon Dieu, je suis horrible ! Mon maquillage s'est complètement effacé, je n'ai presque plus de mascara. Quelques mèches blondes évadées de ma tresse forment un amas de nœuds sur ma tempe.

Je n'arrive pas à croire que j'ai fait la route avec Andrew dans cet état.

Je retire mon chouchou et défais ma natte avec les doigts. Je commence par me brosser les dents, gardant longuement sur le palais le goût mentholé du bain de bouche.

La douche est un pur moment d'extase. J'y reste une éternité, laissant l'eau bouillante me fouetter le corps jusqu'à ce que je n'en puisse plus et que je me sente m'endormir debout. Je me lave de la tête aux pieds. Deux fois de suite. Premièrement parce que je ne paierai pas plus cher, deuxièmement parce que ça fait si longtemps… Je poursuis en me rasant, trop heureuse de me débarrasser de cette hideuse fourrure qui commence à me recouvrir les jambes. Je referme enfin les robinets et me saisis de la serviette blanche parfaitement pliée sur l'étendoir au-dessus des toilettes.

L'eau coule encore dans la chambre d'Andrew, et je me surprends à l'écouter. Je le visualise sous la douche, sans aucune arrière-pensée sexuelle ou perverse, même si fantasmer sur lui ne nécessiterait pas beaucoup d'efforts. Je me contente de rêvasser, à lui, à ce que nous sommes en train de faire et à nos bonnes raisons d'en arriver là. Je songe à son père, et cela me brise le cœur de savoir qu'Andrew souffre et d'être aussi impuissante à l'aider. Puis je me contrains à me focaliser sur moi, à repenser à ma vie et à mes problèmes, loin d'être aussi graves que les siens.

J'espère que rien ne me poussera à m'en ouvrir à lui, à lui expliquer les raisons qui m'ont poussée à entamer ce voyage sans destination, car je me sens aussi bête qu'égoïste. Ce qui m'arrive n'est rien à côté de ce qu'il subit.

Je me mets au lit, coiffant des doigts mes cheveux mouillés. J'allume la télé, nullement fatiguée puisque j'ai dormi quasiment tout le trajet depuis Detroit. Je zappe nonchalamment, finissant par me laisser happer par un film quelconque avec Jet Li. C'est plus un fond sonore qu'autre chose.

Maman m'a appelée quatre fois, laissant autant de messages.

Toujours pas de nouvelles de Natalie.

— Comment ça se passe, en Virginie ? me demande ma mère en décrochant. J'espère que tu t'amuses bien...

— Ouais, c'est génial. Et toi, ça va ?

Je l'entends glousser à l'autre bout du fil, ce qui me rebute instinctivement. Elle est avec un homme. C'est dégueulasse. J'espère au moins qu'elle n'est pas au lit, à poil, en train de se faire léchouiller le cou.

— Ça va, ma puce. Je vois toujours Roger, on part en croisière le week-end prochain.

— C'est super, maman.

Elle glousse derechef.

Je ne peux m'empêcher de grimacer.

— Bon, ma puce, je dois te laisser. Arrête, Roger !

Elle pouffe encore. Je crois que je vais vomir.

— Je voulais juste savoir comment tu allais. Rappelle-moi demain pour me tenir au courant, d'accord ?

— Oui, maman. Je t'aime.

Nous raccrochons, et je lâche mon portable sur le lit devant moi. Puis je m'adosse contre les oreillers, songeant à Andrew, de l'autre côté de la cloison. Il a peut-être sa tête tout contre la mienne. Je recommence à changer de chaîne, et capitule après les avoir toutes parcourues au moins cinq fois.

Je m'affale un peu plus et observe la pièce.

Je me redresse légèrement pour mieux percevoir le son de la guitare d'Andrew. Il joue un air assez lent, à mi-chemin entre l'introspection et la lamentation. Au moment du refrain, le rythme s'accélère, puis ralentit pour le couplet suivant. C'est absolument magnifique.

Il joue pendant un bon quart d'heure, puis s'arrête. J'ai éteint la télé dès les premières notes et je n'entends plus que le goutte-à-goutte régulier du robinet ou le ronronnement des rares voitures circulant devant le motel.

Je finis par m'assoupir et un vieux rêve revient m'assaillir.

Ce matin-là, je n'avais pas reçu l'habituel chapelet de messages émanant de Ian avant de me lever. J'essayais de l'appeler, mais son téléphone sonnait dans le vide avant de basculer sur sa boîte vocale. Il ne décrochait pas. Et il n'était pas à l'école quand j'y arrivai.

Tout le monde me dévisageait dans les couloirs. Certains détournaient la tête quand je les regardais. Jennifer Parsons fondit en sanglots quand je la croisai devant son casier ; ses copines, des pom-pom girls, me toisaient avec mépris, comme si j'étais contagieuse. Je ne comprenais pas ce qui se passait, mais j'avais l'impression d'être prisonnière d'une horrible dimension parallèle. Personne ne me parlait, mais il était évident que tout le monde savait quelque chose que j'ignorais. C'était très pénible à vivre. Je n'avais jamais eu de véritable ennemi, sauf peut-être quelques pom-pom girls qui me jalousaient parce que Ian était amoureux de moi et se fichait éperdument d'elles. Que dire ? Ian Walsh était plus canon que le quarterback de l'équipe, et même Emily Derting, la fille la plus riche du lycée Millbrook, n'avait cure de le savoir pauvre ou que ses parents le déposent encore en voiture à l'école.

Elle le désirait malgré tout.

Comme toutes les autres.

Je me dirigeai vers mon casier, espérant retrouver bientôt Natalie pour qu'elle m'explique ce qui se passait. Je traînai plus longtemps que d'habitude dans le couloir, en attendant son arrivée. Ce fut Damon qui me rejoignit et m'expliqua la situation. Il m'attira dans un coin, dans le renfoncement qui abritait les fontaines à eau. Mon cœur tambourinait dans ma poitrine. Je savais dès le réveil que quelque chose clochait, avant même de découvrir que Ian ne m'avait laissé aucun message. Je le… pressentais. Comme si c'était ancré en moi.

— Camryn, commença Damon. (Je compris dès cet instant le sérieux de la situation, car Natalie et lui m'appelaient toujours « Cam ».) Ian a eu un accident de voiture…

Le souffle coupé, je portai les mains à ma bouche. Les larmes me brûlaient la gorge, m'inondaient les joues.

— Il est mort tôt ce matin à l'hôpital.

Damon s'efforçait d'aller au bout de son explication, mais l'expression de son visage trahissait son affliction.

Je le contemplai pendant une éternité avant de ne plus sentir mes jambes et de m'effondrer dans ses bras. Je pleurai, et pleurai à n'en plus pouvoir, jusqu'à ce que Natalie nous retrouve et qu'ils m'emmènent à l'infirmerie.

Je me réveille en nage, le cœur battant la chamade. Je repousse le drap et m'assieds au milieu du lit, les genoux relevés, me frottant la tête des deux mains. Je pousse un profond soupir. Je n'avais plus fait ce rêve depuis longtemps. D'ailleurs, c'était le dernier dont j'avais souvenir. Pourquoi revenait-il me hanter ?

Je me réveille en sursaut en entendant tambouriner à ma porte.

— Debout, fleur des champs ! chantonne Andrew d'une voix mélodieuse.

Je ne me rappelle même pas m'être rendormie après mon cauchemar. La lumière du soleil filtre par un interstice entre les rideaux, inondant la moquette brun clair sous la fenêtre. Je me lève, repousse les cheveux qui me tombent sur le visage et vais lui ouvrir avant qu'il ne rameute tout le motel.

Il me contemple, bouche bée, quand je fais pivoter le battant.

— Bon Dieu, tu essaies de m'ensorceler ou quoi ? me lance-t-il en m'examinant des pieds à la tête.

Toujours à moitié endormie, je m'observe d'un rapide coup d'œil et constate que je porte seulement mon petit short blanc et mon top sans soutien-gorge. Punaise, mes tétons sont comme deux phares pointant sous le tissu ! Je croise les bras sur ma poitrine et évite soigneusement son regard tandis qu'il s'invite à l'intérieur, lesté de ses sacs et de sa guitare.

— J'allais te dire de t'habiller, poursuit-il en souriant, mais tu peux venir comme ça, si tu préfères !

Je secoue la tête, réprimant le sourire qui me brûle les lèvres.

Il se laisse tomber dans un fauteuil près de la fenêtre et pose ses affaires par terre. Il est vêtu d'un bermuda beige qui lui tombe sous les genoux, d'un tee-shirt gris sombre et de ses baskets noires et basses, qu'il a enfilées sur des socquettes ou à même ses pieds nus. J'avise le tatouage sur sa cheville, une sorte de rune celtique circulaire située juste au-dessus de la saillie de l'os. Il a des jambes de coureur, des mollets bien fermes.

— Attends-moi ici pendant que je me prépare, lui dis-je en m'approchant de mon sac, posé sur la commode, à côté de la télé.

— Tu en as pour longtemps ?

Me souvenant de ce qu'il m'a dit chez son père, je réfléchis à mes options : mes trente minutes habituelles ou une toilette expresse ?

Il prend la décision à ma place :

— Tu as deux minutes.

— *Deux minutes ?* m'exclamé-je.

Il acquiesce avec un grand sourire.

—C'est bien ça, deux minutes, dit-il en agitant deux doigts. Tu as accepté de faire tout ce que je demanderais, tu te rappelles ?

—Ouais, mais je pensais que ce serait des trucs déments, genre montrer mon cul par la fenêtre de la voiture ou manger des insectes.

Il dresse un sourcil et se frotte le menton, comme si je venais de lui donner deux bonnes idées.

—Tu montreras ton cul par la fenêtre et tu mangeras des insectes en temps voulu.

Putain, pourquoi j'ai dit ça ?

Bien décidée à ne pas me laisser faire, j'ancre mes mains sur mes hanches avant de déclarer :

—Euh, pas question que…

Remarquant son air soudain coquin, je prends conscience que mes bras ne dissimulent plus du tout mes tétons pointant fièrement sous mon haut. Je laisse échapper un soupir outré.

—*Andrew !*

Il baisse la tête, faussement honteux, et me regarde par en dessous d'une manière encore plus suggestive.

Il est tellement canon…

—Eh, c'est toi qui préfères contester mes règles de base plutôt que de dissimuler tes attributs… Je n'y suis pour rien, mes yeux sont mus par leur volonté propre.

—Ouais, et je parie qu'il n'y a pas que ça, chez toi.

J'attrape mon sac avec un sourire en coin et me retire, pieds nus, dans la salle de bains.

Quand je me vois dans le miroir, je constate que je souris comme dans une pub des années 1980.

Bon, deux minutes. Je plonge littéralement dans un soutif et un jean moulant, sautillant pour enfiler ce dernier. Fermeture Éclair. Bouton. Brossage de dents impeccable. Rapide bain de bouche. Aspiration. Gargouillis. Cracher. Coup de brosse rapide et natte molle par-dessus l'épaule droite. Un coup de fond de teint, une fine couche de poudre. Du mascara noir, le mascara étant l'attribut capital du maquillage. Du rouge à…

BAM! BAM! BAM!

— Les deux minutes sont écoulées!

J'achève tout de même de me colorer les lèvres et sèche le tout à l'aide d'une feuille de papier hygiénique.

Je devine qu'il sourit de l'autre côté de la porte et, quand je l'ouvre, constate que je ne me suis pas trompée. Il a les deux bras tendus au-dessus de la tête, accrochés au chambranle. Ses tablettes de chocolat apparaissent légèrement sous son tee-shirt ainsi relevé. Un fin sillon de poils plonge de son nombril à la ceinture de son bermuda.

— Tu vois? Regarde-toi!

Il siffle d'admiration, tout en m'empêchant de passer. Toutefois, ce n'est certainement pas moi que je regarde.

— Plus c'est simple, plus c'est sexy, me rappelle-t-il.

Je le bouscule pour passer, en profitant pour toucher ses pectoraux.

— Je ne pensais pas me faire belle pour toi, lancé-je, le dos tourné, tout en balançant mes vêtements de nuit dans mon sac.

— Waouh, voyez-vous ça! reprend-il. Simple, sexy *et* bordélique. Je suis fier de toi!

Je ne l'ai pas fait exprès. J'ai fourré mes affaires dans mon bagage sans même envisager de les plier. Je n'ai pas vraiment de TOC, j'en revendique seulement à cause d'une certaine tendance à la maniaquerie. Toutefois, ranger mes vêtements et tâcher d'être ordonnée fait partie de mes habitudes depuis mes onze ans.

16

Andrew

Tu parles de frustration matinale. Bon, il va falloir que je lève un peu le pied, ou elle va finir par croire que c'est vraiment pour ça que je reste avec elle. Dans les mêmes circonstances, avec n'importe quelle autre fille, je me serais déjà levé pour balancer ma capote aux chiottes, mais avec Camryn, tout est différent. C'est dur (à tous les niveaux), mais je vais devoir y aller mollo avec le rentre-dedans. Ce voyage est très important, pour elle comme pour moi. Je n'aurai pas de seconde chance, je n'ai pas intérêt à tout faire foirer.

—Alors, quelle est la prochaine étape de notre périple improvisé ? demande-t-elle.

—D'abord, le petit déj, réponds-je en récupérant mes affaires. Et j'imagine que ce ne serait pas improvisé si j'avais déjà tout planifié.

Elle récupère son téléphone sur la table de chevet, s'enquiert d'éventuels nouveaux messages puis le fourre dans son sac à main.

Nous sortons.

Entre en piste la geignarde obstinée : Camryn.

—Andrew, par pitié. Tu sais que je ne peux pas manger là, se plaint-elle depuis le siège passager.

Nous sommes dans une toute petite ville et, en dehors des fast-foods, la plupart des restaurants sont encore fermés.

— *Sérieusement*, insiste-t-elle avec une moue si craquante que je suis tenté de lui lécher la joue pour lui faire hurler que c'est le truc le plus dégueu du monde. À moins que tu ne veuilles d'une compagne de route chiante à mourir qui se tient le ventre en gémissant, tu ne me forceras pas à bouffer ça, surtout de bon matin.

Je recule la tête et pince les lèvres pour la toiser d'un air sévère.

— Arrête, tu exagères.

Je commence à penser que non.

Elle secoue la tête et pose le coude sur la portière avant de se mordiller le pouce.

— Non, pas du tout. Je suis malade chaque fois que j'entre dans un fast-food. Crois-moi, ça n'est pas pour faire la difficile, car ça me cause plus d'ennuis qu'autre chose quand je sors avec ma mère ou avec Natalie. Elles se tapent toujours de grands détours pour trouver un endroit qui ne me retournera pas l'estomac.

OK, elle ne ment pas.

— Très bien. Comme je n'ai vraiment pas envie de te rendre malade, on va rouler un peu et trouver quelque chose en route. Il y aura plus de restos ouverts d'ici une ou deux heures.

J'ai droit à un sourire empreint de reconnaissance.

De rien du tout…

Deux heures et demie plus tard, nous arrivons à Owasso, dans l'Oklahoma.

Camryn observe l'imposante enseigne jaune et noir du restaurant, se demandant sans doute si elle va accepter d'y entrer.

— Il n'y a vraiment pas d'autre endroit où petit-déjeuner, déclaré-je en me garant. Surtout dans le Sud : ils ont des Waffle House à tous les coins de rue. C'est un peu comme un Starbucks.

Elle hoche la tête.

— Je crois que je vais pouvoir survivre. Ils ont des salades ?

— Écoute, j'ai accepté de t'épargner les sandwichs dégoulinant de gras, mais il y a une limite à tout.

Elle fait la moue et se mordille l'intérieur des joues avant de répondre :

— D'accord, je fais une croix sur les salades, même s'il en existe au poulet ou à d'autres ingrédients que tu n'imagines même pas.

— Non. Alors laisse tomber, déclaré-je résolument. Viens, ça fait trop longtemps que j'attends, je meurs de faim. Et je deviens bougon quand je gargouille.

— Tu es déjà bougon, marmonne-t-elle.

Je l'attrape par le bras pour l'attirer vers moi. Elle tente de dissimuler son rougissement.

J'adore l'odeur des Waffle House ; ça sent la liberté. Ça m'évoque les routes interminables, que quatre-vingt-dix pour cent de la clientèle empruntent. Les chauffeurs de camion, les routards, les marginaux de tout poil…, tous ceux qui ne succombent pas à la vie monotone de l'esclavage moderne.

Le restaurant fait salle comble. Camryn et moi trouvons une table près du gril, loin des larges fenêtres. L'incontournable juke-box – symbole de la culture des Waffle House – trône contre l'une d'elles.

La serveuse nous accueille avec un grand sourire, un carnet dans une main, un stylo déjà ouvert dans l'autre.

— Prendrez-vous du café ?

Je me tourne vers Camryn, qui parcourt déjà le menu ouvert sur la table devant elle.

— Plutôt un verre de thé glacé, répond-elle.

La serveuse note la commande et m'interroge du regard.

— Un café.

Elle hoche la tête et va préparer nos boissons.

— Certains trucs ont l'air bon, admet Camryn, une joue posée sur sa main pliée.

Son index glisse sur la carte plastifiée et se pose sur la minuscule colonne des salades.

— Tu vois, regarde, reprend-elle en levant les yeux vers moi. Ils en ont une au poulet grillé, et une autre avec poulet, pommes et noix de pécan.

L'espoir illumine ses grandes prunelles bleues ; elle est irrésistible.

Je rends les armes, impuissant devant elle.

— Commande ce qui te fait plaisir, déclaré-je d'un ton enjoué. Promis, je ne t'en voudrai pas.

Elle cligne des paupières à deux reprises, visiblement étonnée que je capitule si facilement. Elle referme le menu et le repose sur son socle quand la serveuse revient avec nos boissons.

— Vous avez choisi ? s'enquiert celle-ci.

La pointe de son stylo est déjà plaquée contre le papier, comme si elle ne s'en était jamais écartée.

— Je vais prendre l'omelette fiesta, déclare Camryn.

Je remarque son léger sourire quand elle m'observe du coin de l'œil.

— Toast ou pain à burger ? demande la serveuse.

— Pain.

— Polenta, pommes de terre sautées ou tomates ?

— Patates.

La serveuse termine de prendre la commande de Camryn et se tourne vers moi.

Je marque une seconde d'hésitation, puis décide :

— Je vais prendre la salade poulet pomme noix de pécan.

Camryn ravale instantanément son sourire et me fixe d'un air incrédule. Je lui adresse un clin d'œil et glisse mon menu à côté du sien.

— Ça alors ! On ne se refuse rien, à ce que je vois ! s'amuse la serveuse.

Elle arrache la première feuille de son carnet.

— Une fois n'est pas coutume, lui répliqué-je.

Elle secoue la tête et s'éloigne.

— C'est quoi, ce délire? s'étonne Camryn en écartant les mains.

Ne sachant pas si elle doit sourire ou me regarder de travers, elle finit par faire un peu les deux.

— Je me suis dit que, puisque tu commandais en fonction de mes goûts, j'allais faire pareil.

— Ah ouais? Pourtant je n'ai pas l'impression que cette salade soit faite pour toi.

— Sans doute pas, mais c'est le jeu!

Elle se rembrunit légèrement et s'adosse à sa banquette.

— Je ne vais vraiment pas apprécier le voyage, si tu te plains tout le temps parce que tu as faim. Tu as dit toi-même que tu devenais grognon dans ces cas-là.

Je serais incapable de l'être avec elle, mais elle n'a pas tort: cette salade n'est *carrément* pas faite pour moi. En outre, la laitue me donne des gaz: elle ne va *vraiment* pas aimer le voyage si je bouffe cette merde. Mais je vais le faire. J'espère juste que j'arriverai à finir sans émettre toutes les remarques que j'ai déjà sur le bout de la langue.

Ça va être un test intéressant.

Quelques minutes plus tard, la serveuse dépose son assiette devant Camryn et me tend ma commande blasphématoire. Elle nous ressert à boire, nous demande s'il nous faut autre chose, puis retourne s'occuper des autres clients.

Camryn m'examine déjà minutieusement.

Elle jette un coup d'œil à son plat, repousse le morceau de pain de l'autre côté de ses patates et oriente son omelette face à elle. Fourchette en main, je remue un instant ma salade, faisant mine, à l'instar de Camryn, de l'organiser à ma convenance.

Nous nous dévisageons et marquons une pause, attendant que l'autre prenne la parole. Elle fait la moue. J'en fais autant.

— Tu veux échanger? propose-t-elle.

— Ouais, accepté-je sans hésitation.

Sans tarder, nous intervertissons nos assiettes.

Le soulagement se lit sur nos visages.

Je n'aurais jamais commandé ça moi-même, mais c'est toujours mieux que de la laitue.

Au milieu du repas – du moins en ce qui la concerne : pour ma part, j'ai fini depuis longtemps – , je commande une part de tarte au chocolat et me fais servir un nouveau café. Je l'écoute déblatérer sur son ancienne meilleure amie, Natalie, une bisexuelle sans retenue aux seins énormes. C'est en tout cas ce que je déduis des descriptions de Camryn.

— Alors, que s'est-il passé après l'incident des toilettes ? lui demandé-je en enfournant un bout de gâteau.

— Je ne suis plus jamais retournée dans des toilettes publiques avec elle, affirme-t-elle. Elle n'a vraiment aucune pudeur.

— Elle a l'air marrante, commenté-je.

Camryn paraît subitement songeuse.

— Elle l'était.

Je l'observe en silence. Elle semble perdue dans ses pensées, jouant distraitement avec son dernier morceau de poulet. Ma fourchette tinte dans mon assiette et je la repose, ma décision prise. Je m'essuie la bouche avec ma serviette et m'extrais de la banquette.

— Où tu vas ? s'étonne-t-elle.

Je me contente de sourire en me dirigeant vers le juke-box. J'y glisse de la monnaie et parcours les titres disponibles, jetant finalement mon dévolu sur une chanson en particulier. « Raisins In My Toast[1] » s'élève dans le restaurant tandis que je me retourne vers Camryn.

Les trois serveuses et le cuistot me lancent des regards furieux et impitoyables. Je me contente de sourire.

Camryn s'est comme figée sur son siège. Le dos bien raide, elle semble m'insulter silencieusement. Quand j'entonne les

1. « Des raisins secs dans mon toast », l'un des « hymnes » de Waffle House.

paroles du morceau aux sonorités très années 1950, elle cherche à disparaître sous la table, plus écarlate que jamais.

Je me rassieds en me trémoussant.

— Par pitié, Andrew, ne *chante* pas !

Je fournis un gros effort pour ne pas éclater de rire, mais débite les paroles avec un immense sourire plaqué sur le visage. Elle plonge la tête dans ses mains ; ses épaules étroites s'agitent sous son tee-shirt blanc léger, tandis qu'elle tente de contrôler son fou rire. Je claque des doigts en rythme, comme si j'avais les cheveux gominés, et au moment où la voix aiguë intervient, je l'imite, grimaçant à force d'articuler à l'excès. Je pars également dans les graves, inclinant le menton vers la poitrine, l'air on ne peut plus sérieux. Le tout sans cesser de claquer des doigts. Plus la chanson défile, plus j'y mets du cœur. Bien vite, Camryn n'arrive plus à se retenir. Elle rit si fort qu'elle en a les larmes aux yeux.

Elle s'est désormais laissée glisser si loin que seul son visage émerge encore de la table.

Lorsque la chanson s'achève – au grand soulagement de tous les employés –, seule une vieille dame assise derrière Camryn m'applaudit. Les autres clients se fichent éperdument de ma prestation. En revanche, à en juger par l'expression de Camryn, on jurerait que tous les yeux du restaurant sont braqués sur nous, moqueurs. C'est hilarant. Et elle est incroyablement mignonne quand elle est mal à l'aise.

Je pose mes coudes sur la table et croise les mains devant moi.

— Alors ? Pas mal, pas vrai ? demandé-je avec un sourire narquois.

Elle se passe un doigt sous les yeux pour essuyer la légère coulure noire dont elle ressent instinctivement la présence. Quelques rires étouffés résonnent encore dans sa poitrine.

— Toi non plus, tu n'as aucune pudeur, constate-t-elle en s'esclaffant de nouveau.

— C'était gênant, mais je crois que j'en avais grand besoin.

Camryn se débarrasse de ses chaussures en marchant dessus, puis pose ses pieds nus sur la banquette.

Nous avons repris la route, suivant pour toute boussole le doigt tendu de Camryn. Plein est sur la 44 ; apparemment, nous allons traverser la moitié inférieure du Missouri.

— Content d'avoir pu aider.

Je tends la main pour allumer l'autoradio.

— Oh non, me taquine-t-elle. Je me demande jusqu'où ira notre immersion dans les années 1970.

Je pivote la tête vers elle et lui souris.

— C'est une super chanson, assuré-je en montant légèrement le son avant de pianoter en rythme sur le volant.

— Ouais, je la connais, réplique-t-elle en s'adossant confortablement. « Wayward Son ».

— Pas loin, réponds-je. « Carry On Wayward Son ».

— C'est pareil, ce n'était pas la peine de me reprendre.

Elle mime la vexation, sans grande conviction.

— Et c'est quel groupe ? l'interrogé-je pour la mettre à l'épreuve.

Elle me fait la grimace.

— Aucune idée !

— Kansas, affirmé-je avec un air de connaisseur. L'un de mes préférés.

— Tu dis ça tout le temps.

Elle adopte une mine affectée et bat des paupières.

— Peut-être, admets-je. Mais les morceaux de Kansas recèlent plein d'émotions. « Dust In The Wind », par exemple. Je ne vois pas de morceau plus approprié pour la mort. D'une certaine manière, ça t'empêche d'en avoir peur.

— Ça t'empêche d'avoir peur de la mort ? répète-t-elle, guère convaincue.

— Eh bien, ouais, je trouve. Comme si Steve Walsh était la Grande Faucheuse et qu'il te disait qu'il n'y avait rien à craindre.

D'ailleurs, si je devais choisir une chanson sur laquelle mourir, celle-ci viendrait en tête de liste.

Elle semble abattue.

— Cette conversation est un peu trop morbide à mon goût.

— Parce que tu la prends sous le mauvais angle.

Elle est tournée vers moi, les deux pieds sur le siège, les genoux en l'air, l'épaule gauche et la tête appuyées au dossier. Sa tresse dorée qui l'adoucit toujours repose, comme d'habitude, sur son épaule droite.

— « Hotel California », déclare-t-elle. The Eagles. (Je la regarde, impressionné.) C'est un des classiques que j'aime bien, précise-t-elle.

Je ne peux m'empêcher de sourire.

— Vraiment ? Elle est géniale, un peu flippante. Quand je l'écoute, j'ai l'impression d'être dans un de ces vieux films d'horreur en noir et blanc. Bon choix.

Je suis *sincèrement* impressionné.

Je tambourine toujours au rythme de « Carry On Wayward Son » quand j'entends un grand *plop*, suivi d'un *flap flap flap* régulier et incessant. Je me range doucement sur le bas-côté et m'arrête.

Camryn a déjà reposé les pieds par terre et tourne la tête dans tous les sens, cherchant l'origine du bruit.

— On a crevé ? demande-t-elle.

Même si, à l'entendre, ça ressemble davantage à « Génial ! On a crevé ! ».

— Ouais, confirmé-je en passant au point mort avant de couper le contact. Heureusement que j'ai une roue de secours dans le coffre.

— C'est l'une de ces galettes ridicules ?

J'éclate de rire.

— Non, j'en ai une à taille humaine, avec une jante et tout. Promis, elle sera assortie aux trois autres !

Elle semble légèrement rassurée. Puis elle comprend que je me paie sa tête et me tire la langue en louchant. J'ignore pourquoi ça me donne envie de la coucher sur la banquette arrière, mais chacun son truc, j'imagine.

Je pose la main sur la poignée, et elle remonte ses jambes sur le siège.

— Tu te crois en vacances ?

Elle cille sans comprendre.

— Comment ça ?

— Mets tes chaussures, ordonné-je. Bouge ton cul et viens m'aider.

Elle écarquille les yeux et reste assise, immobile, s'attendant sans doute à ce que j'éclate de rire.

— Je... je ne sais pas changer une roue, déclare-t-elle en comprenant que je ne plaisante pas.

— Tu *sais* changer une roue, la corrigé-je avec assurance. (Elle est de plus en plus perplexe.) Tu l'as vu faire des centaines de fois, en vrai ou dans des films. Crois-moi, tu sais exactement comment faire. Tout le monde le sait.

— Je ne l'ai jamais fait de ma vie, insiste-t-elle en avançant la lèvre inférieure.

— Eh bien, ça va être une première, réponds-je, tout sourires.

J'entrouvre ma portière afin de ne pas me la faire arracher par le camion qui nous double.

Après quelques secondes d'incrédulité, Camryn accepte d'enfiler ses tennis et descend.

— Viens par ici.

Elle contourne la voiture pour venir me rejoindre près du coffre. Je lui désigne le pneu à plat, sur la roue arrière droite.

— Si ça avait été du côté de la circulation, tu aurais peut-être pu t'en tirer à bon compte.

— Tu envisages sérieusement de me la faire changer ?

Je pensais avoir été assez clair.

— Oui, ma belle, je l'envisage *très* sérieusement.

— Tout à l'heure, tu m'as demandé de t'aider, pas de tout faire.

J'acquiesce.

— Techniquement, tu *vas* aider, seulement... Viens ici.

Je sors la roue de secours de la malle et la pose par terre.

— Maintenant, sors le cric et la croix et apporte-les-moi.

Elle s'exécute, grommelant à propos du « noir » qu'elle se met sur les mains. Je réprime l'envie de me moquer d'elle et fais rouler la roue de secours devant l'ancienne. Un autre semi-remorque nous dépasse à toute allure ; l'appel d'air fait légèrement tanguer la voiture.

— C'est dangereux, gémit-elle en laissant tomber les outils à mes pieds. Et si quelqu'un faisait une embardée et nous rentrait dedans ? Tu n'as jamais vu ça sur MTV ?

Merde, elle regarde les mêmes conneries que moi...

— À vrai dire, si, admets-je. Maintenant, viens par ici, et finissons-en. Si c'est toi qui es accroupie, cachée aux automobilistes, on risque moins de se faire rentrer dedans.

— Comment ça ? s'étonne-t-elle, les sourcils froncés.

— Eh bien, si je te voyais debout sur le bord de la route, je ne regarderais sans doute pas non plus où je vais.

Elle lève les yeux au ciel en secouant la tête, puis se penche pour ramasser la clé en croix.

— Han ! grogne-t-elle en tentant de défaire les écrous. Ils sont bien trop serrés !

Je les desserre pour elle, mais la laisse les dévisser davantage, tout en gardant un œil sur la circulation sans lui avouer que je suis aussi inquiet qu'elle. Si je surveille, j'espère avoir le temps de l'attraper et de la mettre en sécurité en cas de pépin.

Vient ensuite le cric ; je l'aide à l'installer, lui montrant comment l'ouvrir légèrement et lui indiquant où le positionner, même si elle semble pouvoir se passer de mes conseils. Elle a d'abord un peu de mal avec la manivelle, mais prend rapidement le coup de main et soulève légèrement la voiture. J'en profite pour lui reluquer le cul, car il faudrait être idiot – ou homo – pour s'en priver.

Puis, sans le moindre signe avant-coureur, ni tonnerre, ni foudre, ni rien, une violente averse éclate.

Camryn craint de finir trempée, ce qui la distrait complètement de l'activité en cours. Elle se relève d'un bond et se précipite vers la portière avant de s'immobiliser subitement, sans doute en se rendant compte que ce n'est peut-être pas une bonne idée de monter dans une voiture reposant sur un cric.

—Andrew!

Elle dégouline déjà, tâchant de s'abriter sous ses mains, comme si cela pouvait la préserver le moins du monde.

Je me tords de rire.

—*Andrew!*

Elle est folle de rage et vaguement ridicule.

Je la prends par les épaules et lui dis, le visage fouetté par la pluie:

—Je vais terminer le travail.

J'ai du mal à garder mon sérieux.

Je n'y parviens pas.

En quelques minutes, la nouvelle roue est en place, l'ancienne dans le coffre, en compagnie du cric et de la croix.

—Attends! lui lancé-je alors qu'elle s'apprête à rentrer dans la voiture, maintenant que ça ne risque plus rien.

Elle s'immobilise. Elle tremble de froid, trempée jusqu'à l'os. Je rabats le hayon et m'approche d'elle, pataugeant dans mes chaussures, car je ne porte pas de chaussettes. Je lui souris, espérant qu'elle m'imitera.

—Ce n'est que de la pluie.

Elle s'adoucit à peine, espérant sans doute d'autres paroles de réconfort.

— Viens par ici.

Je lui tends une main, qu'elle saisit sans hésiter.

— Qu'est-ce qu'il y a ? demande-t-elle avec une fausse timidité.

Sa tresse est gorgée d'eau. Les quelques mèches qui s'en échappent sont plaquées sur son front et sur sa nuque. Je l'entraîne jusqu'au coffre et grimpe dessus. Elle me regarde faire, subissant les trombes d'eau. Je lui tends de nouveau la main et, après une courte hésitation, elle s'en sert pour monter me rejoindre. Elle me suit même jusqu'au toit, me scrutant toujours comme si elle me prenait pour un fou et qu'elle n'osait pas me résister.

— Allonge-toi, ordonné-je d'une voix forte pour couvrir le tambourinement des gouttes sur le métal.

Je lui montre l'exemple, laissant mes pieds reposer sur le pare-brise.

Sans question ni objection – même si son expression trahit doute et désaccord –, elle se couche à côté de moi.

— C'est dingue ! s'exclame-t-elle. *Tu* es dingue !

Elle doit l'être aussi, car j'ai l'impression qu'elle a envie de rester là à côté de moi.

Faisant fi de mes bonnes résolutions, je suis incapable de garder mes distances. Je tends le bras gauche de son côté, et elle y pose la tête.

J'avale ma salive avec peine. Je ne m'y attendais pas. Mais je suis ravi qu'elle l'ait fait.

— Maintenant, ouvre les yeux et regarde.

Une camionnette nous dépasse à toute berzingue, suivie de quelques voitures, mais personne ne semble nous remarquer. Un camion passe à son tour, et nous ne nous soucions pas de la rafale qui secoue la Chevrolet.

Elle grimace chaque fois qu'une goutte lui tombe dans l'œil, mais ne ferme pas les paupières, se contentant de temps à autre de plisser les yeux tout en s'esclaffant doucement. Elle se force à garder les prunelles rivées sur le ciel, puis entrouvre la bouche.

J'étudie ses lèvres, l'eau qui ruisselle dessus, remarquant son sourire et son léger tressaillement chaque fois qu'une goutte lui tombe au fond de la gorge. Ses épaules se soulèvent légèrement quand elle tente d'y rentrer la tête, sans plus cesser de rire.

Je me perds totalement dans sa contemplation, si bien que je finis par en oublier qu'il pleut.

17

Camryn

Quand j'arrive à garder les yeux ouverts assez longtemps, je vois effectivement la pluie se déverser sur moi. Je n'avais jamais regardé le ciel fixement par un temps pareil, et si je bronche plus souvent que je n'observe, ce que je parviens à découvrir est vraiment magnifique. Chaque goutte qui se précipite sur moi se sépare d'un millier d'autres et, l'espace d'une fraction de seconde, j'en entraperçois toutes les délicates facettes. Je vois les nuages gris amoncelés au-dessus de ma tête, ressens chaque soubresaut de la voiture quand la circulation la fait osciller. Je frissonne, même si la température est assez douce pour vouloir nager. Cependant, rien de ce que je peux voir, sentir ou entendre n'est aussi agréable et fascinant que la proximité d'Andrew.

Quelques minutes plus tard, je crie et je hurle alors que nous rentrons nous abriter.

Je claque ma portière, et il m'imite dans la foulée.

— Je suis gelée !

Je grelotte un rire et plaque mes avant-bras joints entre mes seins, croisant les doigts pour y poser le menton.

Andrew, un sourire jusqu'aux oreilles, est soudain pris d'un frisson ; il met le chauffage à fond.

Je tente instinctivement d'oublier avoir posé la tête dans le creux de son bras, ou qu'il l'a tendu vers moi pour m'y accueillir.

Je crois qu'il essaie de ne plus y penser non plus, ou en tout cas pas ouvertement.

Il frotte ses mains l'une contre l'autre tandis que la ventilation crache son air brûlant. Je claque des dents.

— Je déteste porter des vêtements mouillés, déclaré-je d'une voix hachée par les tressautements de ma mâchoire.

— Ouais, je suis bien d'accord, répond-il avant de boucler sa ceinture de sécurité.

J'en fais autant, sachant pertinemment que, comme lors de chaque long trajet en voiture, je finirai par m'en extirper pour trouver une position plus confortable.

— J'ai les orteils qui pataugent, déclare-t-il en regardant ses pieds.

J'ai l'impression de me décomposer, ce qui le fait éclater de rire. Il retire ses baskets et les balance par terre, à l'arrière.

J'en fais autant, car, même si je refuse de l'admettre, j'ai exactement la même sensation que lui.

— Il faut qu'on trouve un endroit où se changer, décidé-je.

Il enclenche une vitesse et se tourne vers moi avec un grand sourire.

— Il y a une banquette arrière. Je te jure de ne pas regarder.

Il lève la main en guise de bonne foi, puis la repose sur le volant le temps de s'insérer dans la circulation.

Je ricane légèrement.

— Nan, je préfère attendre qu'on trouve un endroit.

— Comme tu voudras.

Je sais qu'il n'en perdrait pas une miette. Et, honnêtement, cela ne me dérangerait pas outre mesure…

Les essuie-glaces balaient le pare-brise à toute vitesse; néanmoins, la pluie est si forte qu'il reste difficile de distinguer la route. Andrew laisse le chauffage jusqu'à ce que l'habitacle se transforme en sauna, puis il le baisse après avoir obtenu mon assentiment.

— Donc tu disais « Hotel California », hein ?

Ses joues s'ornent de leur fossette. Il tend la main pour passer d'un CD à l'autre et trifouille les boutons jusqu'à trouver la chanson.

— Voyons si tu la connais bien.

Il repose la main sur le volant.

Le morceau débute comme dans mon souvenir, avec ces accords de guitare tristes, lents et obsédants. Nous nous tournons en même temps l'un vers l'autre, bercés par la musique, attendant les premières paroles. Puis, dans un même geste, nous levons tous deux la main pour donner les trois coups de batterie avant d'accompagner Don Henley au chant.

Nous nous laissons totalement emporter, phrase après phrase. Parfois, il me laisse chanter seule avant d'embrayer, puis nous alternons. Nous entonnons tous deux le refrain à pleins poumons, hurlant littéralement face au pare-brise. Nous plissons les yeux et hochons la tête en rythme, et je feins de ne pas être accablée par ma voix. Au deuxième couplet, nous nous emmêlons légèrement les pinceaux, mais parvenons à ne déraper que deux ou trois fois. Puis nous crions « 1969 ! » en chœur. Nous chantons dès lors avec moins d'enthousiasme, puis nous contentons de nous laisser entraîner par la musique. Cependant, dès que le refrain revient et que la chanson ralentit, se faisant plus entêtante, nous recouvrons notre sérieux et prononçons chaque parole à l'unisson, tout en nous regardant. Andrew articule un « *alibis !* » sans défaut, qui me provoque un long frisson. Nous terminons le morceau dans un bel ensemble, serrant les poings tant nous sommes habités.

Le trajet se poursuit dans le même esprit pendant plusieurs heures.

J'ai tellement chanté que j'en ai mal à la gorge.

Bien sûr, qui dit classiques du rock dit début des années 1990, notamment avec Alice in Chains ou Aerosmith. Cela ne me dérange pas le moins du monde. J'adorais ça à l'époque, et cela fait rejaillir une multitude de souvenirs. Je suis en train d'en créer un nouveau, avec Andrew.

Nous trouvons une aire de repos près de Jackson, dans le Tennessee, et en profitons pleinement. Nous nous enfermons aux toilettes pour nous changer, étant finalement restés un long moment dans nos vêtements mouillés. J'imagine que ces heures inoubliables passées dans la voiture au son de ma voix de crécelle qu'il fait mine d'adorer nous ont fait oublier tout le reste.

Il est prêt avant moi et m'attend déjà au volant quand je ressors des toilettes parée des seuls habits propres qu'il me reste : mon short blanc et mon haut aux couleurs de l'université dans lequel j'aime bien dormir. Je n'ai apporté qu'un soutien-gorge, celui que je portais lors du déluge et qui est donc encore tout trempé. Je préfère toutefois le garder pour éviter de voir mes tétons resurgir dans la voiture.

— Que les choses soient claires : je n'ai pas mis ce short pour que tu te rinces l'œil ! lui lancé-je en brandissant vers lui un doigt accusateur tout en m'installant.

Un léger rictus apparaît au coin de sa bouche.

— C'est noté, réplique-t-il en griffonnant quelques mots sur un carnet imaginaire.

Je lève discrètement les fesses pour descendre légèrement mon short, afin qu'il ne me rentre pas dans l'entrejambe et dissimule au mieux mes cuisses. J'entreprends de retirer mes tongs noires, puis décide de les garder en constatant que le tapis de sol est gorgé d'eau. Heureusement que les sièges sont en cuir.

— Il va falloir que je m'achète des fringues, déclaré-je.

Andrew a remis son jean et ses Doc, et a enfilé un tee-shirt gris uni légèrement plus clair que le précédent. Cela lui va bien, comme tout le reste, même si je regrette un peu de ne plus voir ses mollets musclés ni le tatouage gris et noir sur sa cheville.

— C'est tout ce que tu as apporté ? s'étonne-t-il sans décoller les yeux de la route. Je ne m'en plains pas, hein !

Je lui fais la grimace.

— J'imagine que comme je ne savais pas où j'allais, je ne voulais pas m'encombrer d'une tonne de trucs.

— Logique.

Le soleil brille, dans le Tennessee. Nous roulons plein sud, désormais. L'autre côté de la route est en travaux, et nous exprimons ensemble notre soulagement de « ne pas être en face ». Le soleil finit par disparaître à l'horizon et la lumière du crépuscule baigne les champs de riz et de coton d'un halo rougeoyant. L'autoroute est en permanence bordée d'une terre arable s'étendant à l'infini.

Nous arrivons à Birmingham, Alabama, peu après 19 heures.

— Tu veux t'arrêter où pour t'acheter des vêtements ? demande-t-il en roulant au pas dans une rue du centre-ville jalonnée de feux de signalisation et de stations-service.

Je me redresse sur le siège et observe les lieux, en quête d'un endroit approprié.

Andrew me désigne un magasin un peu plus loin.

— Il y a un Walmart.

— C'est mieux que rien.

Il tourne à gauche à l'intersection, et nous nous garons sur le parking.

Une fois dehors, la première chose que je fais est de tirer sur ma culotte qui me rentre dans la raie des fesses.

— Tu veux de l'aide ?

— Non, ça ira ! m'esclaffé-je.

Nous slalomons entre les voitures stationnées. Mes tongs clapotent et claquent contre mes talons. Je me crispe instantanément, me rappelant que je ne ressemble à rien avec ma tresse emmêlée, ce minishort qui n'arrête pas de remonter. Je ne porte plus de maquillage, depuis mon face-à-face avec la pluie. La tête basse, les yeux rivés sur le sol blanc et lumineux du magasin, j'évite de croiser le regard de quiconque.

Nous nous dirigeons droit vers le rayon des vêtements pour femmes, et je prends ce qui me passe sous la main : deux autres shorts en coton, certes courts, mais qui au moins ne me rentreront pas dans le cul comme celui-ci, et deux tee-shirts trop mignons à col en V, avec un design assez sympa. Je passe sous silence mon désir d'aller voir les culottes et soutiens-gorge. Pour l'instant, je vais me contenter de ce que j'ai.

Je suis Andrew jusqu'à la parapharmacie, où se trouvent les vitamines, les médicaments antirhume, les dentifrices et ce genre de trucs.

— Je ne me suis pas rasé depuis une semaine, explique-t-il en faisant courir sa main sur sa barbe naissante.

Je trouve ça plutôt sexy, mais comme il l'est tout autant sans, je m'abstiens de tout commentaire.

Je ne vais quand même pas me plaindre, si ?

Je prends moi aussi un paquet de rasoirs, ainsi qu'une bombe dorée de mousse spéciale peaux sensibles. Dans le rayon voisin, je m'empare d'une petite bouteille de bain de bouche (on n'en a jamais trop). Je réajuste la lanière de mon sac à main à plusieurs reprises, tandis que mon autre bras commence à ployer sous le poids de mes emplettes. Nous changeons de nouveau d'allée, et je prends un ensemble shampooing/après-shampooing que j'essaie d'ajouter à ma pile. Andrew m'en déleste, ainsi que du bain de bouche.

Nous nous dirigeons vers les médicaments, où un couple d'âge moyen observe les sirops pour la toux, déchiffrant les étiquettes.

D'un ton parfaitement détaché, Andrew me demande d'une voix claire :

— Chérie, tu as trouvé la pommade contre les mycoses ?

J'ouvre des yeux ronds comme des soucoupes, m'immobilisant devant un présentoir d'aspirines.

Andrew jette son dévolu sur une petite boîte d'Advil.

Le couple semble n'avoir rien entendu, je suis pourtant certaine du contraire.

— Enfin, tu es sûre que c'est vraiment ça qui cause tes démangeaisons ? poursuit-il.

Cette fois, je vire réellement à l'écarlate.

Les deux nous jettent un coup d'œil à la dérobée.

Andrew, hilare, fait mine de regarder les différents flacons.

Je meurs d'envie de le gifler, mais préfère finalement entrer dans son jeu.

— Oui, mon amour, je l'ai, réponds-je d'une voix posée. Tiens, tu as vu qu'ils ont des préservatifs pour micro-pénis ?

La femme tourne ostensiblement la tête et l'observe de pied en cap, puis elle louche vers moi avant de se replonger dans ses sirops.

Andrew ne se laisse pas abattre. Je m'en doutais. Il se contente de sourire, se délectant de ces instants.

— C'est taille unique, chérie, réplique-t-il. Mais je t'ai déjà expliqué qu'ils tenaient mieux quand tu arrivais à la faire durcir.

Je crachote entre mes lèvres pincées avant d'éclater de rire.

Le couple quitte le rayon.

— Tu es horrible ! lui sifflé-je.

La bombe de mousse à raser me glisse des bras et tombe avec fracas. Je me penche pour la ramasser.

— Tu n'es pas complètement innocente non plus.

Andrew prend un tube de pommade antiseptique, qu'il pose sur son Advil. Nos emplettes terminées, nous nous dirigeons vers la caisse. Il jette deux sachets de bœuf séché sur le tapis roulant, ainsi qu'une boîte de Tic Tac. J'ajoute un petit flacon de désinfectant à mains, ainsi qu'un tube de baume à lèvres et un sachet de bœuf pour moi.

— Tu te dévergondes ? raille-t-il.

Je lui adresse un sourire narquois et pose la petite barre de séparation en plastique gris entre ses courses et les miennes.

—Non, réponds-je. J'adore le bœuf séché. J'en boufferais même si c'était radioactif.

Il se contente de sourire, puis annonce à la caissière que nous paierons le tout « ensemble » et sort sa carte bleue.

—Non, pas cette fois, interviens-je en protégeant mes articles d'un bras.

Je secoue la tête et jette à la dame un regard noir, la mettant au défi de l'écouter.

—Je paie ma part.

Elle se retourne brièvement vers Andrew, comme pour attendre son prochain argument.

À peine a-t-il ouvert la bouche que je lui lance un coup d'œil en coin en déclarant:

—Je paie ma part, point final.

Il lève les yeux au ciel et finit par céder, glissant sa carte dans la machine.

De retour dans la voiture, Andrew s'empresse de déchirer l'un de ses sachets de bœuf et engloutit une lamelle déchirée.

—Tu es sûre que tu ne veux pas que je conduise un peu? m'enquiers-je.

Il secoue la tête tout en mastiquant.

—On va se dégoter un autre motel et se poser pour la nuit.

Il a à peine dégluti qu'il enfourne un nouveau morceau de viande et démarre.

Nous trouvons un motel quelques kilomètres plus loin et rentrons toutes nos affaires dans nos chambres mitoyennes de luxe. Cette fois, la moquette est en damier vert, et de lourds rideaux assortis pendent à la fenêtre; le dessus-de-lit, vert foncé, est fleuri. J'allume la télé dès que j'entre dans la pièce, afin de réchauffer légèrement l'intérieur sombre et sinistre.

Il a de nouveau payé pour les chambres, invoquant le fait qu'on avait procédé selon ma volonté au Walmart.

Comme la dernière fois, il commence par inspecter les lieux, puis se laisse tomber sur le fauteuil relaxe près de la fenêtre.

Je lâche mes affaires par terre et retire le couvre-lit pour le jeter dans un coin de la pièce.

— Il y avait une bête dessus ? demande-t-il en étendant les jambes.

Il a l'air épuisé.

— Non, mais ils me foutent la trouille.

Je m'assieds au bord du lit et me débarrasse de mes tongs d'un coup de pied avant de m'installer en tailleur. Je pose les mains sur mes cuisses, car je porte toujours mon short ultra-court. Cela me gêne un peu d'écarter ainsi les genoux devant lui.

— Tu as dit que tu ne savais pas où tu allais, déclare-t-il.

Je lève le menton, et il me faut quelques secondes pour me rappeler de quoi il parle : dans la voiture, quand je lui ai expliqué pourquoi j'avais emporté si peu de vêtements. Il entrelace les doigts et pose les mains à plat sur son ventre.

Je réfléchis avant de répondre, et lui sers pourtant une explication des plus vagues :

— Ouais, je n'en savais trop rien.

Andrew se redresse puis se penche en avant, les bras sur les cuisses, les mains jointes sous les genoux. Il incline la tête de côté pour me scruter d'un air interrogateur. Je comprends que nous sommes sur le point d'avoir l'une de ces conversations au cours desquelles je ne sais jamais d'avance si je vais éviter le sujet ou répondre à ses questions. Tout va dépendre de sa faculté à me tirer les vers du nez.

— Je ne te connais pas assez bien pour en juger, reprend-il, mais je t'imagine mal partir en bus, comme tu l'as fait, avec un sac à main, un minuscule bagage et aucune idée de ta destination, simplement parce que ta meilleure amie t'a poignardée dans le dos.

Il a raison. Je ne suis pas partie à cause de Natalie et Damon : ils n'ont servi que de catalyseur.

— Non, ce n'était pas pour ça.

— Alors quoi ?

Je n'ai pas envie d'en parler ; du moins je ne pense pas en avoir envie. Une partie de moi me souffle que je peux tout lui dire, et c'est même ce que je désire, mais le reste m'encourage à rester prudente. Je n'ai pas oublié que ses problèmes sont largement plus importants que les miens, et je me sentirais idiote, geignarde et égoïste de tout lui déballer.

Je me concentre sur la télé, feignant d'être intéressée par le programme.

Il se lève.

— Ça doit être assez grave, dit-il en s'approchant de moi, et j'aimerais vraiment que tu m'expliques.

Assez grave ? Génial, il vient d'empirer les choses ; maintenant que je sais qu'il s'attend à quelque chose d'horrible, je me demande si je ne dois pas inventer une histoire.

Je n'en fais rien, bien sûr.

Je sens le matelas remuer quand il s'assied à côté de moi. Je garde les yeux rivés sur l'écran, n'arrivant pas à le regarder. Je croule sous le poids de la culpabilité, et pourtant je dois admettre que je suis troublée par sa proximité. Cependant, la culpabilité est plus forte.

— Je t'ai laissée t'en tirer avec ton silence pendant assez longtemps, insiste-t-il.

Il repose ses coudes sur ses cuisses et s'installe comme sur son fauteuil, les mains croisées entre les jambes.

— Il va bien falloir que tu me parles.

Je lui jette un coup d'œil et réponds :

— Ce n'est rien à côté de ce que tu vis.

J'en reste là, me replongeant sur mon écran.

S'il te plaît, restes-en là, Andrew. Je meurs d'envie de tout te raconter, parce que j'ai la conviction que tu parviendras à me comprendre et à arranger les choses – qu'est-ce que je raconte ? S'il te plaît, restes-en là !

— Tu compares nos situations ? s'étonne-t-il, piquant ma curiosité. Tu crois que, sous prétexte que mon père est en train de mourir, ce qui t'a poussée à partir n'a plus d'importance ?

Il semble trouver cela absurde.

— Oui, exactement, affirmé-je.

Il fronce les sourcils et se tourne brièvement vers le téléviseur avant de reprendre.

— Eh ben, c'est des conneries, déclare-t-il d'un ton pragmatique.

Je pivote brusquement la tête.

Il poursuit :

— Tu sais, j'ai toujours détesté l'expression : « Regarde autour de toi, il y a pire. » Bien sûr qu'il vaut mieux être borgne qu'aveugle, mais ce n'est pas un putain de concours. Pas vrai ?

Est-ce qu'il me pose la question pour savoir ce que je pense, ou est-ce un moyen de me faire la leçon ?

Je me contente d'acquiescer.

— Souffrir, c'est souffrir, ma belle. (Chaque fois qu'il m'appelle « ma belle », je l'entends mieux que n'importe quelle autre de ses paroles.) Ce n'est pas parce que les problèmes de quelqu'un sont moins traumatisants que ceux d'un autre qu'il n'a pas le droit de souffrir autant.

Je suppose que ça se tient, mais je me trouve toujours égoïste.

Il me touche le poignet et je regarde ses doigts parcourir l'os de ma main. J'ai envie de l'embrasser ; je suis sur le point de craquer mais je me retiens de justesse.

Je retire ma main et me lève.

— Camryn, écoute, je ne pensais pas à mal. Je voulais juste…

— Je sais, réponds-je à mi-voix.

Je lui tourne le dos, les bras croisés. Jamais la phrase « ce n'est pas toi, c'est moi » n'a été plus vraie, mais je ne risque pas de la lui servir.

Je le sens qui se lève et me retourne doucement pour le voir récupérer ses sacs et sa guitare.

Il se dirige vers la porte.

Je voudrais le retenir, mais ne peux pas m'y résoudre.

— Je te laisse dormir, me dit-il gentiment.

Je hoche la tête sans répondre, craignant de parler sans réfléchir et de m'enfoncer plus profondément dans cette relation trouble avec Andrew qui, chaque jour, me paraît un peu plus tendancieuse que la veille.

18

Camryn

Je me déteste de l'avoir laissé sortir, mais c'était la meilleure chose à faire. Je ne peux pas me le permettre. Je ne peux pas me laisser entraîner dans cet univers tournant autour d'Andrew Parrish même si, au fond de moi, je ne désire que ça. Non que je craigne de souffrir de nouveau : tout le monde connaît cette phase, et je n'en suis peut-être pas encore tout à fait sortie, mais il n'est pas question de ça.

Je ne me *connais* pas.

Je ne sais pas ce que je veux, ce que je ressens, ce que je *devrais* ressentir ; et je ne crois pas l'avoir su un jour. Il faudrait être la pire des salopes pour entraîner Andrew dans cette galère. Et s'il tombait amoureux ou se mettait à attendre de moi une chose que je ne pourrais pas lui offrir ? Et si, en plus de la mort de son père, j'en rajoutais une couche en lui brisant le cœur ? Je ne veux pas porter la responsabilité de son chagrin.

Je me retourne brusquement vers la porte, revoyant son expression avant qu'il la franchisse.

Si ça se trouve, la question ne se pose même pas. C'est assez prétentieux de ma part d'imaginer qu'il puisse tomber amoureux de moi. Peut-être qu'il cherche juste une copine de baise, voire un coup d'un soir.

Mon esprit est submergé d'hypothèses contradictoires ; aucune d'entre elles ne me paraît exacte, mais toutes sont plausibles. Je m'approche du miroir et me plonge dans la contemplation des yeux de cette fille qu'il me semble avoir déjà croisée sans jamais avoir été présentée. Je me sens vraiment détachée de moi et de tout le reste.

Merde et remerde !

Je serre les dents et abats les deux mains à plat sur le meuble télé. Puis je me saisis de l'un de mes nouveaux shorts en coton, le noir, d'un tee-shirt blanc barré de l'inscription « je t'aime », en français dans le texte, passée en écharpe autour de la tour Eiffel, et je file à la douche. Je reste une éternité sous le jet brûlant, non seulement parce que je me sens sale, mais aussi parce que je me sens mal. Toutes mes pensées gravitent autour d'Andrew. Et de Ian. C'est contrariant. Pourquoi faut-il que je sois obnubilée par les deux en même temps ?

La peau à vif à cause de l'eau chaude, je sors m'essuyer avant de me tordre les cheveux dans une serviette. Je me sers ensuite du séchoir, nue devant la glace. Je retourne m'habiller dans la chambre, ayant oublié de prendre une culotte. Puis j'entreprends de démêler ma tignasse encore humide, repoussant simplement les mèches qui me tombent sur le visage ou devant les oreilles.

Une fois encore, j'entends Andrew jouer de la guitare à travers la cloison. La télé jacasse encore, et je vais l'éteindre d'un pas furieux afin de mieux profiter de la musique.

Je reste debout, immobile, pendant quelques secondes, me délectant des notes qui peinent à se frayer un chemin jusqu'à moi. La mélodie n'est pas triste, pourtant elle me rend morose.

Je me décide à récupérer le passe de ma chambre, à enfiler mes tongs et à quitter la pièce.

Je m'humecte nerveusement les lèvres, inspire profondément, avale ma salive et lève la main pour frapper à sa porte.

Il s'arrête immédiatement de jouer et vient m'ouvrir quelques secondes plus tard.

Il s'est douché aussi. Ses cheveux sont encore mouillés, partiellement écrasés sur le haut de son front. Il me contemple, torse nu, tout juste vêtu d'un bermuda noir. J'essaie de ne pas loucher trop ostensiblement sur ses abdominaux légèrement bronzés, ni sur les veines qui lui parcourent les bras, étrangement plus prononcées maintenant que le reste de son corps est apparent.

Oh… mon Dieu. Je devrais peut-être faire demi-tour…

Non, je suis venue ici pour lui parler, et c'est bien ce que j'ai l'intention de faire.

Je découvre pour la première fois le tatouage sur son flanc gauche. Je suis tentée de l'interroger dessus, mais ce sera pour plus tard.

Il me sourit avec douceur.

— Tout a commencé il y a un an et demi, déclaré-je de but en blanc. Une semaine avant la remise des diplômes. Mon copain est mort dans un accident de voiture.

Son sourire s'efface et son regard s'adoucit ; le remords qu'il semble éprouver ne paraît ni feint ni exagéré.

Il m'invite à entrer. Il enfile un tee-shirt avant même que j'aie eu le temps de m'asseoir au bout du lit. Peut-être qu'il ne veut pas me donner l'impression de flirter alors que je suis venue partager avec lui un souvenir manifestement douloureux. Je ne l'en respecte que davantage. Ce simple geste, apparemment insignifiant, en dit long sur lui. Et même si je trouve dommage qu'il me cache son torse si parfait, cela ne me dérange pas. Je ne suis pas ici pour ça.

Je réfléchis…

Ses yeux verts trahissent un mélange de tristesse et de réflexion. Il éteint la télé et s'installe à côté de moi, exactement comme nous l'avons fait sur mon lit. Il me regarde, attendant patiemment que je reprenne la parole.

— On est tombés amoureux à seize ans, commencé-je, les yeux dans le vague. Mais il a attendu deux ans – *deux ans !* – que je sois prête. Je ne connais pas beaucoup d'ados capables de patienter si longtemps pour coucher.

Andrew fait une légère grimace d'assentiment.

— J'ai eu quelques copains avant Ian, mais ça n'a jamais duré. Ils étaient tellement… banals, dis-je après une brève hésitation pour trouver le mot approprié. Pour être honnête, j'ai même fréquenté des tas de gars qui n'avaient rien d'extraordinaire depuis mes douze ans.

Andrew paraît songeur, les sourcils légèrement haussés.

— Mais Ian n'était pas comme eux. La première chose qu'il m'a dite après notre rencontre, c'est : « Je me demande quelle est l'odeur de l'océan à l'autre bout du monde. » Ça m'a d'abord fait rire, parce que je trouvais cette réflexion bizarre, puis j'ai compris que cette simple phrase le différenciait de tous les gens que je connaissais. Ian donnait l'impression de se tenir devant un vivarium, à nous observer nous agiter dans tous les sens, répétant chaque jour les mêmes actions, suivant les mêmes chemins, comme des fourmis.

» J'ai toujours su que j'attendais autre chose de la vie, un truc différent, mais c'est seulement quand je l'ai rencontré que ça s'est imposé à moi comme une évidence.

Andrew sourit doucement et commente :

— Casée et mûre avant vingt ans, c'est rare.

— Ouais, sans doute. Tu n'imagines même pas, poursuis-je avec un rire léger, combien de fois Damon et Natalie, ou même ma mère et mon frère, Cole, ont pu se moquer de moi à cause de ma « profondeur » d'esprit.

Je lève les yeux au ciel en traçant des guillemets du bout des doigts.

— C'est bien de philosopher, m'assure-t-il.

Je lui glisse un regard en coin, consciente de notre attirance mutuelle, même s'il s'efforce de la dissimuler pour le bien de la conversation. Toutefois, son sourire s'évapore alors, et il reprend d'une voix feutrée.

— Et donc, quand tu as perdu Ian, tu as perdu ton acolyte.

J'arbore à mon tour un air grave et pose les mains sur le rebord de lit, sentant mes épaules s'affaisser.

— Oui. On avait prévu de faire le tour du monde après la remise des diplômes, ou peut-être juste de l'Europe, mais on comptait vraiment le faire. Cette fois, au moins, c'était planifié. (Je regarde à présent Andrew bien en face.) On savait qu'on ne voulait pas s'inscrire à la fac et finir par faire le même job pendant quarante ans. On voulait travailler un peu partout, tout essayer pendant notre voyage.

Andrew éclate de rire.

— J'aime bien l'idée, admet-il. Une semaine, tu sers dans un bar et tu accumules les pourboires, la suivante, dans une autre ville, tu fais la danse du ventre à un coin de rue et les touristes te filent quelques pièces avant de tracer leur route.

Mes épaules tressautent à mon rire silencieux. Je rougis bêtement.

— Servir dans un bar, OK, mais faire la danse du ventre ? Quand même pas, dis-je en secouant la tête.

— Je suis sûr que tu saurais faire, affirme-t-il avec un sourire jusqu'aux oreilles.

Les joues me brûlent de plus en plus, et je préfère tourner la tête le temps de recouvrer mon sang-froid.

— Six mois après la mort de Ian, reprends-je, mon frère, Cole, a tué quelqu'un. Il conduisait en état d'ivresse. Aujourd'hui, il est en prison. Après ça, mon père a trompé ma mère, et ils ont divorcé. Et mon nouveau copain, Christian, en a fait autant avec moi. Et puis, bien sûr, tu connais déjà l'histoire avec Natalie.

Et voilà. Je lui ai déballé toutes les raisons qui, combinées, m'ont poussée à partir. Et maintenant je n'arrive plus à le regarder, car j'ai l'impression qu'il s'attend à plus, qu'il se dit : *D'accord, mais le reste ?*

— Ça fait beaucoup de merdes d'un coup, déclare-t-il.

Je redresse le menton en le sentant bouger à côté de moi. Je sens son haleine mentholée, à présent qu'il a pivoté pour me faire face.

— Tu as de quoi être malheureuse, Camryn. (Je reste silencieuse, mais le remercie du regard.) Je commence à comprendre pourquoi je n'ai eu aucun mal à te convaincre de prendre la route avec moi.

Son expression est indéchiffrable. J'espère qu'il ne se figure pas que je l'ai suivi pour assouvir le projet que nous avions élaboré avec Ian. Même s'il y a certaines similitudes, quand on y pense, ce n'est nullement ce qui m'a convaincue d'accompagner Andrew. Si je suis avec lui à cet instant précis, c'est uniquement parce que j'en ai envie.

Pour la première fois, je comprends que si j'associe tellement Ian et Andrew, ce n'est pas parce que j'essaie de retrouver le premier dans le second. Au contraire, je culpabilise... J'ai le sentiment d'essayer de *remplacer* Ian.

Je me lève et secoue la tête pour chasser ces pensées encombrantes.

— Alors, qu'est-ce que tu vas faire ? me demande Andrew. Quand on aura fini notre petit tour, qu'est-ce que tu comptes faire de ta vie ?

Mon cœur se serre subitement. Depuis que j'ai rencontré Andrew, et même depuis mon départ de Caroline du Nord, je n'ai jamais pensé plus loin que l'instant présent. Je n'essayais pas d'oblitérer l'avenir, je n'y pensais tout simplement pas. La question d'Andrew me réveille subitement, et je suis brusquement prise de panique. Je n'ai jamais demandé à reposer les pieds sur terre, je me satisfaisais pleinement de mes illusions.

Je me retourne vers lui, les bras croisés. Les yeux magnifiques d'Andrew me sondent intensément.

— Je... je n'en ai pas la moindre idée.

Cela ne l'étonne qu'à moitié. Soudain songeur, il laisse vagabonder son regard.

— Tu peux toujours t'inscrire à la fac, suggère-t-il, sans doute pour m'aider à me sentir mieux. Ça n'implique pas forcément de t'enterrer dans le même boulot pour le restant de tes jours… Rien ne t'empêchera de faire le tour d'Europe le sac au dos.

Il se lève à son tour. Je visualise les rouages s'activer dans sa tête, tandis qu'il se met à faire les cent pas sur la moquette verte à damier.

— Tu es superbe (à ces mots, mon cœur s'emballe), tu es intelligente, et manifestement plus déterminée que la moyenne. Tu peux réussir tout ce que tu entreprends. Merde, je sais que ça a l'air d'un cliché, mais, dans ton cas, c'est complètement vrai.

Je hausse les épaules.

— Peut-être. Cela dit, je n'ai pas la moindre idée de ce que je pourrais faire. Je sais juste que je ne veux pas rentrer chez moi pour y réfléchir. Je crois que j'ai trop peur de me retrouver submergée par ces mêmes problèmes que j'ai laissés de côté en grimpant dans ce car l'autre jour.

— Dis-moi franchement, demande soudain Andrew. Qu'est-ce qui t'énerve le plus, quand tu es avec des gens ?

Ce qui m'énerve le plus ?

J'y réfléchis un instant, posant les yeux sur l'applique en laiton saillant du mur à côté du lit.

— Je… Je ne sais pas trop.

Il fait un pas vers moi et pose deux doigts au creux de mon bras, m'encourageant à me rasseoir avec lui.

— Réfléchis, insiste-t-il. D'après ce que tu m'as déjà raconté, qu'est-ce qu'il y a de si différent entre eux et toi ?

Je déteste mettre tant de temps à comprendre une chose sur laquelle il semble avoir déjà une idée bien arrêtée. J'observe mes mains sur mes genoux, et considère longtemps cette énigme jusqu'à trouver la seule réponse qui me paraisse plausible, bien que je n'en sois pas certaine.

— Les espérances ?

— C'est une question, ou ta réponse ?

Je capitule.

— Franchement, je n'en sais rien. Enfin, j'ai l'impression d'être... *à l'étroit* avec les autres. Sauf avec Ian, bien sûr.

Il m'écoute en hochant la tête, sans jamais m'interrompre, sachant la réponse sur le point de jaillir.

Et soudain, elle survient.

— Personne n'a les mêmes envies que moi, dis-je. (Mon explication se déploie d'elle-même, maintenant que je suis sûre d'être sur la bonne voie.) Comme le fait de vivre libre, sans nécessairement suivre les sentiers battus, tu vois ? Personne ne veut sortir de sa zone de confort, parce que ce n'est pas dans la norme. J'avais peur d'annoncer à mes parents que je ne voulais pas aller à la fac, parce que je savais que c'était ce qu'ils *attendaient* de moi. J'ai accepté un job dans un grand magasin, parce que ma mère *espérait* que, d'une certaine façon, cela me comblerait. Je l'accompagnais tous les samedis rendre visite à mon frère parce qu'il lui semblait *évident* que je le fasse, car c'est mon frère et qu'il était *logique* que j'aie envie de le voir, alors qu'il n'en était rien. Et Natalie essayait sans arrêt de me caser avec quelqu'un, parce qu'elle ne trouvait pas *normal* que je sois célibataire.

» Je crois que j'ai toujours eu peur d'être moi-même.

Je tourne la tête pour le regarder.

— D'une certaine manière, c'était même le cas avec Ian.

Je baisse rapidement les yeux, car je n'avais certainement pas prévu de prononcer cette dernière phrase à voix haute. Elle m'est venue d'un coup, alors que tout s'emboîtait dans mon esprit.

Andrew semble surpris, mais hésite à m'interroger là-dessus. De toute façon, je ne suis pas certaine de pouvoir développer.

Il hoche la tête.

Apparemment, il considère qu'il n'a pas à s'appesantir sur la question.

Il se tord la joue entre les dents. Je le contemple pendant quelques secondes, m'efforçant toujours de refréner l'attirance que je ressens à son égard, ce qui devient de plus en plus difficile. Mes yeux s'égarent sur ses lèvres, et je me demande quel est leur goût. Je m'oblige alors à détourner la tête. Ça recommence. J'ai peur de lui dire ce que je veux. Ou du moins ce que je crois vouloir.

— Andrew…

Son visage réagit calmement au son de ma voix.

Réfléchis bien, Cam, m'intimé-je. *Tu es bien sûre que c'est ce que tu veux ?*

— Qu'est-ce qu'il y a ? demande-t-il.

— Tu as déjà eu un coup d'un soir ?

J'ai l'impression de trahir mon plus grand secret devant une foule attentive. Il est désormais trop tard pour faire machine arrière. Je ne suis pas certaine d'en avoir vraiment envie, mais l'idée me trotte en tête depuis un moment. Je me souviens vaguement d'y avoir pensé sur le toit, avec Blake.

Andrew adopte une expression neutre, ne sachant visiblement pas quoi répondre. Soudain, mon cœur se fige et mon estomac se retourne. Je savais que je n'aurais pas dû dire ça ! Il va me prendre pour une salope, ou je ne sais pas quoi.

Je me relève d'un bond.

— Pardon… Putain, tu dois me prendre pour…

Il m'attrape par le poignet.

— Assieds-toi.

Je m'exécute à contrecœur, incapable de le regarder. Je suis morte de honte.

— Qu'est-ce qui cloche, chez toi ? demande-t-il.

— Hein ?

Je l'observe du coin de l'œil.

— Tu es en train de le faire, juste *là*.

Il accompagne ce dernier mot d'un geste des mains. Ses sourcils sont froncés.

— De faire quoi ?

Il s'humecte les lèvres, pousse un soupir déçu et finit par poursuivre :

— Camryn, tu as commencé à me parler d'un truc que tu retiens depuis un moment, et juste quand tu trouves le courage de l'exprimer, tu exécutes un virage à cent quatre-vingts degrés et le regrettes immédiatement. (Il me scrute d'un air associant sérieux, savoir et autre chose que je ne parviens pas à déterminer.) Repose-moi la question et, cette fois, laisse-moi le temps de répondre.

Je marque une pause, étudiant son expression crispée, incertaine. À moins que ce soit moi, qui suis incertaine.

Je déglutis avec peine et répète :

— Tu as déjà eu un coup d'un soir ?

Cette fois, il réplique du tac au tac.

— Oui, plusieurs fois.

À moi de parler, maintenant, même si la tournure de plus en plus étrange de cette conversation n'est pas faite pour me mettre à l'aise. J'ai l'impression qu'il sent que je me débats intérieurement, sauf que, pour me donner une leçon, il va me laisser parler au lieu de faire le psy comme depuis que je suis venue le rejoindre dans sa chambre.

Il hausse légèrement les sourcils comme pour dire : « Alors ? »

— Je me demandais juste… Parce que moi, jamais.

— Pourquoi pas ? s'enquiert-il avec désinvolture.

Je baisse les yeux, puis les relève pour qu'il ne puisse pas me le reprocher.

— Eh bien, ça ferait un peu pute…

Son éclat de rire me surprend.

Puis il me soulage de mon martyre.

— Une fille qui fait ça *tout le temps*, dit-il en insistant sur ces derniers mots avec un sourire en coin, oui, elle peut se faire traiter de pouffe. Mais une fois ou deux… (Il lève les mains à hauteur d'épaules comme pour réfléchir aux conséquences.) Il n'y a rien de mal à ça.

Pourquoi est-ce qu'il ne tire pas profit de la situation ? Je commence à paniquer légèrement, me demandant s'il est encore en mode psy plutôt que tombeur prêt à passer à l'action.

— D'accord. Alors…

Je n'arrive pas à le dire. Ça ne me ressemble pas, je n'ai jamais réussi à considérer le sexe comme un sujet banal. Sauf peut-être avec Natalie, à la rigueur.

Andrew soupire, et ses épaules s'affaissent légèrement.

— Est-ce que tu veux coucher avec moi, que je sois un coup d'un soir ?

Comprenant que je n'irais pas au bout de ma phrase, il a capitulé et fini par le faire pour moi.

La question, bien qu'aussi évidente pour lui que pour moi, me coupe le souffle. Je suis encore plus gênée que si je l'avais prononcée moi-même.

— Peut-être…

Il se lève, baisse les yeux vers moi et répond :

— Désolé, ça ne m'intéresse pas.

Sa réponse vient s'écraser dans mon plexus comme un énorme coup de poing. Mes mains se crispent sur le matelas, et mes bras se raidissent jusqu'aux épaules, tétanisés. Je n'aspire qu'à courir m'enfermer dans ma chambre et ne plus jamais le regarder en face. Pas parce que je ne veux plus le voir, mais parce que je ne veux plus que lui me voie.

Je n'ai jamais eu aussi honte de ma vie.

Voilà ce que ça fait, de dire ce que je pense !

J'ignore si je dois en tirer une leçon ou le haïr de m'avoir forcée à lui parler.

19

Camryn

En une fraction de seconde, je me remets sur mes pieds et me précipite vers la porte.

—Camryn, arrête.

Je ne l'écoute pas, accélère même en le sentant derrière moi. Je saisis la poignée, ouvre le battant à la volée et cours jusqu'à ma chambre.

—Je t'en prie, attends une seconde.

Je perçois la contrariété dans sa voix.

Peu m'importe. Je plonge la main dans la poche arrière de mon short et en extrais mon sésame magnétique. Le temps de le glisser dans la serrure, je rentre dans ma chambre et tente de claquer le battant dans mon sillage.

Andrew est déjà là.

La porte se referme derrière lui.

—Tu veux bien m'écouter ? tente-t-il de nouveau, exaspéré.

Je ne veux pas le regarder, mais le fais malgré tout.

Il a les yeux écarquillés, de colère et d'inquiétude.

Il m'attrape délicatement les avant-bras. Puis il se penche vers moi et m'embrasse tendrement. Je me laisse faire, trop troublée pour réagir comme il se doit. Troublée et stupéfaite. Mon cœur bat la chamade.

Il se recule et m'observe d'un air sincère, la tête penchée de côté, un sourire aux lèvres.

— Qu'est-ce qu'il y a de drôle ? rétorqué-je d'un ton cassant en le repoussant.

Il ne m'a pas lâchée et soutient mon regard humilié et plein de ressentiment.

— Si j'ai dit que ça ne m'intéressait pas, Camryn, c'est parce que… (Il hésite, étudie mon visage, contemple mes lèvres un instant, comme s'il envisageait de les goûter encore.) C'est parce que tu n'es pas le genre de fille avec qui j'ai envie de coucher un soir.

Ses mots me remettent les idées en place, et mon cœur ralentit légèrement. Je ne comprends pas exactement le sens de ses paroles et, au lieu d'essayer de les analyser, je me ressaisis du mieux que je peux et tente de recouvrer un peu de l'assurance que j'ai perdue en fuyant sa chambre.

— Écoute, reprend-il en posant une main sur ma taille.

Le simple contact de ses doigts me provoque un violent frisson de ce côté du corps. Putain, qu'est-ce qui m'arrive ? J'ai *vraiment* envie de lui. Je sens que je ne peux plus faire machine arrière, et suis prête à me forcer à assouvir ses moindres désirs pour l'empêcher de quitter la pièce. Ce que je ne pige pas, c'est que j'ai l'impression d'attendre autre chose qu'une partie de jambes en l'air…

— Camryn ?

Sa voix me rappelle à la réalité. Il me guide jusqu'au lit, puis s'accroupit par terre, devant moi. Il dresse le menton pour me regarder dans les yeux.

— Je ne veux pas d'un coup d'un soir, mais je veux bien te faire jouir, si tu me laisses faire.

Une légère décharge électrique naît au creux de mon ventre et dévale jusqu'à mon entrejambe.

— Quoi ?

Je ne trouve vraiment rien d'autre à dire.

Il me sourit tendrement, accentuant légèrement ses fossettes, puis pose les bras sur mes cuisses nues avant de verrouiller les mains sur mes hanches.

— Aucune contrainte, reprend-il. Tu prends ton pied, et quand tu te réveilleras demain matin je serai dans ma chambre, prêt à reprendre la route pour notre prochaine destination. Ça ne changera rien entre nous, je ne reparlerai pas de ce soir, même pour plaisanter. Comme si rien ne s'était passé.

J'arrive à peine à respirer. Il vient de mettre en émoi mon intimité à l'aide de quelques mots bien choisis.

— Mais… et toi ? parviens-je à articuler.

— Comment ça, et moi ?

Il appuie légèrement plus fort sur mes hanches. Je fais mine de ne rien remarquer.

— Ça n'a pas l'air très… équitable.

Je ne sais plus du tout ce que je dis. Je n'arrive toujours pas à croire que cela soit en train de se produire.

Andrew se contente de me sourire, insensible à ma remarque. Il se relève alors et approche entre mes jambes, me forçant à reculer légèrement sur le matelas. Il s'assied devant moi et me fait monter à califourchon sur ses genoux. Mes pieds pendent de part et d'autre de son corps. Les yeux ronds comme des soucoupes, je me retiens de me mordiller la lèvre inférieure. Il agit de façon si naturelle que le côté impromptu de la situation ne m'excite que davantage.

Il referme ses bras musclés autour de moi et se penche en avant pour m'effleurer le menton du bout des lèvres. De petites décharges me font tressaillir des pieds à la tête. Il m'attire plus près de lui et chuchote contre ma bouche :

— C'est parfaitement équitable. J'ai très envie de te faire jouir et, crois-moi, je vais vraiment y prendre du plaisir.

Je perçois le sourire dans sa voix et suis incapable de résister à l'envie de plonger mes yeux dans les siens. S'il me demandait à cet instant de me mettre à quatre pattes devant lui, je m'exécuterais sans discuter.

Il m'embrasse le long de la joue.

— Alors pourquoi refuses-tu de coucher avec moi ? demandé-je à mi-voix, avant de préciser : Enfin, si tu es prêt à... me faire autre chose.

Il recule légèrement la tête et me plaque trois doigts sur les lèvres pour les sceller.

— Écoute-moi bien sans m'interrompre, d'accord ? Et abstiens-toi de tout commentaire.

Ses yeux semblent si profonds, si intenses...

J'acquiesce nerveusement.

Il marque une courte pause, fait courir sa langue sur ses lèvres et poursuit :

— Si tu me laisses te baiser, tu devras accepter d'être tout à moi.

Une vague de plaisir indescriptible me parcourt le corps. Ses mots me forcent à me soumettre. Mon cœur m'incite à répondre une chose, mon esprit m'encourage à en dire une autre. Je n'écoute ni l'un ni l'autre, car pour l'heure ma réflexion se situe juste entre mes cuisses, et j'ai de plus en plus de mal à songer à autre chose.

Je déglutis avec peine, manquant de salive. J'ai l'impression que toutes les parties de mon anatomie censées sécréter quelque forme d'humidité se sont taries, et que la seule source de vie se trouve désormais au creux de mon ventre.

J'ai toujours le souffle court.

Oh, mon Dieu, il ne m'a pas encore touchée que je me sens déjà comme ça ?

Serais-je en train de rêver ?

— Je pourrais au moins te masturber...

Même si je dois bien admettre que cette simple proposition me fait mourir de honte.

Il incline la tête, et son léger sourire me donne envie de l'embrasser avec fougue.

— Pas de commentaire.

— Je… je n'ai pas vraiment fait de commentaire, j'ai juste…

Il introduit ses doigts sous le fin tissu de ma culotte. Je hoquette, oubliant la fin de ma phrase.

— Tais-toi, m'ordonne-t-il gentiment.

Mes lèvres se scellent d'elles-mêmes et je tressaille derechef quand il immisce deux doigts en moi et les y maintient, le pouce appuyé sur mon bassin.

— Tu veux bien te taire, Camryn?

Je parviens à articuler un «oui», puis me mords la lèvre inférieure.

Il ressort alors les doigts. Je voudrais le supplier de les y laisser, mais il m'a commandé de me taire; balançant entre la colère et la soumission, je garde le silence. J'entrouvre légèrement les yeux quand il fait glisser ses doigts humides sur ma bouche; je les lèche instinctivement, et il les porte à ses lèvres pour achever ma besogne. Refermant les paupières, je tends le visage vers lui pour l'embrasser, goûter nos saveurs mêlées sur sa langue. Il effleure à peine la mienne, puis me fait basculer sur le lit au lieu de m'accorder ce baiser dont je rêve.

Des deux mains, il fait glisser short et culotte le long de mes jambes, et ils atterrissent quelque part sur la moquette.

Puis il remonte s'allonger à côté de moi, osant une main sous mon tee-shirt. Je n'ai finalement pas remis de soutien-gorge. Il me pince doucement un téton, puis l'autre, et m'embrasse de nouveau la mâchoire. Même les cheveux de ma nuque se dressent quand sa langue longe la courbure de mon oreille.

— Tu veux que je te touche?

Son haleine tiède me caresse le visage.

— *Oui*, suffoqué-je.

Il pince mon lobe entre ses dents tandis que sa main arpente mon ventre dans l'autre sens, s'arrêtant cependant près de mon nombril.

— Dis-moi que tu veux que je te touche, me souffle-t-il à l'oreille.

— Touche-moi…

Ses doigts reprennent leur progression, et plus ils s'approchent du but, plus mon cœur s'accélère. Au moment où je crois qu'il va enfin m'atteindre, il se déporte subitement vers l'intérieur de ma cuisse.

— Écarte les jambes.

Je m'exécute, mais pas assez à son goût, car sa main me force à m'ouvrir plus, jusqu'à être complètement exposée.

Il se redresse et se penche sur moi, remontant mon tee-shirt au-dessus de ma poitrine. Il me mordille alors un sein, puis l'autre. La pointe de sa langue les effleure, et il les embrasse tour à tour voracement. Mes doigts s'entortillent dans ses cheveux. Je veux lui attraper la tête pour le forcer à descendre, mais je me retiens. Andrew explore la peau le long de mes côtes, les dessinant chacune avant de tracer le contour de mon nombril.

Il me toise par en dessous de ses yeux dominateurs et lance, sans décoller les lèvres de mon ventre :

— Il va falloir que tu me dises ce que tu veux, Camryn. (Il me lèche le nombril si lentement que j'en ai la chair de poule.) Tu n'obtiendras rien à moins de réclamer de façon convaincante.

Mon souffle saccadé semble se perdre dans ma gorge.

— S'il te plaît, touche-moi…

— Je ne te crois pas, répond-il de façon provocante en faisant passer sa langue sur mon clitoris.

Une seule fois.

Il s'arrête et me regarde de nouveau, attendant mes consignes.

Rechignant à prononcer le mot, je murmure dans un souffle :

— S'il te plaît… je veux que tu me lèches la chatte.

Il fait semblant de n'avoir rien entendu.

— Quoi ? dit-il avant un nouveau coup de langue, plus lent et plus appuyé. (Une vague de frissons me traverse encore.) Je n'ai pas bien compris.

Je répète, un peu plus fort, toute gênée de prononcer le mot tabou, celui que j'ai toujours trouvé sale et déplacé, celui qui, selon moi, sort tout droit d'un film X.

Andrew glisse sa main entre mes cuisses et écarte ma vulve de deux doigts. Il me lèche une fois. Une seule fois. Mes jambes tremblent de plus en plus.

Je ne sais pas combien de temps je vais pouvoir tenir.

— Une femme qui sait ce qu'elle veut sexuellement (il me lèche encore, sans cesser de m'observer par en dessous) et qui n'a pas peur de l'exprimer est carrément sexy, Camryn. Dis-moi ce que tu veux, sinon tu ne l'auras pas.

Il me lèche encore. Cette fois, je n'en peux plus.

Je lui attrape les cheveux à pleines mains et enfouis sa tête entre mes jambes. Puis, en le regardant droit dans les yeux :

— Lèche-moi la chatte, Andrew. Putain, avale-moi tout entière !

J'aperçois le sourire le plus retors que j'aie jamais vu sur son visage juste avant de fermer les yeux et de basculer la tête en arrière alors qu'il recommence à me lécher, cette fois sans plus s'arrêter. Il aspire longuement mon clitoris tout en faisant glisser ses doigts en moi. Je crains de m'évanouir. Je n'arrive pas à rouvrir les paupières, ivre de plaisir. Je tends le bassin vers lui et tire comme une folle sur ses cheveux, mais il ne perd jamais le rythme. Sa langue me stimule fort et vite, sauf lorsqu'il ralentit le temps de me suçoter le clitoris ou de le masser du pouce. Quand c'en est presque douloureux et que j'essaie de m'écarter de son visage, il m'agrippe les cuisses et me force à rester en place jusqu'à me provoquer un orgasme si puissant que j'en ai les jambes qui tremblent de façon incontrôlable. Mes mains ne lâchent pas son crâne. Un gémissement franchit alors mes lèvres. Je tends les bras au-dessus de ma tête, tentant d'attraper la tête de lit afin de m'en servir comme point d'ancrage pour fuir la langue insatiable d'Andrew. Il me retient encore, les mains entre mes cuisses et mes hanches. Il enfonce si profondément ses doigts dans ma peau que c'en est douloureux, mais plus agréable encore.

Alors que mon corps frémissant commence à s'apaiser et que mon souffle recouvre un rythme plus lent, bien qu'irrégulier, Andrew ralentit l'allure de ses coups de langue. Lorsque je m'immobilise enfin, il m'embrasse délicatement l'intérieur de chaque cuisse, puis juste sous le nombril avant de remonter jusqu'à ma bouche, faisant glisser ses bras musclés sur le matelas. Ses lèvres douces et humides s'invitent sur mon cou, puis sur mes deux joues et mon front. Enfin, il me regarde longuement dans les yeux et me dépose un baiser léger sur la bouche.

Puis il se lève.

Je suis incapable du moindre mouvement.

J'ai envie de l'attraper et de le forcer à s'allonger sur moi, mais je ne peux pas bouger. Non seulement je me sens vaciller à cause de l'orgasme qu'il vient de me procurer, mais en plus mon esprit lui-même semble subir le contrecoup des derniers événements.

Je le regarde rejoindre la porte, soulevant à peine ma nuque de l'oreiller. Il m'adresse un dernier coup d'œil avant d'actionner la poignée.

C'est moi qui romps le silence.

— Où tu vas ?

Je connais la réponse, mais je ne trouve rien de mieux pour retarder l'instant où il sortira de la pièce.

Il m'adresse un sourire tendre.

— Dans ma chambre, répond-il comme s'il s'agissait d'une évidence.

La porte s'ouvre et la lumière du couloir nimbe sa silhouette, dévoilant ses traits jusque-là voilés par la pénombre. Je veux dire quelque chose, mais ne trouve pas les mots. Je m'assieds sur le lit. Mes doigts jouent nerveusement avec le drap.

— À demain matin, me dit-il en m'adressant un sourire lourd de sens.

La lumière du couloir disparaît quand le battant se referme. La chambre demeure toutefois relativement claire : je n'avais pas éteint la lampe de chevet. Je la contemple, pensive. Elle est restée allumée tout le long. J'ai toujours été du genre timide au lit et, même avec Ian, je tolérais au mieux la lumière de la télé. Cette fois, cela ne m'a même pas effleurée.

Et ces mots que j'ai prononcés… Je n'avais encore jamais rien dit de tel. La ch… Je ne suis même pas certaine de pouvoir le répéter. Bien sûr, j'avais souvent dit : « Prends-moi » ou encore : « Plus fort » à Ian, mais c'était là la limite de mon vocabulaire pornographique.

En quoi Andrew Parrish me transforme-t-il ?

En tout cas, je ne pense pas vouloir y mettre un terme.

Je me lève, enfile ma culotte et mon short, résolue à retourner le voir pour… pour je ne sais pas quoi.

Je m'arrête devant ma porte sans l'ouvrir, observe mes pieds nus sur la moquette verte. Je ne sais pas ce que je lui dirais, car je ne sais même plus différencier ce que je veux de ce que je ne veux pas. Je laisse retomber mes bras le long de mon corps et pousse un long soupir.

— Comme si rien ne s'était passé, l'imité-je d'un ton pince-sans-rire. Ouais, on y croit.

20

Andrew

Je suis réveillé depuis 8 heures ce matin. J'ai reçu un appel de mon frère Asher. J'ai d'abord eu peur de répondre, pensant qu'il avait des « nouvelles » de mon père. En fait, il voulait juste me faire savoir qu'Aidan était furieux que je lui aie piqué sa guitare. Je m'en fous ; qu'est-ce qu'il va faire ? Rouler jusqu'à Birmingham pour venir me la reprendre ? Je sais qu'il ne s'en sert pas ; il est juste furax que j'aie quitté le Wyoming alors que notre père est encore vivant.

Et Asher s'inquiète pour moi.

— Tout va bien, frérot ?

— Ouais, parfaitement bien.

— C'est ironique ?

— Non, lui assuré-je. Honnêtement, Ash, je n'ai jamais été aussi heureux.

— C'est grâce à cette fille, pas vrai ? Camryn ? C'est bien son nom ?

— Ouais, c'est son nom, et ouais, c'est grâce à elle.

Je souris intérieurement en repensant à ce qui s'est passé hier soir. Puis je souris pour de bon en songeant à Camryn, tout simplement.

— Eh bien, tu sais que je suis là si besoin, reprend Asher.

Je comprends le sous-entendu, qu'il préfère ne pas verbaliser. Je lui ai déjà dit de ne jamais en reparler, sous peine de se faire défoncer la gueule.

— Ouais, je sais, merci, frangin. Au fait, comment va papa ?

— Comme quand tu es parti.

— Bon, ben, c'est déjà ça, j'imagine.

— Ouais.

Nous raccrochons, et je téléphone à ma mère pour l'informer que je vais bien. Un jour de plus et elle aurait appelé les flics.

Je me lève et fourre mes affaires dans mon sac marin. En passant devant la télé, je cogne sur le mur du plat de la main, à peu près au niveau de l'oreiller de Camryn. Si elle n'était pas encore réveillée, elle doit l'être, maintenant. Bon, peut-être pas, vu qu'elle a quand même le sommeil lourd… sauf quand je mets mon MP3, apparemment.

Je me douche rapidement et me brosse les dents. En repensant à ce que j'ai fait avec ma bouche hier soir, je trouve presque dommage d'y mettre du dentifrice. Oh, j'aurais sans doute l'occasion de recommencer. Si elle est d'accord, bien sûr. Ça ne me pose absolument aucun problème, même si je dois ensuite me finir tout seul. Mais ce n'est pas grave non plus. Mieux vaut ça que de prendre le risque de la laisser me toucher. Je sais que, dès qu'elle le fera, tout sera terminé. Pour moi, en tout cas. Je la désire plus que tout, mais je ne la prendrai que si la réciproque est vraie. Et, pour l'heure, je vois bien qu'elle ne sait pas ce qu'elle veut.

Je m'habille et glisse mes pieds nus dans mes baskets noires. Par chance, elles ont eu le temps de sécher depuis la saucée d'hier. Je passe mes deux sacs sur les épaules, saisis la guitare d'Aidan par le manche et vais frapper à la porte de Camryn.

La télé est en route, elle doit être réveillée.

Je me demande dans combien de temps elle va craquer.

Camryn

J'entends Andrew frapper à la porte. Je prends une profonde inspiration, la retiens pendant une longue minute de tension, puis recrache d'un coup, soulevant au passage une mèche pendant librement de ma tresse – j'espère que cela m'aidera à ne pas craquer.

Comme si rien ne s'était passé, *mon cul.*

Je finis par aller ouvrir et, en découvrant sa position si naturelle – si désirable –, je craque. Enfin, c'est plutôt comme si ma figure prenait feu, tant je me sens rougir. Je baisse la tête, car je sais qu'en regardant une seconde de plus ses yeux souriants je risque de fondre littéralement.

Je parviens à redresser le menton quelques instants plus tard.

Son sourire un peu pincé est plus large, et surtout plus évocateur.

Dis donc ! Si c'est pour faire cette tête, autant en parler directement !

Il m'observe de pied en cap, constate que je suis déjà habillée et prête à repartir, et me lance joyeusement :

— Allez, viens !

J'attrape mes affaires et lui emboîte le pas.

Nous grimpons en voiture et je fais ce que je peux pour penser à autre chose qu'au cunnilingus du siècle. Je cherche donc un sujet de conversation bateau. Il sent particulièrement bon aujourd'hui : son odeur naturelle rehaussée d'une pointe de savon et d'un peu de shampooing. Ça ne va pas m'aider.

— Alors ? On continue d'aller de motel en motel en ne s'arrêtant que dans des Waffle House ?

Ça ne me dérange pas le moins du monde, mais il faut absolument que je me change les idées.

Il boucle sa ceinture et démarre.

— Non, en fait, j'ai pensé à un truc.

Il se tourne vers moi.

— Oh ? m'étonné-je, piquée de curiosité. On laisse tomber la règle de la spontanéité ? Tu as vraiment un plan ?

— Techniquement, on n'en a jamais fait une règle, souligne-t-il.

Nous sortons en marche arrière du parking et reprenons la route.

Il porte le même bermuda noir qu'hier. Je louche rapidement sur ses mollets d'acier. Une marinière sombre moule son torse et ses bras juste comme il faut ; le tissu embrasse parfaitement ses biceps.

— Alors c'est quoi, le plan ?

— La Nouvelle-Orléans, annonce-t-il, tout sourires. Ce n'est qu'à cinq heures et demie de route.

Mon visage s'illumine alors.

— Je n'y suis encore jamais allée.

Il arbore un léger sourire, comme fier d'être celui qui m'y emmène pour la première fois. Je suis sans doute aussi excitée que lui. Mais, vraiment, il pourrait m'emmener dans les marais infestés de moustiques du Mississippi que je serais tout aussi partante. Ce qui m'importe, c'est d'être avec lui.

Deux heures plus tard, alors que nous avons épuisé tous les sujets de conversation banals ne se rapportant pas à hier soir, je décide de franchir le pas. Je tends la main et baisse le son de l'autoradio. Andrew me lance un coup d'œil étonné.

— Pour ta gouverne, je n'avais encore jamais dit des trucs pareils.

Voilà, un poids en moins sur ma poitrine.

Andrew sourit, pose le coude droit sur sa cuisse, conduisant seulement du bout des doigts. Il semble plus détendu. Son bras gauche est étendu le long de la vitre, et son genou gauche légèrement remonté.

— Mais ça t'a plu, commente-t-il. De le dire, précise-t-il.

Euh, il n'y a pas un détail de la nuit dernière qui ne m'ait pas *plu.*

Je m'empourpre à peine.

— En fait, oui, avoué-je.

— Ne me dis pas que tu n'avais encore jamais pensé à dire des trucs dans le genre pendant que tu faisais l'amour ?

Je réfléchis un instant.

— En réalité, si. (Je me tourne brusquement vers lui.) Ça n'a jamais été un fantasme, hein, ça m'a juste effleuré l'esprit.

— Alors pourquoi tu ne l'as jamais fait, si tu en avais envie ?

Il a beau me poser la question, je suis à peu près sûre qu'il connaît déjà la réponse.

Je hausse les épaules.

— J'imagine que je n'ai jamais osé.

Il éclate d'un rire discret, puis remonte la main sur le volant afin d'affermir sa prise à l'approche d'un virage.

— J'ai l'impression que ça fait trop dialogue de *Blanche-Fesse et les Sept Mains* ou *Harry Ploter et l'Ordre du Pénis*, me justifié-je.

— Tu as vraiment vu ces films ?

Je tourne brusquement la tête et manque m'étouffer.

— *Non !* Je… je ne savais même pas qu'ils existaient, j'ai juste inventé des titres…

Le sourire d'Andrew se fait taquin.

— Je ne sais pas s'ils existent non plus, dit-il avant de me laisser mourir de honte, mais ça ne m'étonnerait pas. Et je vois ce que tu veux dire.

Je me détends légèrement.

— Et, pour ta gouverne : c'est très excitant, reprend-il.

Je rougis de plus belle. Autant rester écarlate en permanence, je gagnerai du temps…

— Alors comme ça, tu trouves les actrices porno excitantes ?

Je redoute intérieurement qu'il ne réponde pas non.

Il fait une légère moue et réplique :

— Pas vraiment. Enfin, ce n'est pas excitant de la même manière quand elles le font.

Je fronce les sourcils.

— C'est excitant comment, alors ?

— Eh bien, quand… Dominique Starla (il dit le premier nom qui lui vient) le fait, c'est à l'adresse d'un inconnu qui attend de prendre son pied derrière son écran, dit-il en posant ses yeux verts sur moi. Lui ne rêve que de se la taper, ajoute-t-il en se retournant vers la route. Mais quand une fille… je ne sais pas… une fille douce, sexy, qui n'a rien d'une salope le fait, on imagine d'autres choses, souvent bien plus profondes.

Je comprends précisément où il veut en venir, et il en a probablement conscience.

— Ça m'a rendu dingue, reprend-il en m'observant assez longtemps pour soutenir mon regard. Je tenais à ce que tu le saches.

Puis il se redresse et fait mine de n'être concentré sur rien d'autre que la route. Peut-être qu'il craint que je ne l'accuse d'en reparler, même si c'est moi qui ai lancé la conversation. J'assume complètement et je ne le regrette pas du tout.

— Et toi ? demandé-je pour rompre le silence. Tu as déjà eu peur d'essayer un truc qui te faisait envie ?

Il s'accorde quelques secondes de réflexion puis déclare :

— Ouais, quand j'étais plus jeune, vers dix-sept ans. Mais j'avais peur de tenter des choses avec les filles parce que je savais qu'elles étaient…

— Qu'elles étaient quoi ?

Il sourit à peine, lèvres pincées, et je m'attends à une comparaison désobligeante.

— Les filles plus jeunes, en tout cas celles que je fréquentais, avaient tendance à être « écœurées » par tout ce qui sortait de l'ordinaire. Un peu comme toi, d'une certaine manière : elles devaient être secrètement excitées par autre chose que le missionnaire, tout en étant trop timides pour l'admettre. Et à cet âge, c'est risqué de dire : « Eh, laisse-moi te prendre par le cul », parce qu'il y a de bonnes chances que ça les fasse flipper et qu'elles te considèrent comme une sorte de pervers dégénéré.

Je ne peux réprimer mon rire.

— Ouais, tu as raison, admets-je. Quand j'étais ado, j'étais débectée par les choses que Natalie me disait laisser faire à Damon. D'ailleurs, je n'ai trouvé ça attirant qu'après avoir perdu ma virginité, à dix-huit ans. Et… (Ma voix déraille légèrement, car les souvenirs de Ian affluent.) Et même alors, j'étais encore trop stressée. J'avais envie de, euh…

Encore aujourd'hui, le simple fait de l'admettre me rend nerveuse.

— Vas-y, dis-le, m'encourage-t-il, sans taquinerie aucune. Tu devrais savoir que ça ne risque pas de me faire fuir.

J'en reste stupéfaite et mon cœur s'emballe. Serait-ce inscrit sur mon front, que je crains de lui donner une mauvaise image de moi ? Il me sourit tendrement, comme pour m'assurer que rien de ce que je lui dévoilerai ne pourra nuire à mon image.

— Très bien. Mais si je le dis, tu me promets de ne pas le prendre pour une invitation ?

C'en est peut-être une, je n'en suis pas encore sûre moi-même, mais je n'ai certainement pas envie qu'il le pense. Pas maintenant, voire jamais. Je ne sais pas…

— Juré, répond-il le plus sérieusement du monde, sans paraître offusqué.

Je prends une profonde inspiration.

Pff, je n'arrive pas à croire que je m'apprête à lui révéler cela. Je n'en ai jamais parlé à personne ; enfin, sauf à Natalie, d'une façon détournée.

— L'agression. (Je marque une pause embarrassée.) La plupart du temps, quand je fantasme…

Ses yeux sont hilares ! Dès que j'ai prononcé le mot « agression », ses traits se sont transformés. Presque comme si… Non, je dois me tromper.

Il recouvre son sérieux dès qu'il me sent l'observer.

— Continue, dit-il avec un sourire.

Je m'exécute, bizarrement moins gênée que quelques secondes plus tôt.

— Je fantasme souvent qu'on me… malmène.

— Ça t'excite que ce soit un peu brutal, commente-t-il d'une voix neutre.

J'acquiesce.

— L'*idée* m'excite, mais je ne l'ai jamais vraiment vécu, jamais de la manière dont je me l'imagine, en tout cas.

Il semble légèrement surpris. Ou satisfait ?

— Je pense que c'est ce que j'avais en tête en te parlant de types dociles.

Quelque chose fait tilt dans ma tête : Andrew a compris bien avant moi ce que j'entendais par « finir avec des types dociles », dans le Wyoming. Sans le vouloir, j'avais admis que cela me déplaisait. Il ne connaissait peut-être pas précisément ma définition de « docile », mais il savait déjà que je recherchais l'inverse.

Pourtant, j'aimais Ian, et je me sens soudain horriblement mal de penser ça. Ian était docile sexuellement, et la culpabilité me ronge chaque fois que je nourris des pensées négatives à son sujet.

— Donc tu aimes qu'on te tire les cheveux et…, commence-t-il d'un ton curieux.

Il s'interrompt en remarquant mon air partagé.

— Ouais, mais en plus agressif, dis-je d'un ton suggestif, espérant qu'il verbalisera la chose pour m'éviter de le faire.

Je recommence à me sentir nerveuse.

Il incline la joue, hausse légèrement un sourcil.

— Euh, attends… Genre agressif comment ?

Je déglutis douloureusement et fuis son regard.

— Un peu forcé, sans doute. Pas un viol pur et simple, ni rien d'aussi extrême, mais je pense aimer la soumission.

Cette fois, même Andrew n'ose plus se tourner vers moi.

Je l'observe du coin de l'œil, remarquant ses prunelles un peu plus écarquillées que précédemment. Il est profondément songeur. Sa pomme d'Adam me semble plus proéminente que d'habitude. À présent, il a les deux mains crispées sur le volant.

Je change de sujet.

— Techniquement, tu ne m'as jamais vraiment dit ce que tu avais peur de demander aux filles.

Je relance le débat avec un sourire, espérant apaiser un peu l'atmosphère.

Il se détend effectivement, et me considère avec un large sourire.

— Oui, c'est vrai, admet-il.

Puis il ajoute, après une courte pause :

— La sodomie.

Quelque chose me dit que ce n'est pas exactement ça. J'ignore pourquoi, mais j'ai l'impression que cette histoire de sodomie n'est qu'un moyen de noyer le poisson. Mais pourquoi aurait-il plus peur que moi de dire la vérité ? D'habitude, c'est plutôt lui qui m'aide à me sentir à l'aise. Moi qui le pensais prêt à tout assumer, je n'en suis plus si sûre.

Je donnerais cher pour lire dans ses pensées.

— Eh bien, crois-le ou non, reprends-je, mais Ian et moi on a essayé, une fois. Ça m'a fait un mal de chien, et quand je dis « essayer », c'est que ça s'est arrêté là.

Andrew ne peut réprimer un ricanement nerveux.

Il observe alors les panneaux de signalisation, et semble prendre une décision silencieuse. Nous quittons l'autoroute pour en rejoindre une autre. Une fois de plus, des champs s'étendent à perte de vue, à gauche comme à droite. Des champs de coton, de riz, de maïs et de je ne sais quoi d'autre. Je ne fais pas franchement la différence entre les céréales, je sais juste que les plants de coton sont blancs et ceux de maïs très hauts. Nous poursuivons notre route pendant des heures et des heures, jusqu'à ce que le soleil se couche et qu'Andrew se gare sur le bas-côté. Les pneus crissent légèrement sur les gravillons.

— On est perdus ? m'inquiété-je.

Il se penche vers moi pour accéder à la boîte à gants. Son coude et le dessous de son bras m'effleurent la jambe tandis qu'il en sort une carte routière passablement usée. Elle est pliée bizarrement, comme si elle n'avait jamais été refermée selon les mêmes marques. Il l'ouvre en grand et la déploie sur le volant, la scrutant de près tout en suivant la route du bout du doigt. Il aspire légèrement sa lèvre entre ses dents, produisant un petit bruit de succion interrogateur.

— On est perdus, c'est ça ? insisté-je.

J'ai envie d'éclater de rire, pas pour me moquer de lui, mais du fait de la situation.

— C'est ta faute, me reproche-t-il d'un ton qui se veut sérieux.

Toutefois, ses yeux pétillants le trahissent.

Je m'offusque malgré tout.

— Comment ça pourrait être ma faute ! m'exclamé-je. C'est toujours toi qui conduis !

— Eh bien, si tu arrêtais de me parler de cul, de fantasmes, de pornographie et de films X, j'aurais remarqué qu'on était sur la route 20, et pas sur la 59. (Il donne une chiquenaude au centre de la carte et secoue la tête.) Ça fait deux heures qu'on roule dans la mauvaise direction.

— Deux heures ! m'esclaffé-je en abattant les mains sur le tableau de bord. Et c'est maintenant que tu t'en rends compte ?

J'espère ne pas froisser son ego. En plus, ce n'est pas comme si j'étais furieuse ou déçue. On pourrait bien rouler dix heures dans le mauvais sens que je ne m'en soucierais pas.

Il semble blessé dans son orgueil. Je suis à peu près sûre qu'il joue la comédie, mais j'en profite pour faire quelque chose qui me démange depuis que nous sommes montés sur le toit de la voiture pour profiter de la pluie, dans le Tennessee. Je détache ma ceinture de sécurité et glisse sur le siège pour me rapprocher de lui. Il semble d'abord surpris, mais lève le bras pour m'accueillir, et je me love juste en dessous.

— Je te taquine, lui dis-je en posant la tête sur son épaule.

Il finit par abaisser le bras, malgré un instant d'hésitation.

Je suis si bien tout contre lui. *Trop* bien…

Je m'efforce pourtant d'être aussi naturelle que possible. J'observe la carte à mon tour, suivant du doigt la route sur laquelle nous nous trouvons.

— On peut tourner par là, lui signifié-je en plongeant vers le sud, et rejoindre la route 55 jusqu'à La Nouvelle-Orléans, non ?

Je pivote le menton pour le regarder dans les yeux, et tressaille légèrement en remarquant à quel point nos visages sont proches l'un de l'autre. Je me contente cependant de sourire en attendant sa réponse.

Il me sourit en retour, même si j'ai le sentiment qu'il ne m'a écoutée qu'à moitié.

— Ouais, on va retomber sur la 55.

Il m'observe longuement, s'attardant sur mes lèvres.

Je me redresse, m'applique à replier la carte, puis remonte le volume de l'autoradio. Andrew remet la voiture en route.

De retour sur la chaussée, il pose la main sur ma cuisse, toujours contre la sienne, et nous cheminons ainsi un long moment. Sa paume ne quitte ma jambe que pour aborder un long virage ou pour régler le son, mais il la remet chaque fois.

Et je m'en réjouis chaque fois.

21

Camryn

— Tu es sûr qu'on est toujours sur la 55 ? lui demandé-je bien après la tombée de la nuit, alors que nous n'avons plus aperçu de phares dans un sens ni dans l'autre depuis une éternité.

Je ne perçois d'ailleurs rien d'autre que des champs, des arbres et une vache occasionnelle.

— Oui, ma belle, on est toujours sur la 55 ; j'ai vérifié.

Nous passons justement un nouveau panneau autoroutier indiquant 55.

J'ôte la tête de l'épaule d'Andrew, sur laquelle elle repose depuis une bonne heure, et m'étire bras et jambes. Puis je me penche en avant pour me masser les mollets. J'ai l'impression que chacun de mes muscles s'est figé, tel du ciment, autour de mes os.

— Tu as besoin de te dégourdir les jambes ? s'enquiert Andrew.

J'observe son visage, perdu dans la pénombre. Un léger halo bleu se reflète sur sa peau. Sa mâchoire semble plus prononcée avec l'absence de lumière.

— Ouais, dis-je enfin en me glissant vers le tableau de bord afin de mieux voir le paysage par le pare-brise.

Quelle surprise ! Des champs, des arbres et, tiens, une vache. J'aurais dû m'en douter. C'est alors que je remarque le ciel. Je m'approche un peu plus du rebord de mon siège pour contempler les étoiles. Elles sont si faciles à distinguer quand il n'y a aucune pollution lumineuse alentour.

— Tu veux qu'on marche un peu ? suggère-t-il.

Une idée me vient alors, et j'acquiesce avec un large sourire.

— Oui, ça me tente assez. Il y a une couverture, dans le coffre ?

Il m'adresse un regard curieux.

— Eh bien, oui, avec le nécessaire de dépannage. Pourquoi ?

— C'est peut-être un peu cliché, répliqué-je, mais j'ai toujours voulu faire ça. Tu as déjà dormi à la belle étoile ?

Je me sens idiote de lui poser la question, sans doute justement parce que c'est cliché et qu'Andrew n'a jusqu'à présent rien fait de cliché.

Il se fend à son tour d'un grand sourire.

— À vrai dire, non. Tu me fais une crise de romantisme, Camryn Bennett ?

Il me nargue d'une œillade en coin.

— Non ! protesté-je en éclatant de rire. Sérieux, je pense qu'on n'aura jamais de meilleure occasion, dis-je en faisant un geste vague en direction du pare-brise. Regarde tous ces champs.

— Ouais, mais on ne peut pas étendre une couverture là-dedans, répond-il. En plus, la plupart sont gorgés d'eau.

— Pas ceux qui sont pleins d'herbe et de bouses de vaches.

— Tu veux dormir dans de la bouse ? s'étonne-t-il non sans humour.

Je ricane.

— Non, sur l'herbe. Allez…, insisté-je en lui décochant un regard provocant. Quoi, c'est la bouse qui te fait peur ?

— Ah, ah ! s'esclaffe-t-il en secouant la tête. Camryn, il n'y a rien de tel qu'un bon lit de bouse.

Je m'allonge cette fois directement sur son giron, l'observant par en dessous avec une légère moue boudeuse.

— S'il te plaît ? dis-je en battant des cils.

J'essaie en vain d'oublier sur quoi ma nuque repose.

Andrew

Je suis incapable de lui refuser quoi que ce soit quand elle me regarde comme ça. Comment lui dire non ? Peu m'importe qu'elle me propose de dormir dans un champ plein de bouses ou sous un pont à côté d'un clochard ivre mort : je dormirais n'importe où avec elle.

C'est justement le problème.

C'en est devenu un à la seconde où elle est venue se coller à moi dans la voiture. C'est à cet instant qu'elle a changé, je crois que c'est là qu'elle a commencé à penser qu'elle attendait autre chose qu'un cunnilingus. J'aurais pu le lui accorder à Birmingham, mais je ne peux pas la laisser aller plus loin. Je ne peux pas la laisser me toucher, et je ne peux pas coucher avec elle.

J'ai vraiment envie d'elle, mais je ne supporte pas l'idée de lui briser le cœur ; son petit corps, c'est autre chose. Ça, je veux bien le malmener. Mais si elle me laisse la posséder, je sais que je finirai par lui briser le cœur. Et le mien avec.

C'est encore plus dur depuis qu'elle m'a parlé de son ex…

— S'il te plaît, répète-t-elle une fois encore.

Malgré mes bonnes résolutions, je lui caresse la joue du bout des doigts et réponds :

— D'accord.

Comment écouter la voix de la raison quand on désire quelque chose à ce point-là ? Avec Camryn, j'ai l'impression d'envoyer chier la raison plus souvent qu'à l'habitude.

Je roule encore une dizaine de minutes et finis par repérer un champ à peu près plat, une plaine s'étendant à l'infini. Je me gare sur le bas-côté. Nous sommes au beau milieu de nulle part. Nous descendons de voiture, verrouillons les portières, laissant toutes nos affaires à l'intérieur. Je cherche la couverture roulée en boule au fond du coffre. Elle sent la vieille bagnole et l'essence.

— Elle pue, préviens-je Camryn en reniflant l'étoffe.

Camryn la hume à son tour et fait un peu la grimace.

— Oh, je m'en fiche.

Moi aussi. Bientôt, l'odeur de Camryn l'aura imprégnée.

Sans réfléchir, je la prends par la main et nous traversons le fossé jusqu'à la clôture. Je cherche le moyen le plus simple de la franchir quand je sens les doigts de Camryn déserter les miens. Elle est déjà en train de l'escalader.

— Vite ! me lance-t-elle en atterrissant, accroupie, de l'autre côté.

Je ne peux me départir de mon sourire.

Je saute la barrière sans hésiter, puis nous nous mettons à courir, elle gracieuse comme une gazelle, moi tel le lion chassant sa proie. Ses tongs claquent contre ses talons à chacun de ses pas, et de longues mèches blondes flottent dans son sillage. La couverture à la main, je la laisse prendre un peu d'avance ; ainsi, si elle tombe, j'aurai tout loisir de me moquer d'elle avant de l'aider à se remettre debout. La nuit est tellement avancée que seule la lune baigne le paysage. Cependant, elle est suffisamment lumineuse pour nous éviter de mettre le pied dans une ornière ou de trébucher sur une racine.

En outre, je ne vois pas de vache, ce qui pourrait signifier que le champ est vierge de bouse, un atout non négligeable.

Quand je me retourne, nous sommes si loin de la voiture que je n'entraperçois plus que le reflet argenté des jantes.

— Ici, c'est bien, décrète Camryn en s'immobilisant.

Les arbres les plus proches sont à trente ou quarante mètres.

Elle lève les bras au ciel et bascule le menton en arrière, laissant la brise la parcourir. Son sourire est immense, ses paupières closes ; je n'ose parler, de peur de rompre son instant de communion avec la nature.

Je déroule la couverture et l'étale au sol.

— Dis-moi la vérité, déclare-t-elle en m'attrapant le poignet pour me forcer à m'asseoir à côté d'elle. Tu n'as encore jamais passé une nuit à la belle étoile avec une fille ?

Je secoue la tête.

— Non.

Cela semble lui plaire. Je la regarde sourire tandis qu'un vent léger s'invite entre nous, rapportant quelques mèches sur son visage. Elle retire du bout du doigt les cheveux qu'elle a dans la bouche.

— Je ne suis pas trop le genre de mec à répandre des pétales de rose sur un lit…

— Vraiment ? s'étonne-t-elle, un peu surprise. Pourtant, je te vois plutôt comme un romantique.

Je hausse les épaules.

Est-ce qu'elle part à la pêche aux infos ? Je pense que oui.

— J'imagine que ça dépend de ta définition du romantisme, concédé-je. Si une fille s'attend à un dîner aux chandelles avec un crooner en fond sonore, elle s'est trompée d'adresse.

Cela la fait pouffer.

— Euh… c'est un poil trop romantique, dit-elle. Mais je parie que tu as déjà eu des attentions charmantes.

— Sans doute, admets-je, même si rien ne me revient.

Elle me contemple, la tête légèrement inclinée.

— Tu en fais partie.

— Partie de quoi ?

— De ces mecs qui n'aiment pas parler de leurs ex.

— Tu veux que je te parle de mes ex ?

— Bien sûr.

Elle s'allonge sur le dos, remontant ses genoux nus, puis tapote la couverture à côté d'elle.

Je me mets dans la même position.

— Parle-moi de ton premier amour, dit-elle.

Je sais d'emblée que nous ne devrions pas avoir cette conversation, mais puisque c'est ce qu'elle souhaite, je vais m'efforcer de répondre à ses questions.

Ce n'est que justice, après tout ce qu'elle m'a raconté sur elle.

— Eh bien, commencé-je en contemplant le firmament, elle s'appelait Danielle.

— Tu l'aimais ?

Elle tourne la tête vers moi.

Je garde les yeux rivés aux étoiles.

— Je pensais l'aimer, mais je me trompais.

— Vous êtes restés ensemble combien de temps ?

Je me demande en quoi ça l'intéresse. La plupart des filles font de telles crises de jalousie quand j'évoque mes ex que mon premier réflexe est de me protéger l'entrejambe...

— Deux ans, réponds-je. On a rompu d'un commun accord. On s'est tous les deux mis à s'intéresser à d'autres personnes, et on s'est rendu compte qu'on ne s'aimait peut-être pas tant que ça, finalement.

— Ou alors votre amour s'est tari.

— Non, je crois qu'on n'a jamais été amoureux.

Je la regarde enfin.

— Comme tu le sais ? insiste-t-elle.

J'y réfléchis un instant, scrutant ses prunelles à quelques centimètres des miennes. Je sens jusqu'au dentifrice à la cannelle dont elle s'est servie ce matin.

— Je ne crois pas qu'on puisse cesser d'aimer quelqu'un, expliqué-je enfin. (Cela l'intrigue.) Je pense que, quand on tombe amoureux, *vraiment* amoureux, c'est pour la vie. Le reste n'est qu'aventures et illusions.

— Je ne t'imaginais pas si philosophe, fait-elle remarquer en souriant. Je trouve ça très romantique.

Généralement, c'est elle qui rougit, mais elle m'a eu cette fois. Je voudrais ne plus la regarder, mais ne parviens pas à détacher mes yeux des siens.

— Alors de qui as-tu vraiment été amoureux, dans ce cas ? persiste-t-elle.

J'étends les jambes, chevilles croisées. Je joins les mains sur mon ventre. Je me retourne vers le ciel et remarque du coin de l'œil que Camryn en fait autant.

— Honnêtement ?

— Eh bien, oui. Je suis curieuse.

Je repère une constellation particulièrement lumineuse et réponds.

— Personne.

Elle pousse un léger soupir.

— Allez, Andrew. Tu m'as promis de dire la vérité.

— C'est vrai, dis-je en pivotant la tête. Les rares fois où j'ai cru être amoureux… Mais pourquoi on parle de ça ?

Camryn tourne la tête à son tour. Son sourire l'a désertée. Elle a l'air triste.

— Désolée, je t'ai encore pris pour mon psy.

Je fronce les sourcils.

— Comment ça ?

Elle se détourne. Sa tresse blonde glisse de son épaule et tombe sur la couverture.

— Parce que je commence à penser que, peut-être, je ne… Non, je ne peux pas dire ça…

Elle n'est plus la Camryn joyeuse et souriante avec qui j'ai pris la route.

Je me redresse sur les coudes, la considérant avec curiosité.

— Tu peux me dire tout ce que tu as sur le cœur. Peut-être que c'est précisément ce qu'il te faut.

Elle fuit mon regard.

— Mais je me sens coupable rien que d'y penser.

— La culpabilité est une chienne, mais tu ne crois pas que, si tu y as pensé, c'est que ça pourrait être vrai ?

Elle tourne enfin la tête.

— Dis-le. Et si après t'être confiée tu te sens mal, tu n'auras plus qu'à gérer ça. Alors que si tu gardes tout à l'intérieur, ça risque d'être infiniment pire.

Elle recommence à observer les cieux. Moi aussi, afin de lui laisser le temps de réfléchir.

— Peut-être que je n'ai jamais été amoureuse de Ian. Je l'aimais, vraiment beaucoup, mais si j'étais sincèrement amoureuse… je crois que je le serais encore.

— Pas bête, réponds-je avec un faible sourire, en espérant qu'elle retrouve le sien.

Je déteste la voir chiffonnée.

Son expression se fait songeuse.

— Et qu'est-ce qui te fait croire que tu n'as jamais été amoureuse de lui ?

Elle se tourne vers moi et étudie mon visage avant de répondre :

— Parce que, quand je suis avec toi, je ne pense presque plus à lui.

Je me rallonge immédiatement pour contempler le firmament. Je pourrais sans doute compter toutes ces étoiles, si j'essayais, juste pour me changer les idées. Seulement, une certaine personne allongée à côté de moi accapare toutes mes pensées et oblitère tous les astres de l'univers.

Je dois y mettre un terme, et vite.

— Je sais que je suis de bonne compagnie, déclaré-je en riant. Et, grâce à moi, ton petit cul s'est trémoussé sur le lit hier soir, alors je comprends que tu aies du mal à songer à autre chose qu'à accueillir de nouveau ma tête entre tes jambes…

J'essaie simplement de reprendre notre petit jeu, dussé-je pour cela me prendre un coup pour avoir rompu la promesse de faire comme si rien ne s'était passé.

Et elle me frappe en effet, juste après s'être redressée sur les coudes comme je l'ai fait un peu plus tôt.

— Sale con ! s'esclaffe-t-elle.

Je ris de plus belle, enfouissant dans l'herbe le sommet de mon crâne.

Elle se rapproche alors de moi, toujours sur un coude, et me contemple. Ses cheveux soyeux me caressent le bras.

— Pourquoi tu ne veux pas m'embrasser ? (Sa question me désarçonne.) Hier, tu m'as léchée, mais pas embrassée. Pourquoi ?

— Qu'est-ce que tu racontes ? Bien sûr que je t'ai embrassée, lui rappelé-je.

— Pas embrassée-embrassée.

Ses lèvres sont si proches des miennes que je meurs d'envie de m'en emparer. Je dois me faire violence pour ne pas passer à l'acte.

— Je ne sais pas ce que je dois en déduire, reprend-elle. Je n'aime pas ce que je ressens, mais je ne suis pas certaine de ressentir la bonne chose.

— Eh bien, tu n'as pas à te sentir mal, ça, c'est sûr.

Je tâche de rester aussi évasif que possible.

— Mais pourquoi ?

Son expression se durcit.

Je capitule et finis par admettre :

— Parce qu'embrasser, c'est très intime.

Elle incline la tête.

— Donc tu refuses de m'embrasser pour la même raison que tu refuses de me baiser ?

Je me mets instantanément à bander. J'espère qu'elle ne s'en rend pas compte.

— Oui.

Et avant que je n'aie pu prononcer un autre mot, elle me grimpe dessus. Merde, si elle ne s'était pas rendu compte de mon état d'excitation, c'est désormais chose faite. Ses genoux m'emprisonnent. Elle se penche vers moi, et je crois mourir quand ses lèvres effleurent les miennes.

Elle plonge les yeux dans les miens et déclare :

— Je ne te forcerai pas à coucher avec moi, mais je veux que tu m'embrasses. Juste une fois.

— Pourquoi ?

Il faut vraiment qu'elle change de position. Merde… Le fait que ma queue se retrouve plaquée contre ses fesses n'arrange pas mon cas. *Si elle reculait d'un ou deux centimètres…*

— Parce que je veux savoir l'effet que ça fait, répond-elle contre mes lèvres.

Mes mains remontent le long de ses cuisses et jusqu'à sa taille, où je resserre les doigts. Elle sent divinement bon. Elle est incroyablement douce. Et elle est assise sur moi. Je n'imagine même pas ce que l'on doit ressentir en elle ; je deviens dingue à cette seule évocation.

Puis je la sens qui se frotte contre moi, d'un lent mouvement de hanches, comme pour me convaincre. Elle s'arrête alors, pile sur l'endroit sensible. Je palpite douloureusement. Ses yeux scrutent mon visage et mes lèvres ; je n'aspire qu'à lui arracher ses vêtements et à me perdre en elle.

Elle se penche de nouveau et plaque sa bouche contre la mienne, y introduisant la langue malgré mes réserves. J'accompagne doucement son geste, goûtant nos salives qui se mêlent déjà. Nous avons tous deux le souffle court. Incapable de résister davantage ou de lui refuser ce baiser, je plaque mes mains sur ses joues et la force à se rapprocher, lui dévorant les lèvres avec une avidité peu commune. Elle gémit dans ma bouche et je l'embrasse de plus belle, passant un bras dans son dos pour la plaquer contre mon corps.

Puis nos bouches se séparent. Nos lèvres s'attardent, s'effleurant pendant un long moment, jusqu'à ce qu'elle relève la tête et me contemple d'un air énigmatique que je ne lui ai encore jamais vu, infligeant à mon cœur une émotion encore inédite.

Puis elle se décompose, et elle adopte une expression à la fois confuse et blessée, qu'elle tente de dissimuler derrière un sourire.

—Avec un baiser comme celui-ci, déclare-t-elle d'un ton enjoué qui cache quelque chose, tu pourrais n'avoir jamais besoin de coucher avec moi.

Je ne peux pas m'empêcher d'éclater de rire. C'est un peu ridicule, mais je la laisse croire ce qu'elle veut.

Elle retourne s'allonger près de moi, croisant les mains derrière la tête.

—Elles sont belles, pas vrai ?

Je regarde les étoiles sans les voir vraiment ; je n'arrive pas à penser à autre chose qu'à elle, et à notre baiser.

—Oui, magnifiques.

Comme toi…

—Andrew ?

—Ouais ?

Nous gardons les yeux rivés au ciel.

—Je tiens à te remercier.

—Pour quoi ?

Elle marque une pause avant de répondre.

—Pour tout : pour m'avoir poussée à fourrer tes fringues dans ton sac au lieu de les plier ; pour avoir baissé le son dans la voiture pour ne pas me réveiller ; et pour ce karaoké ridicule au Waffle House.

Nos têtes pivotent l'une vers l'autre. Elle plante ses yeux au fond des miens et reprend :

—Parce que, grâce à toi, je me sens vivante.

J'accueille ces paroles avec un sourire chaleureux, et me détourne avant de répliquer :

— Tout le monde a besoin de se sentir revivre une fois de temps en temps.

— Non, répond-elle très sérieusement. (Je la scrute une fois encore.) Pas *re*vivre, Andrew : je me sens *vivre* pour la première fois.

Mon cœur s'emballe légèrement, et je me trouve incapable de répondre. Cependant, je reste comme hypnotisé par son visage. La raison me hurle de mettre un terme à tout ceci avant qu'il ne soit trop tard, mais je n'y peux rien. Je suis trop égoïste.

Camryn m'adresse un sourire tendre, que je lui retourne immédiatement, et nous relevons tous deux les yeux vers les étoiles. Cette chaude nuit de juillet est parfaitement agréable, avec cette légère brise qui balaie cette étendue herbeuse. Pas un nuage ne vient obscurcir le firmament. Des milliers de grillons, de grenouilles et d'engoulevents chantent dans la pénombre. J'ai toujours adoré écouter ces oiseaux.

Cette paisible atmosphère est soudain brisée par le hurlement de Camryn, qui se relève plus prestement qu'un chat tombé dans l'eau.

— Un serpent ! (Elle le désigne d'une main, plaquant l'autre devant sa bouche.) Andrew ! Juste ici ! Tue-le !

Je bondis sur mes pieds en apercevant une forme noire ramper au pied de la couverture. Je commence par reculer, puis me rapproche pour l'écraser.

— Non non non non ! crie-t-elle en agitant les bras. Ne le tue pas !

Je la contemple, perplexe.

— Mais tu viens de me dire de le faire.

— Eh bien, pas au sens propre !

Elle est encore en train de paniquer, la tête rentrée dans les épaules, comme si cela pouvait la préserver d'un assaut de la bête. C'est hilarant !

Je lève les mains, paumes ouvertes.

— Alors quoi ? Je dois faire semblant de le tuer ?

Je secoue la tête, sans cesser de rire.

— Mais non, mais… Je ne vais plus pouvoir dormir dehors, maintenant. (Elle m'attrape par le bras.) On part.

Elle tremble comme une feuille, riant et pleurant en même temps.

— D'accord, dis-je en me penchant pour récupérer la couverture, maintenant que le serpent s'est éloigné.

Je la secoue d'une main, Camryn s'agrippant à l'autre comme à une bouée de sauvetage. Nous reprenons alors le chemin de la voiture.

— Je hais les serpents, Andrew !

— Je m'en suis rendu compte, ma belle.

Je me mords les joues pour ne pas rire.

Alors que nous traversons le champ, elle force l'allure, me contraignant à accélérer. Elle glapit quand son pied presque nu se pose sur un monticule de terre meuble, et je ne suis plus certain qu'elle puisse atteindre la voiture sans s'évanouir.

— Viens ici, lui dis-je, l'arrêtant en pleine course.

Je la fais passer derrière moi et l'aide à se hisser sur mon dos. Elle parcourt le reste de la distance à califourchon sur moi, les jambes serrées autour de ma taille, les cuisses reposant sur mes bras.

22

Andrew

Camryn me réveille le lendemain matin en remuant la tête sur mes genoux, sur la banquette avant de la voiture.

— Où on est ? me demande-t-elle en se redressant.

Le soleil inonde l'habitacle.

— À environ une demi-heure de La Nouvelle-Orléans, réponds-je en massant mon omoplate endolorie.

Nous avons repris la route la nuit dernière après avoir quitté le champ. Je comptais alors rouler jusqu'à notre destination, mais j'étais tellement crevé que j'ai failli m'endormir au volant. Camryn, quant à elle, avait déjà sombré. Je me suis donc rangé sur le bas-côté, j'ai basculé la nuque sur l'appuie-tête et je suis tombé comme une masse. J'aurais été plus à mon aise à l'arrière, mais je préférais me réveiller près d'elle, même avec quelques raideurs.

En parlant de raideur…

Je me frotte les yeux et fais quelques exercices de réveil musculaire. J'en profite pour m'assurer que mon bermuda est suffisamment détendu pour ne pas faire de ma gaule matinale un sujet de conversation.

Camryn s'étire en bâillant, puis remonte les jambes pour poser ses pieds nus sur le tableau de bord ; son short remonte tout en haut de ses cuisses.

Ce n'est *pas* une bonne idée, de bon matin.

— Tu devais être vraiment fatigué, dit-elle en se passant les doigts dans les cheveux pour dénouer sa tresse.

— Ouais, je crois que si j'avais conduit plus longtemps, on aurait fini par s'encastrer dans un arbre.

— Il va falloir que tu me laisses le volant, Andrew, sinon…

— Sinon quoi ? réponds-je avec un sourire narquois. Tu vas poser ta tête sur mes genoux et me supplier en gémissant ?

— Ça a marché, hier, non ?

Un point pour elle.

— Écoute, ça ne me dérange pas que tu conduises, déclaré-je en lui jetant un coup d'œil avant de démarrer. Je te promets qu'après La Nouvelle-Orléans, où qu'on aille, je te laisserai ma place un moment. D'accord ?

Un adorable sourire plein d'indulgence illumine son visage.

Je reprends la route derrière un SUV, et Camryn recommence à se coiffer. Puis elle entreprend de se natter si vite que je n'arrive pas à comprendre comment elle procède.

Cependant, c'est le long de ses jambes nues que mon regard s'égare.

Il faut vraiment que j'arrête.

Je détourne la tête et me force à garder les yeux sur le pare-brise ou sur ma vitre.

— Il faudrait qu'on trouve une laverie automatique, suggère-t-elle en faisant claquer son chouchou au bout de sa tresse. Je n'ai plus de vêtements propres.

J'attends depuis le réveil une occasion de me « remettre en place », et je profite de la voir fouiller dans son sac pour le faire.

— C'est vrai ? demande-t-elle en se tournant vers moi.

Je relève doucement ma main, pensant m'en tirer à bon compte, quand elle précise :

— … Que tous les garçons bandent comme des taureaux au réveil ?

J'ouvre des yeux comme des soucoupes, sans les détourner de la route.

— Pas tous les matins, précisé-je en tâchant de ne pas la regarder.

— Quoi, juste les mardis et vendredis, un truc dans le genre ?

Je sais qu'elle sourit, mais refuse de m'en assurer.

— Est-ce qu'on est mardi ou vendredi ? insiste-t-elle, taquine.

Je finis par me retourner.

— On est vendredi, réponds-je simplement.

Elle pousse un soupir exaspéré.

— Je ne suis pas une salope, déclare-t-elle en retirant ses pieds du tableau de bord. Et je sais que ce n'est pas ce que tu penses, puisque c'est toi qui m'as poussée à me sentir plus à l'aise avec ma sexualité et mes désirs...

Sa voix se brise, comme si elle espérait que je confirme ses propos ou s'inquiétait encore que je puisse avoir une mauvaise opinion d'elle.

Je la regarde droit dans les yeux.

— Non, je ne te prendrais jamais pour une salope, sauf si je te voyais t'envoyer en l'air avec plusieurs gars en même temps, ce qui me mènerait droit en prison, car je devrais leur casser la gueule à tous... Pourquoi tu dis ça ?

Elle rougit, et je jure que ses épaules remontent presque à la hauteur de ses joues.

— Eh bien, je me disais que...

Elle hésite encore à aller au bout de sa réflexion, quelle qu'elle soit.

— Qu'est-ce que je t'ai dit, ma belle ? Parle librement.

Elle incline le menton et m'observe tendrement.

— Eh bien, comme tu as fait quelque chose pour moi, je me disais que je pourrais te rendre la pareille. (Elle s'empresse de changer de registre, semblant encore soucieuse de ne pas me donner une mauvaise image d'elle.) Aucune contrainte, bien sûr. Comme si rien ne s'était passé.

Oh, merde ! Comment ai-je pu ne pas le voir arriver ?

— Non, réponds-je instantanément.

Elle tressaille légèrement.

Je me radoucis avant de reprendre :

— Je ne peux pas te laisser me faire ça, d'accord ?

— Pourquoi pas ?

— Je ne peux pas, c'est tout. J'ai très envie de toi, tu n'as même pas idée, mais je ne peux pas, bordel.

— C'est débile.

Elle semble sérieusement agacée.

— Attends…, dit-elle en me scrutant d'un air inquisiteur, la tête penchée de côté. Tu as un problème de machinerie, c'est ça ?

J'en reste bouche bée.

— Euh… non ! réponds-je, éberlué. Je veux bien m'arrêter pour te le prouver.

Elle rejette la tête en arrière et éclate de rire, avant de recouvrer son sérieux :

— Eh bien, tu ne veux pas coucher avec moi, tu ne veux pas que je te fasse une gâterie, et j'ai même dû te forcer à m'embrasser…

— Tu ne m'as pas forcé.

— Tu as raison, rétorque-t-elle, je t'ai pris par surprise.

— Je t'ai embrassée parce que j'en avais envie, affirmé-je. J'ai envie de te faire la totale, Camryn. Crois-moi ! En quelques jours à peine, je nous ai imaginés dans plus de positions qu'il n'y en a dans le *Kâmasûtra*. Je voudrais te…

Je constate que je sers le volant à m'en faire blanchir les jointures.

Elle a beau sembler vexée, cette fois, je ne céderai pas.

— Je te l'ai dit, reprends-je en pesant chacun de mes mots, je ne peux rien faire avec toi, ou…

— Ou je devrai accepter d'être tout à toi, complète-t-elle avec colère. Ouais, je m'en souviens très bien, mais qu'est-ce que ça veut dire exactement, être tout à toi ?

Je crois qu'elle le sait parfaitement, mais qu'elle veut s'en assurer.

Une seconde… Elle est en train de jouer avec moi ! Ou alors elle ne sait toujours pas ce qu'elle veut, tant sexuellement qu'autrement, et elle est aussi troublée et réticente que moi.

Camryn

Il a réussi l'examen. Je mentirais en prétendant ne pas vouloir coucher avec lui ou lui donner du plaisir comme il l'a fait pour moi – je crève d'envie de faire toutes ces choses avec lui. Je voulais juste voir s'il mordrait à l'hameçon. Et il n'en a rien fait.

Et maintenant, il me terrifie.

Il me terrifie, parce que je sais ce que je ressens pour lui. Je ne devrais pourtant pas, et je me déteste d'éprouver pareille chose.

Je m'étais dit que ça ne m'arriverait plus. Je m'étais promis de…

M'efforçant de redonner un semblant de normalité à notre conversation, je lui souris tendrement. Je voudrais retirer mon offre et revenir en arrière, tout en sachant ce que je sais maintenant : Andrew Parrish me respecte et me désire d'une façon qu'il ne me croit pas capable de contenter.

Je pose mes pieds sur le siège en cuir, ramenant mes genoux tout contre moi. Je ne veux pas qu'il réponde à ma dernière question : que signifie être tout à lui ? J'espère même qu'il oubliera que je la lui ai posée. J'ai déjà compris ce que ça voulait dire, du moins je le pense : être tout à lui revient à être avec lui, comme j'étais avec Ian. Sauf que, avec Andrew, j'ai le sentiment que je pourrais tomber amoureuse pour de bon. Et très facilement. Je ne supporte déjà pas l'idée d'être séparée de lui. Tous les visages de mes fantasmes ont été remplacés par le sien. Et je redoute déjà la fin de notre road-trip, quand il devra retourner à Galveston ou dans le Wyoming, me laissant derrière lui.

Pourquoi cette perspective m'effraie-t-elle autant? Et pourquoi ai-je soudain la gorge nouée?

— Je suis désolé, ma belle, sincèrement. Je ne voulais pas de faire de peine. En aucune façon.

Je le considère brièvement puis secoue la tête.

— Tu ne m'as pas fait de peine. Je t'en supplie, ne crois pas ça.

Je marque une pause.

— Andrew, la vérité, c'est que…

Je prends une très longue inspiration. Il a de plus en plus de mal à garder les yeux sur la route.

— La vérité, c'est que je… Eh bien, pour commencer, je ne mentirai pas en prétendant que je n'aimerais pas te donner du plaisir. J'adorerais ça. Mais il faut que tu saches que je suis contente que tu aies refusé.

Je crois qu'il comprend. Je le vois sur son visage.

Il sourit avec douceur et me tend la main. Je la saisis et me rapproche de lui, jusqu'à ce qu'il puisse passer son bras autour de mes épaules. Je dresse le menton pour l'observer et enroule mes doigts autour de sa cuisse.

Il est tellement beau…

— Tu me fais peur, avoué-je enfin.

Cela le fait légèrement réagir.

— J'ai dit que je ne le ferais plus. Tu dois comprendre. Je me suis promis de ne plus jamais devenir proche de qui que ce soit.

Je sens son biceps se contracter et les battements de son cœur s'accélérer. Il cogne rapidement contre ma gorge.

Puis un léger sourire étire sa bouche, et il réplique:

— Serais-tu tombée amoureuse de moi, Camryn Bennett?

Je m'empourpre à toute vitesse et pince les lèvres, enfouissant mon visage contre son torse.

— Pas encore, déclaré-je avec humour, mais ça ne va pas tarder.

— Tu es vraiment ridicule, dit-il en me serrant contre lui.

Il dépose un baiser au sommet de mon crâne.

— Ouais, je sais, répliqué-je sur le même ton. Je sais..., ajouté-je d'une voix qui se brise.

J'aperçois d'abord La Nouvelle-Orléans d'assez loin : j'avise en premier lieu le lac Pontchartrain, puis une vaste étendue de villas, de maisons de ville et de petits pavillons. Je trouve ça fabuleux : tant le Superdome, que je reconnaîtrais entre mille à force de l'avoir vu aux infos au moment de l'ouragan Katrina, que les chênes déployés, à la fois flippants, magnifiques et vieux, que les gens qui déambulent dans le Vieux Carré français, même si je devine que la plupart sont des touristes.

À mesure que nous progressons à travers les rues de la ville, je me laisse envoûter par les balcons traditionnels qui s'étendent d'un bout à l'autre des bâtiments. Ils sont exactement comme à la télé, sauf que ce n'est pas mardi gras et que personne ne montre ses seins ni ne jette des perles.

Andrew me contemple, tout sourires, ravi de me voir si enthousiaste.

— J'adore déjà cet endroit, dis-je en me lovant contre lui après avoir passé les dernières minutes le nez collé à la vitre.

— C'est une ville géniale, confirme-t-il.

Il rayonne fièrement. Je me demande à quel point il connaît les lieux. Comme s'il avait entendu ma question silencieuse, il reprend :

— J'essaie de venir une fois par an, généralement pour le carnaval. Cependant, ça vaut le coup tous les jours de l'année.

— Oh, donc d'habitude tu viens quand toutes les filles montrent leurs nichons, le raillé-je avec un clin d'œil.

— Je plaide coupable ! dit-il en levant les deux mains en signe de reddition.

Nous prenons deux chambres à l'Holiday Inn, à deux pas de la célèbre Bourbon Street. J'ai failli lui proposer de partager une chambre, avec deux lits, mais m'en suis abstenue. *Non, Camryn, ça ne ferait qu'attiser le désir. Ne prenez pas une chambre commune. Arrête avant qu'il ne soit trop tard.*

Pendant un instant, alors que nous sommes côte à côte au comptoir, face au réceptionniste qui nous demande en quoi il peut nous être utile, Andrew semble hésiter, me provoquant un étrange sentiment. Nous aboutissons néanmoins dans deux chambres mitoyennes, comme toujours.

Carte magnétique en main, nous nous dévisageons dans le couloir avant de franchir le seuil de nos chambres respectives.

— Je vais prendre une douche vite fait, m'informe-t-il. Mais fais-moi signe dès que tu es prête.

J'acquiesce d'un hochement de tête et nous nous sourions avant de disparaître chacun de notre côté.

Moins de cinq minutes plus tard, mon téléphone se met à vibrer dans mon sac. Je me prépare à confirmer à ma mère que je suis encore en vie et que je m'amuse bien, mais je constate que l'appel n'émane pas d'elle.

Natalie.

Ma main se fige autour du combiné, et je contemple l'écran luminescent. Décrocher ou ne pas décrocher ? En tout cas, il faut que je me décide vite.

— Allô ?

— Cam ? demande Natalie d'une voix prudente.

Un embouteillage de mots se forme dans ma gorge. Je ne sais pas s'il s'est écoulé assez de temps pour feindre la rancœur, ou si je dois me montrer gentille.

— Tu es là ? insiste-t-elle comme je ne réponds pas.

— Oui, Nat. Je suis là.

Elle soupire et émet ce curieux bruit, entre le gémissement d'affliction et celui de plaisir, qu'elle produit toujours quand, nerveuse, elle s'apprête à dire quelque chose d'important.

— Je suis une vraie putain de connasse. Ainsi que la pire des meilleures amies, et je devrais te supplier à genoux de me pardonner, mais… Eh bien, c'est ce que j'avais prévu de faire, mais ta mère m'a dit que tu étais en… *Virginie* ? Bordel, qu'est-ce que tu fous en Virginie ?

Je me laisse tomber sur le lit et me débarrasse de mes tongs de deux coups de pieds experts.

— Je ne suis pas en Virginie, avoué-je. Mais n'en parle pas à ma mère ni à qui que ce soit d'autre.

— Bah alors, où es-tu ? Et où as-tu passé cette dernière semaine ?

Waouh, ça ne fait qu'une semaine ? J'ai l'impression d'avoir pris la route avec Andrew depuis au moins un mois.

— Je suis à La Nouvelle-Orléans, mais c'est une longue histoire.

— Euh… *allô* ? lance-t-elle avec ironie. J'ai tout mon temps.

Elle m'agace déjà.

— Natalie, répliqué-je avec un soupir, c'est toi qui m'as appelée. Et, si mes souvenirs sont bons, c'est aussi toi qui m'as traitée de salope de menteuse et qui as refusé de me croire quand je t'ai parlé de Damon. Désolée, mais tu peux difficilement reprendre ton rôle de meilleure amie et faire comme si de rien n'était.

— Tu as raison, je suis navrée.

Elle marque une pause, le temps de recouvrer ses esprits, et je l'entends ouvrir une canette de soda. Elle en boit une petite gorgée.

— Ce n'est pas que je ne te croyais pas, Cam. C'est juste que ça m'a fait super mal. Damon est un salaud. Je l'ai largué.

— Pourquoi ? Parce que tu l'as chopé la main dans le sac, au lieu de croire ta meilleure amie depuis le primaire quand elle t'a dit que ce n'était qu'un porc ?

— Je ne l'ai pas volé, admet-elle. Mais non, je ne l'ai pas pris la main dans le sac. Je me suis juste rendu compte que tu me manquais et que j'avais failli à tous les devoirs du Code de la meilleure amie. J'ai fini par lui poser directement la question, et évidemment il a menti, mais je n'ai pas lâché le morceau, car je voulais l'entendre me le dire. Pas parce que j'avais besoin d'obtenir confirmation, mais parce que… Cam, j'avais juste envie qu'il me dise la vérité. Je voulais l'entendre de sa bouche.

Je perçois la douleur dans sa voix. Je sais qu'elle est sincère, et je compte bien lui pardonner, mais je n'ai pas encore envie de le lui faire savoir en lui parlant d'Andrew. J'ignore pour quelle raison, mais la seule personne semblant exister dans mon univers en ce moment est Andrew. J'aime Natalie de tout mon cœur, mais je ne suis pas prête à le lui avouer. Pas prête à le partager avec elle. Elle a le chic pour… saboter une expérience, si je puis dire.

— Écoute, Nat, je ne te déteste pas ni rien, et j'ai très envie de te pardonner, mais ça va prendre un peu de temps. Tu m'as vraiment fait souffrir.

— Je comprends.

Je perçois une pointe de déception dans sa voix. Elle a toujours été du genre capricieux et impatient.

— Bon, mais tout va bien ? s'enquiert-elle. Je n'arrive pas à comprendre pourquoi tu as choisi La Nouvelle-Orléans. C'est la saison des ouragans ?

J'entends la douche couler dans la chambre d'Andrew.

— Ouais, tout va très bien, réponds-je en pensant à lui. Pour être honnête, Nat, je ne me suis jamais sentie aussi heureuse et vivante que cette dernière semaine.

— Oh, mon Dieu… C'est un garçon ! Tu es avec un mec, pas vrai ? Camryn Marybeth Bennett, espèce de salope, tu n'as pas intérêt à me mentir là-dessus !

Voilà précisément ce que j'entendais par « saboter une expérience ».

— Comment il s'appelle ? (Elle hoquette bruyamment, comme si la réponse aux plus grandes énigmes du monde venait de lui échoir.) Tu t'es fait sauter ! Il est sexy ?

— Natalie, *pitié*. (Je ferme les yeux, tentant de voir en elle une jeune femme mûre de vingt ans, et non une lycéenne attardée.) Je refuse d'en discuter maintenant, d'accord ? Je te rappellerai dans quelques jours pour te tenir au courant, mais s'il te plaît…

— Ça me va ! acquiesce-t-elle, sans se départir de son enthousiasme démesuré. Tant que tu vas bien et que tu ne me détestes plus, ça me va.

— Merci.

Elle finit par redescendre de son petit nuage salace.

— Je suis vraiment désolée, Camryn. Je ne le répéterai jamais assez.

— Je sais. Je te crois. Et quand je te rappellerai, tu me raconteras ce qui s'est passé avec Damon. Si tu veux bien.

— D'accord, répond-elle, marché conclu.

— À bientôt, alors. Et, Nat… ?

— Ouais ?

— Je suis vraiment contente que tu m'aies appelée. Tu m'as beaucoup manqué.

— Toi aussi.

Nous raccrochons et je contemple mon portable pendant quelques minutes, le temps que mes pensées s'éloignent de Natalie pour se rapprocher d'Andrew. Encore une fois : tous les visages de mes fantasmes ont été remplacés par le sien.

Je prends une douche et enfile un jean sale, mais qui ne pue pas trop et devrait donc faire l'affaire. Toutefois, si je ne trouve pas bientôt de quoi faire une lessive, il va falloir que je retourne m'acheter des fringues. Heureusement que j'ai emporté plus d'une dizaine de culottes propres dans mon paquetage.

J'entreprends de me maquiller, puis pose les mains sur le bord du lavabo et me regarde dans le miroir pour essayer de comprendre ce qu'Andrew me trouve. Il m'a presque vue dans mon pire état : sans maquillage, les yeux cernés de noir à cause des longues heures passées sur la route, avec une haleine de chacal et des cheveux cradingues… Je souris en pensant à tout ça, puis l'imagine debout derrière moi, dans cette salle de bains. Je visualise sa bouche se posant dans le creux de mon cou, ses bras puissants m'étreignant par-derrière, ses doigts me parcourant les côtes.

On tambourine à ma porte, ce qui met fin à ma rêverie.

— Tu es prête ? me demande Andrew quand je vais lui ouvrir.

Il s'invite dans ma chambre.

— Où on va ? m'enquiers-je en retournant me maquiller. Il me faut des vêtements propres. De toute urgence.

Il me suit dans la salle de bains, et, l'espace d'un instant, j'ai l'impression de revivre mon rêve éveillé. Je me penche sur le lavabo pour me mettre du mascara. Je louche de l'œil gauche tout en en passant sur l'œil droit, tandis qu'Andrew me reluque allégrement le cul. Il ne prend même pas la peine de s'en cacher. Au contraire, il fait en sorte que je le remarque. Je lui lance un regard sévère avant de m'attaquer au deuxième œil.

— Il y a un service de blanchisserie au douzième étage, m'informe-t-il.

Il pose ses mains sur mes hanches et m'observe avec un sourire diabolique, la lèvre inférieure coincée entre ses dents.

Je fais volte-face.

— Alors c'est notre prochaine étape, décrété-je.

— *Quoi ?* (Il semble déçu.) Non, j'ai envie de sortir, de me balader en ville, de boire quelques bières, d'écouter un peu de jazz. Je ne veux pas faire la lessive.

— Oh, arrête de pleurnicher, dis-je en me retournant, piochant mon rouge à lèvres dans ma trousse de toilette. Il n'est même pas deux heures de l'après-midi. Tu n'es quand même pas de ces mecs qui boivent de la bière au petit déjeuner ?

Il tressaille exagérément et plaque la paume sur son cœur, comme blessé à mort.

— Absolument pas ! Je peux facilement attendre le déjeuner.

Je secoue la tête et le pousse hors de la salle de bains. Toutes dents et fossettes dehors, il se retrouve néanmoins de l'autre côté de la porte.

— Eh, pourquoi tu fais ça ? gémit-il à travers le battant.

— J'ai envie de faire pipi !

— J'aurais pu tourner la tête.

— Va chercher ton linge sale, Andrew !

— Mais...

— Tout de suite, Andrew ! Ou on ne pourra même pas sortir plus tard.

J'imagine la moue boudeuse qu'il se compose, même si ça ne lui ressemble pas. Au contraire, il est sans doute en train de se marrer dans le couloir.

— D'accord ! lance-t-il.

J'entends la porte d'entrée se refermer derrière lui.

Quand j'ai fini mes petites affaires, je rassemble mon linge sale, fourre le tout dans ma besace et enfile mes tongs.

23

Camryn

Nous commençons par faire la lessive et, tant que j'y suis, j'entreprends de plier nos affaires quand elles sortent du sèche-linge plutôt que de les fourrer directement dans les sacs. Il tente de protester, mais cette fois-ci nous ferons à *ma* façon. Puis nous allons en ville, et il m'emmène partout, même au cimetière St Louis où les tombes sont érigées au-dessus du sol, à la française. Je n'avais encore jamais rien vu de pareil. Nous déambulons le long de Canal Street en direction du World Trade Center New Orleans et de l'océan, où nous trouvons un *Starbucks* fort mérité. Nous devisons longuement devant notre café, et je finis par lui dire que j'ai reçu un appel de Natalie. Nous parlons alors d'elle et de Damon, qu'Andrew ne met pas longtemps à détester.

Plus tard, nous passons devant un restaurant à viande, où Andrew tente de me convaincre de manger, en remettant sur le tapis cette vieille promesse du temps de notre voyage en bus. Cependant, je n'ai pas faim du tout, et j'essaie d'expliquer à ce pauvre garçon privé de nourriture que je dois avoir l'estomac vide pour apprécier un steak.

Nous tombons ensuite sur un grand magasin, où je rêve de faire du shopping, lasse de porter les mêmes fringues depuis une éternité.

— Mais on vient de faire la lessive, proteste Andrew. Tu n'as pas besoin de nouveaux vêtements.

Je passe la lanière de mon sac à main sur l'épaule opposée et l'attrape par le coude.

— Si tu veux qu'on sorte ce soir, j'aimerais autant mettre une tenue à peu près convenable.

— Mais ce que tu portes est parfait, objecte-t-il.

— Il me faut juste un nouveau jean et un haut. (Je m'arrête pour me tourner vers lui.) Tu peux m'aider à choisir.

Je viens d'obtenir son attention pleine et entière.

— D'accord, accepte-t-il en souriant.

— Mais ne te fais pas trop d'illusions, reprends-je en le tirant par le bras. J'ai dit que tu pourrais m'aider, pas choisir directement.

— C'est vraiment toi qui décides de tout, aujourd'hui. Tu devrais te douter, ma belle, que tu me le revaudras.

— Et à quoi tu penses ? demandé-je, sûre de moi, convaincue qu'il bluffe.

Il pince les lèvres quand je me tourne vers lui, et je commence à douter.

— Si tu te rappelles bien, dit-il d'un ton raffiné, tu es toujours censée m'obéir en tous points.

Confiance envolée.

Il sourit, et c'est son tour de me tirer par le bras.

— Et puisque tu m'as déjà laissé te lécher une fois (mes yeux s'écarquillent), je suppose que je pourrais te dire de t'allonger et d'écarter les cuisses, et que tu serais obligée de m'écouter, pas vrai ?

J'ose à peine tourner la tête pour m'assurer qu'aucun passant n'a surpris notre conversation. Inutile de préciser qu'Andrew n'a pas vraiment chuchoté, comme je pouvais m'y attendre.

Il nous force alors à ralentir l'allure, se penche à mon oreille et murmure :

— Si tu ne me laisses pas prendre une décision bientôt, je devrai recommencer à te torturer en fourrant ma langue entre tes cuisses. (Son haleine sur mon oreille combinée à l'excitation liée à ses paroles me font frissonner d'émotion.) La balle est dans ton camp, ma belle.

Il se redresse alors. J'ai une folle envie de gifler ce visage souriant, mais il y prendrait certainement du plaisir.

Dilemme : le laisser prendre des décisions simples, ou continuer à n'en faire qu'à ma tête en m'exposant à une « torture » prochaine. Mmm. Je suis peut-être encore plus maso que je ne l'imaginais.

À la nuit tombée, je suis prête à sortir. Je porte un nouveau jean moulant, un bustier noir particulièrement sexy qui me fait une taille de rêve et les plus mignons talons noirs qui soient.

Andrew me contemple, bouche bée, depuis la porte.

— Je devrais jouer mon joker maintenant, déclare-t-il en entrant dans la chambre.

Cette fois, j'ai opté pour deux tresses, une sur chaque épaule, qui me tombent juste au-dessus de la poitrine. Je laisse volontairement pendre quelques mèches de cheveux sur mon visage : j'ai toujours trouvé ça chouette sur les autres filles, pourquoi pas sur moi ?

Ça semble plaire à Andrew. Il fait courir ses mains le long de mes deux nattes.

Je rougis intérieurement.

— Sans déconner, tu es à tomber.

— Merci…

Bordel, dites-moi que je ne viens pas de glousser…

Je le détaille à mon tour des pieds à la tête et, même s'il ne porte qu'un jean, un simple tee-shirt et ses Doc noires, je n'ai jamais vu de garçon plus craquant.

Nous sortons enfin, et je remarque que quelques vieux se retournent sur moi, tant dans l'ascenseur que dans le couloir. Andrew boit du petit-lait, c'est une évidence. Et le simple fait de le savoir rayonnant à mon côté suffit à me faire rougir comme une pivoine.

Nous nous rendons d'abord au *d.b.a.*[1], où nous écoutons un groupe pendant une bonne heure. Quand on vient vérifier ma carte d'identité et que je comprends que je ne pourrai pas boire ici, Andrew m'emmène un peu plus loin, dans un autre établissement.

— C'est quitte ou double, m'explique-t-il alors que nous nous en approchons, main dans la main. La plupart du temps, ils te contrôlent, mais avec un peu de chance ils te laissent tranquille si tu as l'air d'avoir vingt et un ans révolus.

— Je les aurai dans cinq mois, réponds-je en lui serrant la main plus fort alors que nous tournons à un coin de rue surpeuplé.

— J'avais peur que tu en aies dix-sept, quand on était dans le bus.

— *Dix-sept?* m'offusqué-je.

J'espère bien ne pas paraître si jeune.

— Eh, me dit-il avec un coup d'œil, j'ai déjà vu des filles de quinze ans avec un corps de vingt – on ne fait plus la différence.

— J'ai l'air d'avoir dix-sept ans?

— Non, je te donne la vingtaine, admet-il.

Quel soulagement!

Le bar est un peu plus petit que le précédent, et la moyenne d'âge de la clientèle oscille entre vingt et trente ans. Quelques tables de billard sont disposées au fond, et le faible éclairage baigne surtout les tapis et le couloir à ma droite, qui mène aux toilettes. La fumée de cigarette forme un nuage dense, alors que l'autre établissement était non fumeur, mais cela ne me dérange pas. Je ne suis pas particulièrement favorable au tabagisme, mais j'ai

1. Célèbre club de La Nouvelle-Orléans, où des orchestres se produisent chaque soir. (*N.d.T.*)

toujours trouvé normal qu'un bar soit enfumé. Sans ça, il manque quelque chose.

Les haut-parleurs fixés au plafond crachotent un morceau rock qui ne m'est pas inconnu. Une petite scène sur la gauche accueille généralement des groupes locaux, mais aucun n'est programmé ce soir. Cela ne nuit toutefois pas à l'atmosphère festive, car j'entends à peine la voix d'Andrew quand il s'adresse à moi.

— Tu sais jouer au billard ? me crie-t-il à l'oreille.

Je réponds sur le même ton.

— J'ai déjà essayé quelques fois, mais je suis nulle !

Il m'entraîne jusqu'aux tables illuminées, nous frayant un passage dans la foule dense.

— Assieds-toi là, dit-il d'une voix plus faible, à présent que nous nous sommes éloignés des baffles. On va prendre celle-ci.

Je m'installe à une petite table ronde près d'un mur, juste à côté d'un escalier menant à l'étage. Je repousse avec une grimace le cendrier plein posé devant moi, tandis qu'une serveuse approche.

Andrew discute avec un type près des billards, lui proposant sans doute de faire une partie.

— Désolée, me dit la jeune femme en remplaçant le cendrier par un autre, vide et propre, qu'elle pose à l'envers sur la table.

Elle nettoie alors celle-ci avec un torchon humide, soulevant le cendrier pour ne laisser aucune trace.

Je lui souris. C'est une jolie brune, qui ne doit pas non plus avoir beaucoup plus de vingt ans. Elle porte un plateau sur sa main libre.

— Tu bois quelque chose ?

Je n'ai pas souvent l'occasion de répondre à cette question sans montrer une pièce d'identité, je m'empresse donc de passer commande :

— Une Heineken.

— Deux ! intervient Andrew, une queue de billard à la main.

La serveuse le dévore du regard en le remarquant ; cette fois, c'est moi qui bois du petit-lait. Elle hoche la tête, et m'adresse un coup d'œil signifiant : « Tu es une sacrée veinarde » et tourne les talons.

— Il leur reste une partie, puis ils nous laissent la table, déclare-t-il en prenant place en face de moi.

La serveuse revient avec nos deux bières.

— Faites-moi signe s'il vous faut autre chose, dit-elle avant de repartir.

— Elle ne t'a pas demandé ta carte, me dit-il en se penchant vers moi pour que personne ne l'entende.

— Non, mais ça ne veut pas dire que personne ne le fera. Ça m'est arrivé, une fois, à Charlotte. Natalie et moi étions déjà presque bourrées quand on nous a mises dehors.

— Eh bien, profites-en tant que ça dure.

Il me sourit et prend une rapide gorgée au goulot.

Je l'imite.

Je commence à regretter d'avoir apporté mon sac, car je dois le surveiller en permanence. Au moment d'aller jouer, je le glisse sous la table. Nous sommes dans une sorte de recoin bien à l'écart, je ne m'en soucie donc pas trop.

Andrew m'aide à choisir une queue de billard appropriée.

— Qu'est-ce qu'il vous faudrait ? s'enquiert-il en me les désignant d'un ample geste. Il faut qu'elle soit de la bonne taille.

Oh, on va s'amuser. Il croit vraiment qu'il va m'apprendre quelque chose.

Je joue la bécasse, les parcourant du doigt comme les livres d'une bibliothèque, puis finis par en choisir une. Je fais courir mes mains sur toute sa longueur et la tiens comme pour viser une boule. Je sais que je me donne l'air d'une blondasse écervelée, mais c'est précisément le but recherché.

— De toute façon, c'est toutes les mêmes, déclaré-je avec un haussement d'épaules.

Andrew dispose les boules dans le triangle, intervertissant pleines et creuses jusqu'à obtenir la bonne répartition, et les fait glisser sur la marque blanche sur le tapis. Il retire le triangle avec soin et le range à sa place sous la table.

Il m'adresse un signe de tête.

— Tu veux casser ?

— Nan, vas-y.

J'ai hâte de voir son corps de rêve penché sur la table.

— D'accord.

Il positionne la boule blanche, applique du bleu sur l'extrémité de sa canne, puis repose le bloc sur un coin de table.

Il va se poster face à la boule blanche.

— Si tu as déjà joué, je suppose que tu connais les règles ? Évidemment, tu n'as le droit de taper que la boule blanche.

C'est risible, mais il l'a bien mérité.

J'acquiesce.

— Si tu prends les creuses, tu ne dois rentrer que les boules rayées. Si tu mets une pleine, tu marques en ma faveur.

— Et la noire ? m'enquiers-je en désignant la 8, au cœur du triangle.

— Si tu la mets dans un trou et qu'il te reste des boules sur le tapis, tu perds la partie, explique-t-il avec un air grave. Et si tu rentres la blanche, tu passes ton tour.

— C'est tout ? demandé-je en appliquant à mon tour de la craie bleue au bout de ma queue.

— Pour l'instant, oui.

Je suppose qu'il me fait grâce des autres règles de base.

Andrew recule de quelques pas, se penche par-dessus la table, positionnant ses doigts sur le feutre bleu afin de servir de support à sa queue, dans le creux ménagé entre le pouce et l'index. Il avance et recule sa canne à plusieurs reprises afin d'affiner son tir, marque une pause puis vient heurter violemment la boule blanche, qui répartit par ricochet toutes les autres boules sur la table.

Bien cassé, bébé, songé-je.

Il en rentre deux d'un coup – une pleine et une creuse.

— Tu préfères quoi ? me demande-t-il.

— Comment ça ?

Je continue de faire l'imbécile.

— Les pleines ou les creuses ? Je te laisse choisir.

— Oh, réponds-je comme si je venais de comprendre. Peu importe. Celles avec les rayures.

Nous nous écartons légèrement des règles officielles, mais je suis sûre qu'il le fait pour mon bien.

Lorsque mon tour arrive, je contourne la table, en quête du coup parfait.

— Il faut qu'on annonce ou pas ?

Il me dévisage avec curiosité. J'aurais sans doute dû dire plutôt : « Est-ce que je peux taper n'importe quelle bille ? » Je ne pense toutefois pas qu'il m'ait percée à jour.

— Choisis la boule rayée de ton choix, et si tu penses pouvoir la mettre dans un trou, fonce.

OK, il semblerait que je le mène toujours par le bout du nez.

— Attends, et si on pariait ? proposé-je.

Il paraît surpris, mais affiche bien vite un air retors.

— Si tu veux. On parie quoi ?

— Ma liberté.

Il fronce les sourcils. Puis ses lèvres délicieuses se relèvent légèrement quand il se rappelle qu'il a forcément affaire à une débutante.

— Eh bien, ça me vexe légèrement que tu veuilles la récupérer, dit-il en faisant passer sa queue d'une main à l'autre tout en la faisant rouler sur l'extrémité ronde posée au sol, mais d'accord, marché conclu.

Alors que je me satisfais de cet arrangement, il lève un doigt pour ajouter :

— Cependant, si je gagne, le jeu du « tu fais tout ce que je dis » passe à la vitesse supérieure.

Cette fois, c'est moi qui hausse un sourcil.

— Comment ça, « la vitesse supérieure » ? répété-je en lui lançant un regard en coin.

Il repose sa queue contre la table et se penche sous la lumière du plafonnier. Son sourire – et tout ce qu'il dissimule – me fait de nouveau frissonner.

— On parie ou pas ? insiste-t-il.

Je suis à peu près sûre de pouvoir le battre, mais il vient de me foutre la trouille. Et s'il était meilleur que moi et que je finissais effectivement par bouffer des insectes et par montrer mon cul par la fenêtre de la voiture ? Ce sont d'ailleurs précisément de ces gages-là que je voudrais m'affranchir : je n'ai pas oublié qu'il m'a affirmé qu'on verrait ça en temps voulu. Évidemment, avant même de quitter le Wyoming, il m'a aussi assuré que je serais toujours libre de refuser, mais je préfère éviter d'avoir à en arriver là.

Ou… à moins que ce soit… de nature sexuelle ?

Oh, voilà qui est intéressant… J'en viens presque à espérer qu'il l'emporte.

— Marché conclu.

Avec un nouveau sourire narquois, il s'écarte de la table, récupérant sa canne.

Un petit groupe de gars et deux filles viennent de finir leur partie à la table voisine, et quelques-uns semblent décidés à nous regarder jouer.

Je me penche sur la table, me prépare presque exactement comme Andrew, et tape la blanche en plein milieu. La 11 percute la 15, qui touche la 10, et toutes deux tombent dans le coin opposé.

Andrew me dévisage, la queue reposant à la verticale entre ses doigts tendus.

Il hausse un sourcil.

— C'est la chance du débutant ou je me suis lamentablement fait mener en bateau ?

Tout sourires, je contourne la table pour armer mon prochain coup. Je ne réponds pas, me contentant de garder les yeux rivés sur le tapis. Choisissant délibérément l'angle qui me permet de me rapprocher au plus près d'Andrew, je m'incline langoureusement juste devant lui (m'assurant d'un coup d'œil discret que les garçons d'en face n'ont pas une vue plongeante sur mon décolleté) et vise la 9, qui tombe directement dans la poche.

— Non seulement tu me mènes en bateau, commente-t-il, mais en plus tu me provoques.

Je me relève et rallie l'autre bout de la table tout en le dévorant des yeux.

Cette fois, je manque volontairement mon coup. Les billes sont placées à la perfection, et je pourrais sans doute l'emporter haut la main, mais je ne veux pas d'une victoire écrasante.

— Oh, non, ma belle, se renfrogne-t-il. Ne me fais pas le coup de la pitié, tu aurais pu mettre la 13 les yeux fermés.

— J'ai dérapé, mens-je avec aplomb.

Il secoue la tête et plisse les yeux, pas dupe.

Il rentre ensuite trois boules coup sur coup, avant de manquer la 7. Je marque un autre point. Lui aussi. Nous continuons notre petit manège en prenant tout notre temps entre deux tirs, ne ratant notre cible que pour le plaisir de faire durer la partie.

Place aux choses sérieuses. C'est mon tour, et il ne reste sur la table que sa 4, la blanche et la 8. Celle-ci est trop décalée pour me permettre un coup direct, mais je me sais capable de la faire rebondir pour l'envoyer rouler jusqu'au côté gauche de la table.

Deux autres garçons se sont mêlés à l'assistance, surtout pour profiter de ma tenue (je les entends à plusieurs reprises émettre des remarques élogieuses au sujet de mes seins et mon cul), mais je ne me laisse pas déconcentrer. Toutefois, j'ai remarqué les regards que leur lance Andrew, et sa jalousie m'émoustille.

Je vise la blanche et annonce :

— Coin gauche.

Je m'accroupis pour observer le tapis à hauteur d'œil, ne prenant aucun risque. Je me redresse, vérifie l'alignement de la blanche et de la 8 sous un autre angle, puis me penche de nouveau sur la table. Un. Deux. Trois. Au quatrième mouvement de canne, je tape doucement la blanche, qui pousse la 8 selon l'angle idéal, l'envoyant rouler jusqu'au côté droit de la table, où elle rebondit comme prévu pour venir tomber dans la poche annoncée.

Les garçons lancent à mi-voix des commentaires enthousiastes, comme si je ne pouvais pas les entendre.

À l'autre bout de la table, Andrew arbore un grand sourire.

— Bien joué, ma belle, dit-il en rassemblant les billes pour une nouvelle partie. Te voilà libre.

Je remarque malgré moi que cela l'attriste légèrement. Il a beau sourire, ses yeux trahissent sa déception.

— Nan, réponds-je. Tant que tu ne tentes pas de me faire bouffer des insectes ou de me convaincre d'agiter mon cul par la fenêtre, je te laisse la main.

Il sourit jusqu'aux oreilles.

24

Camryn

Nous faisons une autre partie, qu'il gagne dans les règles, puis décidons d'aller nous rasseoir avant que mes nouvelles chaussures ne me causent des ampoules. J'en suis à ma deuxième bière, mais je ne la sens qu'au bout des orteils et au creux de l'estomac. Je vais en prendre une autre pour en éprouver vraiment les effets.

— Tu veux jouer, mec ? demande un type alors qu'Andrew s'apprête à s'installer avec moi.

Il m'interroge du regard et je lui adresse un signe de la main.

— Vas-y, amuse-toi ! Je vais vérifier mes messages et me reposer les pieds.

— Très bien, ma belle. Fais-moi signe dès que tu es prête à partir.

— Ça ira, va jouer.

Il me sourit et se dirige vers la table, à moins de cinq mètres de là. Je récupère mon sac resté par terre et le pose devant moi en quête de mon téléphone.

Comme je me l'imaginais, Natalie m'a abreuvée de textos, seize en tout. Au moins n'a-t-elle pas essayé d'appeler… Ma mère non plus, mais je me rappelle soudain qu'elle partait en croisière ce week-end avec son nouveau jules. J'espère qu'elle s'amuse bien. J'espère qu'elle s'amuse autant que moi.

Une nouvelle chanson démarre dans les haut-parleurs, et je me rends compte que le bar est trois fois plus rempli qu'à notre arrivée. Même si Andrew n'est pas loin, je vois seulement bouger ses lèvres sans entendre sa voix tandis qu'il discute avec son adversaire du moment. La serveuse revient et je commande une nouvelle Heineken. Elle part immédiatement la chercher, me laissant en tête à tête avec la reine des SMS. Natalie et moi échangeons quelques messages sur la journée écoulée et ses plans pour la soirée, mais je sais que ce n'est que du bla-bla et qu'elle crève d'envie d'en savoir plus sur moi, enfuie à La Nouvelle-Orléans avec cet « homme mystère ». Et de qui il a l'air (pas de quoi, car elle compare toujours les garçons à des célébrités), et si je lui ai déjà « fait sa fête ». Je me contente de réponses évasives pour mieux la torturer. Après tout, elle le mérite bien. En outre, je ne suis pas encore prête à lui parler d'Andrew. Pas plus qu'à n'importe qui d'autre, d'ailleurs. Comme si le seul fait de l'évoquer, de confirmer son existence et ma présence à ses côtés, pouvait suffire à mettre un terme à toute cette expérience, à me porter la poisse. Comme si j'allais subitement me réveiller et comprendre que Blake avait versé une drogue dans le verre qu'il m'avait servi avant de m'emmener sur le toit ce soir-là, et que la suite des événements n'avait été qu'hallucination.

— Moi, c'est Mitchell, m'annonce un type qui pue l'eau de Cologne bon marché et dont l'haleine est chargée de whisky.

Il est de carrure moyenne, du genre balèze, mais pas trop. Il a les yeux injectés de sang, tout comme le blondinet qui l'accompagne. Je lui réponds d'un sourire incertain et jette un coup d'œil vers Andrew, qui arrive déjà par ici.

— Je suis avec quelqu'un, réponds-je doucement.

Le trapu se tourne vers la chaise qui me fait face, puis de nouveau vers moi, comme pour me signifier qu'elle est parfaitement vide.

— Camryn ? me demande Andrew derrière les deux garçons. Ça va ?

— Ouais, pas de problème, réponds-je.

Le trapu pivote les hanches pour considérer Andrew.

— Elle a dit « pas de problème », répète-t-il avec une pointe de défi.

Je ne voulais pas dire : « Pas de problème, laisse-moi tranquille, Andrew » et, si celui-ci l'a très bien compris, les deux lourdingues font semblant de ne pas percevoir la nuance.

— Elle est avec moi, explique Andrew en s'efforçant de rester calme, sans doute par égard pour moi.

Il a en effet déjà une lueur d'agressivité dans les yeux.

Le blondinet se met à rire.

Le trapu se retourne vers moi, une bouteille de Budweiser à la main.

— C'est ton petit ami ?

— Non, mais on...

Il ne me laisse pas finir et se retourne vers Andrew avec un petit sourire suffisant.

— Vous êtes pas ensemble, alors fous-nous la paix, mec.

Cette fois, Andrew arbore carrément un air assassin. Il ne va plus pouvoir se retenir longtemps.

Je me lève.

— Elle a peut-être envie de nous parler, insiste le trapu en prenant une gorgée de bière.

Il n'a pas l'air bourré, juste un peu éméché.

Andrew se rapproche d'un pas et incline la tête de côté, le regardant de haut. Puis il se tourne vers moi.

— Camryn, tu as envie de leur parler ?

Il sait bien que non, mais c'est juste un moyen de remuer le couteau dans la plaie qu'il s'apprête à infliger au butor.

— Non, dis-je.

Andrew pivote le menton et dilate les narines en crachant au visage de son vis-à-vis :

— Dégage avant que je ne te fasse avaler tes dents.

Un petit groupe se rapproche depuis les tables voisines.

Le grand blond, manifestement le plus malin des deux, pose la main sur l'épaule de son ami.

—Allez, viens, on retourne là-bas.

Il désigne de la tête le coin du bar où ils devaient se trouver jusqu'alors.

L'autre repousse sa main et vient défier Andrew d'un peu plus près.

Il n'en fallait pas plus.

Andrew arme la queue de billard et l'enfonce dans le ventre de son adversaire, le déséquilibrant et lui coupant le souffle. L'autre chancelle en arrière, se raccrochant de justesse au rebord de ma table, mais l'emportant dans sa chute. Je récupère mon sac en poussant un petit cri, mais ne peux rien pour ma bière qui se fracasse au sol. Sans lui laisser le temps de se relever, Andrew l'a enfourché et lui assène une volée de coups de poings.

Je me réfugie en bas de l'escalier, mais de nombreux curieux se précipitent vers la bagarre, me barrant le passage.

Le blond attrape Andrew par le cou afin de le forcer à lâcher prise. Je me jette alors sur lui et lui martèle le visage de petits coups maladroits, gênée que je suis par mon sac à main serré contre mon épaule. Andrew parvient cependant à se défaire sans mal de son assaillant, se glisse derrière lui et lui balance un coup de pied dans le dos qui l'envoie voler par terre, la tête la première.

Puis il m'attrape par le poignet.

—Ne reste pas au milieu, ma belle!

Il me repousse vers la foule et se remet face à ses deux adversaires en une fraction de seconde.

Le trapu s'est finalement relevé; pas pour longtemps toutefois, car Andrew lui décoche deux rapides crochets à la mâchoire, suivi d'un uppercut provoquant le premier sang. J'avise une dent tombée par terre. Cette vision me fait froid dans le dos.

L'édenté tombe sur une autre table, la renversant elle aussi. Son comparse revient à la charge, mais celui qui avait joué au billard avec Andrew s'occupe de son cas, laissant Andrew en face à face avec le courtaud.

Le temps que les videurs fendent la foule pour mettre un terme à l'échauffourée, Andrew a déjà poché les deux yeux de son adversaire, dont le nez est ruisselant de sang. Il titube tel un ivrogne, une main plaquée sur le pif, et le portier l'entraîne par l'épaule vers la sortie.

Andrew repousse sa propre escorte.

— C'est bon, lance-t-il en essuyant d'un revers de main le sang qui lui coule sur la bouche. Je m'en vais, pas la peine de me raccompagner.

Je cours le rejoindre et il me prend la main.

— Camryn, tu vas bien ? Tu n'es pas blessée ?

Il me scrute des pieds à la tête, l'air sauvage, dominant sa violence à grand-peine.

— Non, ça va. Partons.

Il serre ses doigts autour des miens et m'emmène à sa suite, bousculant les curieux ne se dispersant pas assez vite.

Une fois dehors, la musique semble s'éloigner alors que les portes se referment. Les deux imbéciles ayant déclenché la bagarre descendent déjà la rue ; le trapu a toujours la paume plaquée sur le visage. Je suis convaincue qu'Andrew lui a cassé le nez.

Andrew me force à m'arrêter sur le trottoir et m'attrape par les épaules.

— Dis-moi la vérité, ma belle. Est-ce que tu as mal quelque part ? Si oui, je te jure que je vais rattraper ces fumiers.

Mon cœur fond chaque fois qu'il m'appelle « ma belle ». Et son regard, aussi inquiet que féroce… Je meurs d'envie de l'embrasser.

— Vraiment, je n'ai rien. Au contraire, j'ai même cogné un peu celui qui t'a sauté dessus par-derrière.

Il me prend les joues entre ses paumes et m'observe, dubitatif.

— Je vais bien, assuré-je une fois encore.

Il me dépose un baiser appuyé sur le front, avant de me reprendre la main.

— On rentre à l'hôtel.

— Non, on s'amusait bien, et j'ai complètement dessoûlé à cause de ces deux cons.

Son regard s'adoucit.

— Très bien. Tu veux aller où, alors ?

— Dans un autre bar, proposé-je. Je ne sais pas, peut-être dans un truc plus tranquille.

Il pousse un profond soupir et me serre la main. Puis il m'examine une dernière fois, en commençant par mes pieds, dont les orteils vernis émergent de mes chaussures, puis remontant lentement jusqu'à mon haut sans bretelles qui mériterait d'être réajusté.

Je remonte le tissu au-dessus de ma poitrine et remets mon top en place.

— Tu es magnifique, là-dedans, mais il faut reconnaître que c'est un appât à connards.

— Peut-être, mais je n'ai aucune envie de retourner jusqu'à l'hôtel pour me changer.

— Ce ne sera pas la peine, affirme-t-il. Mais si tu veux aller dans un autre bar, tu vas devoir faire un truc pour moi, d'accord ?

— Quoi ?

— Faire comme si on sortait ensemble, répond-il. (Je me fends d'un léger sourire.) Ça pourrait en décourager quelques-uns. (Il marque une pause et m'observe d'un air scrutateur.) À moins que tu n'aies envie de te faire draguer ?

Je secoue immédiatement la tête.

— Non, je déteste qu'on me fasse du rentre-dedans. Un flirt innocent passe encore – ça flatte mon ego ! –, mais pas de dragueurs fous.

— Bien. Alors c'est réglé. Tu es ma petite copine canon pour la soirée, ce qui me donne le droit de te ramener plus tard et de te faire gémir un peu.

Il arbore ce sourire coquin qui me fait chavirer.

Je frétille déjà d'excitation. Je déglutis nerveusement puis entre dans son jeu en plissant légèrement les yeux à son intention.

Je suis ravie de revoir ses fossettes, et non plus l'air furieux – bien qu'incroyablement séduisant – qu'il affichait tout à l'heure.

— Même si j'aime bien ça – c'est un euphémisme –, je ne te laisserai pas recommencer.

Il semble à la fois surpris et déçu.

— Pourquoi pas ?

— Parce que, je… Eh bien, parce que c'est comme ça. Maintenant, viens ici.

Je l'attrape par la nuque et l'attire vers moi.

Puis je l'embrasse doucement, apposant longuement mes lèvres sur les siennes.

— Qu'est-ce que tu fous ? demande-t-il en me regardant droit dans les yeux.

Je lui souris tendrement.

— Je me mets dans la peau du personnage.

Ses lèvres se soulèvent légèrement aux commissures. Il se retourne et me prend par la taille, et nous recommençons à arpenter Bourbon Street.

25

Andrew

Peut-être que je peux le faire avec Camryn. Pourquoi me torturer et me refuser ce que je désire le plus au monde, alors que j'ai mérité le droit d'avoir ce qui me chante ? Peut-être que les choses évolueront différemment et qu'elle ne souffrira pas. Je pourrais retourner voir Marsters. Et si je la laissais partir pour ne jamais la revoir et que, ensuite seulement, Marsters se rendait compte qu'il avait complètement déconné ?

Putain de merde ! Désolé.

Camryn et moi avons testé deux autres bars du quartier français, et elle est parvenue les deux fois à se faire servir à boire malgré son âge. Elle n'a eu droit qu'à un contrôle d'identité et, son vingt et unième anniversaire tombant en décembre prochain, la serveuse a gentiment laissé filer.

Mais à présent elle est complètement bourrée, et je ne suis pas sûr qu'elle soit capable de marcher jusqu'à l'hôtel.

— Je vais appeler un taxi, déclaré-je en la maintenant debout sur le trottoir.

Des couples et des groupes de gens vont et viennent derrière nous, certains sortant du bar en titubant.

Je soutiens Camryn par la taille. Elle lève la main et la pose, de face, sur mon épaule. Elle arrive à peine à dresser la tête.

— Bonne idée, répond-elle, les yeux mi-clos.

Elle va bientôt s'évanouir ou se mettre à vomir. J'espère simplement qu'elle attendra d'être rentrée.

Le taxi nous dépose devant l'hôtel et je l'aide à en descendre, finissant par la porter le reste du chemin. À la voir, les jambes pendantes sur l'un de mes bras, la tête blottie contre ma poitrine, les gens de l'ascenseur nous dévisagent.

—Bonne soirée ? s'enquiert l'un des passagers.

—Ouais, acquiescé-je. Certains tiennent mieux l'alcool que d'autres…

La clochette retentit et les portes de la cabine coulissent. Mon interlocuteur descend. Deux étages plus haut, nous sortons à notre tour, et je la porte vers nos chambres.

—Où est ta clé, ma belle ?

—Dans mon sac, répond-elle d'une voix faible.

Au moins, elle a les idées claires.

Sans la reposer, je dégage son sac de sous son bras et en fais glisser la fermeture. En temps normal, je me serais moqué, lui demandant si elle transportait sa maison ou si quelque chose à l'intérieur risquait de me mordre, mais je sais qu'elle n'est pas d'humeur. Elle est dans un état lamentable.

La nuit va être longue.

La porte se referme derrière nous et je la transporte jusqu'à son lit, où je la dépose.

—Je me sens mal, gémit-elle.

—Je sais, ma belle. Il faut que tu dormes.

Je lui retire ses chaussures.

—Je crois que je vais…

Elle bascule la tête par-dessus le rebord du lit et se met à dégueuler.

Je m'empresse de récupérer la poubelle près de la table de chevet et parviens à intercepter l'essentiel, mais la femme de chambre risque malgré tout d'être furieuse. Camryn se vide complètement l'estomac, ce qui est surprenant étant donné qu'elle n'a presque rien mangé de la journée. Quand elle en a terminé, elle s'écroule sur l'oreiller. Des larmes, causées par la nausée, ruissellent au coin de ses yeux. Elle essaie de me regarder, mais n'arrive pas à focaliser.

— Il fait trop chaud, dit-elle.

— D'accord.

Je mets la clim à fond.

Puis je vais chercher un gant de toilette dans la salle de bains. Je l'imbibe d'eau froide et retourne à son chevet. Je lui tamponne délicatement le visage.

— Je suis désolée, marmonne-t-elle. J'aurais dû m'arrêter après le shot de vodka. À cause de moi, tu nettoies mon vomi.

Je lui rafraîchis les joues et le front, repoussant les mèches de cheveux collées à son visage, puis je lui passe le linge humide sur la bouche.

— Ne t'excuse pas, dis-je. Tu t'es bien amusée, c'est tout ce qui compte.

Après une courte pause, j'ajoute en souriant :

— Et puis, tu es complètement à ma merci, maintenant.

Elle essaie en vain de sourire et de me cogner le bras, trop faible pour y parvenir. Son léger rictus se mue bientôt en une moue de douleur, et des gouttes de transpiration perlent soudain sur son front.

— Oh, non…, bougonne-t-elle en s'asseyant sur le lit. Il faut que j'aille aux toilettes.

Elle s'agrippe à moi pour se lever, je l'aide à se hisser sur ses pieds.

Je l'accompagne jusqu'au trône, où elle plonge littéralement, les deux mains à plat sur la porcelaine. Son dos est secoué de convulsions. Les larmes redoublent.

— On aurait dû manger un steak, ma belle.

Je suis debout derrière elle à lui tenir les cheveux, pour éviter qu'ils ne se retrouvent pris entre deux feux. Je lui tamponne la nuque du gant. J'ai mal pour elle, de la voir se tordre si violemment de douleur, sans rien parvenir à recracher. Je sais d'expérience que sa gorge, sa poitrine et son ventre le lui feront payer plus tard.

Quand elle en a terminé, elle s'allonge sur le sol froid.

J'essaie de la remettre debout, mais elle proteste doucement :

— Non, s'il te plaît. Laisse-moi ici, le carrelage me rafraîchit.

Elle a le souffle court. Sa peau légèrement hâlée est d'une pâleur maladive. Je mouille une petite serviette et recommence à lui essuyer le visage, le cou, ses épaules nues. Puis je déboutonne son pantalon et le retire avec soin, la libérant de la tension du tissu sur son ventre et ses jambes.

— Ne t'inquiète pas, je ne vais pas abuser de toi, plaisanté-je.

Cette fois, elle ne répond pas.

Elle s'est endormie, la joue collée au sol.

Je sais que si je la déplace maintenant, elle risque de se réveiller et de se remettre à vomir, mais je ne veux pas l'abandonner ainsi, près des toilettes. Je m'allonge donc à côté d'elle et lui caresse le front, les bras et les épaules de mon linge humide pendant des heures, avant de sombrer à mon tour dans le sommeil.

Je n'avais jamais imaginé comater par terre à côté des toilettes en étant sobre, mais j'étais sincère en disant que je dormirais n'importe où avec elle.

Camryn

La porte de ma chambre s'ouvre. Un flot de soleil se déverse par un léger interstice entre les rideaux à l'autre bout de la pièce. Je fuis la lumière tel un vampire, plissant les paupières jusqu'à avoir détourné la tête. Il me faut une seconde pour prendre conscience d'être allongée sur mon lit dans mon bustier noir d'hier soir et mon shorty violet. Le lit a été dépouillé de tous ses draps, sauf de celui sur lequel je suis allongée et de celui qui me recouvre, qui sent encore la lessive. J'ai probablement vomi sur l'autre. Andrew a dû récupérer celui-ci auprès du service de chambre.

— Tu te sens mieux ? me demande-t-il en entrant dans la pièce avec un seau de glace dans une main et une pile de gobelets en plastique dans l'autre.

Il a également une bouteille de Sprite coincée sous le bras.

Il s'assied à côté de moi et dépose son fardeau sur la table de nuit, avant de dévisser le bouchon scellé du soda.

J'ai un mal de crâne carabiné et me sens sur le point de vomir d'un instant à l'autre. Je déteste les gueules de bois. J'aimerais mieux tomber ivre morte et me casser le nez sur le bitume que de me sentir si mal. Je me suis déjà réveillée dans cet état une fois, et les symptômes sont les mêmes qu'après un coma éthylique. Du moins selon Natalie, qui en a déjà fait un et a eu l'impression, le lendemain matin, de se faire « chier dessus par Satan en personne ».

— Pas du tout, finis-je par répondre.

Le seul son de ma voix me provoque un douloureux élancement dans la tête et derrière les oreilles. Je ferme les yeux de toutes mes forces quand je me mets à voir double.

— Tu en tiens une bonne, ma belle.

Il m'applique alors un linge humide sur le cou.

— Tu pourrais fermer le rideau ? S'il te plaît ?

Il se lève dans l'instant et je l'entends tirer le lourd tissu pour le remettre en place. Je remonte mes jambes nues contre ma poitrine, tire sur le drap pour me couvrir du mieux possible et m'affaisse en position fœtale sur l'oreiller.

Andrew extrait un gobelet en plastique de la pile et y glisse quelques glaçons. Il le remplit alors de Sprite et sort une boîte de médicaments.

— Prends ça.

Le matelas remue quand il se rassied à côté de moi, posant le bras sur ma jambe.

J'entrouvre lentement les paupières. Une paille jaillit déjà de mon gobelet afin de m'éviter l'inconfort de trop me relever pour boire. Je prends les trois cachets d'Advil qu'il me tend et les fourre dans ma bouche, puis aspire assez de soda pour les avaler.

— Pitié, assure-moi que je n'ai rien dit ou fait d'humiliant dans ces bars hier soir.

Je l'observe à travers mes yeux en fente.

Je perçois son sourire.

— En fait, si, déclare-t-il. (L'appréhension me noue la gorge.) Tu as dit à un type qu'on était mariés et qu'on allait avoir quatre enfants – ou cinq, je ne me rappelle plus. Puis une nana s'est mise à me draguer et tu as bondi de ta chaise en la traitant de tous les noms – c'était hilarant.

Cette fois, je vais vomir, c'est sûr.

— Andrew, dis-moi que tu mens ! Je ne sais plus où me mettre…

Ma migraine empire. Je ne pensais pas que c'était possible.

J'entends son rire léger et ouvre un peu plus les yeux afin de mieux distinguer son visage.

— Ouais, ma belle, je mentais. (Il me tamponne délicatement le front à l'aide du gant de toilette frais.) En réalité, tu t'es très bien comportée, même sur le chemin du retour. (Je remarque qu'il me reluque.) Désolé, j'ai dû te déshabiller – enfin, personnellement, j'y ai pris beaucoup de plaisir, mais ça s'inscrivait dans l'exercice de mes fonctions. J'étais obligé de le faire, tu comprends ?

Il arbore un air si sérieux que je ne peux réprimer un sourire.

Je referme les paupières et me rendors pour une heure ou deux, jusqu'à ce que la femme de chambre vienne frapper à ma porte.

Je me demande si Andrew est resté à côté de moi toute la nuit.

— Oui, entrez. Je vais l'emmener dans ma chambre pour vous laisser nettoyer.

Une vieille dame à la teinture orangée entre dans la pièce dans sa tenue de travail.

— Viens, ma belle, me dit Andrew en me prenant dans ses bras, le drap toujours enveloppé autour de ma taille. Laissons travailler madame.

Je pourrais sans doute marcher, mais je ne vais pas me plaindre : je suis très bien où je suis.

Lorsque nous passons devant le meuble télé, je tends la main vers mon sac qui y repose. Andrew s'arrête le temps de le ramasser et de l'emporter avec moi. Je me blottis contre son torse et enroule les bras autour de son cou.

Il se retourne sur le seuil et adresse un regard navré à la femme de chambre.

— Désolé pour le cadeau à côté du lit, explique-t-il avec une grimace. Vous aurez un joli pourboire.

Il m'emmène alors jusqu'à sa chambre.

Il commence par tirer les rideaux, puis pose ma tête sur son oreiller.

— J'espère que tu iras mieux d'ici ce soir, déclare-t-il en arpentant la pièce comme s'il cherchait quelque chose.

— Qu'est-ce qui se passe, ce soir ?

— Un autre bar, répond-il simplement.

Il finit par mettre la main sur son lecteur MP3, resté sur la chaise près de la fenêtre, et le pose sur la commode à côté de son sac.

Je gémis de protestation.

— Oh non, Andrew, je refuse de retourner dans un bar. Je ne boirai plus jamais de ma vie.

Je surprends son sourire à l'autre bout de la pièce.

— C'est ce qu'on dit toujours, affirme-t-il. Et de toute façon je ne te laisserais pas boire même si tu changeais d'avis. Il faut toujours laisser passer une nuit entre deux gueules de bois si tu ne veux pas atterrir plus tôt que prévu aux alcooliques anonymes.

— En tout cas, j'espère me sentir suffisamment bien pour faire autre chose que traîner au lit toute la journée. Pour le moment, c'est pas gagné.

— Eh bien, il faut que tu manges, c'est obligatoire. Même si cette simple idée te retourne sans doute l'estomac, il va falloir que tu avales quelque chose si tu ne veux pas te sentir mal toute la journée.

— Tu as raison, réponds-je, le cœur au bord des lèvres. Cette seule pensée suffit en effet à me donner la nausée.

— Des œufs et des toasts, déclare-t-il en revenant vers moi. Quelque chose de léger. Tu vois le genre.

— Ouais, je vois le genre, confirmé-je d'un ton neutre.

J'aimerais tellement être rétablie en un claquement de doigts…

26

Camryn

En fin d'après-midi, je me sens mieux ; je ne suis pas encore à cent pour cent, mais en tout cas suffisamment en forme pour prendre le tramway avec Andrew et visiter des lieux que nous n'avons pas fréquentés hier. Après que j'ai réussi à avaler des œufs et deux tranches de pain grillé, nous avons donc pris le tram sur Riverfront jusqu'à l'aquarium, où nous avons traversé un tunnel long de dix mètres, entourés d'eau et de poissons. Puis nous avons nourri des perruches à la main et avons traversé une parcelle de forêt tropicale. Nous avons ensuite jeté de la bouffe aux raies pastenagues, avant de prendre des photos avec nos téléphones portables, ce genre d'autoportraits ridicules, les bras tendus devant nous. Quand je les ai plus tard regardées de près, je me suis fait la réflexion, en remarquant nos joues collées l'une à l'autre et nos larges sourires, que nous ressemblions à n'importe quel couple prenant du bon temps ensemble.

N'importe quel couple… sauf que nous ne sommes pas en couple, et que je dois faire un effort pour m'en souvenir.

La vie est une chienne.

D'un autre côté, ça m'apprendra à ne pas savoir ce que je veux. Non, en vérité, je sais très bien ce que je veux. Je n'arrive plus à me convaincre du contraire, même si cela me terrifie toujours. J'ai peur d'Andrew et de la douleur que je ressentirais s'il venait à me faire de la peine, car j'ai le sentiment qu'elle serait trop forte pour que je puisse le supporter. Ça me paraît déjà insurmontable, alors qu'il ne m'a pas encore blessée.

Me voilà dans la mouise jusqu'au cou, aucun doute là-dessus.

Lorsque la nuit tombe sur La Nouvelle-Orléans et que les fêtards sortent de leur tanière, Andrew me fait prendre le ferry pour traverser le Mississippi. Nous marchons ensuite jusqu'au *Old Point Bar*. Je suis ravie d'avoir remis mes tongs plutôt que ces nouveaux talons. Andrew m'y a plus ou moins forcée, surtout qu'il savait que nous allions nous balader pas mal.

— Je ne quitte jamais La Nouvelle-Orléans sans être passé par ici, m'apprend-il tandis que nous avançons, main dans la main.

— Quoi, tu viens si souvent que ça ?

— Ouais, on peut dire ça. Une ou deux fois par an, en tout cas. J'ai même joué ici, à l'occasion.

— De la guitare ? deviné-je en le scrutant d'un air curieux.

Quatre personnes arrivent dans l'autre sens, et je me colle contre Andrew pour les laisser passer.

Il me lâche la main et m'enlace la taille.

— J'en joue depuis mes six ans, dit-il dans un sourire. Je n'étais pas très bon, à l'époque, mais il faut bien commencer un jour. Je n'ai atteint un niveau convenable qu'à dix ans.

J'en suis soufflée.

— C'est ce qu'on appelle un talent précoce, répliqué-je.

— Peut-être. Quand j'étais gamin, j'étais le « petit musicien », et Aidan le « petit architecte » (il me jette un regard), parce qu'il construisait sans arrêt des trucs : il a même bâti une cabane impressionnante au sommet d'un arbre. Asher, lui, était le « petit hockeyeur ». Mon père adorait le hockey, presque autant que la boxe (nouveau coup d'œil dans ma direction). Asher a laissé tomber au bout d'un an – il n'en avait que treize. (Il émet un léger rire.) C'est papa qui l'avait forcé à en faire. Asher, lui, ne rêvait que d'électronique. Il essayait de communiquer avec des extraterrestres à l'aide d'un bidule fait de bric et de broc qu'il avait fabriqué après avoir vu le film *Contact*.

Nous pouffons l'un et l'autre.

— Et ton frère ? m'interroge-t-il. Tu m'as dit qu'il était en prison, mais avant, vous vous entendiez comment ?

J'affiche une mine revêche.

— Cole était un grand frère génial, jusqu'au lycée, quand il a commencé à traîner avec le caïd du quartier. Braxton Hixley. J'ai toujours détesté ce type. Bref, Cole et Braxton se sont mis à se droguer et à faire des conneries. Mon père a essayé de l'envoyer dans un centre pour enfants à problèmes, mais il s'est enfui et a déconné encore plus. Après, c'est devenu de pire en pire. (Je relève la tête en voyant un autre groupe approcher.) Il mérite ce qui lui arrive.

— Peut-être que, quand il ressortira, il ressemblera davantage au grand frère dont tu te souviens.

— Peut-être.

Je hausse les épaules, dubitative.

Au bout du trottoir, nous tournons au croisement de Patterson et d'Olivier, où se trouve le *Old Point Bar*. On dirait plutôt la devanture d'une maison à étage traditionnelle, accolée à un petit immeuble. Nous passons sous la vieille enseigne tout en longueur, entre les vieilles tables et chaises en plastique où plusieurs personnes fument et discutent très fort.

J'entends un groupe à l'intérieur.

Andrew tient la porte ouverte pour laisser sortir un couple, puis il me prend par la main. La salle n'est pas immense, mais plutôt confortable. Je lève les yeux sur le haut plafond, remarquant les innombrables photos, plaques d'immatriculation, publicités lumineuses, bannières colorées et vieux panneaux qui en recouvrent chaque centimètre carré. Plusieurs ventilateurs sont suspendus au lambris. À ma droite se trouve le comptoir, derrière lequel, comme dans n'importe quel autre bar de ma connaissance, est installée une télé dans un coin de mur. Malgré la foule qui encombre les lieux, la barmaid lève soudain la main et semble faire signe à Andrew.

Ce dernier lui répond d'un sourire et agite deux doigts, comme pour lui dire : « Je viens te voir dans deux minutes. »

Toutes les tables semblent prises, et la piste de danse est investie. Le groupe qui joue dans le fond de la salle est vraiment bon. Une sorte de blues rock qui me plaît bien. Un homme noir gratte sa guitare argentée sur un tabouret, tandis qu'un Blanc chante, son acoustique suspendue à la sangle qu'il a autour du cou. Un gros costaud est à la batterie, et le clavier sur la scène est inutilisé.

Je dois y regarder à deux fois pour constater qu'il y a effectivement un chien noir miteux sur le sol devant moi, qui me contemple en remuant la queue. Je me penche pour le gratter derrière les oreilles. Satisfait, il se dandine jusqu'à son maître, à la table la plus proche, et s'installe à ses pieds.

Après quelques minutes, Andrew remarque les trois personnes qui quittent leur table non loin de la scène, et il m'entraîne à sa suite pour profiter de l'occasion.

Je ne suis pas entièrement remise de ma cuite d'hier soir et j'ai encore un peu mal à la tête, mais, bizarrement, malgré le bruit ambiant, cela n'empire pas.

— Elle ne boit pas, indique Andrew à la barmaid qu'il a saluée en arrivant.

Elle s'est faufilée jusqu'à notre table le temps que je m'installe.

Cette femme aux cheveux châtains et soyeux lissés derrière les oreilles semble avoir une petite quarantaine d'années. Son sourire est si large quand elle prend Andrew dans ses bras que je me demande s'il s'agit de sa tante ou d'une cousine.

— Ça fait dix mois, Parrish, dit-elle en lui frottant le dos des deux mains. T'étais passé où ?

Elle se tourne vers moi, souriant toujours.

— Et qui est-ce ?

Elle adresse à Andrew un regard taquin, mais pas uniquement.

Andrew m'attrape la main et je me lève, afin que les présentations s'effectuent dans les règles.

— Voici Camryn. Camryn, je te présente Carla. Elle travaille ici depuis au moins six de mes horribles représentations.

Carla le repousse en riant, puis me fait de nouveau face.

— Ne le laisse pas te mentir, dit-elle en haussant les deux sourcils. C'est un super chanteur. (Elle m'adresse un clin d'œil puis me tend la main.) Ravie de te rencontrer.

Je lui souris à mon tour.

Chanteur ? Je croyais qu'il était venu jouer de la guitare ; j'ignorais qu'il savait aussi chanter. Cela dit, je ne suis pas surprise. Il me l'a déjà prouvé à Birmingham sur le *alibis* de « Hotel California ». Et régulièrement, dans la voiture, quand il en venait à oublier ma présence – ou à s'en fiche –, il se laissait aller sur quelques morceaux de rock classique diffusés par les haut-parleurs.

Cependant, je ne m'étais jamais doutée qu'il avait déjà donné des concerts. Dommage qu'il n'ait pas apporté sa guitare, j'aurais adoré être spectatrice ce soir.

— En tout cas, je suis contente de te revoir, dit Carla avant de désigner l'homme noir sur scène. Eddie le sera aussi.

Andrew hoche la tête et sourit lorsque Carla retourne derrière le bar.

— Tu veux un soda ou autre chose ?

— Non merci.

Il reste debout et, lorsque l'orchestre achève son morceau, je comprends pourquoi. Quand le fameux Eddie remarque Andrew, son visage s'illumine. Il pose sa guitare argentée à côté de son tabouret et vient le rejoindre. Il l'étreint de la même manière que Carla et je me lève pour le saluer.

— Parrish ! Ç'fa un bail ! s'exclame Eddie avec son fort accent cajun. Quoi, un an ?

Carla avait également un léger accent, loin d'être aussi prononcé.

— Presque, répond Andrew, tout sourires.

Il semble réellement heureux ici, comme s'il retrouvait de lointains parents perdus de vue depuis longtemps. Même son sourire est plus chaleureux et avenant que je ne l'ai jamais vu. Quand il m'a présenté Carla et Eddie, son air radieux illuminait la pièce. Je me sens comme la fille spéciale, celle qu'on accepte de ramener à la maison pour la présenter aux siens ; et, vu leur regard à tous les deux, ils ont dû avoir la même impression.

— T'vas jouer ço soâ ?

Je me rassieds et lève les yeux vers Andrew, aussi curieuse qu'Eddie d'entendre sa réponse. Ce dernier ne se satisfera pas d'un non, malgré les ridules qui ornent ses yeux tandis que son sourire s'élargit.

— Eh bien, je n'ai pas apporté ma guitare.

— Oh. (Eddie secoue la tête.) Tu m'prends p'r un couillon ? (Il désigne la scène.) J'en a plein d'aut.

— J'aimerais bien t'entendre, interviens-je derrière lui.

Andrew me contemple, incertain.

— Sérieusement. S'il te plaît.

J'incline légèrement la tête en ourlant les lèvres.

— Oh, oh, l'fille a d'sacrés yeux, pour sûr.

Eddie adresse à Andrew un sourire en coin.

Andrew finit par capituler.

— D'accord, mais une seule.

— N'seule, tu dis ?

Eddie plisse le menton et reprend :

— S'une seule, c'moi qu'choisis.

Il se désigne en plantant le doigt juste au-dessus du dernier bouton de sa chemise blanche. Un paquet de cigarettes émerge de sa poche de poitrine.

Andrew acquiesce.

— D'accord, tu choisis.

Eddie sourit de plus belle et me lorgne avec un regard en coin suspicieux.

— Une qui r'mue c'dames comme la fois darnière.

— Les Rolling Stones ? demande Andrew.

— Mmm, mmm, confirme Eddie. C'la même, gars.

— Laquelle ? m'enquiers-je en posant le menton sur mon poing.

— « Laugh, I Nearly Died », répond Andrew. Tu ne l'as sans doute jamais entendue.

Il a raison. Je secoue doucement la tête.

— Non, effectivement.

Eddie fait signe à Andrew de le suivre sur scène. Après s'être penché pour me déposer un surprenant baiser sur les lèvres, celui-ci emboîte le pas à son ami.

Je reste assise, un peu nerveuse bien qu'excitée, les coudes plantés sur la table. Tant de conversations résonnent alentour qu'elles causent comme un ronronnement continu. De temps à autre, j'entends une bouteille tinter contre une autre ou s'abattre sur une table. La salle est plutôt sombre, à peine éclairée par les enseignes au néon faiblissantes ou par les grands vitraux qui laissent filtrer les rayons de lune ou le halo des réverbères. Un éclat jaune surgit parfois à droite de la scène, où doivent se trouver les toilettes.

Andrew et Eddie commencent à s'installer. Andrew va chercher un autre tabouret quelque part derrière la batterie et le place au milieu de la scène, devant le micro. Eddie adresse quelques mots au batteur –sans doute pour l'informer du morceau à venir–, qui hoche la tête. Un autre homme émerge des coulisses, une guitare à la main, à moins qu'il ne s'agisse d'une basse : je n'ai jamais bien su faire la différence. Eddie tend une gratte noire à Andrew, déjà reliée à un ampli non loin. Ils devisent brièvement, sans que j'entende leurs paroles. Puis Andrew s'assied sur son siège, relevant le pied sur le barreau du bas. Eddie l'imite.

Ils entreprennent d'ajuster ceci et d'accorder cela. Le batteur donne quelques coups de cymbale irréguliers. De légers Larsens retentissent quand un nouvel ampli est allumé, ou simplement réglé plus fort, puis *tap tap tap* quand Andrew teste son micro du bout du pouce.

J'ai déjà un nœud à l'estomac, ressentant le trac aussi bien que si j'étais moi-même sur scène devant cette foule d'inconnus. Mais surtout j'ai des papillons dans le ventre parce qu'il s'agit d'Andrew. Il se tourne vers moi depuis son tabouret et nos regards se croisent pendant plusieurs secondes. Puis le batteur commence à jouer, bientôt imité par Eddie sur sa guitare. Une mélodie lente et envoûtante capte immédiatement l'attention du public – à l'évidence, c'est l'un des classiques du lieu, et il ne se lasse pas de l'entendre. Andrew se joint aux deux autres, et à peine a-t-il plaqué quelques accords que mon buste marque déjà le tempo.

Lorsqu'il se met à chanter, ma nuque se tend tel un ressort. Je redresse subitement la tête, incrédule : sa voix de bluesman est tout bonnement captivante. Il garde les yeux fermés et secoue le chef au rythme sensuel et sentimental du morceau.

Et, au début du refrain, Andrew me coupe littéralement le souffle…

Je m'adosse doucement à ma chaise et écarquille les yeux, tandis que l'âme d'Andrew semble s'exprimer par les paroles. Son expression se durcit à chaque pic d'intensité, s'apaise quand les notes sont plus douces. Plus personne ne parle dans le bar. Je n'arrive pas à détacher mon regard d'Andrew pour observer les lieux, mais j'ai senti le changement d'atmosphère dès les premières mesures du puissant refrain, lorsqu'il s'est mis à faire étalage de ce timbre incroyable que je n'aurais jamais soupçonné.

Le rythme ralentit quand il entonne le deuxième couplet ; désormais, toute la salle est focalisée sur la musique. Les gens dansent ou se balancent autour de moi, les couples se rapprochent, tant au niveau de la taille que des lèvres, car cette chanson est plus qu'envoûtante. Quant à moi, le souffle court, le regard fixe, je me laisse pénétrer par chacune des douces syllabes prononcées par Andrew. Tel un poison irrésistible, il me tétanise et me donne l'impression de pouvoir s'emparer de mon âme ; et pourtant je continue de le boire.

Il a toujours les paupières closes, comme s'il devait s'isoler du reste du monde pour mieux ressentir la musique. Au deuxième refrain, il semble encore plus impliqué, presque au point de se lever de son tabouret, mais il reste en place, le cou tendu vers le micro. Son visage trahit chacune des émotions transmises par sa voix et les cordes de sa guitare.

Eddie, le batteur et le bassiste l'accompagnent au chant, et la foule les imite timidement.

Au troisième couplet, j'ai envie de pleurer, mais en suis incapable. Comme si les sanglots se trouvaient là, tapis au creux de mon estomac, attendant leur heure.

« Laugh, I nearly died[1]*… »*

Andrew chante encore, avec tellement de passion que, bientôt, c'est moi qui suis sur le point de succomber, tant mon cœur ne cesse de s'emballer. Puis les chœurs reprennent, et seule la batterie continue. Un roulement profond de grosse caisse, que je ressens jusque sous mes semelles. Le public se met alors à taper du pied en rythme et entonne le refrain à l'unisson. Tout le monde tape des mains en même temps, faisant puissamment vibrer l'air. Une deuxième fois. Et lorsque Andrew termine sur un « Yeah, yeah », tout s'arrête brusquement.

Quelques cris retentissent, quelques sifflets, nombre de « C'est bon, ça ! » et de « Truc de ouf ! ». Une succession de frissons me dévalent l'échine avant de se répandre dans tout mon corps.

1. « Tu peux rire, j'ai failli mourir… » (*N.d.T.*)

« Laugh, I Nearly Died ». Je n'oublierai jamais cette chanson.

Comment un garçon pareil peut-il exister ?

J'attends que la poisse surgisse, ou de me réveiller soudain à l'arrière de la camionnette de Damon, sous le regard inquiet de Natalie m'expliquant comment Blake s'est joué de moi à *L'Underground.*

Andrew repose sa guitare d'emprunt contre le tabouret, avant d'aller serrer la main d'Eddie, du batteur, puis du bassiste. Eddie le raccompagne jusqu'à mi-chemin, puis s'arrête et me décoche un clin d'œil avant de remonter sur scène. Je l'aime vraiment bien. Il transpire l'honnêteté, la bonté et la grandeur d'âme.

Andrew serre quelques mains et reçoit une palanquée de compliments avant de me rejoindre.

Quelques femmes le scrutent même avec un air concupiscent.

— Mais qui es-tu ? lui demandé-je, ne plaisantant qu'à moitié.

Il rougit légèrement et retourne une chaise libre afin de pouvoir s'asseoir face à moi.

— Tu es fabuleux, Andrew. Je ne m'attendais pas à ça.

— Merci, ma belle.

Il fait preuve d'une grande modestie. Je m'attendais à moitié à ce qu'il me traite de groupie et me propose d'aller le récompenser derrière le bar, mais il semble rechigner à évoquer son talent, tant celui-ci le met mal à l'aise. À moins qu'il ne sache simplement pas accepter les compliments ?

— Sérieux, insisté-je. J'adorerais savoir chanter aussi bien que toi.

Cela suscite une réaction, bien que légère.

— Tu en es capable.

Je retire la tête et la secoue lourdement.

— Non non non non, l'interromps-je avant qu'il ne se fasse des idées. Je ne chante pas bien. Je ne suis pas complètement nulle, mais je n'ai certainement pas le niveau de monter sur scène.

— Pourquoi pas ? (Carla nous interrompt le temps d'apporter une bière à Andrew, puis retourne s'occuper de ses autres clients.) Tu as le trac ?

Il porte la bouteille à ses lèvres et bascule la tête en arrière.

— Eh bien, je n'ai jamais envisagé de chanter ailleurs que dans une voiture, Andrew, dis-je en m'adossant à ma chaise. On ne peut donc pas faire comme si c'était le trac qui m'avait retenue.

Andrew hausse les épaules et avale une nouvelle gorgée avant de poser sa bouteille.

— Eh bien, pour info, je trouve que tu as une très jolie voix. Je t'ai entendue dans la voiture.

Je roule des yeux et croise les bras.

— Merci, mais c'est facile de faire croire qu'on sait chanter quand on le fait par-dessus la voix de quelqu'un d'autre. Si tu m'entendais sans musique de fond, je suis sûre que tu te boucherais les oreilles.

Je me penche vers lui avant d'ajouter :

— Mais pourquoi est-ce qu'on parle de moi, en fait ? le taquiné-je en plissant les yeux. C'est de toi qu'on devrait causer. D'où ça te vient ?

— Ce sont mes influences, sans doute. Mais personne ne peut chanter comme Jagger.

— Oh, je m'inscris en faux, dis-je en reculant le menton. C'est ton idole ou quoi ?

Il m'adresse un sourire chaleureux.

— Il est tout en haut de ma liste d'influences, mais non, ma véritable idole est légèrement plus vieille.

Son regard abrite quelque profond secret.

— Qui ça ? demandé-je, complètement fascinée.

Sans prévenir, Andrew se penche en avant et m'attrape par la taille, me forçant à monter sur ses genoux. Je suis légèrement surprise, mais nullement contrariée. Il plonge ses yeux dans les miens.

— Camryn ?

Je lui souris, me demandant encore ce qui me vaut cette attention.

— Oui ?

J'incline légèrement la tête, posant les mains sur son torse.

Ses prunelles se mettent à pétiller, et il ne répond rien.

— Quoi ? insisté-je, de plus en plus curieuse.

Ses mains se resserrent dans mon dos et ses lèvres viennent effleurer les miennes. Je cille brièvement, me délectant de ce contact. Je ressens le besoin de prolonger ce baiser, mais ne suis pas certaine que ce soit une bonne idée.

Je rouvre les yeux quand il décolle sa bouche de la mienne.

— Qu'est-ce qui ne va pas, Andrew ?

Son sourire m'embrase littéralement.

— Rien, réplique-t-il en m'assenant une légère tape sur les cuisses, revêtant déjà son masque du Andrew jamais sérieux. Je voulais juste te voir assise sur mes genoux.

Il me décoche un sourire malicieux.

Je me tortille pour m'échapper – sans y mettre trop d'ardeur – et il me serre de plus belle pour me maintenir en place. La seule fois qu'il me laisse descendre de toute la soirée, c'est lorsque j'ai besoin d'aller aux toilettes. Et encore, il se plante devant la porte à m'attendre. Nous traînons longtemps au *Old Point* à écouter Eddie et son groupe enchaîner les morceaux de blues, de blues rock voire de jazz, avant de retourner à l'hôtel, à 23 heures passées.

27

Camryn

De retour à l'hôtel, Andrew reste dans ma chambre le temps d'un film. Nous discutons longuement, et je sens nos réticences communes : il y a un tas de choses que nous nous gardons bien de révéler.

Comme nous sommes trop similaires, aucun ne prend le risque de franchir la ligne jaune en premier.

Qu'est-ce qui nous en empêche ? Peut-être moi ; peut-être que notre relation ne peut pas aller plus loin, car il me sait indécise. À moins que lui non plus ne soit sûr de rien.

Toutefois, comment deux personnes aussi indéniablement attirées l'une par l'autre – et plus encore – peuvent-elles ne pas céder ? Voilà presque deux semaines que nous sommes sur la route. Nous avons partagé des secrets intimes ; nous avons d'ailleurs été intimes de bien des manières. Nous avons dormi l'un contre l'autre, nous sommes touchés, et pourtant, nous demeurons chacun d'un côté d'une épaisse cloison de verre. Nous apposons nos mains l'une contre l'autre à travers cette paroi, nous nous regardons dans les yeux et nous savons pertinemment ce que nous désirons, mais cette foutue vitre refuse de disparaître. Il s'agit soit d'une inamovible discipline personnelle, soit purement et simplement d'une torture auto-infligée.

— Ce n'est pas que j'aie hâte de repartir, dis-je alors qu'Andrew s'apprête à retourner dans sa chambre, mais combien de temps va-t-on rester à La Nouvelle-Orléans ?

Il récupère son téléphone sur la table de chevet et en vérifie brièvement le cadran avant de le faire disparaître dans sa main.

— Les chambres sont payées jusqu'à jeudi, déclare-t-il, mais c'est comme tu veux. On peut partir demain ou rester plus longtemps.

J'affecte une légère moue, feignant d'y réfléchir en me tapotant la joue de l'index.

— Je ne sais pas, dis-je en me mettant debout. Ça me plaît bien, ici, mais il faut encore qu'on aille jusqu'au Texas.

Andrew me contemple d'un air interrogateur.

— Ah bon ? Tu es toujours branchée par le Texas ?

J'acquiesce lentement, y songeant sérieusement pour la toute première fois.

— Ouais, réponds-je d'un ton distant. Je crois que oui. Ça a commencé avec le Texas...

Les mots « peut-être que ça finira au Texas » me traversent l'esprit, et je me décompose subitement.

Andrew m'embrasse le front avec tendresse.

— À demain matin.

Et je le laisse partir, car cette cloison de verre est décidément trop épaisse et intimidante pour que je l'escalade et l'empêche de sortir.

Plusieurs heures plus tard, au creux de la nuit, alors que la plupart des gens dorment, je me réveille en sursaut et m'assieds sur mon lit. Je ne sais pas ce qui a pu me tirer de ma torpeur, mais j'opte pour un bruit violent. Le temps de reprendre mes esprits, je scrute les ténèbres, espérant découvrir ce qui a bien pu tomber quand je me serais accoutumée à l'obscurité. Je me lève et fais le tour de la pièce, entrouvrant les rideaux pour obtenir un filet de lumière supplémentaire. Je jette un coup d'œil vers la salle de bains, vers la télé, et enfin vers le mur. Andrew. Je commence à comprendre. Ce que j'ai entendu devait venir de *sa* chambre, juste derrière ma tête.

J'enfile mon short en coton blanc par-dessus mon shorty, récupère la carte de ma chambre et le double de la sienne qu'il m'a laissé, et je m'engouffre, pieds nus, dans le couloir illuminé.

Je frappe doucement à sa porte.

— Andrew ?

Pas de réponse.

Je retente ma chance, un peu plus fort cette fois, toujours sans résultat. Après une brève hésitation, je glisse sa carte magnétique dans la serrure et pousse doucement le battant, au cas où il dormirait.

Andrew est assis au bord de son lit, les coudes sur les genoux et les mains croisées entre les jambes. Dos voûté et tête basse, il ne peut rien voir d'autre que la moquette.

Du coin de l'œil, j'avise son portable gisant au sol, l'écran brisé. Je comprends immédiatement qu'il l'a balancé contre le mur.

— Andrew ? Qu'est-ce qu'il y a ? lui demandé-je en approchant lentement, pas parce que j'ai peur de lui, mais parce que j'ai peur pour lui.

Les rideaux ouverts en grand laissent pénétrer la clarté lunaire, nimbant le corps à moitié nu d'Andrew d'un halo gris-bleu. Il ne porte qu'un boxer. Une fois à sa hauteur, je lui caresse les bras jusqu'à ses mains, que je saisis délicatement entre mes doigts.

— Tu peux me le dire, déclaré-je, même si j'ai déjà compris.

Il ne lève pas le menton, mais serre fortement mes doigts.

Mon cœur se fissure.

Je m'approche davantage, venant me poster entre ses jambes. Il n'hésite alors plus à m'étreindre. Ma poitrine se sert de le voir ainsi partager sa douleur. Je prends sa tête dans mes bras et la plaque contre mon ventre.

— Je suis désolée, mon chéri.

Je frémis en entendant mes paroles. Je m'efforce toutefois de garder une contenance, malgré les larmes qui me ruissellent sur les joues. Je mets les mains en coupe sur sa nuque, et il enfonce un peu plus le front dans le creux de mon ventre.

— Je suis là, Andrew, dis-je tendrement.

Il pleure silencieusement contre moi. Il n'émet jamais un son, mais je sens son corps trembler légèrement. Son père est mort et il s'autorise à extérioriser son chagrin. Il m'étreint pendant une éternité, m'étouffant presque lorsque la douleur est au plus fort, et je le serre moi aussi, les mains plongées dans ses cheveux.

Il finit par lever les yeux pour me regarder. Je donnerais cher pour voir disparaître l'affliction sur son visage. À cet instant, c'est tout ce qui m'importe. Je veux le réconforter.

Andrew me tire par la taille pour me forcer à m'allonger sur le lit, où il m'enlace de nouveau, mon dos plaqué contre son corps. Une heure s'écoule, durant laquelle je suis le parcours de la lune. Andrew garde le silence et je ne l'encourage pas à parler, car je sais qu'il a besoin de ce moment. Si cela implique que nous cessions tout échange, je suis prête à l'accepter, tant que nous restons l'un contre l'autre.

Deux personnes étrangères aux larmes finissent par pleurer de conserve, et si la fin du monde devait avoir lieu aujourd'hui, au moins nous crèverions heureux.

Le soleil en vient à chasser la lune, bien que, pendant un temps, tous deux soient dissimulés dans le vaste firmament, si bien que nul ne domine l'autre. La chambre est baignée de pourpre et de gris, ainsi que de quelques taches rosées ; puis l'aurore finit par l'emporter et réveille notre côté du monde.

Je roule sur le côté pour faire face à Andrew. Il ne dort pas non plus. Je lui souris tendrement et il me répond quand je l'embrasse délicatement sur les lèvres. Il tend la main pour me caresser la joue, puis la bouche, son pouce survolant à peine ma lèvre inférieure avant de retomber. Je me rapproche de lui et il prend ma main dans la sienne, avant de les reposer entre nos corps blottis. Ses yeux verts magnifiques me sourient également. Il finit par me lâcher la main pour m'attraper par la taille et me coller contre lui, si bien que je sens la chaleur de son souffle sur mon menton à chacune de ses respirations.

Je sais qu'il ne veut pas parler de son père et que l'évoquer pourrait tout gâcher, je m'en abstiens donc. Même si j'ai envie de l'entendre, et qu'il me semble indispensable qu'il s'exprime pour faire son deuil, je patienterai. Il lui faut du temps.

Du bout du doigt, je dessine le contour du tatouage qui orne son biceps droit. Puis je laisse mon ongle courir jusqu'à ses côtes.

— Je peux la voir ? demandé-je à mi-voix.

Il sait que je parle de l'Eurydice sur son flanc gauche, bien à l'abri contre le matelas.

Andrew me scrute longuement, mais son expression reste indéchiffrable. Il finit par se lever, puis rampe de l'autre côté afin de me dévoiler son tatouage. Comme tout à l'heure, il est allongé sur le côté et me tire contre lui, avant de soulever légèrement le bras. Je me redresse pour mieux voir, et trace de l'index cette œuvre d'art complexe, si magnifique et vivante. La tête commence cinq centimètres sous son aisselle, et le corps se déploie jusqu'aux pieds nus, au milieu de ses hanches bien dessinées. Elle porte une longue robe translucide, plaquée contre elle comme par une bourrasque. Des volutes de tissu s'envolent derrière et autour d'elle dans ce vent invisible.

Elle est debout sur une falaise et contemple le vide, un bras tendu délicatement derrière elle.

C'est là que cela devient étrange.

Eurydice tend l'autre main devant elle, mais l'encre s'arrête au coude. Un troisième bras a été ajouté de l'autre côté, mais ça n'est pas le sien ; il semble appartenir à un tiers, sans doute un homme. Des rus de tissus apparaissent également flotter au vent.

Plus bas, sur le même rebord, se trouve un pied au bout d'un mollet musclé, qui s'efface juste avant le genou.

Je dessine chaque portion du tatouage, hypnotisée par sa beauté, mais en même temps tentant d'en percevoir la complexité et de deviner la signification des parties manquantes.

Je lève les yeux vers Andrew, qui déclare :

— Tu m'as demandé hier soir qui était mon idole musicale, et la réponse est Orphée – je sais que ça peut sembler bizarre, mais j'ai toujours adoré l'histoire d'Orphée et Eurydice, surtout telle qu'elle est racontée par Apollonios de Rhodes.

Je souris doucement et observe de nouveau le tatouage ; mes doigts sont toujours posés sur ses côtes.

— Je connais Orphée, mais pas trop Eurydice.

Je suis un peu honteuse d'ignorer leur histoire, surtout sachant qu'elle compte tant pour Andrew.

Il entreprend de me la raconter.

— Orphée étant le fils d'une Muse, il avait un don sans pareil pour la musique. Chaque fois qu'il jouait de la lyre ou chantait, toutes les créatures vivantes se mettaient à l'écouter. Il n'existait pas meilleur musicien que lui, mais son amour pour Eurydice était plus grand encore que son talent. Il était prêt à tout pour elle. Ils se sont mariés, mais, peu après, Eurydice a été mordue par une vipère et en est morte. Fou de douleur, Orphée se rend aux Enfers, résolu à l'en ramener.

À mesure que l'histoire se déroule, je ne peux m'empêcher, très égoïstement, de me figurer en Eurydice, Andrew étant mon Orphée. Je repense même fugacement à la nuit dans le pré, quand ce serpent est venu ramper à nos pieds. Je me sens vraiment stupide et égocentrique de songer à cela, mais c'est plus fort que moi…

— Une fois sur place, il se met à jouer de la lyre et à chanter, et tout le monde se met à genoux devant lui, submergé d'émotion. Ils finissent par remettre Eurydice aux bons soins d'Orphée, mais à une condition : celui-ci ne doit pas lui adresser le moindre coup d'œil au cours de leur remontée jusqu'au monde des vivants. (Andrew marque une pause.) Malheureusement, la tentation de s'assurer qu'elle est toujours derrière lui est plus forte.

— Il s'est retourné, deviné-je.

Andrew acquiesce d'un air triste.

— Ouais, à peine une seconde trop tôt, et il a aperçu Eurydice dans la pâle lueur de l'ouverture de la grotte. Ils ont voulu se prendre la main, mais, une fraction de seconde avant que leurs doigts ne se touchent, elle a disparu dans les ténèbres des Enfers et il ne l'a jamais revue.

Je ravale la boule que j'ai dans la gorge et contemple Andrew pendant de longues secondes. Il semble perdu dans ses pensées, fixant le vide derrière moi.

Puis il reprend subitement ses esprits.

— Les gens ne se font jamais tatouer à la légère ; tous ces dessins ont un sens, dit-il en me regardant finalement. Celui-ci est le mien.

J'observe de nouveau le tatouage, puis Andrew, me rappelant une chose que son père lui a dite dans le Wyoming.

— Que voulait dire ton père, à l'hôpital ?

Son regard s'adoucit et il détourne brièvement la tête. Puis il repose son bras et me prend la main, faisant courir son pouce sur mes doigts.

— Tu l'as entendu ? me demande-t-il avec un sourire tendre.

— Plus ou moins.

Andrew me dépose un baiser sur la main, puis me relâche.

— Il n'arrêtait pas de me taquiner à ce sujet. Quand je me suis fait faire ce tatouage, j'ai révélé sa signification à Aidan et lui ai expliqué pourquoi il ne semblait pas complet, et il est allé tout répéter à notre père. (Andrew lève les yeux au ciel.) Je ne suis pas près de l'oublier, ça, c'est certain. Durant ces deux dernières années, mon père n'a pas arrêté de se foutre de ma gueule à ce sujet, mais je sais que ce n'était que son personnage : le gros dur qui ne pleure pas et ne croit pas aux émotions. Mais un jour, alors qu'Aidan et Asher n'étaient pas là, il m'a avoué avoir été « lavettisé » par la signification de mon tatouage, qu'il comprenait. Il m'a dit : « Fils, j'espère que tu trouveras ton Eurydice un jour. Tant qu'elle ne fait pas de toi une lavette, j'espère que tu la trouveras. »

J'essaie de réprimer mon léger sourire, mais il le remarque et me le rend aussitôt.

— Mais pourquoi n'est-il pas terminé ? l'interrogé-je en écartant son bras pour l'examiner une fois encore. Qu'est-ce que ça signifie, précisément ?

Andrew soupire, même s'il se doutait depuis le début que je finirais par poser ces questions. Il espérait sans doute que je laisserais tomber.

Aucune chance.

Soudain, Andrew se redresse, m'enjoignant de l'imiter. Il enroule ses doigts au bas de mon débardeur et commence à me l'ôter. Je lève les bras, docile, et reste torse nu devant lui. Je n'ai que vaguement conscience de la situation, même si mon épaule s'avance instinctivement pour dissimuler ma nudité grâce à l'ombre qu'elle projette.

Andrew me rallonge sur le lit, puis m'attire contre lui de façon à ce que mes seins s'écrasent sur son torse. Il enroule ses bras autour des miens, me serre plus fort, entremêlant nos jambes. Nos côtes se touchent, mon corps s'emboîte parfaitement dans le sien comme les pièces d'un puzzle.

Soudain, je commence à comprendre…

— Mon Eurydice ne représente que la moitié du tatouage, explique-t-il en coulant un regard vers le dessin s'arrêtant à mes hanches. Je me disais que si je me mariais un jour, ma femme se ferait tatouer l'autre moitié pour les réunir.

À ces paroles, j'ai la gorge atrocement nouée.

— Je sais, c'est dingue, reprend-il.

Je sens son étreinte se desserrer.

Je raffermis la mienne, refusant de le laisser s'éloigner.

— Ce n'est pas dingue. Et ça n'a rien de « lavettisant ». Andrew, c'est magnifique. *Tu* es magnifique.

Une émotion que je ne parviens pas à analyser traverse son visage.

Il se lève alors et, à contrecœur, je le laisse s'en aller.

Il ramasse son bermuda noir traînant par terre, à côté du lit, et l'enfile.

Stupéfaite par sa réaction dont je ne comprends pas la raison, je mets un peu plus de temps à remettre mon débardeur.

— En fait, je crois que mon père avait raison depuis le début, déclare-t-il en observant, depuis la fenêtre, La Nouvelle-Orléans qui s'étend sous ses yeux. Il avait pigé un truc, et se servait de ces conneries sur les hommes qui ne doivent pas pleurer pour le garder pour lui.

— Garder quoi ?

Je me rapproche de lui, cette fois sans le toucher. J'ai le sentiment qu'il ne veut pas de moi à ses côtés. Ce n'est pas du désintérêt, ni que l'attirance s'est étiolée ; c'est plus complexe que ça...

Il me répond sans se retourner :

— Que rien n'est éternel. (Il hésite, les bras croisés devant la vitre.) Il vaut mieux réprimer ses émotions que de les suivre et de les laisser nous dominer. Et puisque rien n'est éternel, tout ce qui a été agréable finira par causer d'atroces souffrances.

Ces mots me font l'effet d'un coup de poignard.

Tout ce qui a changé en moi depuis notre rencontre, tous les murs que j'ai abattus pour l'accueillir s'érigent de nouveau subitement autour de moi.

Car il a raison, je le sais pertinemment.

C'est la logique qui m'a retenue de me plonger à corps perdu dans son monde. Et en quelques secondes le bon sens de ses paroles me rappelle à cette logique.

Je préfère cracher le morceau. Il y a pour l'heure un problème bien plus important que les miens, et il est grand temps d'établir l'ordre des priorités.

— Tu… tu vas devoir aller aux funérailles, alors…

Andrew tourne la tête vers moi. Une grande résolution se lit sur son visage.

— Non, je n'irai pas.

Il enfile un tee-shirt propre.

— Mais, Andrew… Il le faut, insisté-je, les sourcils froncés. Tu ne te le pardonnerais jamais.

Je vois sa mâchoire s'activer, comme s'il grinçait des dents. Il détourne les yeux et s'assied au bout du lit, tête basse, puis il glisse ses pieds nus dans ses baskets noires, sans se donner la peine de les délacer.

Il se lève.

Je reste figée au milieu de la pièce, incrédule. Je devrais essayer de le faire changer d'avis, mais je sais au fond de moi qu'aucun de mes arguments ne portera.

— J'ai un truc à faire, déclare-t-il en prenant ses clés de voiture. Je reviens dans un petit moment, d'accord ?

Sans me laisser le temps de répondre, il pose ses mains sur mes tempes et plaque son front contre le mien. Je le regarde droit dans les yeux, où je lis un violent mélange de douleur, de conflit, d'indécision, et d'un tas d'autres sentiments que je n'identifie pas.

— Ça va aller ? me demande-t-il en reculant légèrement le visage.

Je fais signe que oui.

— Ça va aller, assuré-je.

Je suis incapable d'ajouter quoi que ce soit. Je suis aussi partagée et irrésolue qu'il semble l'être. J'ai l'impression qu'il se passe quelque chose entre nous, mais que cela nous éloigne l'un de l'autre, contrairement à tout le reste de ce voyage. Cela m'effraie.

Je comprends néanmoins la logique. J'ai refermé mes murailles. Pourtant, cela m'effraie plus que tout au monde.

Il m'abandonne au milieu de sa chambre, et je le regarde sortir sans un mot.

C'est la première fois qu'il me laisse depuis qu'il est revenu me chercher dans cette gare routière. Nous sommes restés ensemble, presque inséparables, durant tout ce temps, et maintenant… maintenant qu'il a franchi cette porte, j'ai l'impression que je ne le reverrai jamais.

28

Andrew

— Tu démarres de bonne heure, hein ? me demande le barman en me tendant un shot de vodka.

— Si vous servez, c'est qu'il n'est pas trop tôt.

Il est déjà 15 heures. J'ai laissé Camryn seule tôt ce matin, bien avant 8 heures. Bizarrement, nous avons passé toutes ces journées ensemble sans que l'un ou l'autre pense à échanger nos numéros – ou en manifeste l'envie. Ça n'avait probablement guère d'intérêt, vu qu'on était toujours collés l'un à l'autre. Je suis sûr qu'il y a un moment qu'elle s'inquiète de ne pas me voir revenir, et qu'elle aurait aimé pouvoir m'appeler – l'écran est cassé, mais mon portable fonctionne encore. Je commence d'ailleurs à le regretter, car Asher et ma mère ont déjà essayé de m'appeler des dizaines de fois.

J'ai l'intention de retourner à l'hôtel, mais seulement pour récupérer la guitare d'Aidan et poser sur mon lit un billet d'avion pour Camryn. J'ai payé les chambres pour deux autres nuits, elle ne risque donc pas de se retrouver à la rue. Je lui laisserai aussi de quoi se payer le taxi jusqu'à l'aéroport. C'est le moins que je puisse faire. C'est moi qui l'ai convaincue de se laisser entraîner dans cette merde. À moi de m'assurer qu'elle pourra rentrer chez elle, et pas en bus cette fois.

C'est aujourd'hui que tout s'achève.

Je n'aurais jamais dû laisser les choses en arriver là, mais, dans mon délire, j'ai minimisé les sentiments douloureusement interdits que j'éprouve à son égard. Je pense cependant qu'elle s'en remettra; nous n'avons pas couché ensemble, ni elle ni moi n'avons prononcé ces trois mots à la con qui auraient tout compliqué, alors ouais… elle s'en remettra.

Après tout, elle ne m'a pas encouragé non plus. Je lui ai proposé les choses clairement: « Si tu me laisses te baiser, tu devras accepter d'être tout à moi. » Si ça n'était pas une invitation flagrante, je ne sais pas ce que c'était. Certes pas très romantique, mais ça avait le mérite d'être clair.

Je règle mon verre et quitte le bar. J'avais juste besoin d'un truc pour me donner du courage. Cela dit, pour trouver ce genre de courage, il m'aurait fallu la bouteille. Je fourre les mains dans mes poches et descends Bourbon Street, Canal Street, et d'autres rues dont j'ai déjà oublié les noms. Je marche pendant des heures, d'un coin à l'autre, sans direction ni but précis, un peu comme lors de notre road-trip improvisé. J'avance, c'est tout.

Je ne pense pas essayer de gagner du temps en attendant la nuit, afin de pouvoir entrer et sortir discrètement de ma chambre sans qu'elle s'en rende compte; néanmoins, je cherche clairement à me laisser le temps de changer d'avis. Je n'ai aucune envie de la quitter, mais je sais que je dois le faire.

J'aboutis au Woldenberg Riverfront Park, m'assieds sur la berge du Mississippi et observe les bateaux et le ferry faire la navette entre le quartier d'Alger et ici. La nuit tombe. Pendant des plombes, j'ai pour seule compagnie la statue de Malcolm Woldenberg, jusqu'à ce que deux filles – des touristes, à en juger par leur tee-shirt *I Love NOLA*[1] – s'amènent.

La blonde m'adresse un sourire timide, tandis que la châtaine va droit au but.

---

1. Acronyme signifiant New Orleans, Louisiana. (*N.d.T.*)

— Tu fais la fête quelque part, ce soir ? (Elle incline la tête pour m'observer par au-dessus.) Moi, c'est Leah, et elle Amy.

La blonde, Amy donc, me sourit de façon à me faire comprendre que je n'ai qu'à demander pour la sauter.

Je hoche la tête par politesse, sans me présenter.

— Alors ? Tu fais la fête ou non ? insiste la première en s'asseyant à côté de moi sur le béton.

J'ai déjà oublié leurs prénoms.

— En fait, non, finis-je par lâcher sans chercher à me justifier.

La blonde s'installe de l'autre côté et remonte les genoux ; son short glisse tout en haut de ses cuisses nues.

C'est plus sexy sur Camryn.

Je me contente de secouer la tête en scrutant le Mississippi.

— Tu devrais nous accompagner, reprend la châtaine. Il y a des tas de groupes sympas au *d.b.a.* ce soir. Tu as l'air de te faire chier comme un rat mort.

Je lui lance un regard en coin. Elle est plutôt canon, comme sa copine, mais plus elle parle, moins elle m'intéresse. Camryn occupe chacune de mes pensées. Elle m'a touché l'âme. Rien ne sera jamais plus comme avant.

Je parcours des yeux les jambes de ma voisine, puis observe ses lèvres dire :

— Allez, viens avec nous, on va se marrer !

Je pourrais le faire. D'ailleurs, si je veux partir avec la ferme intention de ne jamais revoir Camryn, je *devrais* le faire, prendre une chambre quelque part et les baiser toutes les deux. Vu comme c'est parti, je suis à peu près sûr qu'elles coucheraient ensemble devant moi. Je suis déjà venu ici, j'ai déjà connu ça, un classique du genre.

— Je ne sais pas, réponds-je. J'attends quelqu'un.

Je parle sans réfléchir, sans comprendre pourquoi je dis ça.

La fille aux cheveux châtains se penche vers moi et pose la main sur ma cuisse.

— On est de meilleure compagnie, susurre-t-elle d'une voix sensuelle avec les intonations éloquentes d'une fille habituée aux coups d'un soir.

J'écarte sa main et me lève, rangeant les miennes dans mes poches avant de tourner les talons. En d'autres circonstances, j'aurais sans doute accepté, mais pas aujourd'hui.

Mon âme est sans doute irrémédiablement affectée. Il faut que je quitte cette ville.

Tandis que je m'éloigne des deux filles sans dire un mot, leurs voix me parviennent au loin. Je me fous complètement de ce qu'elles peuvent déblatérer ou de les avoir vexées. Dans une heure, elles chevaucheront un autre mec et auront complètement oublié notre rencontre.

Il est minuit passé. Je me suis arrêté dans un cybercafé pour réserver en ligne un billet d'avion pour la Caroline du Nord, puis je suis passé à un distributeur pour retirer largement assez de liquide pour permettre à Camryn de prendre un taxi jusqu'à l'aéroport, et un autre jusque chez elle.

En entrant dans le hall de l'hôtel, je demande une enveloppe à l'employé de garde, ainsi qu'une feuille et un stylo. Je m'installe sur l'un des canapés et me mets à écrire.

« Camryn,

Je suis désolé de filer à l'anglaise, mais je sais que je n'aurais pas pu te dire au revoir en face. J'espère que tu te souviendras de moi, mais si tu trouves plus facile de m'oublier, je le comprendrai.

Ne te bride jamais, Camryn Bennett ; fais ce que tu veux de ta vie, dis ce que tu penses et n'aie jamais peur de toi. Fous-toi de ce que les autres peuvent penser. Vis ta vie pour toi, pas pour eux.

Le code ci-dessous te permettra de récupérer ton billet électronique pour rentrer chez toi. Tu n'as besoin que

d'une pièce d'identité. L'avion décolle demain matin. L'argent est pour le taxi.
Merci de m'avoir fait vivre les deux meilleures semaines de mon existence et d'avoir été là pour moi quand j'en avais le plus besoin.

Andrew Parrish
KYYBPR»

Je me relis environ cinq fois avant de me résoudre à plier la lettre et à la placer dans l'enveloppe avec le liquide.

Je me dirige vers l'ascenseur. La dernière étape consiste à mettre les voiles sans que Camryn s'en rende compte. J'espère qu'elle dort. *Faites qu'elle dorme.* Je peux y arriver si je ne la croise pas, mais si elle me voit… Non. Je dois y arriver dans les deux cas.

Et j'y arriverai.

Je sors de l'ascenseur à notre étage et remonte le long couloir vivement illuminé. Quand j'aperçois nos portes, mon ventre se noue. Je progresse à pas feutrés, craignant que le bruit de mes semelles ne suffise à l'alerter de ma présence. Une pancarte « NE PAS DÉRANGER » pend à sa poignée. Je ne sais pas pourquoi, mais cela me torture un peu plus l'estomac. Peut-être parce que la seule fois que j'ai moi-même accroché un tel écriteau, ça a été pour tirer un coup en toute quiétude. Rien que d'imaginer Camryn au lit avec un mec…

Je serre les dents et poursuis mon chemin. Ma réaction était aussi insensée que pitoyable. Nous ne sommes même pas ensemble, et je viens de faire une crise de jalousie…

Plus tôt je quitterai La Nouvelle-Orléans, mieux ce sera.

Je glisse ma carte dans ma serrure et entre dans ma chambre. Elle est exactement telle que je l'ai laissée : mes fringues sont éparpillées autour de mon sac et la guitare d'Aidan est posée contre le mur, juste sous l'applique. Je rassemble mes affaires et jouis d'un instant d'intense satisfaction quand je me rends compte que j'aurais sans doute oublié mes chargeurs dans la prise si je ne les avais pas aperçus du coin de l'œil en passant. Je les débranche aussi sec et les fourre dans mon sac, au milieu de mes vêtements. Puis je me précipite à la salle de bains pour récupérer ma brosse à dents.

Quand j'en ressors, Camryn se trouve dans l'embrasure de la porte.

29

Camryn

— Andrew ? Tu vas bien ?

Je le dévisage, croisant les bras alors que la porte se referme doucement derrière moi.

J'étais tellement inquiète… D'abord parce que je craignais qu'il ne soit parti sans me dire au revoir, mais surtout à cause de l'état d'esprit dans lequel il était quand il a pris la route ce matin. À cause de la mort de son père.

Je retiens mon souffle quand il me passe devant pour rejoindre ses sacs posés sur le lit.

Pourquoi ne m'adresse-t-il pas un regard ?

Je jette un nouveau coup d'œil à ses affaires et comprends immédiatement ce qu'il fabrique. Je laisse retomber mes bras le long du corps et m'approche de lui.

— S'il te plaît, parle-moi, lui dis-je avec douceur. Andrew, tu m'as foutu la trouille… (Il fourre sa brosse à dents dans son sac marin sans se retourner.) Si tu veux assister aux funérailles, c'est une bonne chose. Je vais rentrer chez moi. Peut-être qu'on pourra discuter…

Il fait brusquement volte-face.

— Il ne s'agit pas de l'enterrement, ni même de mon père, Camryn.

Ses mots me blessent sans que j'en comprenne encore le sens.

— Alors quoi ?

Il se remet dos à moi, feignant de fouiller dans ses bagages alors qu'il tente simplement de faire diversion. J'aperçois l'enveloppe qui émerge de sa poche arrière. Les lettres RYN apparaissent sur la partie visible ; nul doute que le CAM est tourné vers l'intérieur.

Je tends la main pour m'en saisir.

Andrew se retourne alors, décomposé.

— Camryn…, souffle-t-il tristement en baissant la tête.

— Qu'est-ce que c'est ? m'enquiers-je en contemplant mon nom sur le pli.

J'ai déjà soulevé le battant de l'enveloppe.

Andrew ne répond pas, attendant que je lise le contenu de sa lettre, sachant que je le ferai de toute façon.

Il en a envie.

J'avise les billets et les laisse à l'intérieur sans les toucher. Je sors la feuille et dépose le reste au pied du lit. Tout ce qui m'importe, c'est ce mot. Avant même d'en avoir pris connaissance, j'ai le cœur brisé. Mes yeux se posent tantôt sur lui, tantôt sur l'enveloppe. Je finis par me résoudre à lire la lettre.

J'ai les mains qui tremblent.

Pourquoi tremblent-elles ?

À mesure que je découvre les mots qu'il a couchés, ma gorge se serre. J'ai les larmes aux yeux ; des larmes brûlantes de tristesse et de colère.

— Ma belle, tu savais que ce voyage prendrait fin un jour.

— Ne m'appelle plus « ma belle » ! aboyé-je en serrant fermement le message. Puisque tu veux partir, tu n'en as plus le droit.

— Je sais.

Je lui lance un regard noir. Je suis désespérée, mon esprit croule sous les questions et l'incompréhension. Pourquoi suis-je si furieuse, si dévastée ? Andrew a raison : il fallait bien que ça se termine un jour, alors pourquoi est-ce que cela m'affecte autant ?

Je ne parviens plus à retenir mes larmes. Mais je n'ai pas l'intention de me mettre à chialer comme un bébé. Je le scrute, le visage fermé, consumée par le chagrin et la rage. En fermant les poings, je froisse la moitié supérieure de la lettre d'Andrew.

— Si tu partais de cette façon à cause de ton père, parce que tu avais besoin de temps à toi, et que le numéro en bas était celui de ton portable et non celui d'une réservation de billet d'avion, alors je comprendrais. (Je brandis le message devant moi avant de laisser retomber ma main.) Mais partir à cause de moi en agissant comme s'il ne s'était rien passé entre nous… Andrew, ça fait mal. Ça fait un mal de chien.

Sa mâchoire tressaille.

— Putain, qui a dit que je faisais comme s'il ne s'était rien passé ? crache-t-il, manifestement piqué au vif par mes paroles.

Il lâche la bandoulière de son sac et s'éloigne du lit pour se rapprocher de moi.

— Je n'oublierai jamais une seule seconde de ces deux dernières semaines, Camryn ! C'est précisément pour ça que je ne me sentais pas capable de te le dire en face !

Il appuie ses propos de grands gestes.

Je recule d'un pas. C'est au-dessus de mes forces. J'ai le cœur en miettes. Et je me déteste de ne pas parvenir à retenir mes larmes. Je contemple une nouvelle fois la lettre chiffonnée, puis le contourne pour l'abandonner sur son lit à côté de l'enveloppe et des billets.

— Très bien. Vas-y, pars. Je me débrouillerai pour rentrer.

Je m'essuie les yeux et me dirige vers la porte.

— Toujours les jetons, dit-il dans mon dos.

— Tu comprends que dalle ! hurlé-je.

Puis j'ouvre la porte, laisse tomber par terre le double de sa carte magnétique et retourne dans ma chambre.

Je tourne comme un lion en cage. Encore. Et encore. J'ai envie de défoncer un mur à coups de poings, ou de déchiqueter quelque chose, mais je me résous à chialer comme une gamine.

Andrew entre en trombe dans ma chambre, poussant si violemment la porte qu'elle vient claquer contre la cloison. Il m'attrape par les bras, me sert douloureusement les biceps.

— Pourquoi tu as toujours les jetons ?!

Des larmes sillonnent son visage, des larmes de fureur et de souffrance. Il me secoue.

— Dis-moi ce que tu ressens, merde !

Sa voix tonitruante me tétanise un instant, puis je me libère d'une secousse. Je suis perdue. Je sais ce que je veux lui dire. Je ne veux pas qu'il s'en aille, mais…

— Camryn ! crie-t-il, aussi courroucé que désespéré. Dis-moi ce que tu ressens ! Peu m'importe que ce soit dangereux, stupide, blessant ou hilarant. Dis-moi juste ce que tu ressens !

Ses mots me transpercent.

Il ne s'arrête pas :

— Sois honnête avec moi. Sois honnête avec *toi* ! (Il agite les mains dans ma direction.) Cam…

— J'ai envie de toi, bordel de merde ! lui lancé-je. Rien qu'à t'imaginer partir pour ne jamais te revoir, je saigne de l'intérieur ! (J'ai la gorge en feu.) Putain, sans toi, je n'arrive plus à respirer !

— Dis-le, bordel ! insiste-t-il, exaspéré.

— Je veux être avec toi !

Mes jambes flageolent. Les sanglots font vaciller mon corps tout entier. J'ai les yeux qui piquent et mal au cœur comme jamais.

Andrew me tord les poignets d'une main. Sans douceur, il plaque mon dos contre son torse.

— Dis-le encore, Camryn, exige-t-il.

Son haleine me réchauffe la nuque, me faisant trembler chaque membre. Il me mordille juste sous l'oreille.

— Putain, redis-le, ma belle.

Son étreinte se fait douloureuse.

— Je t'appartiens, Andrew Parrish… Je veux que tu me possèdes…

Il enroule son autre main dans mes cheveux, tirant ma tête en arrière pour me forcer à exposer mon cou. Il me mord le menton et la peau tendre de ma gorge. Je sens sa verge durcir à travers nos vêtements.

— S'il te plaît, chuchoté-je, ne me laisse pas partir…

Le dos toujours plaqué contre son corps bandé, les poignets prisonniers de sa main, je sens ses doigts glisser sous mon short et ma culotte pour m'en dépouiller. Il me pousse vers le lit, où mes genoux heurtent le matelas, et il me lève les bras au-dessus de la tête pour remonter mon débardeur.

Je ne me retourne pas en l'entendant se débarrasser de ses chaussures et de ses vêtements. Je ne bougerai que lorsqu'il m'y autorisera.

Ses abdos durs comme le béton m'écrasent le dos. Ses bras puissants s'enroulent autour de ma taille dénudée. L'une de ses mains vient me pétrir un sein, l'autre plonge entre mes cuisses. Je bascule la tête en arrière quand il introduit un doigt entre mes lèvres palpitantes et me titille avec. Je suffoque, je cherche désespérément sa bouche. Il darde la langue pour caresser la mienne. Cette chaude moiteur me rend dingue. Il m'embrasse alors voracement, si bien que nous nous retrouvons tous deux à bout de souffle. Puis il me fait basculer sur le lit. Mes mains s'enroulent dans les draps, mais la pression sur mon dos est trop forte et mes bras ne peuvent plus soutenir mon corps. Il me ressaisit les poignets et les tire dans mon dos tout en se plaquant puissamment contre moi.

— Putain, baise-moi, Andrew. S'il te plaît…, supplié-je d'une voix chevrotante.

Cette fois, je n'hésite pas à parler, sans ses encouragements. Et cela me semble tellement naturel…

Andrew pèse sur moi de tout son poids, me provoquant de son érection vigoureuse et persistante. Je crève d'envie de l'accueillir en moi, mais il me fait volontairement languir, me laissant croire qu'il va me pilonner à chaque instant, sans jamais le faire.

Je suis de nouveau parcourue de frissons quand la pointe de sa langue trace un sillon sur ma nuque. Un côté de mon visage est plaqué au matelas, mon corps entravé par le poids du sien. Je me mords la lèvre en sentant ses dents s'enfoncer dans mon dos, suffisamment fort pour me faire mal, mais pas assez pour entamer la peau. Puis il embrasse et lèche chaque endroit endolori.

Andrew me retourne comme si je ne pesais rien et me positionne au milieu du lit. Il rampe entre mes jambes, les écartant des genoux afin de m'exposer totalement. Il appuie les paumes à l'intérieur de mes cuisses, m'empêchant de les refermer.

Ses prunelles vertes soutiennent un instant mon regard avant de plonger vers mon intimité ainsi offerte. Il m'explore lentement, remontant du bout du doigt toute la hauteur de ma vulve, avant de contourner mon clitoris. Je frémis et suffoque, me tortillant à chaque nouveau contact. Il me lance un nouveau regard par en dessous et enfonce profondément les doigts. Ma main vient rejoindre la sienne, et il me laisse me toucher un instant avant de me repousser. Il me doigte désormais furieusement, stimulant chaque zone érogène ; je commence à m'agiter dans tous les sens, cambrée contre l'oreiller. Puis, comme s'il me sentait sur le point de jouir, il retire ses doigts pour me frustrer.

Il grimpe alors à califourchon sur moi, embrassant, léchant et mordillant ma peau, des cuisses jusqu'à la gorge. Là, il emprisonne mes bras au-dessus de ma tête pour m'empêcher de l'attraper. Son regard animal étudie ma bouche, puis mes yeux.

— Je vais te baiser d'une force…, déclare-t-il. Tu n'imagines même pas.

Ses mots tracent un sillon de plaisir de mes oreilles à mon humidité palpitante. Il me mord la langue puis m'embrasse avec fougue ; nous mêlons nos souffles en gémissant tour à tour dans la bouche de l'autre.

Sa main droite redescend sans qu'il cesse de m'embrasser ; il dirige son membre viril et trouve l'ouverture, me pénétrant juste assez pour me faire perdre la tête. Je tends le bassin vers lui, l'encourageant à s'enfoncer plus profondément. Je l'embrasse plus avidement, parvenant enfin à caler une main à l'arrière de son crâne. Je lui attrape si violemment les cheveux que je me sens capable d'en arracher une poignée. Il s'en fiche, et moi aussi. Il apprécie la douleur tout autant que moi.

Puis, très lentement, afin que je perçoive bien la légère douleur provoquée par chaque millimètre de progression, il disparaît en moi. Je tends le cou, entrouvre les lèvres. Je hoquette, gémis, réclame. Mes yeux me piquent tant, mes paupières sont si lourdes, que je parviens à peine à les maintenir ouverts. Sa verge semble enfler encore en moi, et mes cuisses tremblent autour de son corps.

Son mouvement de va-et-vient est très doux, et je me force à arrondir les yeux pour l'observer. Il saisit ma lèvre inférieure entre ses dents et tire, puis y passe la langue sur toute la longueur.

Je plaque ma bouche contre la sienne et, d'un coup de hanche, le force à me pénétrer plus profondément.

Mes jambes frémissent désormais de façon incontrôlable. Il accélère ses va-et-vient, et je n'arrive plus à l'embrasser. Je me cambre, décollant ma tête de l'oreiller, lui offrant ma poitrine qu'il s'empresse de téter avec avidité. J'enroule les bras et les cuisses autour de son corps, enfonce mes ongles dans son dos, sentant la sueur qui y ruisselle. Je perce la peau. Cela semble l'aiguillonner, et il me tringle de plus belle.

— Jouis avec moi, me susurre-t-il à l'oreille en m'embrassant derechef.

Quelques secondes plus tard, c'est l'extase. Pris de convulsions, mon corps se contracte autour du sien.

— Ne te retire pas, chuchoté-je pendant l'orgasme.

Et il reste. Un gémissement rauque et tremblant prend naissance dans sa poitrine quand la chaleur de sa semence se répand en moi. Je serre les jambes autour de sa taille aussi fort que je peux, puis les laisse lentement se détendre. Il ne s'arrête pas de pousser jusqu'à ce que son corps se relâche.

Il s'allonge alors près de moi, la tête sur mon cœur, ma cuisse sur sa hanche. Nous restons ainsi, blottis l'un contre l'autre, à reprendre notre souffle et nos esprits. Vingt minutes plus tard, nous remettons le couvert. Et avant que nous nous endormions dans les bras l'un de l'autre, il m'a fait découvrir des positions que je ne soupçonnais pas.

Le matin suivant, quand le soleil s'introduit entre les rideaux, il me montre qu'il n'est pas toujours dur et agressif en me réveillant à coups de tendres baisers. Il embrasse mes côtes une à une, puis me masse le dos et les cuisses avant de me faire l'amour tendrement.

Je pourrais mourir ici même, entre ses bras, sans jamais m'en rendre compte.

Andrew me serre contre lui et dépose de petits baisers sur mon visage.

— Tu ne peux plus partir, lui chuchoté-je.

— Je n'en ai jamais eu envie.

Je me tourne face à lui, mêlant mes jambes nues aux siennes. Il pose son front contre le mien.

— Mais tu allais le faire, rétorqué-je doucement.

Il acquiesce.

— Oui, parce que…

Son esprit s'égare.

— Pourquoi ? m'enquiers-je. Parce que j'avais trop peur de l'évidence ?

Je sais que c'est la raison. Je crois. J'espère…

Le regard d'Andrew fuit toujours le mien. Je lui caresse le sourcil, puis l'arête du nez. Je me penche légèrement pour lui baiser les lèvres.

— Andrew ? C'est bien pour ça ?

Mon cœur me dit que non.

Ses yeux se mettent à sourire et il m'attire à lui, m'embrassant puissamment.

— Tu es sûre que c'est ce que tu veux ? demande-t-il, comme s'il n'arrivait pas à y croire, ce qui me semble absurde.

Je m'efforce de comprendre le cheminement de sa pensée, mais finis par capituler.

— Pourquoi pas ? répliqué-je. Andrew, j'étais sincère : je n'arrive plus à respirer quand je suis loin de toi. La nuit dernière, après que tu avais disparu toute la journée, j'étais assise sur le rebord de ce lit, incapable de recouvrer mon souffle. Je te croyais déjà parti, et je me suis rendu compte que je n'avais même pas ton numéro de téléphone et que je n'arriverais jamais à te retrouver…

Il m'apaise d'un doigt posé en travers de mes lèvres.

— Je suis ici, maintenant, et je n'irai nulle part.

Je lui souris d'un air enamouré et pose la tête sur sa poitrine. Il repose le menton sur mon crâne. J'écoute les battements de son cœur, percevant le rythme calme et régulier de l'air entrant et sortant par ses narines. Nous gardons cette position pendant des heures, sans guère piper mot. Je comprends alors que j'ai toujours rêvé d'être là, depuis que nous nous sommes parlé dans le car au premier jour.

J'ai enfreint toutes les règles que je m'étais imposées. Toutes. Sans exception.

30

Andrew

Le cœur l'emporte toujours sur la raison. Celui-là, bien qu'irresponsable, suicidaire et masochiste, commande. Celle-ci est sans doute plus sage, mais ce qu'elle me dicte ne m'importe plus. Pour l'heure, j'ai juste envie de vivre l'instant présent.

— Lève-toi, ma belle, dis-je à Camryn en lui tapotant les fesses.

Elle s'est rendormie dans mes bras ce matin, peu après que nous nous sommes réveillés ensemble. Je crois que j'en ai fait autant, mais comme je n'ai pensé qu'à elle depuis hier soir, je ne saurai jamais si j'ai sombré ou non.

Elle pousse un gémissement de protestation et roule face à moi, le corps enroulé dans le drap blanc, sa chevelure blonde emmêlée, mais toujours aussi sexy.

— Oh, s'il te plaît, chéri, dit-elle (comme d'habitude, mon cœur s'emballe quand elle prononce ces mots), si on restait au lit toute la journée ?

J'enfile mon tee-shirt et mon bermuda avant de m'asseoir près d'elle, posant un bras de l'autre côté de son corps.

Je lui embrasse le front.

— J'ai envie de tout faire avec toi, lui dis-je avec un sourire si large qu'il doit sembler déplacé, mais peu m'importe. On peut aller où tu veux, faire tout ce qui te passe par la tête.

Je n'ai jamais été aussi heureux de ma vie. Je ne soupçonnais pas l'existence d'une telle plénitude.

Camryn m'adresse un sourire tendre. Ses yeux bleus pétillent encore de l'innocence de celui qui vient de se réveiller. Elle semble m'étudier, tenter de me comprendre, mais y prendre du plaisir.

Elle tend les bras.

— J'ai bien peur que tu ne doives me porter.

Je l'attrape par les coudes et l'aide à s'asseoir.

— Eh bien, ça ne me dérange pas, dis-je dans un éclat de rire. Je veux bien te trimballer partout – les gens me regarderont bizarrement, mais je m'en tape. Mais pourquoi au fait ?

Elle m'embrasse sur le nez.

— Parce que je ne pense pas pouvoir marcher.

Je me fends d'un sourire retors.

Elle fait mine de se lever, basculant les jambes par-dessus le rebord du lit avec force grimaces.

— Oh, merde, ma belle, je suis vraiment désolé !

Même si ça ne m'empêche pas de me moquer.

Elle non plus ne peut réprimer un sourire.

— Je ne dis pas ça pour flatter ton ego, mais on ne m'avait encore jamais baisée comme ça.

J'éclate de rire, basculant la tête en arrière.

— Sacré vocabulaire ! m'esclaffé-je.

— Eh, c'est ta faute, rétorque-t-elle en brandissant un doigt vers moi. Tu m'as transformée en une fille vulgaire, perverse et nymphomane, qui risque d'avoir une démarche bizarre pendant quelques jours.

Elle hoche sèchement la tête, comme pour renforcer son argumentaire.

Vu son état, je la prends précautionneusement dans mes bras, telle une jeune mariée, au lieu de l'obliger à grimper sur mon dos.

— Désolé, ma belle, mais tu étais déjà grossière quand je t'ai rencontrée, réponds-je en observant par au-dessus sa moue boudeuse. Perverse ? Peut-être pas. Mais c'était déjà en toi, je t'ai juste aidée à le manifester. *Nymphomane*, par contre ? Ça signifierait que tu voudrais le faire sans arrêt, au risque de marcher bizarrement pendant quelques jours.

Ses yeux s'arrondissent de plus en plus.

— Non, je suis clairement hors service, au moins jusqu'à demain matin.

Je l'embrasse sur le front avant de l'emmener à la salle de bains.

— Ça me va. De toute façon, je ne te laisserais pas faire. Aujourd'hui, Camryn Bennett, tu vas te faire bichonner. Et pour commencer, un bon bain chaud.

— Avec de la mousse ? s'enquiert-elle avec de grands yeux de biche.

Je lui souris.

— Oui, avec de la mousse.

Je l'assieds sur le comptoir, insolemment nue, et ouvre le robinet.

— On risque d'avoir un problème avec les bulles, ma belle, annoncé-je en vidant la fin de la mini-bouteille de shampooing offerte par l'hôtel.

— Tu sais quoi ? demande-t-elle en battant des pieds, les mains agrippées au rebord du meuble. Je manque de tout : mon tube de dentifrice est tout plat, et je ne serais pas contre une crème exfoliante. (Elle passe la main sur sa jambe nue.) J'ai l'impression d'avoir des écailles.

Elle fait la moue.

Je me mords l'intérieur des joues et déclare :

— Je vais faire un saut au magasin.

En attendant que la baignoire se remplisse, je vais chercher un carnet et un minuscule crayon publicitaires et retourne la voir.

— Qu'est-ce qu'il te faut ?

Elle y réfléchit tandis que je note ce dont elle m'a déjà parlé.

— Dentifrice, crème exfoliante... (Je l'interroge du regard.) C'est comme du gel douche, hein ?

— Euh... pas tout à fait, répond-elle pendant que je m'efforce de ne pas loucher sur ses seins. Ce n'est pas du savon à mains, tu vois, c'est... Oh, tu verras bien.

Je note : pas du savon à mains.

Je relève les yeux.

— OK, quoi d'autre ?

Elle ourle les lèvres d'un air pensif.

— Du shampooing et de l'après-shampooing. Je préfère L'Oréal. C'est une bouteille rose, mais ce n'est pas très important. Seulement, n'achète pas ces machins deux en un : j'ai laissé le mien au dernier motel tellement c'est nul. Oh ! Et prends-moi aussi un petit flacon d'huile d'amande douce.

Je hausse un sourcil intéressé.

— De l'huile d'amande douce ? Tu as une idée derrière la tête ?

— Non ! (Elle me frappe doucement le bras du revers de la main, mais je ne remarque que le tressautement de sa poitrine.) Carrément pas ! Mais j'aime bien m'en servir pour la douche.

Je note : grand flacon d'huile d'amande douce (au cas où).

— Et peut-être de quoi grignoter, et un pack d'eau ou de thé glacé – autre chose que du soda – et, oui ! (Elle dresse un doigt pour marquer l'importance de sa demande.) Du bœuf séché !

Je souris et griffonne.

— C'est tout ?

— Ouais, je ne vois rien d'autre pour l'instant.

— Bon, si tu penses à autre chose, appelle-moi. (Je sors mon téléphone de mon bermuda.) C'est quoi, ton numéro ?

Elle me le donne volontiers, et je l'appelle dans la foulée. Je laisse un message sur sa boîte vocale. « Salut, ma belle, c'est moi. Je reviens bientôt. Pour l'instant, je suis un peu occupé à mater cette blonde incroyable assise à poil sur le comptoir de la salle de bains. »

Camryn sourit, rougit et m'attrape entre ses jambes ballantes pour m'embrasser avec fougue.

— Oh, merde ! Ça va déborder ! déclare-t-elle en désignant la baignoire.

Je m'empresse de couper l'eau.

Je pose mon téléphone et ma liste de courses et la prends dans mes bras.

— Andrew, je ne suis pas handicapée.

Cependant, elle se laisse faire de bonne grâce.

Je l'installe dans l'eau, et elle s'immerge rapidement pour profiter de sa chaleur. Ses cheveux flottent tout autour d'elle.

— Je reviens vite, dis-je en partant.

— Tu me le promets, cette fois ?

Cela me coupe dans mon élan. Je fais volte-face et constate qu'elle ne plaisante pas. Cela me peine de l'entendre poser la question, mais je ne m'en offusque pas. Après tout, c'est moi qui lui ai fourni une raison de douter.

Je la considère très sérieusement.

— Oui, ma belle, je te le promets. Tu es coincée avec moi, maintenant, tu en es consciente ?

Elle arbore un sourire doux, bien que légèrement malicieux.

— Je me mets toujours dans des situations pas possibles.

Avec un clin d'œil, je quitte la pièce.

Camryn

Le sexe change toujours tout. Comme si on vivait dans une bulle où tout était sûr, agréable, voire prévisible. L'attirance pour une bonne personne peut durer éternellement tant que ce mystère intime demeure intact ; toutefois, dès lors que l'on couche avec quelqu'un, les adjectifs « sûr », « agréable » et « prévisible » ne s'appliquent plus. Bien au contraire. Notre attirance risque-t-elle donc de s'étioler ? Nous désirerons-nous toujours autant qu'avant d'avoir fait l'amour ? Sommes-nous, l'un ou l'autre, en train de penser secrètement que nous avons commis une énorme erreur et que nous n'aurions pas dû franchir le pas ? Non. Oui. Et non. Je le sais, car c'est ce que je ressens. Ce n'est pas un excès de confiance ni les illusions d'une jeune femme inexpérimentée aux problèmes d'insécurité. C'est un fait évident : Andrew Parrish et moi étions voués à nous rencontrer dans ce car, au Kansas.

Les coïncidences ne sont que la version conformiste du destin.

Je me prélasse dans mon bain pendant un long moment, puis décide d'en sortir avant de me mettre à flétrir. Je suis certes un peu irritée, mais ça ne m'empêche pas de marcher. Cependant, c'est tellement mignon de le voir vouloir prendre soin de moi.

J'enfile le short gris que j'ai acheté en route et un débardeur noir. Je fais le lit et remets un peu d'ordre dans la chambre avant de prendre connaissance de mes messages. Des choses et d'autres de la part de Natalie, toujours rien de ma mère. Je laisse toujours mon portable sur vibreur, ne supportant pas d'entendre sonner un téléphone. Je pourrais télécharger n'importe quelle sonnerie, cela me ferait toujours le même effet qu'un raclement d'ongles sur un tableau noir. J'ouvre le rideau en grand pour laisser entrer le soleil, puis je m'appuie sur le rebord de la fenêtre pour contempler La Nouvelle-Orléans. Je n'oublierai jamais cet endroit.

Je songe brièvement à Andrew et à son père, mais repousse rapidement ces mauvaises pensées. Je compte laisser s'écouler quelques jours avant de remettre le sujet sur le tapis. Il va souffrir un temps, mais je ne veux pas qu'il se serve inconsciemment de moi comme d'une excuse : il va falloir qu'il affronte son chagrin un jour ou l'autre.

Je pose mon téléphone près de moi et fais défiler ma musique. Je n'ai plus écouté de morceau à moi depuis un bon moment ; étonnamment, cela ne me manque pas tant que ça. J'ai fini par m'habituer aux grands classiques d'Andrew ; je commence même à les aimer.

« Barton Hollow » des Civil Wars. Je jette mon dévolu sur celle-ci – ma chanson préférée de ces deux derniers mois – et monte le son pour laisser la pièce s'emplir de ces airs folk et country, mon péché mignon. Pourtant, en dehors de ce groupe, je n'aime généralement pas tellement ça. J'accompagne John et Joy au chant, profitant d'être dans l'intimité de ma chambre pour brailler à pleins poumons. Je danse un peu devant la fenêtre. Et lorsque débute le solo de Joy, je m'exerce, comme chaque fois, à adopter un timbre aussi velouté que le sien. Je n'aurai jamais sa voix, mais notre duo me permet de faire illusion.

Je scelle les lèvres et m'immobilise en avisant Andrew qui m'observe du coin de l'œil, appuyé au mur près de la porte. Tout sourires, naturellement.

Je me consume littéralement de honte.

Maintenant qu'il a été repéré, il traverse la pièce pour venir déposer deux sacs plastique sur le meuble télé.

— Pour quelqu'un qui a mal partout, tu as un sacré déhanché, me raille-t-il, fossettes creusées.

Toujours écarlate, je tente d'oublier ma petite performance en allant inspecter le fruit de ses emplettes.

— Dis donc, tu n'es pas supposé m'espionner comme ça.

— Je ne t'espionnais pas, réplique-t-il, je profitais. Tu as vraiment une jolie voix.

Je me sens rougir encore, et lui tourne le dos pour fouiller dans un sac.

— Merci, mon chéri, mais je ne suis pas sûre que tu sois très objectif.

Je lui jette un regard furtif et taquin.

— Non, sincèrement. (Il semble effectivement l'être.) Tu n'es pas aussi mauvaise que tu le penses.

— Pas aussi mauvaise ? (Je me retourne, un grand flacon d'huile d'amande douce à la main.) Ça veut dire que tu me trouves juste *un peu* mauvaise ? (Je m'offusque ostensiblement avant de brandir la bouteille devant moi.) J'avais dit une petite.

— Euh… ils n'en avaient plus.

— C'est ce qu'on dit.

Je pose la lotion près de la télé avec un sourire narquois.

— Et pour répondre à ta question, non, je ne te trouve pas mauvaise du tout.

J'entends le lit grincer comme il s'assied dessus.

J'observe son reflet dans le miroir devant moi.

— Au moins, tu ne t'es pas trompé sur le shampooing et l'après-shampooing, dis-je en extrayant les produits pour les disposer près de l'huile d'amande douce. En revanche, pas terrible, la crème exfoliante.

— *Quoi ?* (Il semble sincèrement déçu.) Tu m'as dit pas de savon à mains. Et c'est écrit « crème exfoliante » en toutes lettres.

Il me désigne l'étiquette, comme pour le prouver.

— Je plaisante, répliqué-je, amusée par sa réaction. C'est parfait.

Il paraît soulagé et laisse retomber sa main sur le lit.

— Tu devrais monter sur scène. Au moins une fois. Juste pour voir.

Je n'aime pas cette illumination qu'il vient d'avoir. Pas du tout.

— Euh, en fait… non. (Je secoue la tête, scrutant son reflet.) C'est comme manger des insectes ou devenir astronaute : ça n'arrivera pas.

Je plonge la main dans le sac et découvre… *Oh non, il n'a quand même pas…*

— Pourquoi pas ? s'enquiert-il. C'est une expérience, un truc auquel tu n'avais jamais pensé, mais qui pourrait te rendre euphorique.

— Putain, c'est quoi, ça ? m'exclamé-je en tendant devant moi un tube de Mytosil.

Il semble incroyablement mal à l'aise.

— C'est… Eh bien, tu sais… (Il grimace.) Pour tes parties intimes.

Il désigne du menton mes « parties intimes ».

J'en reste bouche bée.

— Tu trouves que je pue ? Tu m'as vue me gratter ?

J'essaie de ne pas rire.

Andrew écarquille les yeux.

— Quoi ? *Non!* Je pensais juste que ça soulagerait ton irritation. (Je ne l'ai jamais vu si gêné ni surpris.) Et puis, je n'étais pas très à l'aise, de fouiller dans ce rayon. (Il commence à faire de grands gestes.) J'ai vu que c'était pour cette zone, et je l'ai jeté dans mon panier sans réfléchir.

Je repose la pommade et m'approche de lui.

— Eh bien, ça n'aidera pas pour les démangeaisons dues à… une friction excessive. Mais c'est l'intention qui compte.

Je m'installe à califourchon sur ses genoux et me penche pour l'embrasser.

Il enroule ses bras autour de mon dos.

— Arrête-moi si je me trompe, mais je crois qu'on peut raisonnablement arrêter de réserver des chambres séparées ? me demande-t-il avec un sourire.

Je croise les mains derrière sa nuque et l'embrasse derechef.

— J'ai voulu aller récupérer tes affaires pendant ton absence, mais je me suis rappelé que j'avais laissé tomber le double de ta carte dans ta chambre en partant hier soir.

Il m'attrape les fesses à pleines mains et m'attire contre lui. Puis il m'embrasse dans le creux du cou, se lève et m'emmène.

— J'y vais de ce pas, reprend-il en me laissant redescendre. Je pense qu'il va quand même me falloir quelques jours pour apprendre les accords et les paroles de cette chanson – tu sembles l'avoir dans la peau.

Oh, oh.

Les yeux plissés, je lui lance un regard de travers.

— Tu veux les apprendre pour quoi ?

Ses fossettes se creusent de nouveau.

— Si je me rappelle bien, tu as renoncé à ta liberté quand tu as gagné cette partie de billard.

Il arbore une expression tout bonnement diabolique.

Je secoue lentement la tête, puis de plus en plus vite en comprenant où il veut en venir.

— Tu as dit, et je cite : « Tant que tu ne tentes pas de me faire bouffer des insectes ou agiter mon cul par la fenêtre, je te laisse la main. » Désolé, ma belle, mais parfois mieux vaut savoir se taire.

— Non… Andrew, tu ne peux pas me faire chanter en public, déclaré-je en croisant les bras. C'est trop cruel.

— Pour toi ou pour le public ?

Il sourit largement.

Je lui marche sur le pied.

— Je rigole ! Je rigole ! s'esclaffe-t-il.

— En tout cas, tu ne peux pas me forcer.

Il incline la tête de côté et me scrute de ses yeux verts pétillants et irrésistibles.

— Je ne te forcerai jamais à faire quoi que ce soit, mais…

Génial, voilà qu'il fait semblant de bouder. Le pire, c'est que ça marche.

— J'aimerais tellement, tellement, *tellement* que tu acceptes…

Il m'attrape par les coudes pour m'attirer vers lui.

Je lui grogne au visage, les dents serrées.

Une seconde. Deux secondes. Trois secondes.

Je prends une profonde inspiration.

— D'accord.

Son visage s'illumine.

— Mais une seule fois ! tempéré-je en dressant un doigt. Et si quelqu'un se moque de moi, j'espère que tu ne me laisseras pas croupir en prison !

Il serre mes joues entre ses mains et embrasse mes lèvres en cul-de-poule.

31

Camryn

Quelques minutes plus tard, Andrew revient avec ses affaires et la guitare acoustique de son frère.

Il semble terriblement excité par ce projet.

Quant à moi, je suis horriblement terrifiée et regrette déjà d'avoir accepté. Toutefois, je dois bien reconnaître une certaine forme d'impatience. Je ne suis pas complètement paniquée à l'idée d'affronter un public – je n'ai par exemple eu aucun problème à faire mon exposé sur les espèces menacées en classe de première, ou à interpréter l'infirmière Ratched dans *Vol au-dessus d'un nid de coucou* quand on a monté la pièce en terminale. Je ne suis pas si mauvaise actrice. Chanteuse, en revanche, surtout comparée à un dieu du blues rock comme Andrew doté d'une voix à vous inonder la petite culotte, c'est une autre histoire.

— Je croyais que tu ne voulais pas écouter ma musique ? lui rappelé-je.

Andrew pose ses sacs par terre et se rapproche du lit, la guitare à la main.

— Eh bien, si c'est pour te voir danser et t'entendre chanter comme tu le faisais tout à l'heure, je suis prêt à faire une exception. Je ne connaissais pas.

— Les Civil Wars – mon coup de cœur du mois, si l'on peut dire.

Je sors de la salle de bains une serviette sur la tête pour me sécher les mèches, ayant en effet décidé de me relaver les cheveux après qu'Andrew est revenu avec les lotions.

— Ce morceau s'intitule « Barton Hollow ».

— Très moderne et très folk, admet-il en grattant quelques accords. Très sympa.

Puis il ajoute en levant les yeux vers moi :

— Où est ton téléphone ?

Je vais le récupérer près de la fenêtre, remets la chanson au début et le lui tends. Il le pose sur le lit et appuie sur « lecture ». Je retourne me sécher les cheveux tandis qu'il joue à l'oreille, arrêtant et reprenant la musique régulièrement, enroulant les doigts autour du manche de sa guitare pour trouver les accords les plus appropriés. En quelques minutes, et après de rares fausses notes, il parvient aisément à reproduire le premier couplet.

À la nuit tombée, il maîtrise pratiquement toute la chanson, en dehors d'un court passage qu'il n'arrête pas de confondre avec un autre. Pour gagner du temps, il a fini par chercher les partitions en ligne, ce qui lui a considérablement facilité la tâche.

Il a eu moins de mal à retenir les paroles.

— Je crois que j'y suis presque, m'annonce-t-il depuis le rebord de fenêtre où il s'est installé, dos à un ciel sombre et nuageux. Il s'est mis à pleuvoir vers 20 heures, et ça ne s'est plus arrêté depuis.

De temps à autre, je me joins à lui pour chanter, mais j'ai le trac. Je ne sais pas comment je vais faire pour monter sur scène si j'angoisse déjà alors que nous sommes seuls dans la pièce. Tu parles que je n'ai pas peur d'affronter un public. Finalement, je parie sur une énorme crise de panique.

— Allez, ma belle, m'encourage-t-il avec un hochement de tête sans cesser de jouer. Ce n'est pas parce que tu connais déjà les paroles que tu ne dois pas t'entraîner.

Je me laisse tomber au bout du lit.

— Tu me promets que tu ne me feras pas de grimace, ni de sourire en coin, ni…

— Je ne respirerai même pas ! déclare-t-il, hilare. C'est juré ! Allez.

Après un soupir, je me lève et dépose sur la table de chevet ma lanière de bœuf séché à moitié dévorée. Andrew repositionne la guitare sur sa cuisse et avale une courte gorgée de thé glacé pour s'éclaircir la voix.

— Ne t'en fais pas trop, reprend-il en me voyant arpenter nerveusement la pièce. Le garçon a bien plus de solos que la fille – tu n'en auras qu'un seul et, le reste du temps, on chantera ensemble.

J'acquiesce d'un haussement d'épaules.

— C'est vrai, admets-je. Au moins, ta voix couvrira la mienne pendant l'essentiel du morceau.

Il place le médiator entre ses lèvres et tend la main vers moi.

— Viens voir, ma belle.

Je m'exécute et il m'attire entre ses cuisses, tout contre sa guitare. Là, il retire le médiator de sa bouche.

— J'adore ta voix, tu sais ? Mais même si ça n'était pas le cas, je te demanderais de le faire. On s'en fout, de ce que pensent les autres.

Je me fends d'un sourire modeste et incertain.

— D'accord, dis-je, je veux bien le faire pour toi, et *seulement* pour toi. J'espère que tu sauras t'en souvenir. (Je le toise d'un air sévère.) Tu auras une dette envers moi.

Il secoue la tête.

— Premièrement, je ne veux pas que tu le fasses uniquement pour moi, mais puisqu'il est plus important de répéter que de discuter, j'attendrai que tu aies chanté au *Old Point* pour te demander si tu n'en as rien retiré de positif.

— Ça me convient.

Il opine du chef et se met en position avant de gratter les premières cordes.

— Euh… Attends. Peut-être que si tu te levais aussi, je me sentirais moins exposée.

Il éclate de rire.

— Bon sang, fillette… D'accord, comme tu voudras. (Il se lève.) Si tu veux le faire avec un sac sur la tête, je ne m'y opposerai pas.

Je le contemple, comme si je prenais au sérieux cette suggestion idiote.

— Oublie, Camryn, pas de sac. Allez, au boulot.

Nous nous entraînons jusqu'à la nuit tombée, ne nous arrêtant que lorsque les voisins nous font comprendre qu'ils aimeraient bien dormir. Juste alors que je commençais à trouver le truc et à me laisser aller, sans plus m'inquiéter de ce qu'Andrew pense de ma voix.

Je crois que je ne me débrouille pas trop mal.

Plutôt que de sortir, nous préférons nous coucher à une heure raisonnable et nous allongeons l'un contre l'autre pour discuter.

— Je suis contente que tu en aies eu marre de mes tergiversations, avoué-je, au creux de son bras. Sans quoi, je serais peut-être rentrée en Caroline du Nord à l'heure qu'il est.

Il me dépose un baiser sur la tempe.

— Je dois t'avouer un truc, dit-il.

Je dresse les oreilles.

— Ah ?

— Ouais, répond-il en contemplant le plafond où les lumières mouvantes de la ville esquissent d'étranges motifs. À Wellington, dans notre premier motel, quand tu étais dans la salle de bains et que je t'ai laissé deux minutes pour te préparer…

Il marque une pause, et je sens bouger sa tête, comme s'il la tournait vers moi.

Je me redresse pour pouvoir l'observer.

— Ouais, je me rappelle. Qu'est-ce que tu as fait ?

Il sourit nerveusement.

— J'ai plus ou moins pris une photo de ton permis de conduire avec mon portable.

Je cligne des yeux d'étonnement.

— Pour quoi faire ?

Je me redresse encore un peu pour éviter de me révulser les prunelles.

— Tu es en colère ?

Je souffle bruyamment.

— Eh bien, tout dépend de ce que tu comptais faire de ces infos plutôt personnelles…

Il détourne la tête, mais je perçois son rougissement malgré les ténèbres ambiantes.

— En tout cas, ça n'était pas pour noter ton adresse et venir te découper en morceaux.

J'en reste bouche bée.

— Voilà qui est réconfortant ! m'esclaffé-je. Sérieux, pourquoi tu as fait ça ?

Il s'égare de nouveau dans la contemplation du plafond, perdu dans ses pensées.

— Je voulais m'assurer de pouvoir te retrouver, admet-il. Tu sais, juste au cas où on aurait décidé de partir chacun de son côté.

Mes yeux lui sourient, mes lèvres pas. Je ne suis pas fâchée qu'il ait pris la photo dans ce but – au contraire, je pourrais l'embrasser pour cela –, mais le côté « au cas où » ne me plaît guère. Ça me donne encore plus l'impression qu'il avait prévu de me quitter à un moment où à un autre, quoi qu'il arrive.

— Andrew ?

— Oui, ma belle ?

— Est-ce que tu me caches autre chose ?

Il marque une pause.

— Non. Pourquoi ?

J'étudie à mon tour le plafond.

— Je ne sais pas. Depuis le début, je perçois comme une sorte d'indécision de ta part.

— Une indécision ? s'étonne-t-il. Est-ce que je t'ai paru indécis quand je t'ai convaincue de faire ce voyage avec moi ? Ou quand je t'ai donné du plaisir la première fois ?

— Non, pas vraiment.

— Camryn, je me suis seulement demandé si le fait de sortir avec toi était vraiment une bonne idée.

Je m'assieds complètement sur le lit et pivote face à lui. L'ombre qui lui obscurcit le visage lui confère un air féroce. Il est allongé torse nu, un bras replié derrière la tête.

— Tu crois qu'on a eu tort ?

Cette conversation commence à m'inquiéter.

De sa main libre, il me saisit délicatement le poignet.

— Non, ma belle, je… Je crois qu'on a eu raison à cent pour cent, c'est pour ça que je pense… que je *pensais* qu'il valait mieux que ça n'aille pas trop loin.

— Mais c'est absurde.

Il m'attire à lui et je pose les deux mains à plat sur sa poitrine.

— Je voulais m'assurer qu'on ne commettait pas une erreur, explique-t-il en me passant les doigts dans les cheveux. Et puis tu n'étais pas non plus tout à fait sûre de toi, ma belle.

Je me rallonge à côté de lui. Il marque un point.

La seule chose que je peine toujours à comprendre est ce qui l'a autant poussé à la prudence. Il sait pourquoi je suis parti de chez moi, il est au courant de la mort de Ian. J'ai des tonnes de raisons valables et évidentes, exposées au vu et au su de tous. Les siennes sont enfouies quelque part, au fond d'une boîte à chaussures renfermant de vieilles cartes de vœux.

Et je pense que ce n'est pas uniquement à cause de son père.

Il libère le bras qui lui sert d'oreiller et se met à califourchon sur moi, les muscles bandés pour retenir son corps.

— Je suis content que la musique t'empêche de dormir, déclare-t-il en faisant allusion à la première chose que je lui ai dite.

Puis il se penche pour m'embrasser.

Je prends son magnifique visage entre mes doigts et le force à recommencer.

— Et je suis contente que l'Idaho soit célèbre pour ses patates au four.

Il fronce des sourcils interrogateurs.

Je me contente de sourire avant de l'embrasser derechef. Il y met beaucoup d'ardeur, enroulant sa langue autour de la mienne. Puis il commence à descendre le long de mon ventre. Il dessine mon nombril d'un cercle de la langue, puis referme les doigts autour de l'élastique de ma culotte.

— Je ne suis pas sûre de pouvoir…, commencé-je doucement en l'observant par au-dessus.

Il m'effleure le ventre, me baise les doigts quand je rapproche les mains pour lui caresser la tête.

— Pas de pénétration, m'annonce-t-il. Je te promets de te lécher avec délicatesse.

Je soulève les fesses pour l'aider à retirer ma culotte.

Il m'embrasse l'intérieur d'une cuisse, puis de l'autre.

— Je veillerai à ce que ma langue reste humide pour ne pas t'irriter, assure-t-il en m'embrassant de nouveau, se rapprochant de mon intimité.

Je suffoque légèrement quand ses doigts écartent très précautionneusement mes lèvres.

— Mince, tu es vraiment toute gonflée.

Son commentaire est sincère, pas du tout taquin.

Cela me picote effectivement, mais j'en ai tellement envie…

Son souffle chaud me caresse les jambes.

— Je vais être très doux.

Je retiens mon souffle quand sa langue me parcourt lentement, tandis qu'il m'écarte toujours du bout des doigts, sans toutefois exercer une pression trop forte.

Mon corps se dissout dans les draps à mesure qu'il me boit, appuyant suffisamment peu pour ne pas me faire souffrir, m'entraînant néanmoins vers un orgasme total et sans retenue.

Nous répétons « Barton Hollow » depuis deux jours, surtout dans notre chambre de l'Holiday Inn, mais aussi au bout de Canal Street, sur les berges du Mississippi. Je crois qu'Andrew essaie sournoisement de m'habituer à chanter en public. Même s'il n'y avait pas beaucoup de monde, ça ne m'a pas empêchée de me sentir nerveuse comme tout. La plupart de passants se contentaient de marcher sans s'attarder (nous étions plus en train de travailler que de jouer, et nous arrêtions donc régulièrement pour reprendre tel ou tel passage, de sorte qu'il n'y avait pas grand-chose à écouter), mais une poignée de badauds se sont attardés. Une femme m'a même souri. Cependant, je n'arrive pas à savoir si c'était par pure compassion ou parce que ma voix lui plaisait.

Les deux options étaient plausibles.

Aujourd'hui, le troisième jour, Andrew nous sent prêts à aller jouer au *Old Point*.

Je suis moins convaincue. Il me faudrait encore une semaine, ou un mois. Un an. Voire deux.

— Ça va bien se passer, me rassure-t-il en laçant ses chaussures. Je suis sûr que tu vas être géniale. À la fin de la chanson, je vais devoir jouer des poings pour que les mecs te lâchent.

— Oh, arrête ! dis-je en enfilant un débardeur aux bretelles en dentelle. (Hors de question que je mette le bustier.) J'ai vu la manière dont les filles te regardaient l'autre soir : ma plus grande chance, quand je serai sur scène, c'est qu'elles seront trop concentrées sur toi pour entendre mes couacs.

— Ma belle, tu connais cette chanson mieux que moi. Arrête d'être si pessimiste.

Son tee-shirt noir dévale ses abdos ; il ne le rentre que derrière la boucle de sa ceinture noir et argenté, laissant le reste pendre librement autour de ses hanches finement ciselées. Un jean sombre, quelques mèches redressées en pointe. *Qu'est-ce qu'il dit ?*

— Tout ce dont tu dois te souvenir, poursuit-il en s'appliquant du déodorant, c'est de ne chanter que ta partie – tu n'arrêtes pas d'empiéter sur mes paroles. (Il me dévisage en haussant les sourcils.) Ça ne me dérange pas, hein, mais je me disais que tu serais plus à l'aise en chantant le moins possible.

— Je sais, c'est juste que j'ai l'habitude de chanter *tout* le morceau, et c'est assez difficile de faire le tri.

Il acquiesce.

Je glisse mes pieds dans mes nouveaux talons et vais me mirer dans la grande glace près de la télé.

— Tu es ultra-sexy, m'assure Andrew en arrivant derrière moi.

Il m'attrape par les hanches et m'embrasse dans le cou, puis me donne une tape sur les fesses, bien mises en valeur par mon jean moulant presque skinny, et je glapis de douleur.

— Et comme d'habitude, j'adore tes tresses.

Il les fait défiler le long de ses pouces, puis m'embrasse gentiment sur la joue.

Je me recule et le repousse par jeu.

— Tu vas foutre en l'air mon maquillage.

Il s'éloigne en souriant, récupère son portefeuille posé sur la table de chevet et le glisse dans sa poche arrière.

— Bon, on y est, déclare-t-il.

Il revient au centre de la chambre et tend une main vers moi, plaquant l'autre bras à l'horizontale dans son dos avant de m'adresser une profonde révérence. Je le saisis par le bout des doigts et nous nous dirigeons vers la porte.

— Et ta guitare ?

Il me remercie du regard.

— Ouais, ça peut servir, reconnaît-il en la prenant par le manche. Si Eddie n'est pas là, on pourrait manquer de bol et ne pas en trouver.

— Oh, j'aurais dû me taire, alors.

Il secoue la tête et m'entraîne à sa suite.

32

Camryn

Cette fois, nous prenons la voiture. Après avoir longuement observé mes pieds, Andrew a déduit que je ne pourrais pas marcher jusqu'à Alger avec ces merveilles, et l'idée de me porter en plus de la guitare ne l'a guère enchanté. Nous empruntons l'autoroute au lieu du ferry, traversons le Mississippi et rallions le bar à la tombée de la nuit. À la réflexion, j'aurais préféré y aller à pied, car nous nous rapprochons de l'*Old Point* bien trop vite à mon goût.

J'ai la gorge nouée.

Nous nous garons sur Olivier Street et descendons. Mes pieds sont en plomb.

Andrew vient m'enlacer, m'écrasant tendrement.

— Je ne vais pas t'obliger, dit-il d'un ton coupable.

Je suis sûre d'avoir l'air sur le point de rendre notre déjeuner tardif.

Il me prend le visage entre les mains et plonge les yeux dans les miens.

— Sans blague, ma belle. Je ne veux pas que tu te forces si tu n'en as absolument pas envie, même pour moi.

Je hoche nerveusement la tête avant de prendre une profonde inspiration. Il tient toujours mes joues entre ses paumes.

— Non, je vais le faire, déclaré-je en rassemblant tout mon courage. Je *veux* le faire.

Il me caresse du bout des pouces.

— Tu en es sûre ?

— Certaine.

Il me sourit de ses grandes prunelles vertes ; je suis certaine qu'elles m'envoûtent d'une manière ou d'une autre. Il récupère la guitare sur la banquette arrière et nous entrons ensemble au *Old Point*.

— Parrish ! s'exclame Carla derrière son comptoir.

Elle nous salue d'un geste de la main. Andrew nous fait fendre la foule pour aller la rejoindre. Derrière elle, la télé diffuse une page de pubs. Son éclat nimbe la barmaid d'un halo blanchâtre.

— Salut, Carla ! dit Andrew en se penchant pour l'embrasser. Eddie est là ce soir ?

Elle pose les mains sur ses hanches et me sourit.

— Évidemment, il est dans le coin. Salut, Camryn, contente de te revoir.

Je lui souris à mon tour.

— Moi aussi.

Andrew s'installe sur un tabouret et m'invite à en faire autant. Je bondis sur le siège, mal à l'aise. J'essaie de recenser la foule. Je parcours la salle du regard, n'apercevant que des crânes maintenant que le groupe a repris. La musique gagne en intensité, et Andrew et Carla en sont presque à crier pour se faire entendre :

— Vous avez de la place pour nous, ce soir ? s'enquiert-il.

Carla se penche vers lui.

— Pour *nous* ? s'étonne-t-elle en louchant vers moi. Waouh, vous allez chanter ensemble ?

Elle semble sincèrement excitée.

Mon cœur vient de faire un bond avant de s'effondrer au fond de mon ventre.

Je ravale le nœud qui m'obstrue la gorge, mais un autre vient immédiatement le remplacer.

Carla incline la tête, et son sourire chaleureux s'élargit encore.

— Oh, ma chérie, tu vas être géniale ! Ne t'en fais pas, tout le monde va t'adorer.

Elle plonge la main derrière le comptoir et en ressort un petit verre. Un homme s'installe à côté de moi ; un habitué, apparemment, puisqu'il n'a même pas à passer commande.

Carla le sert sans jamais nous quitter des yeux.

— C'est ce que je lui ai dit, intervient Andrew, mais c'est sa première fois, alors il faut que je lui facilite la tâche.

— La première et *dernière* fois, précisé-je.

Carla adresse à Andrew un sourire entendu, puis me dit :

— Eh bien, je ne suis pas du genre violent, mais si quelqu'un t'embête ici, viens me le dire et je le balance par la porte de derrière, comme dans les films.

Elle me décoche un clin d'œil puis se retourne vers Andrew.

— Voilà Eddie, annonce-t-elle en désignant la scène du menton.

Il fend la foule, plus ou moins vêtu comme lors de notre première rencontre : chemise blanche boutonnée jusqu'en haut, pantalon noir, chaussures noires lustrées et grand sourire ridé.

— Ah, v'là donc Parrish !

Il lui saisit la main et le prend dans ses bras. Puis il se tourne vers moi.

— Pardieu ! T'as l'air des d'moiselles des mag'zines !

Il m'embrasse à mon tour. Il sent le whisky bon marché et la cigarette, mais, étrangement, cela me réconforte.

Andrew est rayonnant.

— Camryn va chanter avec moi, ce soir, annonce-t-il fièrement.

Eddie écarquille les yeux, qui lui font comme deux billes blanches fixées au creux de sa peau mate. Cela devrait m'impressionner davantage que lorsqu'il l'a dit à Carla, et pourtant la présence d'Eddie me rassure. Je devrais peut-être me l'accrocher au poignet pour chanter...

— Vrai ? s'exclame-t-il, tout sourires. J'parie qu'ton ramage s'rapporte à ton plumage.

Je vire à l'écarlate.

— Allez, grimpez là-bas d'sus dès qu'y zauront fini ! dit-il en désignant la scène.

Andrew me prend par la main et m'attire près de lui. J'ai l'impression qu'Eddie est comme un père pour lui, et qu'il est tout heureux de savoir que celui-ci m'apprécie autant.

Avant de disparaître derrière la scène, Eddie brandit trois doigts vers nous.

— 'core trois minutes !

— Putain, je suis tellement nerveuse !

Oui, j'aurais vraiment dû garder Eddie à mon côté.

La main d'Andrew se resserre autour de la mienne. Il se penche à mon oreille.

— Souviens-toi : tous ces gens ne sont là que pour s'amuser, pas pour te juger. On n'est pas à la *Nouvelle Star*.

Je prends une longue inspiration relaxante.

Nous écoutons le groupe finir son morceau. La dernière note se dissipe, bientôt remplacée par le bruit habituel des instruments que l'on déplace, que l'on accorde ou que l'on cogne les uns contre les autres. Les chuchotements s'intensifient maintenant que plus rien ne les recouvre, investissant les lieux tel un bourdonnement régulier et croissant. L'air est saturé de fumée de cigarette mêlée à tous les effluves produits par les corps collés les uns contre les autres.

Quand Andrew m'entraîne vers la scène, mes mains se mettent à trembler. Je baisse les yeux et me rends compte que mes ongles sont profondément enfoncés dans sa peau.

Il me sourit avec douceur, et je me résous à le suivre.

— De quoi j'ai l'air ? lui murmuré-je.

Je serais très étonnée de m'en sortir sans crise d'angoisse.

— Ma belle, tu es divine.

Il m'embrasse le front puis dépose sa guitare près de la batterie, le temps d'ajuster le pied du micro.

— On va chanter dans le même, m'explique-t-il. Essaie juste de ne pas me donner de coup de boule.

Je lui jette un regard noir.

— Ce n'est pas drôle.

Plusieurs clients nous observent déjà, bien que la plupart vaquent encore à leurs occupations. Je n'ai rien d'autre à faire que de rester debout bêtement, ce qui ne fait qu'accroître mon anxiété. Andrew s'attelle enfin à accorder sa guitare. Je me torture l'esprit.

— Tu es prête ? me demande-t-il.

— Non, mais finissons-en.

Nous échangeons un regard, et il articule silencieusement :

— Un. Deux. Trois…

Nous démarrons ensemble.

— *Ooooh… oooh… oooh… oooh!* (Une seconde de pause.) *Ooooh… oooh… oooh… oooh!*

Guitare.

Des dizaines de têtes pivotent simultanément, les conversations se tarissent instantanément tel un robinet que l'on ferme.

Tandis qu'Andrew joue les premières notes et s'apprête à entonner le premier couplet, je suis tellement prise de panique que je ne peux rien bouger d'autre que les yeux. Toutefois, plus il joue, plus mon corps se laisse entraîner par la musique.

Bientôt, tout le monde se balance et hoche la tête en rythme.

Andrew commence à chanter.

Puis, de nouveau ensemble :

— *Ooooh…*

Au moment du refrain, nous chantons de conserve, et je sais que je vais bientôt devoir monter dans les aigus sur…

J'ai réussi !

Andrew me décoche un immense sourire en entamant le couplet suivant ; il continue à jouer sans jamais louper un accord, comme s'il connaissait cette chanson depuis toujours.

Le public est vraiment captivé. Chacun hoche la tête en rythme, d'un air de dire : « Ces deux-là sont vraiment doués ! », et je sens mon visage s'illuminer tandis que je recommence à chanter avec Andrew, de plus en plus confiante. Je danse plus naturellement désormais, et je crois avoir complètement jugulé ma peur quand… *Putain, ça va être mon solo…*

Andrew continue à jouer tout en soutenant mon regard, comme pour m'aider à me concentrer et à garder mon sang-froid.

Il s'arrête simultanément de chanter et de gratter, tape d'un coup sec le bois de sa guitare avant ma première phrase, gratte et s'arrête, retape après ma deuxième phrase, et ainsi de suite jusqu'à ma dernière note, quand il reprend le rythme habituel tout en me chuchotant :

— *Nickel.*

Puis il recommence à chanter avec un grand sourire. Je lui souris en retour. Nous collons nos visages l'un contre l'autre pour entonner en chœur l'interlude plus rapide :

— *Woooh… ooooh… oooh !*

Ses doigts ralentissent sur les cordes, et nous susurrons presque ce dernier refrain. Il m'embrasse sur la bouche après l'ultime parole, et la chanson s'achève ainsi.

La foule explose en un tonnerre d'applaudissements et d'acclamations. J'entends même un mec crier « Une autre ! » depuis le fond de la salle.

Andrew m'attire près de lui et m'embrasse de nouveau, plaquant fermement ses lèvres sur les miennes devant tout le monde.

— Putain de merde, tu as été incroyable, ma belle !

Ses yeux pétillent de bonheur, contaminant tout son visage.

—Je n'arrive pas à croire que j'y sois arrivée! lui crié-je presque pour couvrir les voix qui nous entourent.

J'ai la chair de poule.

—Tu veux recommencer? me propose-t-il.

Je déglutis.

—Non, je ne suis pas prête! Mais je suis contente de l'avoir fait!

—Je suis tellement fier de toi!

Quelques hommes plus âgés montent sur scène, une bière à la main.

—Dois danser avec moi! me lance le barbu.

Il écarte les bras et effectue une petite gigue embarrassante.

Je rougis immédiatement et avise les prunelles rieuses d'Andrew.

—Mais il n'y a pas de musique, répliqué-je à l'homme.

—T'parles, ouais!

Il fait signe à un comparse à l'autre bout de la salle, et bientôt le juke-box se met en route entre le distributeur de friandises et la machine à sous.

Je suis tellement excitée d'avoir chanté sur scène et je m'en voudrais tant de décevoir cet ours charmant que je ne peux lui refuser quelques pas de danse.

J'interroge une dernière fois Andrew du regard, et il me répond d'un clin d'œil.

Le barbu me prend la main et la tend au-dessus de ma tête. Instinctivement, je tourne sur place et lui sers de cavalière pendant deux chansons entières avant qu'Andrew vienne à ma rescousse en s'interposant gentiment, m'étreignant fermement contre lui, remuant les hanches en rythme avec les miennes. Ses mains sont sur ma taille. Nous dansons, discutons avec d'autres clients et faisons même une partie de fléchettes avec Carla avant de quitter le bar à minuit passé.

Sur le chemin du retour, Andrew se tourne vers moi et demande :

— Comment tu te sens ?

Un sourire entendu se dessine sur ses lèvres.

— Tu avais raison, admets-je. Je me sens… différente, dans le sens positif du terme. Je ne me serais jamais crue capable d'un truc pareil.

— En tout cas, je suis content que tu l'aies fait, répond-il chaleureusement.

Je détache ma ceinture de sécurité pour me rapprocher de lui. Il passe le bras autour de mes épaules.

— Bon, et demain soir ?

— Hein ?

— Tu veux chanter demain soir ?

— Non, je ne me sens pas de…

— D'accord, pas de problème, m'interrompt-il en me frottant le bras. Je ne m'attendais déjà pas à ce que tu acceptes pour ce soir, je ne vais pas te harceler davantage.

— Non, reprends-je en pivotant pour lui faire face. Tu sais quoi ? J'en ai envie. J'ai très envie de recommencer.

Il a un léger mouvement de surprise.

— Vraiment ?

— Oui, vraiment.

Je lui souris, toutes dents dehors. Il en fait autant.

— Alors d'accord, déclare-t-il en pianotant sur le volant. On remet ça demain soir.

Arrivés à l'hôtel, nous faisons l'amour sous la douche avant d'aller nous coucher.

Nous restons deux semaines supplémentaires à La Nouvelle-Orléans, rejouant au *Old Point* avant d'écumer d'autres bars et boîtes du centre-ville. Il y a encore un mois, j'aurais sans doute ri au nez de quiconque m'aurait annoncé que je chanterais en public dans les semaines à venir, tant ce projet figurait loin sur la liste des choses que j'envisageais de faire un jour. Cela m'aurait paru ridicule. Et pourtant, je m'en donnais à cœur joie sur « Barton Hollow » et d'autres titres au cours desquels je pouvais me cacher derrière Andrew et ne pas me trouver au centre de l'attention. Tout le monde nous adorait. Tant de gens venaient nous serrer la main après chaque concert, nous demandant de reprendre tel ou tel morceau, chose qu'Andrew déclinait chaque fois. Je ne suis pas encore assez à l'aise pour improviser une performance. À mon immense surprise, j'ai même plusieurs fois été sollicitée pour poser avec de parfaits inconnus ou signer quelques autographes. Ces gens-là devaient être vraiment bourrés. C'est en tout cas ce dont je me suis convaincue, sans quoi cela m'aurait paru *extrêmement* bizarre.

Au terme de cette quinzaine, Andrew a ajouté un nom à sa liste de groupes préférés. Il aime les Civil Wars presque autant que moi. Et la nuit passée, notre dernière à La Nouvelle-Orléans, nous sommes restés au lit côte à côte à entonner « Poison & Wine » que diffusait mon téléphone sur la table de chevet… et je crois que nous nous sommes échangé, à travers les paroles des chansons, certains mots que nous n'aurions jamais osé nous dire.

Je crois…

Je me suis endormie dans ses bras en pleurant silencieusement.

Je suis morte et montée au paradis. Je crois bien que j'ai fini par mourir.

33

Andrew

— Vous devez le faire, juste pour être sûr, disait Marsters dans son fauteuil noir galvaudé, derrière son bureau galvaudé, vêtu de son manteau galvaudé.

— Pas la peine, répondais-je en m'asseyant face à lui. Qu'est-ce qu'il reste à dire ? Qu'est-ce qu'il reste à trouver ?

— Mais vous…

— Non, vous savez quoi ? Allez vous faire foutre. (Je me levais brusquement, repoussant ma chaise derrière moi jusqu'à venir percuter une plante.) Je ne m'infligerai pas cette merde.

Je quittais son bureau en claquant si fort la porte que le verre en tremblait dans son cadre.

— Andrew ! Chéri, réveille-toi.

J'entends la voix de Camryn. J'ouvre subitement les yeux. Je suis toujours sur le siège passager de la voiture. Je me demande combien de temps j'ai dormi.

Je me redresse, fais craquer ma nuque d'un côté, puis de l'autre, et me passe la main sur le visage.

— Tu vas bien ?

Il fait nuit. Les prunelles inquiètes de Camryn sont rivées sur moi, jusqu'à ce qu'elle soit contrainte de les reposer sur la route.

Je lui sers un beau mensonge pour avoir la paix.

— Ouais, ça va. J'ai dû faire un cauchemar, mais je ne m'en souviens plus.

— Tu as donné un coup de poing dans le tableau de bord, glousse-t-elle doucement. Ta main a jailli de nulle part. Tu m'as foutu une sacrée trouille.

— Désolé, ma belle. (Je me penche vers elle pour l'embrasser sur la joue.) Tu conduis depuis combien de temps ?

Elle louche sur les chiffres lumineux de l'horloge.

— Je ne sais pas, peut-être deux heures.

J'observe le prochain panneau autoroutier pour voir si elle a bien suivi mes instructions en restant sur la route 90.

— Gare-toi ici, dis-je en désignant la bande d'arrêt d'urgence.

Une fois le véhicule stationné sur l'asphalte défoncé, elle se met au point mort. Je fais mine de sortir, mais elle me retient par le bras.

— Attends, Andrew.

Je me tourne vers elle. Elle coupe le contact et détache sa ceinture.

— Je vais conduire un peu pour que tu puisses dormir.

— Je sais, répond-elle en me dévisageant d'un air sombre.

— Qu'est-ce qui t'arrive ?

Elle détourne la tête, enroule ses doigts autour du volant et se rencogne au fond du siège.

— Je ne suis plus si sûre de vouloir aller au Texas.

— Pourquoi pas ?

Je me glisse jusqu'à elle.

Elle finit par accepter de me regarder de nouveau.

— Parce que *et après* ? demande-t-elle. J'ai le sentiment que ce sera notre dernière étape. Tu vis là-bas. Que te restera-t-il à faire ?

Je comprends son raisonnement, et je partage secrètement ses craintes depuis quelque temps maintenant.

— Tout ce qu'on voudra faire, répliqué-je.

Je tends le bras pour lui prendre le menton.

— Regarde-moi.

Elle s'exécute. Je découvre une certaine nostalgie dans ses yeux, une expression apeurée et torturée. Je le sais, parce que je ressens exactement la même chose.

J'avale ma salive, puis me penche pour l'embrasser derechef.

— On verra bien une fois sur place, d'accord ?

Elle hoche la tête à contrecœur. Je tente de sourire, mais peine à le faire en me sachant incapable de lui apporter les réponses qu'elle espère. Et je ne peux pas lui donner celles que je voudrais lui donner.

Camryn coulisse du côté passager tandis que je fais le tour par l'extérieur. Deux voitures arrivent dans l'autre sens, nous aveuglant de leurs pleins phares. Je claque ma portière et reste assis silencieusement derrière le volant. Camryn observe la nuit par sa vitre, égarée dans des pensées cheminant vraisemblablement dans le même sens que la plupart des miennes : elle est perdue, incertaine, voire apeurée. Je n'ai jamais ressenti avec qui que ce soit un lien aussi fort que celui qui nous unit, et cela me tue à petit feu. Je m'apprête à mettre le contact, mais m'arrête, les doigts sur la clé. Je pousse un profond soupir.

— On va prendre le chemin le plus long, annoncé-je doucement, sans la regarder, avant de remettre le moteur en route.

Je la sens qui se retourne vers moi.

Je lui jette un coup d'œil.

— Si tu veux bien.

Un léger sourire revient illuminer son visage. Elle acquiesce.

J'allume le lecteur de CD et la musique se met en route. Bad Company résonne dans les haut-parleurs. En me rappelant notre accord, je m'apprête à changer de disque, mais Camryn m'interrompt.

— Non, laisse.

Et son sourire remonte jusqu'aux oreilles.

Je me demande si elle se souvient de notre première nuit dans le bus, quand je l'avais mise au défi de me citer une chanson de

Bad Company. Elle avait répondu « Ready For Love ». Et quand je lui avais demandé si elle l'était, je l'avais fait sans réfléchir. Je me rends compte maintenant que, finalement, ça n'était pas si idiot. C'est marrant que nous tombions justement sur ce morceau-là.

Nous traversons la moitié inférieure de la Louisiane et restons sur la route 82 jusqu'au Texas. Camryn est tout sourires ce matin – même si nous sommes au Texas –, et le simple fait de la voir de cette humeur me rend heureux. Depuis une heure, nous roulons fenêtres ouvertes, et ses pieds nus pendent par la vitre. Quand j'essaie de jeter un coup d'œil dans le rétroviseur de droite, je n'aperçois que ses mignons petits orteils vernis.

— Ce n'est pas un road-trip digne de ce nom si tu ne roules pas sur l'autoroute avec les pieds dehors ! s'exclama-t-elle pour couvrir la musique et les bourrasques qui tournoient dans l'habitacle.

Elle n'arbore qu'une seule tresse, aujourd'hui, mais le vent lui éparpille des mèches partout sur la figure.

— Tu as raison, réponds-je en appuyant sur le champignon. Et pour que ce soit un vrai road-trip, il faut aussi s'amuser avec un camionneur.

Sa natte claque contre sa joue quand elle tourne brusquement la tête vers moi.

— Hein ?

Je souris.

— Ouaip, dis-je en tapotant sur le volant au rythme de la musique. C'est obligatoire. Tu ne savais pas ? Trois solutions. (Je brandis l'index.) La première : tu peux lui montrer ton cul.

Elle écarquille ses grands yeux bleus.

— La deuxième : tu dois faire semblant de te toucher en roulant à sa hauteur.

Ses yeux s'arrondissent davantage et son étonnement est tel qu'elle en reste sans voix.

— La troisième : tu peux simplement faire un mouvement de pompe avec le bras (je serre le poing en l'air et effectue un geste de haut en bas) pour le faire klaxonner.

Une vague de soulagement la parcourt.

— D'accord, répond-elle en esquissant un sourire mystérieux. La prochaine fois qu'on en double un, je validerai l'intitulé de road-trip en jouant avec un camionneur.

Dix minutes plus tard, notre victime – disons plutôt ce petit veinard : on parle de Camryn, après tout – apparaît devant nous. Nous arpentons une longue traînée d'asphalte lacérant un territoire plat et désertique à perte de vue. Nous rattrapons le semi-remorque et je maintiens une allure de cent kilomètres-heure derrière lui. Camryn, qui porte ce minuscule short en coton qui me plaît tant, décroise les jambes et pose les pieds par terre. Son sourire malicieux suffit à m'exciter.

— Tu es prête ? demandé-je en baissant le volume.

Elle acquiesce. Après un coup d'œil dans mes rétroviseurs intérieur et extérieur, je me décale légèrement pour avoir un aperçu du tronçon déployé devant nous afin de m'assurer qu'aucun véhicule n'arrive à contresens.

Je commence à doubler et, dès que je franchis la ligne, Camryn glisse sa main droite dans son short.

Je suis pris d'une soudaine érection.

J'étais sûr qu'elle se contenterait du coup de klaxon !

Je souris vaguement, envahi par d'innombrables pensées cochonnes, et elle me sourit en retour. J'accélère jusqu'à arriver à hauteur de la cabine du camion.

Putain de bordel de merde…

La main de Camryn s'active lentement mais sûrement sous le fin tissu de coton. Son index et son pouce disparaissent sous l'élastique, l'abaissant suffisamment pour dévoiler son ventre. Elle bascule la tête contre le siège et s'introduit un peu plus bas. J'ai du mal à garder les yeux sur la route. Elle se mord la lèvre inférieure et accélère le mouvement de ses doigts. Je commence à croire qu'elle ne fait pas semblant du tout. Je bande désormais si fort que je redoute de craquer mon bermuda.

Le camion s'adapte à mon allure. Si distrait que j'étais par Camryn, j'ai légèrement levé le pied sans même m'en rendre compte, perdant quelques kilomètres-heure.

Une voix bourrue émerge de la vitre du camion.

— Putain de beau spectacle ! Tu vas m'filer une crise cardiaque, bébé ! Wou-ouh !

Il donne un puissant coup de klaxon.

Vaguement jaloux, je ralentis de cent à soixante-dix kilomètres-heure. Il était temps : un van approche sur l'autre voie.

Je me tourne vers Camryn, complètement éberlué. Elle retire la main de son short et me sourit.

— Je ne m'attendais pas à ça !

— C'est justement pour ça que je l'ai fait ! réplique-t-elle en repassant les pieds par la fenêtre, obscurcissant de ses orteils la vue de son rétroviseur.

— Est-ce que tu te... touchais vraiment ?

De soixante-dix, je suis tombé à soixante. Mon cœur tambourine contre ma cage thoracique.

— Ouais, avoue-t-elle. Mais pas pour le camionneur.

Son sourire s'élargit et elle repousse quelques mèches égarées entre ses lèvres. Je ne peux pas m'empêcher d'étudier sa bouche, me languissant de la mordre et de l'embrasser.

— Eh bien, ce n'est pas pour me plaindre, déclaré-je en tentant de surveiller la route pour éviter de nous tuer tous les deux, mais maintenant j'ai... comme un problème.

Camryn baisse les yeux sur mon giron puis les remonte vers mon visage. Elle incline la tête de côté et m'observe avec un mélange de malice et de séduction. Puis elle se rapproche de moi et m'attrape à pleines mains. À présent, mon palpitant tente de *jaillir* entre mes côtes. Elle m'embrasse dans le cou, puis remonte ses lèvres jusqu'à trouver mon lobe. J'en ai la chair de poule.

Elle baisse ma braguette.

— Tu m'as aidée quand j'ai eu mes « problèmes », me chuchote-t-elle à l'oreille avant de me mordiller de nouveau. Il est logique que je te rende la pareille.

Elle me considère par en dessous.

Je hoche bêtement la tête, incapable de prononcer une phrase entière.

Je m'incline légèrement sur mon siège et elle fait courir sa main sur ma verge avant de passer la tête entre mon ventre et le volant. Je tressaille légèrement quand elle entreprend de me lécher. *Oh putain... Oh putain de merde... Comment je vais faire pour conduire ?*

Quand elle m'avale jusqu'à la glotte, je frissonne de plus belle, bascule la tête en arrière sans quitter la route des yeux, la bouche ouverte. Seule ma main gauche est encore fermement crispée sur le volant. Alors qu'elle me suce plus fort et plus vite, la droite se perd sur son crâne, s'emmêlant dans ses longs cheveux blonds.

De soixante kilomètres-heure, je suis repassé à soixante-dix. À quatre-vingts, mes jambes tremblent et je distingue à peine la route. Je reprends le volant à deux mains, tentant de recouvrer un semblant de maîtrise sur quelque chose, surtout sur cette foutue bagnole, et je laisse échapper un halètement, puis un gémissement, en atteignant l'extase.

J'ai réussi à ne pas nous tuer pendant la pipe incroyable de Camryn. Nous arrivons à Galveston au petit matin, et elle dort encore sur la banquette, les jambes pendant à moitié dans le vide. Je préfère ne pas la réveiller tout de suite. Je roule doucement devant la maison de ma mère, constatant que sa voiture ne se trouve pas dans l'allée. Elle doit donc travailler à la banque, aujourd'hui. Pour tuer le temps, je fais un détour jusqu'à mon appartement en empruntant la 53e rue. Camryn n'a pas beaucoup récupéré cette nuit, mais je suppose que notre vitesse réduite va de toute façon bientôt finir par l'arracher au sommeil. Elle commence à remuer avant même que je me gare dans ma résidence de Park à Cedar Lawn.

Elle redresse sa magnifique tête blonde et, quand je découvre son visage, je ne peux m'empêcher d'éclater de rire.

Elle me lance un regard de biais, encore tout ensommeillé, et grommelle :

— Qu'est-ce qu'il y a de si drôle ?

— Oh, ma belle, j'ai essayé de t'empêcher de t'endormir comme ça.

Elle se redresse pour s'examiner dans le rétro et lève les yeux au ciel en découvrant les trois longues rayures qui lui sillonnent la joue jusqu'à l'oreille.

— Waouh, ça fait un peu mal, dit-elle.

— Tu es toujours superbe, même avec des rayures, me gaussé-je. (Elle ne peut réprimer un sourire.) Bon, nous y sommes, finis-je par annoncer en trouvant une place de parking avant de couper le moteur.

Je laisse mes mains retomber sur le siège.

La voiture plonge dans un silence accablant. Même si ni elle ni moi n'avons clairement décidé que notre voyage s'achèverait au Texas, et si rien ne prouve que notre relation en sera altérée, nous en avons tous deux conscience.

Sauf que… je suis le seul à savoir pourquoi.

Camryn reste assise de son côté, parfaitement immobile, les mains croisées sur ses genoux.

— Rentrons, dis-je pour rompre le silence.

Elle se force à sourire, puis ouvre sa portière.

— Dis donc, on dirait plus un campus qu'une résidence.

Elle endosse son bagage et son sac à main et contemple le monument historique et les chênes géants qui jalonnent le décor.

— C'était un hôpital militaire, dans les années 1930, expliqué-je en récupérant mes affaires dans le coffre.

Camryn se charge de la guitare d'Aidan, restée sur la banquette arrière.

Nous remontons le trottoir d'un blanc de craie et atteignons mon appartement du rez-de-chaussée. J'introduis ma clé dans la serrure et ouvre la porte sur le vaste salon. L'odeur de renfermé me frappe dès notre entrée ; on ne peut pas dire que ça pue, mais ça sent le vide.

Je lâche mes sacs par terre.

Camryn observe les lieux depuis le seuil.

— Mets tes affaires où tu veux, ma belle.

Je m'approche du canapé et récupère le jean étendu sur le dossier, ainsi qu'un boxer et un tee-shirt mis à sécher sur le fauteuil assorti.

— C'est un chouette appart, dit-elle en poursuivant son examen.

Elle finit par poser ses affaires et appuie la guitare contre le dossier du canapé.

— Pas terrible, comme garçonnière, dis-je en me dirigeant vers la salle à manger, mais j'y suis bien et je voulais me rapprocher de la plage.

— Tu n'as pas de colocataires ? demande-t-elle en me suivant à l'intérieur.

Je secoue la tête, pénètre dans la cuisine et ouvre le frigo. Les diverses bouteilles debout dans la porte tintent les unes contre les autres.

— Plus maintenant. Mon copain Heath a vécu ici pendant trois mois après mon emménagement, mais il a fini par s'installer à Dallas avec sa fiancée.

Je sors une grande bouteille de jus de gingembre avant de refermer le réfrigérateur.

— Tu veux boire un coup ? lui proposé-je. Tu vois ? Je n'ai pas que des sodas et des bières dans mon frigo !

Elle sourit avec douceur et réplique :

— Non merci, je n'ai pas soif pour l'instant. Tu as acheté ça pour quoi ? Les gueules de bois, les troubles digestifs… ?

Je lui adresse un rictus et avale une grande lampée à même le goulot. Elle ne fait pas la grimace, comme je m'y attendais pourtant.

— Tu m'as percé à jour, admets-je en revissant le bouchon. Si tu veux prendre une douche, la salle de bains est par là. Je vais passer un coup de fil à ma mère pour qu'elle ne s'inquiète pas, et j'ai deux ou trois bricoles à faire avant de me laver. Ma plante est sans doute morte.

Camryn paraît légèrement surprise.

— Tu as une plante ?

— Ouais, elle s'appelle Géorgie, admets-je avec un sourire.

Elle hausse des sourcils interrogateurs.

J'éclate de rire et l'embrasse délicatement sur les lèvres.

Tandis que Camryn est sous la douche, je scrute chaque centimètre carré de mon appartement en quête de preuves accablantes : de vieilles chaussettes toutes rêches (j'en ai trouvé une au pied du lit), des préservatifs (j'en ai une boîte pleine sur ma table de nuit, que je fais disparaître tout au fond de la poubelle), des emballages de préservatif (deux dans la poubelle de la chambre), ainsi que d'autres vêtements sales et un magazine porno. (*Merde ! Il est sur la cuvette des toilettes, elle l'a sans doute déjà vu…*)

Puis je lave la vaisselle restée dans l'évier avant mon départ et m'assieds au salon pour appeler ma mère.

34

Camryn

Quand j'avise le magazine posé sur la cuvette comme n'importe quelle revue de motos, je ne peux réprimer un éclat de rire. Je me demande brièvement s'il existe quelque part dans le monde un garçon que la pornographie n'intéresse pas, puis je me rends compte de la bêtise de mon insinuation. Je suis mal placée pour juger, ayant moi-même eu mon lot de perversion sur Internet.

Je prends une longue douche bien chaude et m'essuie avec la serviette de plage qu'Andrew m'a sortie. J'entreprends alors de m'habiller.

Je n'aime pas cet endroit. Son appartement. Le Texas.

À un autre moment, en d'autres circonstances, les choses auraient sans doute été différentes, mais ce que je lui ai confié l'autre soir quand nous nous sommes garés sur le bord de l'autoroute était vrai : cette étape ressemble à un point final. La magie du temps passé ensemble semble s'être évaporée avec la pluie de la semaine dernière. Pas nos sentiments mutuels, en revanche… Non, ceux-ci sont si forts que la simple éventualité d'y mettre un terme me scie les jambes. Ce que nous ressentons l'un pour l'autre est… Disons que c'est tout ce qu'il nous reste. Les grands espaces sont derrière nous. Les arrêts à l'improviste, les égarements insouciants sont envolés.

Les motels et les petites choses comme le bœuf séché, l'huile d'amande douce et le bain moussant, disparus. La bande originale de notre courte vie commune s'affaiblit alors que la dernière chanson de l'album se termine. Je n'entends plus que la douce vibration du silence émanant des baffles. J'ai envie de tendre la main pour appuyer de nouveau sur lecture, mais je suis comme paralysée.

Et je n'arrive pas à comprendre pourquoi.

J'essuie la larme qui me coule sur la joue et ravale mes émotions en prenant une longue et profonde inspiration avant d'ouvrir la porte de la salle de bains.

J'entends Andrew parler au téléphone en traversant la salle à manger.

— Me fais pas chier, Aidan. J'ai pas besoin de ça maintenant. Ouais, et alors ? Tu te prends pour qui, pour m'apprendre à gérer ma vie ? *Quoi ?* Putain, fous-moi la paix, frérot. Les obsèques n'ont rien d'obligatoire. Personnellement, je ne tiens pas à en revivre avant les miennes. Je ne comprends même pas pourquoi ça se fait encore. Aller voir quelqu'un qu'on aime gisant inerte dans une putain de boîte, quel intérêt ? J'aime autant garder le souvenir d'une personne vivante. Dis pas n'importe quoi, Aidan ! Tu sais que c'est des conneries !

Je ne veux pas rester tapie comme si je l'espionnais, mais d'un autre côté je trouverais déplacé d'entrer dans le salon comme si de rien n'était.

Je le fais néanmoins. Il est bien trop énervé, je voudrais le calmer. Dès qu'il m'aperçoit, il change de ton et se redresse dans le canapé.

— Bon, je dois te laisser, dit-il. Oui, j'ai déjà appelé maman. Oui. Ouais, OK, j'ai entendu. À plus.

Il coupe la communication et pose son portable sur la table basse en noyer, à côté de ses pieds nus.

Je m'installe près de lui.

— Désolé, dit-il en me tapotant la cuisse avant de la caresser de la paume. Il est toujours sur mon dos.

Je me hisse sur ses genoux et il me serre contre sa poitrine, comme si j'étais précisément ce dont il avait besoin pour recouvrer la maîtrise de ses émotions. Je passe les bras autour de son cou, croisant les doigts dans son dos. Puis je me penche pour lui déposer un baiser au coin des lèvres.

Il me regarde droit dans les yeux.

— Écoute, Camryn, je ne veux pas que ça se termine non plus, reprend-il comme s'il lisait dans mes pensées.

Il me redresse soudain, me prend les mains et me contemple avec un mélange de gravité et d'intensité.

— Et si on…

Il détourne la tête, semblant peser chacun de ses mots, même si je n'arrive pas à déterminer si c'est pour s'exprimer avec précision ou parce qu'il regrette déjà d'avoir à le faire.

— Et si on quoi ? l'encouragé-je.

Je ne veux pas qu'il fasse machine arrière. Quoi qu'il ait voulu dire, je tiens à ce qu'il aille au bout. J'ai perçu une vague lueur d'espoir et je ne veux pas la laisser s'envoler.

— Andrew ?

Ses prunelles d'un vert intense se rivent de nouveau aux miennes quand ma voix l'arrache à sa rêverie.

— Et si on partait tous les deux ? complète-t-il. (Mon cœur s'emballe.) Je ne veux pas rester ici. Et je ne dis pas ça à cause de mon père ou de mon frère, ça n'a rien à voir avec ce que je ressens. À cet instant précis. Ici, avec toi. Et depuis que je t'ai aperçue dans ce bus au Kansas. (Il raffermit son étreinte sur mes mains.) Je sais que tu as perdu ton acolyte, mais… je veux que tu sois tout à moi. Peut-être qu'on devrait faire le tour du monde ensemble, Camryn… Je sais que je ne pourrai jamais remplacer ton ex…

Les larmes me jaillissent au coin des yeux.

Il se méprend. Il me lâche soudain et semble incapable de me regarder. Je prends son visage entre mes paumes, forçant ses yeux tourmentés à se tourner vers moi.

Je secoue la tête, les joues inondées de larmes.

—Andrew… Ça a toujours été toi, chuchoté-je d'un ton rauque. Même avec Ian, j'ai toujours trouvé qu'il manquait quelque chose. Je te l'ai dit, l'autre soir, dans le champ ; je t'ai dit que…

Ma voix déraille. Je me force à sourire.

—C'est toi, mon acolyte. Je le sais depuis longtemps, déclaré-je avant de l'embrasser sur la bouche. Rien ne m'attire davantage que de découvrir le monde avec toi. Notre place est sur la route. Ensemble. C'est *là* que je veux être.

Il parvient en souriant à refouler ses larmes. Puis il plaque ses lèvres sur les miennes, et nous nous embrassons en nous tenant mutuellement le visage. Son baiser me laisse le souffle court, pourtant je l'embrasse de plus belle, l'empêchant à mon tour de respirer. Sans jamais rompre notre étreinte, il laisse courir ses mains sur mon corps, se relève et m'aide à en faire autant.

—Il faut que tu rencontres ma mère aujourd'hui, dit-il en étudiant ma réaction.

Je renifle pour réprimer mes dernières larmes et acquiesce.

—J'adorerais faire sa connaissance.

—Tant mieux, commente-t-il en me lâchant. Je vais prendre une douche, puis on ira faire un tour en ville avant de passer chez elle quand elle rentrera du boulot.

—D'accord, réponds-je sans me départir de mon sourire.

Je serais incapable de m'en débarrasser, même en faisant de gros efforts.

Il me scrute un long moment, comme refusant de me laisser seule le temps d'une douche ; ses prunelles étincellent autant que le soir de notre première au *Old Point*. Son visage trahit le kaléidoscope d'émotions qu'éprouve une personne submergée de bonheur, mais il ne dit pas un mot.

C'est inutile.

Il se résout alors à quitter la pièce pour aller se laver, et j'en profite pour consulter mon téléphone. Ma mère a fini par appeler. Elle m'a laissé un message pour me parler de sa croisière aux Bahamas qui s'est prolongée d'une semaine. Elle semble vraiment en pincer pour ce Roger. Il va peut-être bien falloir que je rentre assez longtemps pour mener ma petite enquête et m'assurer qu'elle ne s'est pas laissé aveugler par quelque qualité dissimulant de plus sombres défauts : plus d'argent que mon père, un corps plus ferme que celui d'Andrew – peu probable –, ou une énorme… J'ignore comment je pourrais me renseigner sur ce dernier point sans poser directement la question à la première bénéficiaire, ce qui n'arrivera pas.

Mon père m'a lui aussi téléphoné. Il part pour un voyage d'affaires d'un mois en Grèce et me propose de l'accompagner. J'aurais adoré, mais navrée, papa… Si je dois visiter la Grèce cette année, ce sera avec Andrew. J'ai toujours été une petite fille à papa, mais il faut savoir couper le cordon, et j'appartiens désormais à Andrew.

Je m'arrache à ma rêverie en secouant la tête et écoute les messages suivants. Natalie a fini par appeler directement plutôt que de ronger son frein en envoyant des textos. Je sais qu'elle n'en peut plus d'attendre de découvrir ce que je fais de mon temps et avec qui je le passe. J'hésite à la torturer encore un peu.

Mmm… Je pourrais juste lui donner un aperçu.

Un sourire retors naît sur mon visage. Cela risque de la faire redoubler de curiosité, mais c'est déjà mieux que rien.

Lorsque Andrew sort de la douche et traverse son antre avec une serviette humide autour du cou, je l'appelle depuis le salon. Il vient m'y rejoindre, torse nu : putain, je n'ai jamais rien vu de plus sexy que l'eau dégoulinant sur son torse bronzé. J'ai envie de l'essuyer à coups de langue, mais me retiens, par égard pour Natalie.

— Viens ici, mon chéri, dis-je en lui faisant signe du doigt. Je voudrais envoyer une photo de nous à Nat. Elle ne me lâche plus depuis La Nouvelle-Orléans, mais je ne lui ai encore rien dit sur toi, pas même ton nom. Elle m'a laissé un message vocal.

Je commence à pianoter sur mon clavier.

Il éclate de rire et se frictionne les cheveux.

— Qu'est-ce qu'elle raconte ?

— En gros, elle est sur le point de craquer. J'ai envie de la faire mariner un peu plus.

Les fossettes d'Andrew se creusent.

— OK, je suis partant.

Il se laisse tomber sur le canapé et m'attire à sa suite.

Je prends quelques clichés de nous ensemble : sur le premier, nous regardons l'objectif ; sur le deuxième, il m'embrasse sur la joue ; sur le troisième, il affiche un air séducteur et tire légèrement la langue pour me lécher le visage.

— Celle-ci est parfaite ! m'exclamé-je. Elle va péter un câble. Texas, prépare-toi à voir débouler l'ouragan Natalie !

Andrew rit doucement et me laisse avec mon téléphone.

— Je reviens dans deux minutes, m'annonce-t-il en quittant le salon.

Je joins la photo à un MMS et écris :

Et voilà, Nat. On est à Galveston, au Texas!

J'appuie sur « envoyer ». Andrew vaque à ses occupations. Je m'apprête à aller l'espionner quand je reçois une réponse :

Putain j'y crois pas! Tu couches avec Kellan Lutz?!!?

J'éclate de rire. Andrew revient dans le salon, malheureusement vêtu d'un tee-shirt, qu'il rentre dans son pantalon derrière sa boucle de ceinture. Il a troqué son bermuda contre un jean.

— Quoi, elle t'a déjà répondu ?

Il semble légèrement amusé.

— Ouais, je savais que ça la ferait réagir, réponds-je avec un sourire.

D'autres messages déferlent en rafale.

Cam, OMG, il est trop canon! Bordel!

Apel. MAINTNAN!!!!!!!!!!!

CAMRYN BENNETT! Tu frai mieux dmapplé!!!

Je mère d'impatience bordel!!!

Je MÈRE!!!

GRRR!!!

Put1 de corecteur auto. Je hai ce put1 de tél.

MEURS, pas mère!!!

Je souris jusqu'aux oreilles. Andrew s'approche derrière moi et m'arrache le portable des mains.

Il rigole en faisant défiler son charabia.

— Langage SMS ? commente-t-il. C'est qui, ce Kellan Lutz ? Il est moche ?

Il me dévisage avec un soupçon d'inquiétude.

Euh... non, carrément pas moche.

— C'est un acteur, expliqué-je. Et non, pas du tout. N'en tiens pas compte, Natalie fait toujours ça : elle compare sans arrêt les gens avec des célébrités, généralement en exagérant ostensiblement.

Je récupère mon téléphone, alors qu'il est provisoirement distrait par mon explication, et le dépose sur le canapé.

— On était à l'école avec Shay Mitchell et Hayden Panettiere, Megan Fox était reine de promo et Chris Hemsworth son roi. (Je fais claquer ma langue.) Et puis il y avait la pire ennemie de Natalie, la pom-pom girl qui avait voulu lui piquer Damon en classe de seconde. Selon Nat, c'était la version salope de Nina Dobrev. Aucun d'entre eux ne leur ressemblait vraiment. Natalie est juste… bizarre.

Andrew secoue la tête, hilare.

— En tout cas, ça a l'air d'être un sacré personnage.

Je fais mine de ne pas entendre mon téléphone vibrer de nouveau sur le canapé et me lève pour enlacer Andrew.

— Tu es sûr de vouloir faire ça avec moi ?

Il me regarde droit dans les yeux et prend mon visage entre ses paumes.

— Je n'ai jamais été aussi sûr de quoi que ce soit, Camryn.

Puis il se met à faire les cent pas.

— J'ai toujours ressenti ce… ce… (Il bredouille, cherchant ses mots.) Ce vide… Enfin, il y a toujours eu quelque chose à l'intérieur, mais pas ce qu'il fallait. Ça n'était pas la bonne forme. Je suis allé à la fac pendant un temps, puis je me suis dit : « Andrew, qu'est-ce que tu fous là ? » Et j'ai pigé que je n'y étais pas parce que je l'avais décidé, mais parce que c'était ce que l'on attendait de moi. Pas uniquement les gens que je connaissais, mais la société dans son ensemble. C'est ce que font les gens. Ils grandissent, ils vont à la fac, ils trouvent un boulot et ils s'infligent la même routine tous les jours jusqu'à la mort. Exactement comme tu me l'as expliqué quand tu me parlais de tes projets avec ton ex. (Il gifle l'air de la main droite.) La plupart des gens ne connaissent que l'endroit où ils sont nés.

Il fait de plus grands pas, s'arrêtant uniquement pour accentuer un mot ou une idée. Il me regarde à peine. Il semble pris dans un monologue, comme si les réponses à des questions qu'il s'était posées toute sa vie lui arrivaient par wagons entiers et qu'il essayait de les assimiler toutes d'un coup.

— Je n'ai jamais vraiment été heureux…

Il finit par plonger ses yeux dans les miens.

— Et quand je t'ai rencontrée, j'ai eu comme un déclic, comme si je me réveillais ou… Je ne sais pas, mais…

Il vient se poster devant moi. Je peine à retenir mes larmes.

— … mais je savais que, quoi que ce soit, c'était ce qu'il me fallait. Ça venait combler mon vide. *Tu* le combles.

Je me hisse sur la pointe des pieds pour l'embrasser. Il y a tant de choses que je voudrais lui dire, mais elles sont si nombreuses que je ne sais pas par où commencer.

— Je te retourne la question, reprend-il. Tu es sûre de vouloir le faire ?

Mes yeux lui sourient chaleureusement.

— Andrew, la question ne se pose même pas. Oui !

Son sourire est si radieux que ses prunelles diaboliquement sexy s'illuminent.

— Alors c'est officiel, tranche-t-il. On part demain. J'ai assez d'argent en banque pour tenir quelque temps.

Je hoche la tête et réponds :

— Je n'ai pas vraiment mérité celui qui dort sur mon compte, c'est pour ça que je l'ai toujours dépensé avec parcimonie. Mais pour ça je suis prête à claquer jusqu'au dernier centime, et quand je n'en aurai plus…

— Avant d'en arriver là, m'interrompt-il, on trouvera des petits boulots, comme tu le disais. On n'aura qu'à jouer dans des bars ou des boîtes, ou même sur des marchés. (Cette idée le fait rire, même s'il est on ne peut plus sérieux.) On pourrait aussi bosser dans des restos, faire la plonge ou le service et… Je ne sais pas, on trouvera bien.

Tout cela ressemble à un rêve un peu dingue prenant brusquement corps, mais nous n'en avons cure. Nous vivons l'instant présent.

— Tu as raison, mieux vaut nous y mettre avant d'être à sec, admets-je en rougissant. Je ne voudrais pas finir par faire la manche, dormir dans un carton ou proposer de bosser contre un repas à un coin de rue.

Andrew s'esclaffe derechef et me serre les épaules d'un air rassurant.

— Non, on n'en arrivera jamais à ces extrémités. On travaillera toujours, mais pas trop longtemps au même endroit, et sans dégoter toujours le même job.

Je le considère un instant, puis l'attrape par le cou pour l'embrasser avec passion.

Il récupère alors ses clés.

— Viens, dit-il en me tendant la main. Commençons par le commencement : je dois d'abord retrouver ma voiture. Je dois lui manquer !

Des magazines de cul et une voiture dont il parle comme d'une femme !

Je secoue la tête en riant sous cape tandis qu'il m'entraîne vers la porte. Je prends mon sac au passage et nous sortons.

35

Camryn

Nous commençons par aller voir la Camaro de 1969 d'Andrew. Je découvre mon premier stéréotype de Texan quand nous entrons dans le parking du garage où Andrew *avait* manifestement travaillé.

— T'sais qu't'es viré, hein ? lui lance un grand homme paré d'un chapeau et de bottes de cow-boy en venant à notre rencontre.

Il se tenait jusqu'alors devant la bâtisse, à deviser avec ce qui devait être un mécano.

Il serre la main d'Andrew, puis lui donne une accolade chaleureuse en lui tapant dans le dos.

— Ouais, je sais, répond Andrew en lui rendant la pareille, mais j'avais des trucs à faire.

Il se tourne vers moi et poursuit :

— Billy, voici ma copine, Camryn. Camryn, mon ancien boss, Billy Frank.

Mon cœur a fait un bond quand il m'a présentée comme sa copine. L'entendre le dire m'a fait infiniment plus d'effet que je ne l'aurais imaginé.

Billy me tend une paluche rugueuse et maculée de cambouis que je sers sans hésiter.

— Ravie de vous rencontrer, dis-je avec un sourire.

Il dévoile à son tour des dents tordues et jaunies par des années d'abus de café et de cigarettes.

— Putain qu'elle est belle ! commente Billy en jetant un coup d'œil à Andrew. Moi aussi j'rais plaqué mon taf p'rune poulette pareille.

Il donne une bourrade amicale à Andrew avant de me lancer :

— L'est gentil 'vec toi ? L'a une foutue grande gueule.

Je pars d'un rire léger et réplique :

— Oui, il a son petit caractère, mais il me traite comme une reine.

Je remarque que les prunelles d'Andrew scintillent de bonheur.

— Tout cas, s'y t'fait la vie dure, t'sais où m'trouver. P'sonne ici s'mieux l'r'mettre à sa place qu'moi.

Il adresse un large sourire à l'intéressé.

— Merci, je m'en souviendrai.

Nous prenons congé de Billy Frank et traversons le hangar pour ressortir par une porte latérale menant à une enceinte clôturée où sont entreposées les voitures. Je reconnais immédiatement la sienne, même si je ne l'ai vue que dissimulée dans l'écorce de l'arbre de son tatouage. C'est la plus belle du lot. Gris sombre, avec deux bandes s'élançant au milieu du capot. Elle ressemble énormément à la vieille Chevelle de son père. Nous la rejoignons à travers le dédale de véhicules. Il ouvre la portière côté conducteur après avoir d'abord inspecté la carrosserie sous toutes les coutures.

— Si elle avait pu faire le voyage quand j'ai décidé de ne pas prendre l'avion jusque dans le Wyoming, déclare-t-il en faisant courir ses doigts sur le métal, je n'aurais pas pris le car.

— Eh bien, je ne souhaite aucun mal à ta copine, répliquai-je en tapotant le capot, mais je suis ravie qu'elle n'ait pas été en état de rouler.

Andrew me contemple, arborant, comme de plus en plus souvent ces derniers jours, un visage radieux.

— Moi aussi, consent-il.

Pendant un bref instant, je tente d'imaginer où nous serions alors l'un et l'autre, si nous ne nous étions pas rencontrés. Malgré la fugacité de cette vision, j'ai l'estomac qui se tord. Je ne peux envisager de ne pas le connaître.

— Et donc, on va prendre celle-ci plutôt que la Chevelle ?

Andrew se mordille l'intérieur de la joue, en pleine réflexion. Il reste debout devant la portière ouverte, la paume à plat sur le toit. Il la caresse gentiment puis m'interroge.

— Qu'est-ce que tu en penses ? Qu'est-ce que tu préfères, ma belle ?

C'est mon tour d'hésiter. Je n'y avais jamais songé jusqu'à ce qu'il me demande de choisir. Je me rapproche de la voiture et jette un coup d'œil à l'habitacle, avisant les baquets en cuir et… en réalité, c'est la seule chose que je regarde.

— Honnêtement ? m'enquiers-je en croisant les bras.

Il opine.

Je considère de nouveau la Camaro, pesant le pour et le contre.

— J'aime plutôt bien la Chevelle. J'adore celle-ci – elle déchire –, mais je suis plus habituée à l'autre. (Pour enfoncer le clou, je désigne les sièges.) Et comment veux-tu que je mette la tête sur tes genoux ou que je m'allonge en travers s'il n'y a pas de banquette ?

Andrew sourit tendrement puis cajole le toit de la Camaro, comme pour lui faire comprendre que cela n'a rien de personnel. Après une dernière tape amicale, il referme la portière.

— Alors, va pour la Chevelle. Je ramènerai celle-ci à la maison pour la garer là-bas.

Andrew m'emmène manger, puis me fait découvrir certains de ses coins préférés sur l'île de Galveston. Après l'heure de pointe, il reçoit un appel de sa mère.

— Je suis un peu tendue, avoué-je tandis que nous roulons vers chez elle.

Il fronce les sourcils, me jette un coup d'œil rassurant et réplique :

— Ne t'en fais pas, elle va t'adorer. (Il reporte son regard sur la route.) Ce n'est pas une de ces vieilles bêcheuses qui ne trouvent personne digne de leur fils.

— Ouf !

— Et, même si c'était le cas, elle t'adorerait quand même, ajoute-t-il avec malice.

Je croise les mains devant moi et souris. N'empêche ; il aura beau me dire tout le bien qu'il pense d'elle, je n'en serai pas moins nerveuse.

— Tu comptes lui dire ? demandé-je.

— Quoi ? Qu'on part ?

— Ouais.

Il acquiesce.

— Oui, sans quoi elle s'inquiétera tellement qu'elle me fera interner d'office.

— Comment elle va le prendre, à ton avis ?

Il ricane doucement.

— Ma belle, j'ai vingt-cinq ans. Je ne vis plus chez elle depuis mes dix-neuf ans. Elle s'en remettra.

— Enfin, je veux dire… tu sais… les raisons qui te poussent à partir et ce qu'on envisage de faire… (Je détourne les yeux, observant le décor défiler.) Ce n'est pas comme de faire ses bagages et de déménager dans une autre ville. Ça, même ma mère pourrait s'y faire. Mais si je lui disais que je comptais prendre un aller simple pour nulle part avec un type rencontré dans un bus, elle flipperait sans doute un peu.

— Au conditionnel ? s'étonne Andrew. Tu n'as pas l'intention de lui en parler ?

Je pivote le menton dans sa direction.

— Non, carrément pas. Je sais qu'il vaudrait mieux qu'elle le sache, mais… Bref, tu vois ce que je veux dire.

— Oui, ma belle, répond-il en enclenchant son clignotant avant de tourner à gauche au stop. Et tu as raison, ce n'est pas complètement normal. (Puis son air rieur m'arrache un sourire.) Mais n'est-ce pas justement ce qui nous pousse à le faire ? Que ce ne soit pas normal ?

— Si, si, bien sûr…

— Non, le principal sujet de discorde est la personne qui t'accompagne.

Je rougis.

Après deux pâtés de confortables maisons de banlieue longées de trottoirs bien blancs où de jeunes enfants pédalent paisiblement, nous bifurquons dans l'allée de la mère d'Andrew. Elle habite un pavillon de plain-pied doté d'un petit jardin d'agrément et de deux buissons cotonneux longeant le chemin menant à la porte. La Chevelle s'arrête derrière la berline rangée dans le garage resté grand ouvert. Je m'inspecte rapidement dans le rétroviseur pour m'assurer de n'avoir pas de crotte de nez pendante ni de morceau de salade coincé dans les dents après le sandwich au poulet que j'ai mangé un peu plus tôt, et Andrew vient m'ouvrir la portière.

— Oh, j'ai compris ton manège ! le taquiné-je. Tu ne te montres galant que quand ta mère est susceptible de nous voir.

Il m'offre une main et se fend d'une profonde révérence.

— À compter de ce jour, j'ouvrirai toutes les portières du monde s'il sied à ma Dame… Cependant, ajoute-t-il tandis que je saisis sa main, hilare, je ne pensais pas que vous comptiez parmi ces gens-là.

— Ah, vraiment ? répliqué-je avec un horrible accent britannique en dressant le menton. Et comment, m'imaginiez-vous, sieur Parrish ?

Il claque ma portière, enroule son bras autour du mien, le dos bien droit et le port altier.

— Plus du genre qui s'en branle tant que tu peux sortir.

Je glousse.

— Eh bien, tu avais raison, admets-je en me serrant contre lui.

Nous entrons par le garage, dont une porte mène à la cuisine qu'embaume une odeur de rôti. *Elle a eu le temps de préparer de la viande ?* m'étonné-je. J'avise alors la cocotte sur le plan de travail. Andrew me fait contourner le comptoir alors même qu'une femme magnifique aux cheveux sable arrive du couloir.

— Je suis contente que tu sois rentré, lui dit-elle en le broyant presque contre son corps frêle.

Andrew la dépasse d'au moins dix centimètres. En revanche, je comprends d'où il tient ses yeux verts et ses fossettes.

Elle me sourit de l'air le plus affable qui soit et, à ma grande surprise, me prend à mon tour dans ses bras. J'appose mes avant-bras à la verticale sur son dos.

— Tu dois être Camryn, dit-elle. J'ai l'impression de te connaître déjà.

Cela me surprend. J'ignorais même qu'elle avait eu vent de mon existence avant aujourd'hui. J'observe Andrew du coin de l'œil, et je le vois sourire d'un air entendu. Il a certes eu des dizaines d'occasions de parler de moi durant notre voyage, surtout avant que nous fassions chambre commune, mais je n'arrive pas à comprendre qu'il lui en ait tant dit sur moi.

— Je suis très heureuse de vous rencontrer, madame...

J'écarquille les yeux, menaçant silencieusement Andrew de lui balancer un coup de pied dans le tibia s'il ne me livre pas sur-le-champ l'information qui me manque. Mes lèvres se pincent furieusement, mais il se contente de sourire.

— Appelle-moi Marna, dit sa mère en me prenant les mains.

Elle replie les coudes sans me lâcher et m'examine sans de départir de son sourire étincelant.

— Vous avez mangé ? s'inquiète-t-elle alors en nous observant tour à tour.

— Ouais, maman, on a grignoté un truc vite fait.

— Oh, mais il faut manger. J'ai préparé du rôti et une poêlée de haricots verts.

Elle ne libère qu'une seule de mes mains, m'attirant de l'autre jusqu'au salon où un téléviseur démesuré est fixé au mur au-dessus de la cheminée.

— Assieds-toi, je t'apporte une assiette.

— Maman, elle n'a pas faim, crois-moi.

Andrew est sur nos talons.

J'ai déjà la tête qui tourne légèrement. Elle a entendu parler de moi, au moins suffisamment pour avoir l'impression de me connaître. Elle est tellement gentille et affable qu'elle donne l'air de m'avoir déjà adoptée. Sans parler du fait que c'est moi, et non Andrew, qu'elle a prise par la main pour m'escorter jusqu'ici. Y a-t-il un piège quelque part, ou est-elle réellement la plus douce personne du monde, doublée de la personnalité la plus charmante ? Quoi qu'il en soit, ses sentiments à mon égard sont réciproques.

Elle m'étudie en basculant la tête de côté, attendant que je me prononce. Je grimace légèrement, craignant de la froisser, mais réplique :

— Ça me touche beaucoup, mais je ne pense pas pouvoir avaler autre chose pour l'instant.

Son sourire s'adoucit.

— Quelque chose à boire, peut-être ?

— Ça serait parfait. Vous auriez du thé glacé ?

— Bien sûr, répond-elle. Sucré, nature, citron, pêche, framboise ?

— Juste sucré, merci beaucoup.

Je m'assieds sur le coussin central de son canapé bordeaux.

— Qu'est-ce que tu veux, mon grand ?

— Comme Camryn.

Andrew s'installe près de moi ; avant de s'en retourner à la cuisine, sa mère nous observe avec un léger sourire trahissant quelque agréable pensée. Puis elle disparaît.

Je me tourne brusquement vers Andrew et lui chuchote :

— Qu'est-ce que tu lui as raconté sur moi ?

Il sourit.

— Trois fois rien, je te jure.

Il s'efforce d'avoir l'air naturel, sans résultat.

— Simplement que j'avais rencontré une fille adorable et incroyablement sexy, à la langue bien pendue et à la minuscule tache de naissance à l'intérieur de la cuisse gauche.

Je lui assène un coup de poing sur la jambe. Il sourit de plus belle.

— Non, dit-il après avoir recouvré son sérieux. Je lui ai dit qu'on s'était rencontrés dans le car et qu'on ne s'était plus quittés depuis.

Il me frotte la cuisse de manière à me rassurer.

— Elle a l'air de m'apprécier un peu trop, j'ai l'impression que tu me caches quelque chose.

Andrew hausse légèrement les épaules et sa mère revient dans la pièce avec deux verres de thé glacé ornés de petits tournesols jaunes. Elle les dépose sur la table basse devant nous.

— Merci, dis-je avant de boire une gorgée.

Ne trouvant pas de dessous de verre, je le repose délicatement sur la table.

La mère d'Andrew s'installe dans le fauteuil face à nous.

— Andrew m'a dit que tu venais de Caroline du Nord ?

Oh, oh… C'est tout ce qu'il lui a dit, mon cul ! Je sens qu'il ricane intérieurement, je l'entends presque à son silence. Il sait que je suis dans l'incapacité de l'assassiner du regard, de lui balancer un coup ou de réagir comme je le ferais habituellement. Je me contente donc de sourire, faisant mine d'oublier son existence.

— Oui, confirmé-je. Je suis née à New Bern, mais j'ai passé quasiment toute ma vie à Raleigh.

Je sirote encore un peu de thé.

Marna croise les jambes et y entrelace les doigts. Elle porte des bijoux très simples, deux petites bagues à chaque main, ainsi qu'une paire de clous d'oreilles dorés et un collier assorti drapé dans les plis de son corsage blanc.

— Ma sœur aînée a passé seize ans à Raleigh avant de revenir s'installer au Texas – c'est un État magnifique.

Je hoche poliment le chef en souriant. Je suppose qu'elle a dit cela pour briser la glace, car un silence gêné s'est désormais instauré, et je constate qu'elle lorgne régulièrement son fils. Et que lui reste muet. Je suis prise d'un étrange pressentiment, comme si j'étais la seule personne dans cette pièce à ignorer ce qui se trame.

— Alors, Camryn, reprend Marna en reportant les yeux sur moi, quel était le but de ton voyage avant de rencontrer Andrew ?

Génial… Je ne m'attendais certainement pas à ça. Je ne veux pas mentir, pourtant la vérité est délicate à exposer naturellement à une personne que l'on vient de rencontrer.

Andrew avale une grande lampée de thé et repose son verre.

— Elle était plus ou moins dans la même galère que moi, me secourt-il. (Sa réponse me surprend tant que j'en reste sans voix.) Je prenais le chemin le plus long, tandis que Camryn était en route pour nulle part. Finalement, nos itinéraires se sont croisés.

Les yeux de Marna s'illuminent de curiosité. Elle incline le menton, me considère avant de scruter de nouveau son fils, puis nous observe tour à tour. Son expression chaleureuse demeure quelque peu mystérieuse ; en tout cas, elle ne fait pas du tout preuve du scepticisme que je redoutais.

— Eh bien, Camryn, je veux que tu saches que je suis très heureuse que vous vous soyez rencontrés. Apparemment, ta présence a aidé Andrew à surmonter une période difficile.

Elle se rembrunit légèrement après avoir fait ce commentaire, et je remarque du coin de l'œil qu'Andrew la dévisage avec circonspection. Je suppose qu'elle en a assez dit, ou qu'il craint qu'elle ne finisse par lui faire honte.

Me sentant légèrement mal à l'aise d'être la seule à ne pas avoir toutes les données en main, je m'efforce de sourire par égard pour Marna.

— Disons, pour être honnête, que nous nous sommes beaucoup entraidés, tempéré-je avec d'autant plus d'assurance que c'est la plus stricte vérité.

Marna se tape légèrement les cuisses de la paume des mains, sourit derechef et se lève.

— J'ai un petit coup de fil à passer, explique-t-elle avec un grand geste. J'ai complètement oublié de parler à Asher de la moto qu'il voudrait acheter à M. Sanders. Si je ne l'appelle pas tout de suite, j'ai peur d'oublier encore. Excusez-moi quelques minutes.

Son regard se pose quelques secondes sur Andrew avant qu'elle quitte la pièce. Je m'en suis rendu compte ; ni l'un ni l'autre ne semble douter que j'ignore qu'il se passe quelque chose dont je ne suis pas censée être au courant. Je ne sais pas si elle me déteste secrètement et joue la comédie pour éviter de mettre son fils dans l'embarras ou si je suis complètement à côté de la plaque. Ça me rend dingue, et je suis loin d'être aussi détendue que je l'étais juste après les présentations.

Et naturellement, dès qu'elle est sortie, Andrew se lève.

— Qu'est-ce qui se passe ? demandé-je d'un ton léger.

Tandis qu'il me regarde, je comprends qu'il sait que je ne vais pas fermer les yeux éternellement. Il a pleinement conscience que j'ai fait preuve de davantage de discernement qu'il ne l'aurait souhaité.

Il étudie longuement mon visage, sans plus sourire. Il me considère comme on considère une personne à qui on s'apprête à faire ses adieux. Puis il se penche vers moi pour m'embrasser.

— Rien du tout, ma belle, réplique-t-il.

Son sourire est revenu, de même que son petit air taquin, mais je ne suis pas dupe.

Je sais qu'il ment, et je ne risque pas de lâcher le morceau. Je vais peut-être l'enterrer jusqu'à notre départ, mais, ensuite, ce sera une autre histoire.

— Je reviens dans une seconde, m'annonce-t-il avant d'emprunter le même chemin que sa mère.

36

Andrew

Je n'aurais sans doute jamais dû amener Camryn ici ; elle est maligne, et je sais qu'elle saisit les moindres non-dits dans la conversation. À cet égard, maman n'a d'ailleurs pas fait grand-chose pour lui compliquer la tâche. Mais il était important qu'elles se rencontrent, j'ai donc fait ce qui s'imposait.

Je traverse le couloir jusqu'à sa chambre. Elle m'y attend. Debout. En larmes.

— Maman, s'il te plaît, ne fais pas ça.

Je la prends dans mes bras, une main derrière la nuque.

Elle renifle et s'étouffe en tentant de réprimer un sanglot.

— Andrew, tu veux bien aller à ton rendez-vous et…

— Non, maman. Écoute-moi. (Je l'écarte de ma poitrine en la maintenant par les épaules et la regarde droit dans les yeux.) Ça fait trop longtemps. J'ai attendu trop longtemps, tu le sais aussi bien que moi. Je reconnais que j'aurais dû y aller il y a huit mois, mais je ne l'ai pas fait et, maintenant, c'est trop tard.

— Tu n'en sais rien.

Les larmes ruissellent en abondance sur ses joues.

Je me radoucis, sachant néanmoins qu'elle ne m'écoutera pas, si convaincant que je puisse être.

— Ça a empiré, dis-je. Écoute, tout ce que je veux, c'est que tu apprennes à la connaître. Elle compte énormément pour moi.

Vous comptez toutes les deux énormément pour moi, et je crois que vous devriez faire connaissance…

Ma mère brandit sa main sous mon nez et l'agite nerveusement.

— Je ne veux pas discuter de ça, s'étrangle-t-elle. Je n'en suis pas capable. Je ferai tout ce que tu attends de moi. Et, mon grand, je l'aime déjà. Je vois bien que c'est une fille super. Je vois bien qu'elle est complètement différente de toutes celles que tu as pu me présenter. Et elle compte aussi beaucoup pour moi, pas uniquement pour ce qu'elle représente pour toi, mais également pour tout ce qu'elle t'a apporté.

— Merci, dis-je en me retenant de fondre en larmes à mon tour.

Je laisse mes mains retomber le long de mon corps.

Je tire de ma poche arrière une enveloppe pliée que je la force à accepter. Je l'embrasse sur le front.

Elle refuse de la regarder. Pour elle, cela ressemble à quelque chose d'irrévocable. Pour moi, cela incarne tout ce que je ne saurai jamais lui dire.

Ma mère hoche la tête, faisant couler de nouvelles larmes. Elle pose l'enveloppe sur sa haute commode et arrache un mouchoir à la boîte près de son lit. Après s'être épongé les joues et avoir copieusement reniflé, elle essaie de recouvrer figure humaine avant d'aller rejoindre Camryn dans le salon.

— Pourquoi tu ne lui dis pas, Andrew ? m'interroge-t-elle en s'immobilisant devant la porte de sa chambre. Ça vous permettrait de faire tout ce que tu as toujours voulu faire…

— Je ne peux pas, répliqué-je, même si ces mots sont pour moi un déchirement. Je voudrais que tout se déroule comme il se doit et ne rien devoir brusquer.

Ma réponse ne lui plaît pas, mais elle la comprend.

Nous retournons ensemble au salon ; je vois qu'elle fait de son mieux pour sourire.

Camryn sourit, elle aussi, mais il est évident qu'elle a compris que ma mère a pleuré.

Maman s'approche de Camryn qui, instinctivement, se relève.

— Je suis navrée qu'on doive se séparer si brusquement, déclare ma mère en l'embrassant, mais j'ai reçu de très mauvaises nouvelles d'un membre de la famille tandis que j'étais au téléphone avec Asher. J'espère que tu ne m'en voudras pas.

— Pas du tout, affirme Camryn, manifestement inquiète, en me jetant un rapide coup d'œil. Je suis désolée de l'apprendre. J'espère que ça va aller.

Ma mère hoche la tête et parvient à faire sourire ses yeux encore embués de larmes.

— Merci, ma douce. J'espère que tu repasseras me voir bientôt. Tu seras toujours la bienvenue.

— Merci, répond doucement Camryn avant de prendre l'initiative d'étreindre ma mère à son tour.

— Andrew, qu'est-ce qui s'est passé ? demande-t-elle avant même que j'aie refermé ma portière.

Je pousse un soupir en tournant la clé.

— C'est juste une histoire de rivalité entre frangins, dis-je en m'efforçant de ne pas la regarder.

Le moteur ronronne, et je passe la marche arrière.

— Maman n'aime pas qu'on se dispute, Aidan et moi.

— Tu mens.

Oui, et j'ai la ferme intention de continuer à le faire.

Je lui jette un rapide coup d'œil avant de reculer jusqu'à la route.

— Elle ne voulait pas te mêler à ça, c'est tout. (Toutes les autres pièces de mon boniment se mettent en place naturellement.) Mais c'est à cause de l'enterrement de mon père. Tu remarqueras qu'elle n'en a pas parlé devant toi. Si elle m'a entraîné à l'écart, c'était uniquement pour t'épargner ces conneries.

Elle n'est toujours pas convaincue, mais commence à me croire.

— Et c'était quoi, les mauvaises nouvelles sur un membre de la famille ?

— Il n'y en avait pas, expliqué-je. Elle voulait juste me parler, et je lui ai raconté la dispute que j'avais eue avec Aidan au téléphone avant qu'on quitte mon appart. Ça l'a perturbée.

Camryn souffle et se tourne vers la vitre.

— Ma mère t'aime beaucoup.

Elle pivote vers moi. J'ai l'impression qu'elle veut approfondir la conversation sur Aidan, mais elle se ravise.

— Elle est très gentille, répond-elle. Peut-être qu'*Aidan* (elle accentue volontairement son nom, comme pour me faire comprendre qu'elle n'était pas encore totalement convaincue) et toi devriez faire des efforts pour ne pas qu'elle s'inquiète autant.

Bien que hors de propos, ça n'est pas un mauvais conseil.

— Ma belle, écoute, je suis navré. Je n'aurais peut-être pas dû te la présenter.

— Ce n'est pas grave, dit-elle en coulissant vers moi. Je suis content de la connaître. Ça me donne l'impression de compter pour toi.

Je pense qu'elle me croit, cette fois, à moins qu'elle ne tente de réprimer son intuition en prenant conscience que je garderai de toute façon la vérité pour moi.

Je passe le bras autour de ses épaules.

— Tu sais bien à quel point tu comptes pour moi, affirmé-je.

Elle pose la tête contre mon torse.

— Tu ne lui as pas parlé de notre départ.

— Je sais, je vais le faire. Je pensais l'appeler dans la soirée pour le lui dire. (Je l'étreins gentiment.) Maintenant qu'elle t'a rencontrée et déjà adoptée, je pense que ça l'inquiétera moins de me voir faire quelque chose d'anormal.

Camryn glisse sa main entre mes cuisses et me sourit.

— Je dois encore en parler à *ma* mère. (Elle se redresse soudain, comme si elle venait d'avoir une idée.) Je pourrais attendre qu'on traverse la Caroline du Nord pour t'amener directement à la maison.

Ses magnifiques yeux bleus scintillent de bonheur.

Je hoche la tête.

— Tu voudrais présenter un type comme moi à ta mère ? Et si en découvrant l'animal elle décidait de t'empêcher de me revoir ? plaisanté-je.

— Ça m'étonnerait ! réplique-t-elle en riant légèrement. Dans le pire des cas, elle sera complètement sous le charme.

— Ah, j'adore les couguars !

Elle écarquille les yeux et j'éclate de rire.

— Ma belle, je plaisante !

Elle me grogne dessus et prend une longue inspiration agacée, sans toutefois chercher à dissimuler sa bonne humeur.

— Eh, tu as déjà… tu sais… ?

Je trouve hilarant qu'elle n'arrive pas à le dire.

— Couché avec une femme plus âgée ? complété-je avec un sourire en coin.

Manifestement, le sujet la gêne, mais c'est elle qui l'a mis sur le tapis, je me sens donc en droit de la torturer avec.

— Ouais, ça m'est arrivé.

Elle se retourne vers moi, les yeux ronds comme des soucoupes.

— Tu déconnes ?

— Non, dis-je en riant.

— Quel âge elle avait ? Ou quel âge *elles* avaient ?

Elle incline la tête sans me quitter des yeux.

La marque du pluriel me signale que je m'aventure en terrain miné, mais je tiens à être parfaitement honnête avec elle. Du moins à ce sujet…

Je pose la main sur sa jambe.

— Ça m'est arrivé deux fois. La première n'avait que trente-huit ans, ce qui ne fait pas franchement de différence avec vingt-huit. En revanche, la seconde en avait quarante-trois.

Camryn est rouge écarlate, mais pas parce qu'elle est jalouse ou furieuse. Bien qu'elle soit peut-être légèrement… inquiète.

— Qu'est-ce que tu préfères ? demande-t-elle avec prudence.

J'essaie de ne pas sourire.

— Ma belle, ce n'est pas une question d'âge. Enfin, ce n'est pas que je coure après les grands-mères ou quoi, mais j'estime que n'importe quelle femme prenant soin de rester canon est parfaitement baisable.

— J'y crois pas ! glousse Camryn. Et c'est moi qui suis vulgaire !

Elle secoue la tête comme si elle n'en revenait pas, puis reprend :

— Tu n'as pas répondu à ma question.

— Techniquement, si. (Je prends plaisir à la taquiner davantage.) Tu m'as demandé ce que je préférais, et je n'ai pas de réponse ferme à apporter, juste une généralité.

J'ai parfaitement pigé le sens exact de sa question, et je pense qu'elle n'est pas dupe. Simplement, je ne manque jamais une occasion de la faire tourner en bourrique.

Elle me jette un regard noir.

Je m'esclaffe et finis par céder.

— Ma belle, tu es le meilleur coup que j'aie jamais connu.

Alors qu'elle retrousse les lèvres comme pour m'accuser de ne pas être complètement honnête, j'ajoute :

— Je suis sincère, Camryn. Je ne dis pas ça parce que tu es assise à côté de moi et que je tiens à mes baloches.

Elle sourit et lève les yeux au ciel, mais semble néanmoins convaincue. Je la sers contre moi et elle repose volontiers la tête sur mon torse.

— Tu es le meilleur coup que j'aie jamais eu, parce que tu m'as donné ce qu'aucune autre fille ne m'avait encore donné, précisé-je.

Elle dresse légèrement le menton, me regardant par en dessous en attendant plus d'explications.

Je lui souris et explique :

— J'ai dépucelé ton innocence, je t'ai permis d'être plus à l'aise avec ta sexualité. Et ça, je trouve ça carrément excitant.

Camryn se redresse pour m'embrasser sous le menton.

— Dis plutôt que c'est grâce à la pipe sur l'autoroute.

— Même si j'ai vraiment, vraiment, *vraiment* adoré ça, ce n'est pas pour cette raison que je t'apprécie.

Je crois que cela aussi la rassure. Elle enfouit de nouveau son visage contre ma poitrine et m'étreint puissamment du bras droit.

Nous roulons jusqu'à mon appartement sans ajouter un mot. Je sens son silence moins maussade que le mien. Toutefois, je ne veux pas l'inquiéter ni la rendre malheureuse. Ni aujourd'hui, ni demain, ni n'importe quand. Même si c'est inévitable, je tiens à repousser l'échéance le plus longtemps possible.

Nous passons les quatre heures suivantes à regarder des films dans le salon, tous deux vautrés sur le canapé. Je la tiens dans mes bras et l'embrasse quand elle essaie de se concentrer, lui glissant la langue dans l'oreille pour le seul plaisir de l'entendre me gueuler que c'est dégucu. Elle est tellement mignonne quand elle est dégoûtée que c'est sa faute si je le fais si souvent. Nous nous entraînons à nous jeter du pop-corn dans la bouche tout en comptant les points. Elle l'emporte, six à quatre. Puis nous décidons de le manger plutôt que de jouer avec. Je lui présente ma plante, Géorgie, qui n'est finalement pas morte pendant mon absence. Camryn me parle du chien qu'elle a adopté à la SPA, un bâtard qu'elle a nommé BeeBop, et je lui réplique que j'ai de la peine pour ce pauvre animal et son nom si ringard. Bizarrement, BeeBop est mort d'une insuffisance cardiaque congestive, comme mon chien et meilleur ami, Maximus. Je lui en montre des photos, et elle me fait voir celle de BeeBop qu'elle a sur elle. Il était si moche que c'en était mignon.

Nous devisons pendant des heures, jusqu'à ce qu'elle rampe sur mes genoux et vienne me chevaucher. Le corps collé au mien, elle me dit d'une voix si suave que j'en ai des frissons partout :

— Allons nous coucher…

Elle referme ses jambes autour de ma taille quand je me lève, et je la soutiens par les fesses le temps d'arriver à ma chambre. Je me déshabille entièrement puis m'allonge au milieu du lit. J'étais déjà plus que prêt avant même de quitter le canapé. Je la regarde s'effeuiller devant moi, se départir non seulement de ses vêtements, mais aussi de son habituelle timidité. Elle approche à quatre pattes depuis le pied du lit et se positionne de manière à ce que je me sente poindre entre ses lèvres inférieures. Sans jamais me quitter des yeux, elle se penche pour m'embrasser le torse, traçant de lents cercles du bout de la langue autour de mes tétons. Je remonte alors mes mains, restées jusque-là sous ses cuisses, pour prendre ses seins en coupe.

— Tu es tellement douce…, chuchoté-je tout contre sa bouche avant qu'elle me fasse taire.

Je tends légèrement le bassin et, d'un petit coup de hanches provocateur, elle me donne envie de m'anéantir en elle. Mais pour l'heure, c'est elle qui décide, et je la laisse volontiers diriger.

Elle pose ses lèvres d'un côté de mon cou, puis de l'autre, tout en ondulant si lentement la taille que je la désire tant et plus.

— Laisse-moi te préparer, d'abord, lui soufflé-je en refermant les mains sur ses hanches. (Elle est déjà humide, mais là n'est pas la question.) Remonte par ici, ma belle, lui dis-je en lui indiquant la direction d'un mouvement du menton.

Elle commence par me lécher les lèvres puis, quand elle se décide à avancer, je redescends un peu sur le lit pour lui laisser de la place.

Quand ses cuisses se referment autour de ma tête, je ne perds pas une seconde et me mets à la lécher furieusement, aspirant si fort son clitoris qu'elle se frotte sur mon visage tout en agrippant la tête de lit des deux mains. Elle est trempée. Aux premiers gémissements, je m'arrête. Elle sait pourquoi. Je veux jouir en même temps qu'elle.

Elle retourne se positionner sur mon giron, se frottant sur ma verge avant de la prendre dans sa main.

Quand elle s'assied lentement dessus, nous haletons et frémissons de conserve.

Après une nuit passée à faire l'amour, elle s'écroule dans mes bras et je l'étreins comme pour ne jamais la laisser s'en aller. Je pleure silencieusement dans la douceur de ses cheveux jusqu'à finir par m'endormir à mon tour.

37

Camryn

— Andrew ? dis-je en roulant de son côté du lit.

Désormais un peu mieux réveillée, je dresse lentement la tête et me rends compte qu'il n'est pas là.

Je perçois une odeur de bacon.

Je repense à la nuit que nous avons passée et ne peux empêcher un sourire de fendre mon visage. Je me débarrasse des draps et enfile culotte et tee-shirt.

Quand j'entre dans la cuisine, Andrew est encore aux fourneaux.

— Mon chéri, qu'est-ce que tu fais debout si tôt ?

J'ouvre le frigo, en quête de n'importe quoi qui puisse m'hydrater la bouche. Il faut que je me brosse les dents, mais je ne veux pas gâcher le repas avec un arrière-goût mentholé.

— Je pensais t'apporter le petit déjeuner au lit.

Il lui a fallu plus longtemps que nécessaire pour répondre, et son timbre est étrange. Je sors la tête du réfrigérateur pour l'examiner. Il est debout, les yeux rivés sur la poêle.

— Chéri, ça va ?

Je referme le frigo sans rien en sortir.

C'est à peine s'il lève la tête.

— Andrew ?

Mon cœur bat de plus en plus fort, même si j'ignore pourquoi.

Je m'approche de lui pour lui poser la main sur le bras. Il pivote lentement le menton dans ma direction.

—Andrew…

Dans une sorte de ralenti cruel, ses jambes se dérobent et il vient s'écrouler contre le carrelage blanc, la spatule à la main, répandant une gerbe de graisse tout autour. Je tente de le rattraper, sans parvenir à le maintenir debout. Tout se déroule encore au ralenti : mon cri, mes mains sur ses épaules, sa tête heurtant le sol. Cependant, quand son corps se met à trembler et à convulser, le temps s'accélère de façon terrifiante.

—Andrew ! Andrew ! Qu'est-ce qui t'arrive, bordel ?

Je voudrais l'aider, mais il ne cesse de s'agiter. Ses yeux se révulsent et sa mâchoire se contracte horriblement. Tous ses membres sont raides, paralysés.

Je pousse un nouveau hurlement, aveuglée par les larmes.

—Au secours !

Je recouvre alors mes esprits et me précipite vers le téléphone le plus proche. Son portable est sur le comptoir. Je compose le numéro des urgences et je mets à profit les deux secondes de battement pour couper le feu sur la cuisinière.

—S'il vous plaît ! Il fait une attaque ! *Pitié*, aidez-moi !

—Madame, commencez par vous calmer. Est-ce qu'il convulse ?

—Oui !

Je contemple, frappée de stupeur, le corps d'Andrew se tortiller sur le carrelage. J'ai tellement peur que je me sens sur le point de vomir.

—Madame, je veux que vous libériez l'espace autour de lui, afin qu'il ne puisse pas se blesser. Est-ce qu'il porte des lunettes ? Sa tête risque-t-elle de percuter un meuble ou autre chose ?

—Non ! Mais il s'est cogné le crâne en tombant !

—D'accord. À présent, apportez-lui un oreiller ou de quoi appuyer sa tête pour l'empêcher de heurter autre chose.

Je lance un regard circulaire sans rien trouver d'adapté, puis me précipite jusqu'au salon où je mets la main sur un petit coussin. Je pose le portable le temps de le glisser sous sa tête tressautant.

Oh, non… Putain, qu'est-ce qui lui arrive ?!

Je récupère le combiné.

— C'est bon, je lui ai mis un oreiller sous la tête !

— Très bien, madame, reprend calmement l'opératrice. Depuis combien de temps convulse-t-il ? A-t-il des antécédents pouvant expliquer cette crise ?

— Je… je ne sais pas, deux minutes, peut-être trois. Et non, je ne l'avais jamais vu faire ça. Il ne m'a pas parlé de…

Je prends conscience du sens de ma phrase : il me l'a toujours caché. Toutes sortes de pensées se bousculent dans ma tête, me faisant de nouveau perdre mon calme.

— Envoyez une ambulance ! S'il vous plaît ! Vite !

Les larmes m'étouffent.

Le corps d'Andrew cesse de trembler.

Avant que l'opératrice n'ait pu répondre, je déclare :

— Il s'est arrêté ! Qu'est-ce que je dois faire ?

— Faites-le rouler sur le côté, nous allons vous envoyer une ambulance. Quelle est votre adresse ?

Je me fige en achevant de l'installer en position latérale.

Je… Putain, je ne la connais pas ! Bordel !

— Je… je ne sais pas…

Je me lève d'un bond et me rue vers le comptoir où repose une pile de courrier. J'y découvre l'adresse et la lui dicte immédiatement.

— L'ambulance est en route. Voulez-vous rester en ligne en attendant qu'elle arrive ?

Je ne suis pas très sûre d'avoir compris sa question, ni même que sa voix soit bien réelle, je reste donc muette. Je n'arrive pas à détacher mon regard d'Andrew, gisant, inerte, sur le sol de la cuisine.

— Il a perdu connaissance ! Merde, pourquoi est-ce qu'il ne se réveille pas ?!

Je porte ma main libre à mes lèvres.

— C'est courant, affirme-t-elle, et le son de sa voix me tire de ma torpeur. Voulez-vous rester en ligne en attendant l'ambulance ?

— … Oui. Ne raccrochez pas. S'il vous plaît.

— D'accord, je suis là.

Sa voix est mon seul réconfort. Je n'arrive plus à respirer. Je n'arrive plus ni à penser ni à parler. Je ne peux que le regarder, impuissante. J'ai trop peur de m'asseoir près de lui, craignant d'être un obstacle s'il se remettait à convulser.

Quelques minutes plus tard, j'entends les sirènes retentir dans la rue.

— Je crois que l'ambulance est là, dis-je d'un ton distant.

Je ne peux toujours pas arracher mon regard du corps d'Andrew.

Pourquoi ?

On frappe à la porte et je finis par courir ouvrir aux urgentistes. Je ne me rappelle même pas avoir laissé tomber le téléphone sans raccrocher. Subitement, Andrew se retrouve sanglé sur un brancard.

— Comment s'appelle-t-il ? me demande quelqu'un.

Je suis certaine qu'il s'agit d'un urgentiste, mais je ne discerne pas son visage. Je ne vois que celui d'Andrew, dont la civière franchit la porte en roulant.

— Andrew Parrish, dis-je doucement.

J'entends vaguement le nom de l'hôpital où ils me disent l'emmener. Et quand tout le monde est parti, je reste bêtement au milieu de la pièce, contemplant la porte où je l'ai vu disparaître. Il me faut plusieurs minutes pour recouvrer mes esprits, et mon premier réflexe est de ramasser son téléphone pour chercher le numéro de sa mère. Je l'entends pleurer au bout du fil dès que je lui annonce la nouvelle, et je crois qu'elle a lâché le combiné.

— Madame Parrish ? dis-je, les larmes aux yeux. Madame Parrish ?

Elle n'est plus là.

J'enfile alors d'autres vêtements – je ne sais même pas quoi –, trouve les clés d'Andrew, récupère mon sac et me rue vers la porte. Je conduis déjà depuis quelques minutes quand je prends conscience que je ne sais pas où aller, ni où je suis. Je m'arrête à la première station-service venue pour demander la route de l'hôpital, et j'ai du mal à suivre les indications sans me perdre. Je n'arrive pas à me concentrer.

Je claque la portière et me précipite aux urgences, mon sac pendant mollement à mon épaule. Je pourrais aussi bien le laisser choir sans m'en rendre compte. L'infirmière à l'accueil pianote sur son clavier puis m'indique la bonne direction. J'émerge dans une salle d'attente. Je suis toute seule.

Une heure environ a dû s'écouler, mais je me trompe peut-être. Une heure. Cinq minutes. Une semaine. Que sais-je ? Ma poitrine me fait payer d'avoir tant pleuré. J'arpente la pièce depuis si longtemps que je commence à compter les taches qui jalonnent la moquette.

Une autre heure.

La salle d'attente est incroyablement insipide avec ses murs marron et ses chaises marron alignées en deux rangées bien ordonnées au centre de la pièce. Une pendule murale fixée au-dessus de la porte égrène les secondes. Son tic-tac a beau être silencieux, mon esprit pense pouvoir l'entendre. Une cafetière et un évier sont à disposition. Un homme – je crois – vient d'entrer par une porte latérale. Il remplit une tasse en polystyrène et ressort par le même chemin.

Une autre heure.

J'ai mal à la tête. J'ai les lèvres crevassées. Je n'arrête pas de les humecter, ce qui ne fait qu'empirer leur état. Je n'ai plus vu passer une infirmière depuis une éternité, et je regrette de n'avoir pas appelé la dernière avant qu'elle disparaisse au fond du long couloir stérile éclairé au néon qui passe devant la salle d'attente.

Pourquoi est-ce si long? Que se passe-t-il?

Je me frappe le front du plat de la main et, alors que je m'apprête à sortir le téléphone d'Andrew de mon sac, une voix familière m'interpelle.

—Camryn?

J'effectue une rapide volte-face.

Le petit frère d'Andrew, Asher, entre dans la pièce.

Je devrais être soulagée d'avoir enfin quelqu'un à qui parler, une personne qui vienne combler cette douloureuse vacuité, mais je m'angoisse au contraire, convaincue qu'il est sur le point de m'annoncer quelque horrible nouvelle. Pour autant que je le sache, Asher n'était même pas au Texas; s'il se trouve ici, avec moi, c'est qu'il a sauté dans le premier avion, chose qu'il n'aurait jamais faite si ça n'était pas grave.

—Asher? réponds-je, des larmes plein la gorge.

Je n'hésite pas un instant et cours me réfugier dans ses bras. Il m'étreint fermement.

—S'il te plaît, dis-moi ce qui se passe. (J'ai de nouveau les yeux tout embrumés.) Est-ce qu'Andrew va bien?

Il me prend par la main et me force à m'asseoir. Je m'accroche fermement à mon sac, tout au besoin de serrer quelque chose.

Asher ressemble tellement à Andrew que j'en ai mal au ventre.

Il me sourit tendrement.

—Il va mieux, m'assure-t-il, et cette courte phrase suffit à me conférer un regain d'énergie. Mais ça ne va sans doute pas durer.

Je suis vidée de nouveau, le mince espoir qui, jusque-là, m'a permis de tenir le coup s'étant envolé avec mon cœur et mon âme. *Qu'est-ce qu'il raconte… Qu'essaie-t-il de me dire?*

Ma poitrine tressaute sous l'assaut des sanglots.

—Comment ça? peiné-je à souffler.

Il inspire posément.

— Il y a environ huit mois, m'explique-t-il calmement, mon frère a découvert qu'il avait une tumeur au cerveau…

Mon cœur a cessé de battre. Mes poumons ne fonctionnent plus.

Mon sac tombe, son contenu se répand au sol, mais je me trouve dans l'incapacité de le ramasser. Je suis tétanisée.

Asher referme sa main autour de la mienne.

— À cause de l'état de santé de notre père, il a refusé de subir d'autres examens. Il était censé retourner voir le Dr Marsters dans la même semaine, mais il s'y est opposé. Notre mère et Aidan ont tout fait pour le convaincre. Pour autant que je le sache, il a fini par accepter, mais n'a jamais franchi le pas parce que mon père s'est affaibli.

— Non…

Je secoue la tête, refusant d'admettre l'évidence.

— Non…

J'essaie d'oublier ses paroles.

— C'est pour ça qu'Andrew et Aidan se bouffent le nez, poursuit Asher. Aidan voudrait qu'il fasse le nécessaire, et Andrew, borné comme il est, ne manque jamais une occasion de lui tomber dessus.

Je me tourne vers le mur et dis :

— C'est pour ça qu'il ne voulait pas aller le voir à l'hôpital…

Cette prise de conscience me paralyse un peu plus.

— Ouais, admet Asher à mi-voix. Et c'est aussi pour ça qu'il n'a pas voulu assister aux funérailles.

Je plonge alors les yeux dans ceux d'Asher, tentant de lire en lui tout en faisant courir mes doigts sur mes lèvres.

— Il a peur. Il a peur que la même chose ne lui arrive, que la tumeur ne soit inopérable.

— Oui.

Je me relève telle une balle, écrasant sous ma semelle un tube de rouge à lèvres.

— Et si ça n'était pas si grave ? m'exclamé-je désespérément. Il est à l'hôpital, maintenant, ils peuvent bien faire tous les tests qui s'imposent. (Je me dirige vers la porte.) Je vais le convaincre d'accepter. Je ne vais pas lui laisser le choix ! Il m'écoutera !

Asher me rattrape par le bras, me forçant à me retourner.

— D'après ce qu'ils en savent, les chances sont très minces, Camryn.

Je vais vomir. Mes joues semblent subir des milliers de piqûres et de nouvelles larmes menacent de jaillir. Mes mains se mettent à trembler. Putain, mon corps tout entier se met à trembler !

Asher ajoute doucement :

— Il a laissé traîner trop longtemps.

J'étouffe mes sanglots entre mes mains, prise de soubresauts incontrôlables. Asher m'étreint fermement.

— Il voudrait te voir.

Je relève la tête.

— Ils l'ont installé dans une chambre. Je vais t'y emmener. Attends ici quelques minutes, le temps que ma mère sorte, et je reviens te chercher.

Je garde le silence. Je reste là, mourant intérieurement, subissant la pire douleur qu'on m'ait jamais infligée.

Asher me jette un dernier coup d'œil pour s'assurer que je l'ai bien entendu, puis il me répète :

— Je reviens très vite. Attends-moi ici.

Quand il sort de la pièce, je me rattrape au premier dossier pour ne pas tomber et m'effondre sur une chaise. J'y vois tout trouble, les larmes me brûlent les yeux, dévalent mes joues. J'ai l'impression qu'on a plongé la main dans ma poitrine pour m'arracher le cœur.

J'ignore si je pourrai le regarder sans devenir complètement folle.

Pourquoi a-t-il fait ça ?

Pourquoi faut-il que cela arrive ?

Avant de perdre totalement la tête, de me mettre à tout casser ou de me faire du mal, je tombe à quatre pattes et vais récupérer mon sac. Je n'ai même pas vu Asher tout ranger à l'intérieur et le déposer sur une chaise. Je cherche mon téléphone et appelle Natalie.

— Allô ?

— Natalie, j'ai… j'ai besoin que tu me rendes un service.

— Cam… Est-ce que tu pleures ?

— Natalie, je t'en prie, écoute-moi.

— Oui, d'accord, je suis là. Qu'est-ce qu'il y a ?

— Tu es ma meilleure amie, dis-je, et j'ai besoin que tu viennes me rejoindre à Galveston. Dès que possible. Tu viendras ? J'ai besoin de toi. S'il te plaît.

— Oh, bordel, Camryn, qu'est-ce qui se passe ? Qu'est-ce qui t'est arrivé ? Tu vas bien ?

— Il ne m'est rien arrivé, mais j'ai besoin de toi. J'ai besoin de quelqu'un, et je n'ai personne d'autre. Ma mère ne comp… Natalie, s'il te plaît !

— D'accord, répond-elle d'un ton qui trahit son inquiétude. Je prends le premier vol. J'arrive. Garde ton téléphone allumé.

Je laisse ma main retomber, le poing serré autour de mon portable, et contemple le mur pendant une éternité jusqu'à ce que la voix d'Asher m'arrache à mes pensées. Je pivote vers lui. Il me prend par la main, sachant que j'ai besoin d'un soutien. Mes jambes ne sont pas sûres, comme si j'essayais des prothèses pour la première fois. Asher me soutient d'une main ferme. Nous sortons dans le couloir et nous dirigeons vers un ascenseur.

— Je dois me calmer, dis-je à voix haute, sans toutefois m'adresser à Asher.

Je me frotte le visage et me passe les doigts dans les cheveux, au sommet du crâne.

— Je ne peux pas aller le voir tout hystérique. C'est la dernière chose dont il ait besoin. Il faut absolument que je me calme.

Asher reste muet. Je ne le regarde pas. J'aperçois nos reflets, gauchis et ternis, dans la porte de l'ascenseur. Nous montons de deux étages et la cabine s'immobilise. La porte coulisse. Je reste immobile un instant, n'osant plus descendre, puis je prends une profonde inspiration et sèche de nouveau mes larmes.

Au milieu du couloir, nous nous arrêtons devant une large porte en bois restée entrebâillée. Asher l'ouvre en grand. Je garde les yeux rivés sur la ligne invisible séparant le couloir de la chambre d'Andrew, cette frontière que j'ai si peur de franchir. J'ai l'impression que, une fois de l'autre côté, tout ceci deviendra réel et que je ne pourrai plus revenir en arrière. Je serre fermement les paupières et réprime un énième afflux de larmes. J'inspire et expire profondément, les poings serrés autour de mon sac.

Je rouvre les yeux quand la mère d'Andrew sort de la chambre.

Son doux visage est profondément marqué par l'émotion, tout comme le mien l'est sûrement. Elle a les cheveux en bataille, les yeux gonflés et rougis. Elle parvient néanmoins à m'adresser un sourire tendre, posant délicatement les doigts sur mon épaule.

— Je suis contente que tu sois venue, Camryn.

Puis elle s'éloigne en compagnie d'Asher.

Je les regarde un instant traverser le couloir, mais leurs silhouettes se troublent bientôt.

Je jette un coup d'œil dans la chambre depuis le palier, avise le pied du lit où Andrew est allongé.

J'entre.

— Ma belle, tu es là, dit Andrew en m'apercevant.

Je reste d'abord figée sur place, mais en remarquant ses yeux, ces yeux verts inoubliables qui exercent un tel pouvoir sur moi, je laisse tomber mon sac et me précipite à son chevet.

38

Camryn

Je lui tombe quasiment dans les bras. Il me serre très fort, mais pas autant que je l'aurais souhaité. J'ai envie qu'il m'étouffe littéralement pour ne jamais me laisser partir, qu'il m'emporte avec lui. Toutefois, il reste faible. Je vois bien que ce mal qui le ronge lui pompe rapidement sa vitalité.

Andrew prend mon visage entre ses mains, repousse les cheveux qui me tombent dans les yeux, et fait disparaître avec force baisers les larmes que je tentais pourtant de lui dissimuler afin qu'elles ne l'affaiblissent pas davantage. Néanmoins, le cœur a ses raisons que la raison ignore, et c'est plus vrai encore lorsqu'il se meurt.

— Je suis vraiment navré, me souffle-t-il d'une voix désespérée, sans me lâcher. Je n'ai pas réussi à te le dire, Camryn… Je ne voulais pas que cela vienne assombrir le temps que nous avions à passer ensemble.

Des larmes ruissellent le long de ses doigts jusqu'à ses poignets.

— J'espère que tu ne…

— Non, Andrew, dis-je en ravalant un sanglot. Je comprends. Tu n'as pas à te justifier. Je suis heureuse que tu ne m'en aies pas parlé…

Il semble surpris, bien que soulagé. Il m'embrasse sur la bouche.

— Tu as raison, reprends-je. Si tu me l'avais dit, nous aurions passé des moments sombres, et… Je ne sais pas, tout aurait été très différent, alors que tout était si parfait. Mais, Andrew, tu aurais malgré tout *dû* me le dire, car j'aurais alors tout fait pour t'emmener plus tôt à l'hôpital. (Ma voix s'amplifie tandis que la vérité crue de mes paroles me heurte les oreilles.) Tu aurais pu…

Il secoue la tête.

— Ma belle, c'était déjà trop tard.

— Ne dis pas ça ! Tout n'est pas perdu. Tu es encore là, il reste une chance.

Il me sourit tendrement et finit par écarter les mains de mes joues pour les poser sur la couverture d'hôpital qui le recouvre. Une perfusion serpente de la base de sa main jusqu'à une machine.

— Je suis réaliste, Camryn. Ils m'ont déjà dit qu'ils n'étaient pas optimistes.

— Mais il reste encore une petite chance, si infime soit-elle, insisté-je en ravalant d'autres larmes, pestant intérieurement de ne pouvoir en tarir le flux définitivement. C'est toujours mieux que rien.

— Si je les laisse m'opérer maintenant.

Sa réplique me fait l'effet d'une gifle.

— Comment ça, *si* tu les laisses t'opérer ?

Son regard fuit le mien.

Je lui saisis sans douceur le menton, le forçant à pivoter face à moi.

— Il n'y a pas de *si*, Andrew. Tu plaisantes, j'espère ?

Il se décale sur le lit et m'invite à m'allonger à côté de lui. Il pose un bras sur moi pour m'encourager à me serrer davantage.

— Si je ne t'avais pas rencontrée, explique-t-il à quelques centimètres de mon visage, je n'aurais jamais accepté. Si tu n'étais pas ici à cet instant précis, je ne le ferais pas non plus. Je prendrais ça pour une perte de temps et d'argent, de faux espoirs donnés à ma famille, un moyen futile de repousser l'échéance.

— Mais tu vas les laisser t'opérer, complété-je avec méfiance, même si cela sonne surtout comme une question.

Il me caresse la joue de la pulpe du pouce.

— Je ferais tout pour toi, Camryn Bennett. Peu m'importe quoi… Tu peux me demander ce que tu veux, je m'exécuterai. Pas d'exception.

Un sanglot me résonne dans la poitrine.

Sans me laisser le temps de répondre, il me caresse la joue, repoussant une mèche derrière mon oreille. Puis il me scrute avec intensité.

— Je le ferai.

Je plaque ma bouche sur la sienne et nous nous embrassons fiévreusement.

— Je ne peux pas te perdre, déclaré-je. On a de la route à faire. Tu es mon acolyte.

Je me force à sourire malgré les larmes.

Il me dépose un baiser sur le front.

Nous restons allongés un moment à discuter de l'opération, des analyses préliminaires qu'il lui faut encore subir, et je lui promets de ne pas quitter son chevet. Je resterai près de lui aussi longtemps qu'il le faudra. Nous devisons ensuite des endroits que nous aimerions visiter, et il se met à me citer des chansons qu'il voudrait que j'apprenne pour que nous puissions les chanter sur la route. Je n'ai jamais autant souhaité chanter avec lui qu'à cet instant. Je serais même prête à interpréter du Céline Dion ou un air d'opéra – peu m'importe. Je le ferais. Tout le monde prendrait sans doute ses jambes à son cou, mais je le ferais. Une infirmière vient s'assurer que tout va bien, et Andrew recouvre son côté taquin, la baratine et lui propose même une petite partie à trois.

Elle se contente de lever les yeux au ciel en souriant, puis retourne vaquer à ses occupations. Cela la conforte dans son estime d'elle-même, et c'est précisément le but qu'il recherchait.

Pendant quelques minutes, alors que nous sommes allongés sur ce lit côté à côte, rien ne semble avoir changé. Nous ne pensons ni à la maladie ni à la mort, et nous ne pleurons pas. Nous nous contentons de parler et de rire ; parfois même il essaie de me toucher là où il faut. Je glousse et le repousse, trouvant cela déplacé, préférant qu'il se repose.

Je finis par capituler et le laisser faire. Car il est obstiné. Et irrésistible. Je le laisse me caresser sous la couverture, puis je lui rends la pareille.

Une heure plus tard, je sors du lit.

— Ma belle, qu'est-ce qu'il y a ?

— Rien.

Avec un sourire chaleureux, je retire mon pantalon et mon haut.

Son visage s'illumine. Je savais que les petits rouages pervers qu'abrite son crâne se mettraient en branle sur l'instant.

— Même si j'adorerais coucher avec toi dans une chambre d'hôpital, dis-je en grimpant sur le lit, cela n'arrivera pas. Tu dois garder tes forces pour l'opération.

Et en effet, je meurs d'envie de lui faire l'amour, mais il n'en est pas question pour l'instant.

Il m'observe avec curiosité tandis que je me blottis contre lui, en culotte et soutien-gorge. Lui ne porte qu'un léger pantalon bleu d'hôpital. Je plaque ma poitrine contre la sienne et entremêle nos jambes. Nos corps sont parfaitement alignés, nos côtes se touchent.

— Qu'est-ce que tu fais ? s'étonne-t-il, de plus en plus curieux et impatient.

Je dessine du bout des doigts son tatouage d'Eurydice. Il me regarde faire. Lorsque mon index trouve le coude de la dryade, là où l'encre s'arrête, j'en poursuis le tracé sur ma peau.

— Je voudrais être ton Eurydice, si tu es d'accord.

Son visage s'illumine en même temps que ses fossettes se creusent.

— Je veux me faire faire l'autre moitié, poursuis-je en lui caressant les lèvres. Je veux me faire tatouer Orphée sur les côtes pour les réunir.

Il est submergé de bonheur, je le vois à ses prunelles pétillantes.

— Oh, ma belle, tu n'es pas obligée. Ça fait un mal de chien à cet endroit.

— Mais j'en ai envie, peu m'importe la douleur.

Les larmes lui montent aux yeux et il m'attire à lui pour mêler ma langue à la sienne dans un long moment d'amour pur.

— J'adorerais, me chuchote-t-il tout contre les lèvres.

Après un baiser, je réponds dans un murmure :

— Après ton opération, quand tu seras suffisamment rétabli pour sortir.

Il acquiesce.

— Ouais ; de toute façon, Gus aura besoin de moi pour repérer l'emplacement. Il s'est foutu de ma gueule quand je lui ai dit que je voulais le faire à cet endroit.

Je souris.

— Vraiment ?

— Ouais, dit-il dans un éclat de rire. Il m'a accusé d'être désespérant de romantisme, et m'a menacé de le dire à tout le monde. Je lui ai répondu qu'il parlait comme mon père et qu'il ferait mieux de la boucler. Gus est un type bien, et un putain de tatoueur.

— Ça se voit.

Andrew me passe les doigts dans les cheveux, les peignant longuement. Tandis qu'il m'étudie, qu'il scrute mon visage, je me demande à quoi il pense. Son magnifique sourire s'est volatilisé, et il arbore désormais un air attentif et prévenant.

— Camryn, je veux que tu te prépares.

— Ne commence pas…

— Si, ma belle, fais-le pour moi, insiste-t-il d'un ton soucieux. Tu ne dois pas te convaincre que je vais m'en sortir. Surtout pas.

— Andrew, s'il te plaît, arrête.

Il pose quatre doigts sur mes lèvres pour me faire taire. Je suis déjà en train de pleurer. Il essaie de me ménager sans m'épargner la vérité, et parvient mieux que moi à réprimer ses larmes et ses émotions. C'est lui qui risque de mourir, et moi qui manque de force. Cela me met en rage, mais je ne peux m'empêcher de chialer et de me détester.

— Promets-moi que tu continueras à te dire que je peux mourir.

— Je ne peux pas faire ça !

Il me serre contre lui.

— Promets-le-moi.

Je serre les dents, sentant mes mâchoires grincer. Le nez et les yeux me piquent et me brûlent.

Je finis par dire :

— C'est promis. (Et cela me fend le cœur.) Mais toi, tu dois me promettre de survivre, reprends-je en venant me réfugier sous son menton. Je ne peux pas vivre sans toi, Andrew. Il faut que tu le saches.

— Je le sais, ma belle… Je le sais.

Un silence.

— Tu veux bien me chanter une chanson ? me demande-t-il.

— Laquelle ?

— « Dust in the Wind », réclame-t-il.

— Non, réponds-je. Pas celle-là. Ne me le redemande jamais. *Jamais.*

Il m'étreint derechef.

— Alors autre chose, murmure-t-il. J'ai juste envie d'entendre le son de ta voix.

J'entonne alors « Poison & Wine », la chanson que nous avions chantée ensemble à La Nouvelle-Orléans, alors que nous étions allongés dans les bras l'un de l'autre. Il se joint à moi sur quelques couplets, et je vois combien il est affaibli, car il peine à tenir une note.

Nous nous endormons, ainsi enlacés.

— J'ai des analyses à faire, dit une voix au-dessus de ma tête.

J'ouvre les yeux et découvre l'infirmière de notre ménage à trois au bord du lit.

Andrew sort à son tour de sa torpeur.

L'après-midi est déjà bien avancé, et je devine, après un coup d'œil par la fenêtre, qu'il va bientôt faire nuit.

— Vous devriez vous habiller, reprend l'infirmière avec un sourire entendu.

Elle pense sans doute qu'Andrew et moi l'avons fait sans elle, puisqu'elle me découvre à moitié nue.

Je rampe hors du lit et enfile mes vêtements tandis qu'elle vérifie les constantes d'Andrew et le prépare à quitter la pièce. Un fauteuil roulant l'attend en effet au pied du lit.

— Quel genre d'analyses ? s'enquiert-il alors.

La faiblesse de sa voix attire mon attention. Il n'a pas l'air bien. Il semble désorienté.

— Andrew ?

Je retourne près du lit.

Il lève doucement une main pour me rassurer.

— Tout va bien, ma belle. J'ai juste un peu la tête qui tourne. J'essaie de me réveiller.

L'infirmière pivote vers moi et, même si elles sont formées à paraître détendues et à ne pas trahir leur inquiétude, je la lis dans ses yeux. Elle sait que quelque chose ne va pas.

Elle se force à sourire et va l'aider à s'asseoir, écartant la perfusion qui le gêne.

— Les examens vont durer une heure ou deux, peut-être plus, m'informe-t-elle. Profitez-en pour aller vous acheter à manger et vous dégourdir les jambes, vous reviendrez plus tard.

— Mais je… je ne veux pas le laisser.

— Fais ce qu'elle dit, marmonne Andrew, et plus je l'entends parler, plus je m'inquiète. Je veux que tu manges un peu. (Il parvient à me regarder et brandit vers moi un doigt sévère.) Mais pas de steak, hein ? On doit le manger ensemble, tu te rappelles ? Quand je sortirai d'ici, c'est la première chose qu'on fera.

Il m'arrache le sourire, même faible, qu'il espérait.

— D'accord, consens-je en hochant la tête à contrecœur. Je reviendrai t'attendre ici dans quelques heures.

Je m'approche lentement pour lui apposer un baiser délicat. Il m'observe droit dans les yeux quand je me recule. Je ne lis que de la douleur dans les siens. De la douleur, et de l'épuisement. Il essaie néanmoins d'être fort, et un léger sourire retrousse le coin de sa bouche. Il s'installe dans son fauteuil roulant et me jette un dernier coup d'œil avant que l'infirmière le fasse sortir de la chambre.

Ma respiration se bloque.

J'ai envie de lui crier que je l'aime ; je me retiens finalement. Je l'aime pourtant de tout mon cœur, mais j'ai l'impression qu'en le verbalisant enfin tout s'effondrera. Peut-être que si je le garde pour moi, si je ne prononce jamais ces mots, notre histoire perdurera. Ces trois mots peuvent marquer un beau début ; cependant, dans notre cas, je crains qu'ils ne soient synonymes de fin.

39

Camryn

Je ne pourrais rien avaler même si ma vie en dépendait. J'ai juste dit à Andrew que je le ferais pour ne pas qu'il s'inquiète. Je me contente donc de sortir m'asseoir un moment devant l'hôpital. Je ne veux pas quitter les environs tant qu'il sera à l'intérieur. Il m'a déjà fallu fournir un gros effort pour laisser cette infirmière l'emmener.

Je reçois un texto de Natalie :

Viens d'atterrir. Monte ds taxi. Là bientôt. T'aime.

Lorsque je vois la voiture se garer devant l'hôpital, il me faut une seconde pour me lever. Je ne l'ai plus revue depuis un moment ; depuis notre dispute au sujet de Damon.

Mais plus rien de cela n'a d'importance. C'est derrière nous. Les meilleurs amis, peu importe ce qu'ils font, ne vous blessent autant que parce qu'ils sont, justement, vos meilleurs amis. Et personne n'est parfait. Un peu comme avec Andrew, je ne peux imaginer ma vie sans Natalie. Et, pour l'heure, j'ai plus que jamais besoin d'elle.

Elle court sur le parvis en m'apercevant, ses longs cheveux chocolat flottant librement derrière elle.

— Cam, tu m'as tellement manqué !

Elle me serre si fort que je manque suffoquer.

Comme si je n'attendais qu'elle, je m'effondre en sanglots contre sa poitrine dès qu'elle me prend dans ses bras. Je suis une fois encore incapable de retenir mes larmes. Jamais de ma vie je n'ai autant pleuré qu'au cours de ces dernières vingt-quatre heures.

— Oh, Cam, qu'est-ce qui se passe ? (Elle me caresse longuement la tête en attendant que je me calme.) Viens, on va s'asseoir.

Natalie me mène à un banc en pierre installé sous un chêne.

Je lui déballe tout. Des raisons m'ayant poussée à quitter la Caroline du Nord à la rencontre d'Andrew dans le Kansas et jusqu'à cet instant, assises toutes les deux sous cet arbre. Elle pleure, sourit et rit avec moi tandis que je lui raconte nos aventures ; jamais je ne l'ai vue aussi sérieuse. Sauf quand mon frère Cole a été incarcéré et après le divorce de mes parents. Et à la mort de Ian. Natalie est peut-être dingue, grande gueule, fêtarde et incapable de tenir sa langue, mais elle sait qu'il y a un lieu et un moment pour tout, et en l'occurrence elle m'écoute de tout son cœur.

— Je n'arrive pas à croire que tu vives tout ça après ce qui s'est passé avec Ian. Comme si le destin te servait un putain de remake cruel.

C'est effectivement ce que je ressens, à ceci près qu'avec Andrew, c'est mille fois pire.

— Ma pauvre, dit-elle en me posant la main sur la cuisse. Mais, à ton avis, quelles sont les chances pour que tout ce qui arrive ne soit qu'une simple coïncidence ? (Elle secoue la tête.) Désolée, Cam, mais c'est impossible : vous deux êtes *faits* pour être ensemble. Comme une saloperie de malédiction de conte de fées contre laquelle on ne peut rien, tu vois le genre ?

Je ne dis pas un mot, absorbée par mes réflexions. En temps normal, je critiquerais sa tendance à l'exagération, mais, cette fois, j'en suis incapable. Je n'en ai pas le cœur.

Elle me force à la contempler.

—Sérieux, tu crois vraiment avoir dû traverser tout ça uniquement pour le regarder mourir ?

La franchise de ses mots me fait mal, mais je ne le lui reproche pas.

—Je ne sais pas.

J'observe sans les voir les arbres qui jalonnent la pelouse. Je suis obsédée par le visage d'Andrew.

—Il va s'en sortir. (Natalie me prend le visage en coupe et me regarde au fond des yeux.) Il s'en remettra, et tu n'auras plus qu'à dire à la mort d'aller se faire mettre, que cette fois, c'est toi qui as gagné. D'accord ?

Elle me surprend, parfois. Aujourd'hui, par exemple.

Je lui souris avec douceur, et elle essuie les larmes qui me mouillent les joues.

—Viens, on va se trouver un *Starbucks*.

Natalie se lève, son sac à main noir gigantesque pendant au creux de son coude, puis me tend la main pour m'aider à me mettre debout.

Je m'y oppose.

—Je… Nat, j'aimerais vraiment rester ici.

—Non, tu dois t'éloigner un peu de toutes ces vilaines ondes : les hôpitaux ont le chic pour tuer dans l'œuf toute forme d'espoir. On reviendra quand il sera de retour dans sa chambre et que tu pourras me présenter ce putain de Kellan trop craquant que je t'envie de tout mon cœur.

Elle me décoche un sourire jusqu'aux oreilles.

Elle arrive toujours à me dérider.

Je saisis sa main.

—D'accord, cédé-je.

Nous prenons la Chevelle jusqu'au *Starbucks* le plus proche. Durant tout le trajet, Natalie ne fait que saliver sur la voiture.

— Putain, Cam, tu as vraiment touché le gros lot avec lui. (Elle est assise en face de moi avec un *latte* glacé.) Les mecs aussi parfaits ne courent pas les rues.

— Eh bien, il n'est pas complètement parfait, réponds-je en jouant avec ma paille. Il est grossier, borné, il me force à faire des trucs que je n'ai pas envie de faire, et c'est toujours lui qui décide.

Natalie sourit en aspirant une gorgée.

Puis elle me montre brièvement du doigt.

— Tu vois, c'est que je disais : il est parfait. (Elle éclate de rire et roule ses yeux marron.) Et arrête : il te fait faire des trucs que tu n'as pas envie de faire, *mon cul !* Quelque chose me dit que tu adores qu'il soit directif. (Elle abat sa main sur la table et ses yeux sortent de leurs orbites.) Ooooh, il est brutal au lit, c'est ça ? *C'est ça ?!*

Elle ne se maîtrise plus.

Je lui ai effectivement dit qu'on avait fait l'amour, sans toutefois lui livrer les détails croustillants.

Je garde la tête baissée.

Elle donne une nouvelle claque sur la table, et le type derrière nous se retourne.

— Oh, mon Dieu, c'est trop ça !

— Oui, c'est ça, sifflé-je en m'efforçant de ne pas rire. Mais tu veux bien te taire ?!

— Allez, je veux tout savoir.

Elle clôt un œil à moitié.

Oh, et puis merde ! Je hausse les épaules, me penche vers elle et louche à droite et à gauche pour m'assurer que personne ne nous écoute.

— La première fois, commencé-je (elle se fige alors, les yeux ronds comme des soucoupes, la bouche béante), il m'a pratiquement forcée à… tu vois…, mais, bien sûr, j'avais vraiment envie qu'il le fasse.

Elle hoche la tête tel un chien sur une banquette arrière, mais ne m'interrompt pas tant il lui tarde d'entendre la suite.

— Je pense qu'il est d'un naturel dominateur, et qu'il n'a pas fait ça uniquement parce que je lui avais dit que ça me plairait. Et en même temps il a toujours veillé à ne jamais aller trop loin, à s'assurer que je n'étais pas mal à l'aise.

— Est-ce qu'il est déjà allé plus loin ?

— Non, mais je sais qu'il y viendra.

Natalie sourit.

— Tu es une sacrée coquine, en fait. (Je rougis tellement que je suis provisoirement incapable de relever la tête.) En tout cas, c'est exactement le genre de type qu'il te fallait, à tous les égards. Il t'a permis d'évacuer des choses que Ian et Christian n'ont jamais pu faire sortir.

Elle bascule la tête en arrière avant d'ajouter :

— Tu sais que je t'aime, Ian.

Elle embrasse alors le bout de deux doigts, qu'elle pointe vers les cieux.

Puis elle reporte son regard sur moi.

— Enfin, ce n'est pas pour ça que je l'aime.

Natalie referme brusquement la bouche. Moi aussi. J'ai l'impression que tout l'oxygène de la pièce s'est volatilisé. J'ai parlé sans m'en rendre compte.

Pourquoi ai-je dit ça à voix haute ?

— Tu es amoureuse de lui ? me fait-elle répéter, bien que cela ne semble pas la surprendre.

Je me mure dans le silence, ravalant les autres paroles que je m'apprêtais à prononcer.

— D'un autre côté, si tu ne l'étais pas après tout ce que vous avez vécu ensemble, je dirais que c'est toi qui as la tumeur au cerveau.

Même si je déteste entendre ces mots horribles, je sais qu'elle ne pensait pas à mal.

Malgré ses plaisanteries de mauvais goût et sa façon de tout prendre à la légère pour me changer les idées, je n'ai plus le courage de jouer son jeu. Je lui sais gré de m'avoir fait oublier ma déprime et mes craintes pour Andrew, même si c'était uniquement pour l'entendre parler de sexe comme si de rien n'était.

Je n'en peux plus.

Je veux retourner auprès de lui.

Natalie et moi quittons le café après le coucher du soleil. Nous franchissons ensemble les portes de l'hôpital et montons dans l'ascenseur.

— J'espère qu'il a fini, dis-je nerveusement en contemplant une fois de plus notre reflet flouté dans la porte de la cabine.

Natalie me prend par la main. Je me tourne vers elle et la vois qui me sourit avec douceur.

La porte coulisse sur un couloir.

Asher et Marna viennent à notre rencontre.

Leur air désespéré me provoque un nœud au ventre. Je serre si fort la main de Natalie que je dois la broyer.

Lorsque Asher et Marna nous rejoignent, celle-ci a les joues inondées de larmes. Elle me prend dans ses bras et parvient tout juste à articuler :

— Andrew est dans le coma… Ils pensent qu'il ne se réveillera pas.

Je recule d'un pas.

Le moindre bruit, du plus petit bruissement d'air dans la ventilation aux pas lourds des personnes empruntant le couloir, s'évanouit instantanément. Natalie cherche à me reprendre la main, mais je la repousse d'un air absent, titube en arrière, les paumes sur le cœur. Je ne peux plus respirer… Je remarque les iris d'Asher luisant de larmes, mais je détourne la tête. Je détourne la tête, car il a les mêmes yeux que son frère et que je ne peux pas en supporter la vision.

Marna sort une enveloppe de son sac. Elle s'approche doucement de moi et me la glisse entre les mains.

—Andrew voulait que je te remette ceci s'il devait lui arriver malheur.

Elle replie mes doigts sur la lettre. Je contemple Marna, me noyant dans mes larmes.

Je ne peux plus respirer…

—Je suis désolée, me dit-elle d'une voix tremblante. Il faut que j'y aille. (Elle me tapote affectueusement les mains.) Tu seras toujours la bienvenue chez moi, tu fais partie de la famille. Sache-le.

Elle manque s'effondrer, mais Asher la rattrape par la taille et repart avec elle.

Je reste debout au milieu du couloir. Plusieurs infirmières me dépassent sans me regarder, provoquant un léger courant d'air qui me caresse le visage. Il me faut une éternité pour trouver le courage de regarder l'enveloppe. Je tremble comme une feuille. Je soulève le rabat avec maladresse.

—Laisse-moi t'aider, entends-je dire Natalie, et je suis trop détachée pour protester.

Elle me prend l'enveloppe avec délicatesse et déplie lentement la lettre qu'elle renferme.

—Tu veux que je te la lise ?

Je la regarde, les lèvres tremblant de façon incontrôlable, et je finis par secouer la tête en comprenant sa question.

—Non… je vais le faire…

Elle me tend la missive, que j'inonde de mes larmes.

« Ma chère Camryn,

Je n'ai jamais voulu que cela se passe comme ça. Je voulais te parler de tout ça moi-même, mais j'avais peur. Peur que, en avouant mes sentiments pour toi, ce que nous partagions meure avec moi. La vérité est que j'ai su dès

le Kansas que tu étais la femme de ma vie. Je t'ai aimée dès le premier regard, quand tu m'as toisé furieusement par-dessus le dossier de ton siège. Je ne l'ai peut-être pas compris tout de suite, mais j'ai tout de même eu la sensation qu'il m'arrivait quelque chose et que je ne pourrais jamais te laisser partir.
Je n'avais jamais vécu ce que j'ai vécu lors du trop court moment que nous avons partagé. Pour la première fois de mon existence, je me suis senti entier, vivant, libre. Tu es la pièce manquante de mon âme, l'air qui gonfle mes poumons, le sang qui bat dans mes veines. Je crois que, si la réincarnation existe, nous sommes ensemble depuis de nombreuses vies. Je te connais depuis peu, pourtant j'ai l'impression de t'avoir toujours connue.
Je veux que tu saches que, même dans la mort, je me souviendrai de toi. Je t'aimerai toujours. J'aurais préféré que les choses tournent autrement. J'ai souvent pensé à toi, quand nous étions sur la route. Je scrutais le plafond des motels en imaginant à quoi pourrait ressembler notre vie si j'avais l'avenir devant moi. J'ai même complètement craqué en t'imaginant dans une robe de mariée, avec un mini-moi en ton sein. Il paraît que c'est génial de faire l'amour enceinte. ;-)
Je suis désolé d'avoir dû te quitter, Camryn. Tellement désolé… J'aimerais que l'histoire d'Orphée et d'Eurydice soit réelle, que tu puisses venir me chercher aux Enfers et me ramener à la vie en chantant. Je ne me retournerais pas. Je ne foirerais pas tout comme l'a fait Orphée.
Je suis tellement navré, mon amour…
Promets-moi de rester forte, belle, douce et aimante. Je veux que tu sois heureuse et que tu rencontres quelqu'un qui t'aimera autant que moi. Je veux que tu te maries, que tu aies des enfants et que tu vives ta vie. Souviens-toi

seulement de toujours rester toi-même et n'aie pas peur de dire ce que tu penses ou de rêver à haute voix.

J'espère que tu ne m'oublieras jamais.

Une dernière chose : ne t'en veux pas de ne pas m'avoir dit que tu m'aimais : ce n'était pas la peine. Je l'ai toujours su.

Avec mon amour éternel,

Andrew Parrish »

Je m'écroule à genoux au milieu du couloir, les doigts serrés autour de la lettre. C'est mon dernier souvenir de ce jour-là.

40

Camryn

Deux mois plus tard…

Le soleil brille et le ciel est vierge de tout nuage. J'entends même gazouiller des oiseaux. Je mets le pied sur une zone d'herbe meuble. Je suis vêtue d'une adorable petite robe jaune et blanc qui me tombe au-dessus des genoux. Mes cheveux tressés reposent sur une épaule, ainsi qu'Andrew me demandait toujours de les porter. Je contemple, les mains croisées devant moi, la pierre tombale gravée au nom de Parrish. Ça a été dur de venir ici, et la démarche a été longue.

Je garde la tête basse, à observer silencieusement la motte de terre semblant encore fraîche, deux mois après les funérailles. Même la pluie qui s'est déversée dessus à maintes reprises n'a pas suffi à l'aplanir. Je jette un coup d'œil aux autres tombes, dont la plupart sont déjà recouvertes d'herbe, et je ne peux pas me sentir triste, seulement réconfortée par la pensée que tous ces gens, bien que disparus depuis longtemps, se tiennent compagnie.

Deux mains viennent m'entourer la taille par-derrière.

— Merci de m'avoir accompagné, ma belle, me chuchote Andrew à l'oreille avant de m'embrasser la joue.

Je l'attire à mon côté et nous nous recueillons une dernière fois devant la stèle de son père.

Nous quittons le Wyoming plus tard dans la soirée, en avion cependant. Nos projets de parcourir le monde ont été mis en attente. Après le coma et l'opération d'Andrew, il a commencé à se rétablir au bout de trois semaines. Les médecins en ont été aussi surpris que nous tous, mais sa convalescence s'est néanmoins prolongée, et je me suis depuis installée avec lui, à Galveston. Il suit des séances de rééducation une fois par semaine, même s'il donne déjà l'impression de ne pas en avoir besoin.

C'est lui qui a insisté pour qu'on se bouge les fesses et qu'on prenne la route comme prévu – il souffre du syndrome de la deuxième chance, qui le rend plus désireux encore de faire tout, tout de suite. Bon sang, il prend même du plaisir à faire la vaisselle ou la lessive ! En revanche, Marna et moi l'empêchons strictement d'en faire trop, de trop s'employer. Ça ne lui plaît guère, mais il dispose d'assez de bon sens pour ne pas nous tenir tête à toutes les deux.

Nous serions prêtes à lui botter le cul. Littéralement.

Quoi qu'il en soit, Andrew et moi prévoyons toujours de parcourir le monde et de nous tenir à notre promesse de ne pas nous engluer dans la monotonie d'une routine. Nous n'avons pas changé d'avis là-dessus, et je sais que ça n'arrivera pas.

Natalie est retournée en Caroline du Nord, ce qui ne nous empêche pas de nous parler tous les jours. Elle sort avec Blake, désormais, celui que Damon avait tabassé sur le toit cette nuit-là. Le simple fait de les savoir ensemble me fait sourire. Quand nous discutons sur Skype, je vois bien qu'ils sont faits l'un pour l'autre. Au moins pour l'instant : avec Natalie, on ne peut jamais jurer de rien. Damon, quant à lui, a fini par se faire coffrer pour possession de drogue. C'est sa deuxième condamnation, et il risque cette fois jusqu'à un an de taule. Il finira peut-être par apprendre de ses erreurs, même si j'en doute.

En revanche, je crois qu'Andrew a vu juste pour mon frère Cole. Nous avons pris l'avion jusqu'en Caroline du Nord pour rendre visite à ma mère, et nous l'avons accompagnée jusqu'à la prison. Il semble avoir changé, regretter sincèrement ses actes. Ça se voit dans ses yeux. Andrew et lui se sont tout de suite bien entendus. Je crois, tout compte fait, que je vais effectivement finir par retrouver le grand frère que j'ai connu petite. Et, grâce à Andrew, j'ai réussi à lui pardonner. J'aurai toujours de la peine pour la famille qu'il a détruite en tuant cet homme dans l'accident, mais j'ai compris que le pardon guérissait bien des maux.

Ma mère fréquente toujours Roger. En réalité, ils vont même se marier aux Bahamas en février. Je suis tellement heureuse pour elle. J'ai eu l'occasion de rencontrer l'heureux élu, de le passer à la moulinette, et je dois avouer qu'il s'en est sorti avec les honneurs. Maman n'est plus que rarement à la maison : il l'emmène toujours à droite ou à gauche.

Et elle le mérite amplement.

La mère et les frères d'Andrew m'ont accueillie dans la famille à bras ouverts. Asher et moi sommes même très proches. Et, même si j'avais toujours trouvé Aidan distant, je l'aime comme un frère. Il ne s'est jamais vraiment mal comporté avec Andrew. Disons plutôt qu'Andrew ne l'a pas volé. Aidan et son épouse, Michelle, parlent toujours de moi comme de la femme d'Andrew. Cela me fait chaque fois rougir. Plus important encore, Aidan et Andrew s'entendent bien. Avant qu'Aidan et Michelle rentrent à Chicago après leur visite éclair de la semaine dernière, je les ai vus avec bonheur se chamailler dans le salon. Ils ont failli casser la télé, mais Michelle et moi étions écroulées de rire et les avons laissés nous faire leur démonstration de testostérone.

Et aujourd'hui… aujourd'hui va être une journée un peu différente pour Andrew.

J'entre dans le salon, où il est vautré sur le canapé devant *Prometheus*.

Il tend la main vers moi en me voyant arriver.

— Non, dis-je en secouant la tête. Je voudrais que tu te lèves.

— Qu'est-ce qu'il y a, ma belle ?

Il se redresse légèrement pour se gratter la tête. Ses cheveux ont commencé à repousser, mais il ne s'est pas encore habitué à cette sensation nouvelle, surtout autour de la cicatrice.

Il pose les pieds par terre, s'asseyant correctement, et je me glisse entre ses jambes pour lui caresser le crâne. Il m'embrasse les poignets, l'un après l'autre.

— Viens avec moi.

Je l'encourage d'un mouvement de tête, prends ses doigts dans ma main, et il accepte de me suivre dans la chambre.

Comme chaque fois que je l'entraîne là-bas, il pense à quelque chose de sexuel et ses prunelles vertes s'illuminent comme celles d'un petit garçon un soir de Noël.

— Je voudrais seulement que tu t'allonges avec moi un moment, lui dis-je en retirant tous mes vêtements.

Il semble un peu perdu, c'est tellement mignon.

— D'accord, dit-il en souriant. Tu veux que je me désape aussi ? Oui, je vais me désaper. Je me demande pourquoi j'ai posé la question.

Il commence à se déshabiller.

Il s'allonge près de moi et nous nous positionnons face à face, entremêlant nos jambes pour mieux nous rapprocher l'un de l'autre. Il passe un bras autour de moi et trace du bout du doigt le tatouage d'Orphée que je me suis fait faire il y a deux semaines. Il est parfaitement aligné sur celui d'Andrew. Quand nous nous installons de la sorte, les deux pièces ne font plus qu'une.

— Tout va bien, ma belle ?

Il me scrute d'un air curieux, sans cesser de me caresser les côtes.

Je lui souris et l'embrasse sur la bouche.

Puis je m'écarte pour lui prendre la main, la fais glisser à plat sur mon tatouage.

— J'adore mon tatouage, lui chuchoté-je, mais je crois que, dans sept mois et demi, Orphée risque d'être un peu déformé.

Andrew cligne des paupières avec perplexité et met plusieurs secondes à comprendre où je veux en venir.

Il recule alors la tête, ébahi. Puis, après une brève hésitation, il se hisse sur un coude.

— C'est prévu pour mai.

Il commence par écarquiller les yeux, muet de stupeur, puis parvient à articuler :

— Tu es enceinte ?

Il pose immédiatement la main sur mon ventre.

Sa réaction me fait sourire de plus belle.

Ses fossettes se creusent tandis qu'il me contemple et, l'instant suivant, j'ai sa langue dans la bouche. Son baiser me couple le souffle. Il me prend dans ses bras pour me positionner au milieu du lit.

— Épouse-moi, dit-il. (Cette fois, c'est moi qui en reste sans voix.) Je comptais te faire ma demande demain soir quand on sortirait, mais je ne peux plus attendre. Épouse-moi.

Les larmes me montent aux yeux, et il m'étreint en m'embrassant de nouveau.

Quand il écarte finalement la tête et m'interroge du regard, je murmure :

— Oui, je le veux, Andrew Parrish.

— Putain, qu'est-ce que je t'adore ! s'exclame-t-il en m'embrassant derechef. (Il prend mon visage entre ses mains.) J'ai toujours rêvé de faire l'amour à une femme enceinte.

Que répondre à cela ? C'est du Andrew tout craché, et je ne veux pas qu'il change.

Quelques mots de l'auteur

Chers lecteurs,

De nombreuses personnes m'ont fait remarquer que *Loin de tout* s'achevait sur une note extrêmement déchirante, et je dois bien reconnaître que, en l'écrivant, j'en ai été tout aussi affectée que n'importe qui d'autre. J'avais le sentiment que si j'ajoutais quoi que ce soit, j'allais en faire une histoire à rallonge ; en outre, je craignais que cela ne nuise à cette expérience de lecture. Ce dont je n'avais évidemment pas envie. Cependant, après la publication du roman, j'ai reçu une tonne d'e-mails et de commentaires venant d'un peu partout dans le monde, dans lesquels on me demandait une chose : pourriez-vous écrire la scène de l'hôpital selon le point de vue d'Andrew ?

Comment refuser ?

Je me suis donc remise au travail et, en moins d'une journée, le chapitre était rédigé. Mais je n'en ai rien fait. Pendant très longtemps. J'avais envisagé de le mettre sur mon blog pour que chacun puisse le lire, mais j'espérais encore qu'un éditeur s'intéresserait à mon livre. J'ai alors imaginé l'intégrer au roman, non pas au cœur de l'histoire, mais comme un petit quelque chose en plus destiné à tous ceux qui me l'ont réclamé.

Puis mon rêve est devenu réalité et un éditeur s'est effectivement intéressé à mon texte, et à présent vous allez tous pouvoir découvrir ce chapitre « bonus » vu par les yeux d'Andrew. Les lecteurs vont enfin pouvoir entrer dans sa tête et savoir ce qu'il pense, alors qu'il est alité dans sa chambre d'hôpital et que Camryn est lovée tout contre lui. Vous allez aussi pouvoir découvrir ce qu'il arrive quand Camryn et lui sont séparés par l'infirmière qui l'emmène en fauteuil.

Je voudrais profiter de l'occasion qui m'est offerte pour remercier tous les fans qui ont fait de l'histoire de Camryn et Andrew ce qu'elle est, par leur soutien et leur constant bouche-à-oreille qui lui ont permis d'entrer dans la liste des best-sellers du *New York Times*! Sans vous tous, rien de tout ceci n'aurait été possible. Un énorme merci à mon super agent, Jane Dystel, qui m'a épargné des moments très difficiles, et à mon agent en charge des droits étrangers, Lauren Abramo, qui a fait des merveilles jour après jour. Et, bien sûr, un immense merci à Grand Central Publishing/Forever Romance et à mon éditrice, Megha Parekh, qui a adoré *Loin de tout* et y a suffisamment cru pour lui réserver une place au sein de son catalogue.

Voici donc la scène bonus selon le point de vue d'Andrew à l'hôpital. Je meurs d'envie de savoir ce que vous en pensez, alors n'hésitez pas à venir me faire part de vos commentaires sur mes pages Facebook (Facebook.com/J.A.Redmerski), Twitter (@JRedmerski) et Goodreads, ou sur mon site Web : www.jessicaredmerski.com !

Merci encore et bonne lecture !

J. A. Redmerski

La scène de l'hôpital selon le point de vue d'Andrew

Je pensais vraiment avoir plus de temps. Cela fait moins d'un an que Marsters m'a balancé ce fardeau, m'expliquant grosso modo que j'allais finir comme mon père. Enfin, telles n'étaient pas tout à fait ses paroles, mais c'est ce que j'ai déduit des quelques mots qu'il m'a dits. Je sais que je me suis comporté comme un con ; le Dr Marsters – et ma famille – a essayé de me convaincre de passer d'autres examens, de découvrir à quel point c'était sérieux, mais que pouvait-il m'apprendre que j'ignorais encore ? Il n'y avait aucun espoir pour mon père. Pourtant, il avait passé tous les tests. Il s'était rendu à tous les rendez-vous. Il avait pris les médicaments qu'on lui avait prescrits et suivi tous les traitements. Pendant un temps. Jusqu'à ce qu'il se rende compte qu'il allait mourir de toute façon et refuse de repousser l'inéluctable. Il a vidé ses comptes en banque en en faisant profiter tout le monde, sauf sa famille. Mais bon, je suis son fils, et je suppose que ce genre de truc est héréditaire. C'est pour ça que je ne suis jamais retourné voir Marsters. Parce que, comme mon père, je ne voulais pas faire traîner les choses. Ce n'est que six mois après avoir appris la nouvelle que j'ai fini par céder et effectuer des recherches sur le sujet. J'ai découvert que les tumeurs au cerveau n'ont en réalité rien d'héréditaire, que ça n'arrive que dans cinq pour cent des cas environ. J'ai lu des articles sur les symptômes les plus rares. Je n'en avais aucun, pas plus que mon père. Cependant, les maux de tête avaient empiré. Sacrément. Et puis je me suis mis à faire des crises. Ça m'a vraiment foutu la trouille.

C'est là que j'ai compris qu'il était trop tard. Je ne voulais pas aller affronter Marsters en espérant une solution miracle qu'il n'aurait de toute façon pas pu m'apporter. J'avais attendu trop longtemps.

Mais trêve de jérémiades.

Tout ce qui compte, désormais, c'est Camryn. Je suis vraiment un connard de lui avoir infligé tout ça, surtout depuis que… Putain, mais qu'est-ce que j'avais en tête ?! Son dernier petit copain est mort, et voilà que je lui refais subir la même épreuve.

J'imagine qu'on peut difficilement faire plus égoïste. Mais je l'aime, et j'ai su dès qu'elle m'a parlé dans ce car, au Kansas, que c'était la bonne.

Le sort est cruel, et si M. Destin se trouvait devant moi en cet instant précis, je ne me priverais pas de lui mettre mon pied dans les couilles.

J'espère seulement que Camryn arrivera à me pardonner…

La porte de ma chambre d'hôpital s'ouvre, et je la revois pour la première fois depuis cette ultime nuit où nous avons fait l'amour. Elle me dévisage un instant, torturée par un immense chagrin – merde, ça me tue. Puis elle avance vers moi, me tombe dans les bras. Je l'étreins si fort… Je ne veux plus jamais la laisser partir.

Plus jamais…

Je lui prends les joues entre mes paumes, repousse les cheveux qui lui tombent dans les yeux, et efface à force de baisers les larmes qui lui ruissellent sur la figure. Je ravale mes propres sanglots, sachant qu'elle se sentira plus mal encore si elle me voit craquer.

— Je suis vraiment navré, dis-je d'une voix désespérée. Je n'ai pas réussi à te le dire, Camryn… Je ne voulais pas que cela vienne assombrir le temps que nous avions à passer ensemble.

De nouvelles larmes roulent sur sa peau.

— J'espère que tu ne…, commencé-je.

— Non, Andrew… Je comprends. Tu n'as pas à te justifier. Je suis heureuse que tu ne m'en aies pas parlé…

Je me sens encore plus coupable. Je mériterais des baffes ! *Je t'en prie, ma belle, mets-moi une claque ! Crie-moi dessus ! Ne te contente pas de me dire que tout va bien…*

Je l'attire doucement à moi pour l'embrasser.

— Tu as raison, dit-elle. Si tu me l'avais dit, nous aurions passé des moments sombres, et… Je ne sais pas, tout aurait été très différent, alors que tout était si parfait. Mais Andrew, tu aurais malgré tout *dû* me le dire, car j'aurais alors tout fait pour t'emmener plus tôt à l'hôpital. (Sa voix se met à trembler dangereusement.) Tu aurais pu…

Je secoue la tête.

— Ma belle, c'était déjà trop tard.

— Ne dis pas ça ! Tout n'est pas perdu. Tu es encore là, il reste une chance.

Je lui souris avec douceur et finis par reposer mes mains sur la couverture blanche de l'hôpital. Une saloperie de perfusion me serpente sur le dos de la main.

— Je suis réaliste, Camryn. Ils m'ont déjà dit qu'ils n'étaient pas optimistes.

— Mais il reste encore une petite chance, si infime soit-elle, plaide-t-elle tristement. C'est toujours mieux que rien.

— Si je les laisse m'opérer maintenant.

Elle arbore une expression horrifiée.

— Comment ça, *si* tu les laisses t'opérer ?

Je détourne la tête.

Elle m'attrape par le menton, me forçant à la regarder.

— Il n'y a pas de *si*, Andrew. Tu plaisantes, j'espère ?

Je me décale sur le lit et lui fais signe de me rejoindre. Je la serre tout contre moi.

— Si je ne t'avais pas rencontrée, lui dis-je sans la quitter du regard, je n'aurais jamais accepté. Si tu n'étais pas ici à cet instant précis, je ne le ferais pas non plus. Je prendrais ça pour une perte de temps et d'argent, de faux espoirs donnés à ma famille, un moyen futile de repousser l'échéance.

— Mais tu vas les laisser t'opérer, déclare-t-elle avec méfiance.

Je lui caresse la joue du pouce.

— Je ferais tout pour toi, Camryn Bennett. Peu m'importe quoi… Tu peux me demander ce que tu veux, je m'exécuterai. Pas d'exception.

Un sanglot lui fait grincer la poitrine.

Je repousse une mèche derrière son oreille, la scrute avec encore plus d'intensité.

— Je le ferai.

Elle plaque sa bouche sur la mienne, et nous nous embrassons avec fougue.

— Je ne peux pas te perdre, affirme-t-elle. On a de la route à faire. Tu es mon acolyte.

Elle tente de sourire malgré ses larmes.

Je lui dépose un baiser sur le front.

Nous restons allongés ensemble un long moment, à parler de l'opération et des examens qu'il me reste encore à passer. Elle m'assure qu'elle ne quittera pas mon chevet, même si cela doit s'éterniser. Puis nous embrayons sur les lieux que nous aimerions visiter, et je commence à lui dresser une liste de chansons que j'aimerais qu'elle apprenne pour que nous puissions les interpréter ensemble sur la route. Bien sûr, elle a toujours son faible pour les Civil Wars, ce qui ne me dérange pas le moins du monde.

— Il faut absolument que tu connaisses « Tip of My Tongue », Andrew, lance-t-elle avec excitation. Elle est super marrante, je nous imagine déjà en train de la jouer. J'ai même pensé à la mise en scène !

Je n'ose rien dire de négatif ou de pessimiste, de peur de voir disparaître ce sourire qui l'égaie. Je sais au fond de moi que nous ne connaîtrons plus jamais ce moment, que je serai mort et enterré avant d'avoir eu une nouvelle chance de me produire avec elle.

Je m'efforce donc de sourire. Je refuse de lui montrer que j'ai déjà perdu espoir.

— On pourrait former un groupe de reprises, un truc comme ça ! s'exclame-t-elle, rayonnante.

Elle a légèrement rougi, comme si, quelque part, cette suggestion la gênait.

J'y réfléchis un instant, puis finis par acquiescer.

— Ce n'est pas une mauvaise idée. J'ai joué dans des tas de bars et de boîtes entre ici et la Louisiane. Je connais les proprios. Putain, on pourrait même monter à Chicago pour jouer dans le bar d'Aidan.

Son visage s'illumine, et elle niche sa tête contre la mienne. Je lui embrasse doucement le sommet du crâne.

— Alors c'est ce qu'on va faire, tranche-t-elle. Toi et moi, sur la route, à chanter ensemble. Ce n'est pas tout à fait comme si on partait le sac au dos, mais…

Elle marque une pause, analysant la situation, puis reprend avec enthousiasme :

— C'est encore mieux !

Je ris de bon cœur en laissant glisser mon doigt jusqu'à sa tempe, puis le long de sa mâchoire. Cela me fait mal au cœur de l'entendre dire des choses pareilles, de la voir si douée pour se convaincre que cela pourrait se produire. Et je souffre d'autant plus de me dire que je vais lui faire faux bond. Je me fiche bien de la tournure que prendraient nos vies, si seulement nous pouvions les poursuivre ensemble.

Pendant quelques minutes, me retrouver allongé là à son côté me donne l'impression d'être de retour sur la route. Nous ne parlons pas de maladie ni de mort. Nous nous contentons de discuter et de rigoler ; je passe même en mode pervers, la chatouillant ici et là pour l'exciter. Elle glousse en me repoussant la main, mais finit par me laisser lui faire ce dont j'ai envie. Et elle me rend la pareille.

Puis nous restons allongés l'un contre l'autre, nous regardant parfois, nous fixant d'autres fois sans nous voir, comme si nous étions chacun absorbés par des pensées profondes et déchirantes.

Au bout d'un moment, Camryn se lève.

— Ma belle, qu'est-ce qu'il y a ?

— Rien, répond-elle avec un sourire chaleureux.

Elle retire son pantalon et son haut.

Je souris comme un gamin. Je ne l'ai encore jamais fait dans un lit d'hôpital.

— Même si j'adorerais coucher avec toi dans une chambre d'hôpital, dit-elle en montant me rejoindre, cela n'arrivera pas. Tu dois garder tes forces pour l'opération.

Je l'observe avec curiosité se rallonger, seulement vêtue de sa culotte et de son soutien-gorge. Elle plaque sa poitrine contre la mienne, entremêle nos jambes. Nos corps sont parfaitement alignés, nos cages thoraciques en contact.

— Qu'est-ce que tu fais ? lui demandé-je avec un sourire curieux.

Elle laisse retomber son bras libre et, du bout des doigts, trace les contours de mon tatouage. Je la contemple intensément, adorant chacun de ses gestes, son contact, sa chaleur. Son index marque une pause au niveau du coude d'Eurydice, là où l'encre disparaît. Puis elle poursuit le dessin sur sa propre peau.

— Je voudrais être ton Eurydice, si tu es d'accord.

Mon cœur s'arrête un instant, mon souffle se bloque silencieusement. Cette fille vient de me caresser l'âme du bout des lèvres. J'ai envie de pleurer, mais c'est un putain de sourire qui se dessine sur mon visage.

—Je veux me faire faire l'autre moitié, poursuit-elle en m'effleurant la bouche. Je veux me faire tatouer Orphée sur les côtes pour les réunir.

Il me faut quelques secondes pour recouvrer l'usage de la parole.

—Oh, ma belle, tu n'es pas obligée. Ça fait un mal de chien à cet endroit.

—Mais j'en ai envie, peu m'importe la douleur.

Les larmes me montent aux yeux malgré tout. Je me penche vers elle pour refermer ma bouche sur la sienne.

—J'adorerais, lui chuchoté-je tout contre les lèvres.

Elle m'embrasse à son tour, puis murmure :

—Après ton opération, quand tu seras suffisamment rétabli pour sortir.

J'acquiesce.

—Ouais. De toute façon, Gus aura besoin de moi pour repérer l'emplacement. Il s'est foutu de ma gueule quand je lui ai dit que je voulais le faire à cet endroit.

Elle sourit.

—Vraiment ?

—Ouais, ricané-je. Il m'a accusé d'être désespérant de romantisme, et m'a menacé de le dire à tout le monde. Je lui ai répondu qu'il parlait comme mon père et qu'il ferait mieux de la boucler. Gus est un type bien, et un putain de tatoueur.

—Ça se voit.

Je lui passe les doigts dans les cheveux, les lissant inlassablement vers l'arrière. Puis la froide et cruelle réalité s'interpose de nouveau entre nous et me tire de ma torpeur. J'ai failli me laisser bercer d'illusions.

— Camryn, je veux que tu te prépares.

— Ne commence pas…

— Si, ma belle, fais-le pour moi, insisté-je. Tu ne dois pas te convaincre que je vais m'en sortir. Surtout pas.

— Andrew, s'il te plaît, arrête.

Je lui pose les doigts sur les lèvres pour la calmer. Elle s'est remise à pleurer. Cela me fait mal de la voir triste, mais je devais le lui dire.

— Promets-moi que tu continueras à te dire que je peux mourir.

— Je ne peux pas faire ça !

Je l'étreins plus fort.

— Promets-le-moi.

Elle grince des dents.

Elle finit par céder et obtempère de mauvaise grâce :

— C'est promis.

Elle dit ça pour me faire plaisir, je sais qu'elle ne le fera pas.

— Mais toi, tu dois me promettre de survivre, ajoute-t-elle en revenant se lover sous mon menton. Je ne peux pas vivre sans toi, Andrew. Il faut que tu le saches.

— Je le sais, ma belle… Je le sais.

Un silence vient emplir la pièce.

— Tu veux bien me chanter une chanson ? lui demandé-je.

— Laquelle ?

— « Dust in the Wind ».

— Non. Pas celle-là. Ne me le redemande jamais. *Jamais.*

Je l'étreins derechef.

— Alors autre chose, insisté-je. J'ai juste envie d'entendre le son de ta voix.

Elle se met alors à fredonner « Poison & Wine », la chanson que nous avions chantée ensemble à La Nouvelle-Orléans, alors que nous étions allongés dans les bras l'un de l'autre. Je me joins à elle sur quelques couplets, mais je suis trop faible. À cause de l'émotion. À cause de la maladie et du stress. À cause du chagrin. À cause de l'inéluctabilité.

Nous nous endormons, ainsi enlacés.

— J'ai des analyses à faire, dit une voix au-dessus de moi.

Je finis de m'éveiller et découvre l'une des infirmières debout de mon côté du lit. Je me sens bizarre, pris de vertiges. Exactement comme quelques minutes avant de m'évanouir chez moi. Quand j'ai repris connaissance ici, la seule chose dont je me suis souvenu était l'odeur du bacon. J'ai continué à la sentir pendant plusieurs heures. Je n'ai pas arrêté de demander au personnel si nous étions à côté de la cantine, car l'odeur était vraiment prégnante.

— Vous devriez vous habiller, reprend l'infirmière avec un sourire entendu.

Étant donné que nous sommes tous les deux à moitié nus, je présume qu'elle s'imagine que Camryn et moi avons fait bien plus que dormir dans les bras l'un de l'autre.

Camryn se lève pour enfiler ses vêtements tandis que l'infirmière examine mes constantes. Un fauteuil roulant m'attend au pied du lit.

— Quel genre d'analyses ? m'informé-je d'une voix faible.

Je me sens un peu désorienté. Merde. Faites que Camryn quitte la pièce avant qu'il m'arrive autre chose…

— Andrew ?

Camryn revient vers moi. Elle a compris que je ne me sentais pas bien.

Je lève une main pour l'arrêter.

— Tout va bien, ma belle. J'ai juste un peu la tête qui tourne. J'essaie de me réveiller.

L'infirmière m'aide à m'asseoir, écarte la perfusion qui me gêne.

— Les examens vont durer une heure ou deux, peut-être plus, dit-elle à Camryn. Profitez-en pour aller vous acheter à manger et vous dégourdir les jambes, vous reviendrez plus tard.

—Mais je… je ne veux pas le laisser.

—Fais ce qu'elle dit, insisté-je d'une voix aussi douce que possible. Je veux que tu manges un peu. (Je pivote pour la regarder et pointe vers elle un doigt menaçant.) Mais pas de steak, hein ? ajouté-je avec humour. On doit le manger ensemble, tu te rappelles ? Quand je sortirai d'ici, c'est la première chose qu'on fera.

J'arrive à lui arracher le sourire espéré, même s'il n'est pas aussi lumineux que je l'aurais souhaité.

—D'accord, accepte-t-elle en hochant la tête à contrecœur. Je reviendrai t'attendre ici dans quelques heures.

Elle s'empresse de venir m'embrasser doucement, et nous partageons un court instant d'intimité silencieuse.

Je finis par m'installer sur le fauteuil roulant, et l'infirmière me pousse hors de la chambre. Je jette un dernier coup d'œil en arrière, mais m'empresse de détourner la tête. Je sens au fond de moi que je ne la reverrai plus. Le sol blanc et lumineux défile comme l'eau d'un ruisseau sous les roues de mon fauteuil, tandis que nous traversons un couloir. Je distingue des motifs sur les carreaux brillants, et je les contemple fixement pour m'éviter d'avoir à lever les yeux. Je crois d'abord qu'il s'agit d'un manque de volonté de ma part, puis je me rends compte que c'est tout autre chose. Nous bifurquons à droite au premier croisement. J'entends des voix flotter vers nous, mais je ne cherche pas à savoir d'où elles viennent. Je sens le vent caresser mon dos nu, tandis que le fauteuil semble prendre de la vitesse. Ma tête est si lourde que j'ai l'impression d'avoir un parpaing entre les épaules.

Je perçois la voix de Camryn, et je crois lever la tête pour la voir alors que je n'ai pas bougé d'un pouce. Ce n'est pas la voix de Camryn. C'est celle de l'infirmière. Elle me demande combien de doigts…

Tout s'éteint.

La mort. Quelle chose étrange. Je ne l'avais jamais imaginée comme ça. Tout est si léger.

Mon corps. Mon esprit. La main que je tente inlassablement de passer devant mon visage.

J'entends des voix en permanence, sans jamais distinguer ce qu'elles disent.

Suis-je vraiment mort ? Je ne comprends rien. Depuis combien de temps suis-je dans cet état ? Et, bordel, où suis-je ?

J'ai l'impression d'avoir dormi une éternité. Mais ce qui m'intrigue le plus, c'est d'en être conscient.

— Andrew ? Je t'en prie, réveille-toi…

— Andrew…

BRAGELONNE – MILADY,
C'EST AUSSI LE CLUB :

Pour recevoir le magazine *Neverland* annonçant les parutions de Bragelonne & Milady et participer à des concours et des rencontres exclusives avec les auteurs et les illustrateurs, rien de plus facile !

Faites-nous parvenir votre nom et vos coordonnées complètes (adresse postale indispensable), ainsi que votre date de naissance, à l'adresse suivante :

Bragelonne
60-62, rue d'Hauteville
75010 Paris

club@bragelonne.fr

Venez aussi visiter nos sites Internet :
www.bragelonne.fr
www.milady.fr
graphics.milady.fr

Vous y trouverez toutes les nouveautés, les couvertures, les biographies des auteurs et des illustrateurs, et même des textes inédits, des interviews, un forum, des blogs et bien d'autres surprises !

CPI
AUBIN IMPRIMEUR

Achevé d'imprimer en octobre 2013
N° d'impression : 1309.0067
Dépôt légal, novembre 2013
Imprimé en France
81121105-1